SCHWUR DER TÄUSCHUNG

MINISTERIUM DER KURIOSITÄTEN, BAND #9

C.J. ARCHER

Übersetzt von
ANNETTE SPRATTE

WWW.CJARCHER.COM

Schwur der Täuschung, Ministerium der Kuriositäten, Band 9

Originaltitel: Vow of Deception © 2017 C.J. Archer

Aus dem Englischen übersetzt von Annette Spratte
© 2024

KAPITEL 1

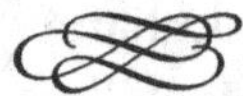

HERTFORDSHIRE, SOMMER 1890

Frakingham House hätte einem Gruselroman entspringen können mit seinen Bogenfenstern, den unzähligen Türmen und der Weinranke, die eine der Steinmauern emporkroch. Wären der im Sonnenlicht glitzernde See und der sattgrüne Rasen nicht gewesen, hätte es düster gewirkt. Das Haus erinnerte mich an Lichfield Towers, nur sehr viel größer.

„Das is also Freak House", sagte Gus und legte den Kopf in den Nacken, um zu dem spitzen Dach hinaufzuschauen.

„Sag das bloß nicht zu Mr Langley", warnte ich ihn und setzte ein Lächeln für den sich nähernden Lakaien auf. „Wir möchten unseren Gastgeber nicht verstimmen."

Seth reichte Alice die Hand, um ihr aus der Droschke zu helfen, die uns vom Bahnhof hergebracht hatte. „Jedenfalls nicht, bevor wir Informationen bekommen haben."

„Seth!", zischte ich.

Er zuckte nur mit den Schultern und richtete ein strahlendes Lächeln auf Alice. Sie bemerkte es allerdings nicht, da sie zu sehr damit beschäftigt war, das attraktive Paar anzublinzeln, welches von dem massiven Torbogen umrahmt wurde. Das gute Aussehen des Gentlemans zog zunächst meinen Blick auf sich, doch es war die Fülle des lockigen roten Haars der Frau, die größere Aufmerksamkeit einforderte. Das und ihre hübschen blauen Augen, die heller wurden, wenn sie lächelte. Das waren also Mr und Mrs Langley, das Paar, das Lincoln in Paris kennengelernt hatte, ehe er mir begegnet war. Offenbar war Jack Langley ein Feuerstarter und kannte sich mit Dämonen und Portalen aus, die in andere Welten führten. Es sollte sogar ein Portal auf dem Frakingham-Anwesen existieren.

„Willkommen in Freak House", sagte Hanna Langley, die sich bei ihrem Mann eingehakt hatte.

Gus warf mir einen selbstgefälligen Blick zu.

Lincoln schüttelte Mr Langley die Hand und verbeugte sich vor Mrs Langley. Wir stellten uns einander vor und sie bestanden darauf, uns mit Vornamen anzusprechen. Das hatte ich von Bewohnern eines so beeindruckenden Landsitzes nicht erwartet. Auch wenn ich eigentlich gar nicht gewusst hatte, was mich erwartete. Den meisten meiner Fragen bezüglich der Persönlichkeit der Langleys war Lincoln mit einem verständnislosen Blick begegnet. Er hatte lediglich angemerkt, dass Jack Langley neugierig war und seiner Frau gegenüber etwas überfürsorglich sein konnte. Und scheinbar hatte Hannah Langley einen mutigen Zug. Lincoln war nicht der Typ zu bemerken, ob eine Person redselig, freundlich oder amüsant war.

„Wir halten hier nichts von Formalitäten", sagte Hannah, während wir hineingingen. Ihr Mann lief neben ihr, die Hand auf ihren Rücken gelegt.

„Das tun wir in Lichfield Towers auch nicht", sagte Seth. „Uns ist es allen lieber so. Außer meiner Mutter. Wenn es nach ihr ginge, würde ich dem Haushalt vorstehen und alle anderen müssten für mich springen."

„Eigentlich wäre es Lady Vickers am liebsten, wenn *sie* dem Haushalt vorstehen würde", sagte Lincoln, ohne eine Miene zu verziehen. Ich wusste natürlich, dass er scherzte, und Seth und Gus schienen es auch zu wissen, doch Alice und die Langleys lächelten gequält. Lincoln sollte wirklich lernen, zu lachen oder zu zwinkern, wenn er einen Witz machte.

„Du meinst, sie tut es nicht?", sagte ich. „Jemand sollte sie darüber informieren."

Hannah lachte, was ihre Augen noch blauer machte. „Der Lakai wird euer Gepäck nach oben in eure Zimmer bringen.

Möchtet ihr noch etwas Zeit für euch haben, ehe wir im Salon den Tee einnehmen?"

„Nein", sagte Alice im gleichen Moment, in dem ich „Ja, danke" sagte.

Sie und ich sahen uns an. „Nur ein paar Minuten", versicherte ich ihr.

Sie brannte darauf, so viel wie möglich von den Langleys über sich selbst zu erfahren. Ich hoffte, dass sie ihr etwas zu erzählen hatten. Alice war in letzter Zeit sehr ruhelos. Obwohl sie normalerweise gefasst und souverän war, erwischte ich sie oft dabei, wie sie auf die armen Tasten des Klaviers einhämmerte. Sie hatte sich mit Feuereifer auf die Einladung der Langleys gestürzt, die Lincoln letzte Woche erhalten hatte. Vor zwei Monaten hatte Jack noch abgelehnt. Ich fragte mich, warum er seine Meinung geändert hatte.

„Darf ich euch euer Zimmer zeigen, Ladys?", fragte Hannah und deutete auf die Treppe.

Wir stiegen die Steinstufen hinauf, wobei unsere Schritte von einem roten Teppich gedämpft wurden. Der Treppenabsatz gabelte sich nach rechts und links, bevor die Stufen immer weiter nach oben führten. Der Eingangsbereich des Hauses wäre kalt gewesen, würde die Sommersonne nicht durch die hohen Bogenfenster hereinströmen.

Die Männer folgten dem Lakaien in eine Richtung, während wir mit Hannah in die andere Richtung gingen. Jack blieb unten und sprach leise mit dem Butler.

„Ich bin so froh, dass ihr kommen konntet", sagte Hannah und hob ihre Röcke nur so weit an, dass sie nicht über den Saum stolperte. Das zauberhafte waldgrüne und cremefarbene Kleid passte gut zu ihren Haaren und betonte ihre Figur. „Ich glaube, wir können viel voneinander lernen."

„Was ist passiert, dass Mr Langley seine Meinung geändert hat?", fragte ich. „Ich meine, er war nicht sehr erpicht darauf, uns kennenzulernen. Lincoln hat es schon vor einiger Zeit aufgegeben, um ein Treffen zu bitten."

„*Ich* bin passiert."

„Ich verstehe nicht", sagte Alice.

„Jack ist besorgt, dass wir Gefahren nach Frakingham einladen, wenn wir mit Leuten, die wir nicht kennen, übernatürliche Dinge besprechen. Wir hatten nicht gerade wenige übernatürliche Probleme und wünschen uns keine weiteren, zumal wir jetzt auch ein Baby zu beschützen haben. Aber ich wusste, dass Mr Fitzroy—Lincoln—vertrauenswürdig war, als wir ihn in Paris kennenlernten. Ich habe Jack überzeugt, seine Meinung zu ändern." Hannah grinste. „Manchmal müssen Ehemänner daran erinnert werden, dass ihre Frauen keine zarten Blümchen sind. Wir fallen nicht alle in Ohnmacht, sobald wir paranormale Aktivitäten sehen."

„Das ist wahr", sagte ich. „Obwohl ich glaube, Lincoln weiß das von mir. Seth andererseits …"

Alice versteifte sich. „Warum schaust du mich an, Charlie?"

„Ich … äh … kein besonderer Grund."

Wir erreichten das Zimmer, das Alice und ich uns für die Nacht teilen sollten. Hannah hatte sichergestellt, dass die Mägde alles vorbereitet und die Lakaien unser Gepäck abgestellt hatten, ehe sie ging, damit wir unsere Reisekleidung ablegen und uns etwas Hübscheres anziehen konnten. Hannah hatte uns eine Magd zur Verfügung stellen wollen, doch das hatten wir abgelehnt.

„Was hältst du von diesem Haus?", fragte ich Alice, während ich meine Jacke auszog.

„Von außen ist es ziemlich furchteinflößend, aber ich mag es." Sie zog ihre Hutnadel heraus und legte sie sorgsam auf den Schminktisch. „Die Ruinen der Abtei unten am See jagen mir allerdings einen Schauer über den Rücken."

„Ich fand sie eigentlich ganz charmant. Stell dir vor, du wärst mitten in einem Gewitter hier, wenn Blitze über das Dach zucken und schwarze Wolken heranrollen. Dann muss es wirklich einschüchternd aussehen. Kein Wunder, dass es von den Leuten in der Umgebung Freak House genannt wird." Da sie schwieg, schaute ich von meinen Knöpfen auf. Sie starrte mich an.

„Du hast ein Faible für Dramatik", sagte sie.

„Es muss daran liegen, dass ich die Toten auferwecke. Der Ort hier lässt einen automatisch an dunkle, stürmische Nächte denken."

„Und Lichfield nicht?"

„Natürlich nicht. Lichfield ist recht gemütlich, wenn man nicht in den Kerker geht."

Sie lachte. „Oder ins Turmgefängnis."

„Es ist kein Gefängnis mehr", gab ich zurück. „Jedenfalls solange wir nichts oder niemanden schnappen, der es wert ist, eingesperrt zu werden. Und jetzt hör auf, mein Zuhause zu verunglimpfen und hilf mir aus diesem Kleid. Der Verschluss ist hinten."

Alices kühle, geschickte Finger hatten mich schnell aus dem Mieder befreit. Ich zog mein blassblaues Kleid mit weißen Bündchen und Schärpe an der Hüfte an. Alice wählte ein gelbes Kleid, auf das orangefarbene Blumen aufgestickt waren. Diesen Sommer war es der letzte Schrei laut der neuesten Ausgabe des *Young Ladys Journal*. Alice hatte es mit nach Hertfordshire gebracht, nachdem sie es letztes Jahr hatte anfertigen lassen, bevor sie ins Pensionat für missratene Töchter geschickt worden war. Sie war der Mode immer einen Schritt voraus. Ich hingegen scherte mich keinen Deut darum. Manchmal träumte ich davon, das Haus in meiner Trainingskleidung zu verlassen, die aus einer lockeren Hose und einem Männerhemd bestand. Die Sensation, die ich damit auslösen würde, war ebenso verlockend wie die Bequemlichkeit.

Sobald wir umgezogen waren, zogen wir an der Klingelschnur. Einen Augenblick später traf eine Magd ein, die uns zum Salon begleitete. Wir liefen durch ein Wirrwarr an Räumen und durchschritten Treppen und Galerien mit goldumrahmten Gemälden. Beinahe erwartete ich, dass die Augen der Männer und Frauen, die auf den düsteren Portraits dargestellt waren, mir folgen würden.

Eine Bewegung oben auf der Treppe ließ mich stocken. Ich erhaschte einen Blick auf einen sehr großen Mann mit dunklen Haaren und Geheimratsecken. Aus seinem aschfahlen Gesicht schloss ich, dass er ein Geist sein musste, der noch nicht ins Jenseits übergetreten war, doch die Gestalt war aus meinem Blickfeld verschwunden, ehe ich Genaueres erkennen konnte. Alice reagierte nicht.

Die Magd brachte uns zum Salon, einem großen, luftigen Raum gefüllt mit robusten Möbeln und dicken Brokatvorhängen.

Zartes Porzellan war mit Sandwiches und Kuchen bereitgestellt worden. Die anderen erhoben sich, als wir eintraten, und Hannah hieß uns willkommen. Jack bat die Magd zu gehen, und schloss hinter ihr die Tür. Beim Anblick des Riegels zuckte Alice.

Seth nahm ihre Hand und führte sie zum Sofa. Er lächelte sanft und sprach leise mit ihr, wie man es mit einer älteren Tante tun würde. Sie nickte und schien sich zu fangen, auch wenn ihre Hände nicht ruhig in ihrem Schoß liegen wollten.

Ich setzte mich auf eins der anderen Sofas und Lincoln kam zu mir. „Hast du irgendwelche Geheimgänge aus deinem Zimmer bemerkt?", flüsterte er.

Ich starrte ihn an. „Ehrlich, Lincoln, so etwas würdest auch nur du fragen. Nein, ich habe keinen entdeckt."

„Aber du wirst nachsehen?"

„Warum? Planst du, mich heute Nacht in meinem Zimmer zu besuchen und zu vernaschen?"

„So etwas würdest auch nur du fragen", gab er zurück.

Ich lächelte und er erwiderte es—in gewisser Weise. „Du solltest dich besser benehmen, oder der hier wohnende Geist wird dich beim Hausherrn verpfeifen", sagte ich.

„Geist?", wiederholte Gus, was bewies, dass wir nicht so leise gewesen waren, wie wir gedacht hatten.

„Welcher Geist?", fragte Jack.

Hannah hielt beim Tee ausschenken inne und sah Gus an. „Hier gibt es keine Geister. Cara und Emily haben es uns versichert."

„Medien?", fragte Lincoln.

Hannah nickte und schenkte weiter aus. „Und gute Freunde, auch wenn wir sie nicht so oft sehen, wie wir es gern täten. Sie leben in London. Jack?"

Sie musste nichts weiter sagen. Jack schien zu wissen, dass er die Teetassen austeilen sollte.

„Wer glaubt, einen Geist gesehen zu haben?", fragte er Gus.

Gus interessierte sich sehr für die orientalischen Muster auf seiner Teetasse. „Muss mich verhört haben."

„Ich", meldete ich mich. Ich spürte eher, als dass ich hörte, wie Lincoln neben mir aufstöhnte.

„Du bist ein Medium?", fragte Hannah. Anscheinend waren

Medien so gewöhnlich, dass sie nicht einmal in meine Richtung schaute.

„Ich bin Nekromantin."

Das gab schon eher eine Reaktion. Sie stellte die Teekanne ab und studierte mich eingehend. Ihr Mann reichte mir eine Tasse mit Untertasse, ließ aber nicht sofort los, während er mich ebenfalls musterte.

Seth schüttelte kaum merklich den Kopf als Warnung, nicht zu viel preiszugeben. Aber Lincoln sagte nichts. Er überließ es mir, den Langleys so viel über mich zu erzählen, wie ich wollte. Ich fragte mich, wie viel Selbstbeherrschung es ihn kostete, zu schweigen.

„Ist schon in Ordnung", sagte ich. „Ich verspreche, keine Leichen aufzuwecken, während ich hier bin."

Jack ließ die Untertasse los. „Das wissen wir zu schätzen."

„Wie auch immer, vielleicht war es kein Geist." Ich beschrieb den Mann, den ich auf der Treppe gesehen hatte.

„Das ist Mr Bollard, ein Freund von Jacks Onkel", sagte Hannah. „Er kann auf den ersten Blick recht geisterhaft wirken, aber er ist ein sanfter Riese. Und lebendig."

„Werden wir deinen Onkel Mr Langley kennenlernen?", fragte Lincoln.

„Das bezweifle ich", sagte Jack und setze sich in die Nähe seiner Frau. „Er mag Besucher nicht."

„Ich habe gehört, dass er brillant ist. Ich würde mich gern mit ihm über seine Pathologieforschung unterhalten."

„Es ist kompliziert und er erklärt Laien nicht gern seine Theorien und Experimente. Es tut mir leid, aber so ist er nun mal."

Ich mischte mich ein, ehe Lincoln etwas Scharfes erwidern konnte. „Er würde Lincoln nicht viel erklären müssen. Als er jünger war, wurde er von einem Arzt unterrichtet und hat ein fundiertes Wissen über Medizin und wissenschaftliche Dinge."

„Das mag sein", sagte Jack. „Aber mein Onkel zieht es vor, keinen Fremden zu begegnen. Er besitzt wenig Toleranz für Menschen, die er nicht gut kennt. Ich hoffe, ihr versteht."

„Oh, das tue ich", murmelte ich und behielt meinen Blick von Lincoln abgewendet.

Alice räusperte sich und stellte ihre Teetasse geräuschvoll auf die Untertasse. „Um auf das eigentliche Thema zu kommen", begann sie knapp. „Erzähl uns, was du über Portale weißt, Jack. Lincoln sagte, du hättest eins hier, das ins Reich der Dämonen führt."

„Vielleicht sollten wir das nach dem Tee besprechen", sagte Seth hastig. „Wir sollten uns erst etwas kennenlernen."

Alice schienen Manieren und die höfliche Reihenfolge der Dinge egal zu sein. Das war sehr untypisch für sie, aber ich verstand es. Wir waren den ganzen Weg nach Hertfordshire gekommen, damit sie mehr über sich selbst erfahren konnte. Höfliches Geplänkel interessierte sie nicht. Ich wusste, dass es auch Lincoln nicht interessierte.

„Das ist schon in Ordnung", sagte Hannah und reichte mir den Teller mit Kuchen. „Es macht uns nichts aus, jetzt darüber zu sprechen. Das Problem ist nur, wo sollen wir anfangen?"

„Fangt mit dem Portal an", sagte Lincoln. „Wo befindet es sich?"

„Unten bei der Ruine der Abtei." Jack erzählte uns von der uralten Abtei, die einst an dem Ort gestanden hatte. Die Äbte waren die Hüter des Portals und des Buches mit Zaubersprüchen gewesen, das sich in ihrem Besitz befand. Als die Abtei zerstört wurde, konnte nur eine Seite gerettet werden—die Seite, auf der stand, wie man das Portal öffnen und schließen konnte.

„Was ist jenseits des Portals?", fragte Seth.

„Wunderland", murmelte Alice.

Alle sahen sie an. „Was ist Wunderland?", fragte Hannah.

Alice schüttelte den Kopf. „Es ist ein Ort. Ich … ich bin mir nicht sicher, wo."

„Ein anderes Reich?", fragte Jack. Doch Alice hatte keine Antwort für ihn. „Es ist wahrscheinlich", fuhr er fort. „Es gibt anscheinend viele Welten, obwohl ich den Verdacht habe, dass die der Gestaltwandler am nächsten ist, da sie scheinbar die häufigsten Übernatürlichen hier sind. Das Portal ist unsere Tür zu diesen Welten."

„Können wir das Portal sehen?", fragte Gus.

„Es gibt nichts zu sehen", sagte Jack. „Es sieht ganz gewöhnlich aus, bis man es öffnet. Und nein, ich werde es nicht für euch öffnen."

„Wo wird die Seite mit dem Zauberspruch aufbewahrt?", fragte Lincoln.

„Irgendwo, wo niemand sie finden kann. Wir sind jetzt die Hüter, zusammen mit unseren Freunden."

„Ist es klug, andere einzuweihen?"

„Ich vertraue ihnen", sagte Jack in eisigem Ton.

Lincolns Augen wurden ein klein wenig schmaler. „Du kannst mir auch vertrauen."

„Noch nicht."

„Erzählt uns vom Ministerium", warf Hannah ein, ehe es zum Streit kam. „Es ist eine Geheimorganisation, nicht wahr?"

„Nicht sonderlich geheim", sagte Gus. „Ihr wärt überrascht, wer alles von uns weiß."

Seth erklärte ihnen die Funktion des Ministeriums und einige der übernatürlichen Probleme, mit denen wir in letzter Zeit zu tun hatten. Er erwähnte auch die Akten der übernatürlichen Blutlinien, die wir führten und wie die Komiteemitglieder über die Jahrhunderte als Hüter fungiert hatten, solange das Ministerium untätig gewesen war.

„Also hast du auch Leute, denen du vertraust", sagte Jack zu Lincoln.

„Ich vertraue nur Charlie", sagte Lincoln platt.

„Und uns." Seth wartete darauf, dass Lincoln zustimmte. Als er es nicht tat, fügte er hinzu: „Er vertraut Gus und mir auch, gibt es aber nicht gern zu. Er hält es für eine Schwäche."

Lincoln warf ihm einen giftigen Blick zu. „Bist du durch das Portal zu einer der anderen Welten gereist, Langley?"

Jack nickte. „Nur zu einer. Sie war unserer Welt sehr ähnlich. Allerdings ist ein Freund von uns deutlich besser bewandert als wir, was andere Welten angeht."

„Warum?"

„Das müsstest du ihn fragen."

„Er ist nicht hier", sagte Lincoln. „Ich frage dich."

„Es steht uns nicht zu, seine Geschichte zu erzählen", sagte Hannah und reichte Lincoln einen Teller. „Kuchen?"

Er nahm den Teller, aß allerdings den Kuchen nicht. Vielleicht konnte ich ihn auf meinen Teller bugsieren, ohne dass es jemand merkte.

Jack stellte seinen Teller ab, auf dem sein Kuchenstück ebenfalls ungegessen blieb. Was war nur los mit diesen Männern? Der Kuchen schmeckte vorzüglich. „In deinem Brief hast du erwähnt, dass du glaubst, Alice könnte ein Portal sein", sagte er zu Lincoln. „Wie soll das möglich sein? Sie ist eine Person."

„Eine Seherin nannte sie eine Tür zu anderen Welten", sagte Lincoln.

Ich erwartete eine Erklärung von Seth, dass es sich bei der Seherin um Lincolns eigene Mutter handelte, doch er schwieg, was vermutlich besser war. Ich bezweifelte, dass Lincoln die Langleys wissen lassen wollte, dass er ebenfalls seherische Fähigkeiten besaß, wenn auch nicht so ausgeprägt wie Leisl.

„Alice hat Träume, die manchmal lebendig werden", fuhr Lincoln fort.

„Meistens wenn ich mich aufrege oder frustriert bin", fügte Alice hinzu.

„Die lebendig werden?", hakte Jack nach. „Inwiefern?"

„Insofern, als dass Objekte oder Wesen aus ihren Träumen außerhalb der Träume existieren", sagte Lincoln. „Sie haben eine physische Gestalt. Sie können berühren und berührt werden. Sie sind in jeder Hinsicht in dieser Zeit und Raum gegenwärtig."

„Bemerkenswert", sagte Hannah atemlos.

„Wir haben den Verdacht, dass die Träume eine Verbindung zwischen dieser Welt und einer anderen darstellen und dass Alice das Portal ist."

„Welche Form nehmen diese Wesen an?", fragte Hannah. „Was tun und sagen sie? Bleiben sie hier oder kehren sie zurück?"

„So viele Fragen!" Alice versuchte sich an einem Lächeln, aber es verblasste schnell. Sie stellte ihren Kuchen ebenfalls ab und verschränkte die Hände im Schoß. Ihre Knöchel wurden weiß. „Um deine erste Frage zu beantworten, sie nehmen menschliche Gestalt an, meistens, aber ich habe auch schon ein sprechendes Kaninchen gesehen."

„Es hatte eine Weste an", ergänzte Gus. „Und eine Hose."

Seth warf ihm einen wütenden Blick zu und schüttelte

rügend den Kopf. Gus stopfte sich den Rest seines Kuchens in den Mund und starrte wütend zurück.

„Sie sprechen Englisch", fuhr Alice fort. Sie schaute zu mir und ich ermutigte sie mit einem Nicken. „Sie scheinen zu wollen, dass ich mit ihnen an einen Ort namens Wunderland zurückkehre, um mich einer Anklage wegen Verrats zu stellen. Die Herzkönigin regiert dort und hat ihre Untertanen losgeschickt, um mich zu holen. Sie sind bisher nicht hiergeblieben. Früher war es so, dass alle Figuren aus dem Traum verschwunden sind, wenn ich aufgewacht bin."

Gus schnippte mit den Fingern. „Einfach so. In Luft aufgelöst."

„Aber das letzte Mal, als das Kaninchen kam, ist es nicht verschwunden, als ich wach wurde. Es blieb, bis es einen Zauberspruch aufsagte. Bevor es verschwand, wirkte es ziemlich überrascht und erfreut, dass es noch in meinem Schlafzimmer war, als ich aufwachte."

„Als ob es einen Zauber gesprochen hätte, um zu bleiben, ohne zu wissen, ob es funktioniert", fügte Lincoln hinzu.

Jack und Hannah sahen sich an.

„Habt ihr etwas zu sagen?", fragte Lincoln.

„Wir fragen uns, ob der Spruch derselbe ist, der das Portal bei der Abtei öffnet", sagte Jack.

„Zeig ihn uns, dann werden wir ihn vergleichen."

„Die Antwort ist immer noch nein, Fitzroy."

„Hat das Kaninchen sich in einen Menschen verwandelt?", fragte Hannah.

Alice schüttelte den Kopf. „Es blieb ein Kaninchen."

„Aber ihr seid einigen gestaltwandelnden Dämonen begegnet, richtig?"

„Zu verdammt vielen", murmelte Gus. „Ich hab Narben um's zu beweisen."

„Das sehe ich." Hannah deutete auf die zackige Narbe auf Gus' Wange, die einen Augenwinkel herabzog.

„Ah, nee, die nich. Die is alt. Da gibt's ne gute Geschichte zu, aber die is nix für die Ohren von Damen."

„Jetzt bin ich neugierig."

Seth verdrehte die Augen. „Er ist in eine Schlägerei in einer Kneipe geraten, mehr nicht."

„Ne Schlägerei, die *du* angezettelt hast", schoss Gus zurück.

Seth warf einen Seitenblick auf Alice und schluckte. Er wollte nicht, dass Alice zu viel von seiner Vergangenheit erfuhr. Ich fand es schade, dass er das Gefühl hatte, es vor ihr verbergen zu müssen. Seine Vergangenheit war ein Teil von ihm und hatte ihn zu dem Mann gemacht, der er war. Wenn er Alice permanent in seinem Leben haben wollte, sollte sie alles über ihn erfahren, was es zu wissen gab, sogar die grässlichen und schändlichen Dinge. Ich konnte nur hoffen, dass er es ihr erzählte, bevor sie es auf andere Art herausfand.

„Wir kennen einige Gestaltwandler, die zwischen menschlicher und wolfsähnlicher Gestalt wechseln können", sagte ich. „Ein weiterer konnte sich in alles und jeden verwandeln, aber der ist jetzt tot."

„Das sind die seltensten ihrer Art und stellen die größte Bedrohung dar", sagte Jack nickend. „Haben eure Gestaltwandler Probleme gemacht?"

„Einige", sagte Lincoln, führte es aber nicht weiter aus. „Sie sind unter Kontrolle und werden überwacht."

„Von dir?"

„Und anderen."

„Du hast Spione?"

Lincoln beantwortete die Frage nicht. Aus seinem schwachen Lächeln schloss ich, dass Jack auch keine erwartete.

„Sie sind nicht alle gefährlich", sagte ich. „Eine ist sogar unsere Freundin und mit einem Komiteemitglied verheiratet." Das ganz sicher nicht unser Freund war, doch das ließ ich aus. „Diejenigen, die in der Vergangenheit Probleme gemacht haben, wissen, dass sie überwacht werden. Sollten sie sich einen Fehltritt leisten, werden wir dafür sorgen, dass der Gerechtigkeit genüge getan wird."

Der Pakt zwischen Sir Ignatius Swinburns Rudel und dem Ministerium war bestenfalls unbehaglich, hatte jedoch bisher gehalten. Wir versprachen, ihn und sein Rudel in Ruhe zu lassen, solange sie niemandem Schaden zufügten. Seit der arme Roderick Protheroe tot im Hyde Park aufgefunden worden war, hatte es im Frühling keine zerfleischten Leichen mehr gegeben. Swinburn hatte auch geschworen, seine ambitionierten Pläne, Wandlerblut durch Heirat mit königlichem Blut zu mischen, nicht weiter zu verfolgen. Zwei Monate später fühlte ich mich ziemlich optimistisch, dass er sein Intrigenspiel aufgegeben hatte.

„Was genau *sind* Dämonen?", fragte Seth. „Können sie alle ihre Gestalt verändern?"

„Nein." Jack schnipste mit den Fingern und Feuer tanzte auf seiner Handfläche. Mit einer kreisenden Bewegung ließ er die Flammen verschwinden.

Alice schnappte nach Luft. „Hat es Spuren hinterlassen?"

Er zeigte uns seine Hand. Sie war noch nicht einmal gerötet. „Es tut nicht weh."

„Jack ist ein Dämon, auch wenn ich dieses Wort nicht sonderlich mag", sagte Hannah und verzog den Mund. „Er kann seine Gestalt nicht verändern. Das Feuer ist sein einziger übernatürlicher Trick."

„Einziger?", stichelte ihr Mann. „Wie viele möchtest du noch?"

„Einer reicht völlig, danke."

„Und dein kleiner Sohn?", fragte Lincoln. „Kann er auch Feuer machen?"

„Offenbar weißt du nichts über Babys", sagte Jack. „Er hat gerade erst krabbeln gelernt."

„Lass es mich wissen, falls er die Fähigkeit entwickelt."

Jack sträubte sich. „Warum?"

„Damit ich ihn in die Ministeriumsakten aufnehmen kann."

„Du wirst meinen Sohn *nicht* in deinen Akten registrieren."

„Das werde ich, falls er die Fähigkeit zum Feuer machen zeigt. Du hast eine eigene Akte."

„Es ist in Ordnung, Jack", sagte Hannah. „Wir haben es besprochen." An Lincoln gewandt fügte sie hinzu: „Wir stimmen zu, aber du musst versprechen, dass seine Akte unter Verschluss bleibt. Niemand außerhalb des Ministeriums darf sie zu sehen bekommen."

„Das ist bereits mit allen Unterlagen so", sagte Lincoln. „Nicht einmal die Komiteemitglieder haben Einblick."

Wir überredeten sie, uns die Ruinen der Abtei zu zeigen und machten uns dorthin auf den Weg, sobald wir den Tee getrunken hatten. Jack trug ihr Baby und gab dem Kindermädchen den Rest des Nachmittags frei. Die Sonne stand schon tief am Horizont, doch die Wärme des Tages hielt sich noch und mir war heiß, bis wir den See und die Ruine erreichten.

„Es ist so stimmungsvoll", sagte ich und genoss die Aussicht. Die meisten Steine lagen im hohen Gras verstreut, wo sie vor Jahrhunderten hingefallen waren, aber einige waren noch an Ort und Stelle und bildeten den Boden und die Grundmauern der Abtei. Der Grundriss war klar erkennbar; die Türen und Fensternischen leicht auszumachen. Ich konnte mir gut vorstellen, wie die Mönche die Flure entlanggeeilt waren oder sich zum Gebet versammelt hatten.

Eine Brise strich über die Grashalme und trug den Duft von Sommerblüten über den See. Alice atmete tief ein. „So friedlich."

„Ihr Niedergang war nicht friedlich", sagte Jack. Er lehnte sich an eine Mauer und zog Grimassen, um dem Kind in seinen Armen ein Lächeln abzuluchsen. Er wurde mit einem Kichern belohnt.

Ich wanderte mit Hannah durch die Ruine und hörte nur mit halbem Ohr zu, wie sie mir die Funktion der Räume erklärte, in denen wir uns wiederfanden. Der Rest meiner Aufmerksamkeit war auf Lincoln gerichtet. Er war auf eigene Faust losgegangen, kehrte aber immer wieder an einen bestimmten Punkt zurück. Vielleicht spürte er dort etwas mit seinen seherischen Fähigkeiten. Jack beobachtete ihn ebenfalls, eine kleine Falte zwischen den Brauen.

„Ihr werdet bald heiraten", sagte Hannah und folgte meinem Blick zu Lincoln.

„In elf Tagen." Ich drehte meinen Verlobungsring und lächelte. Manchmal war es schwer zu glauben, wie sehr mein Leben sich in den letzten zwölf Monaten verändert hatte. Ich hatte nicht nur ein Zuhause und Sicherheit, etwas, von dem ich befürchtet hatte, es nie wieder zu haben, sondern auch Freunde, die wie eine Familie für mich waren. Und ich würde den Mann heiraten, den ich liebte und der mich ebenso liebte.

„Ihr seht beide sehr glücklich aus", sagte Hannah.

„Du findest, Lincoln sieht glücklich aus? Normalerweise bin ich die Einzige, die ihm das ansehen kann."

Sie lachte. „Um ehrlich zu sein, rate ich. Er ist schwer zu durchschauen." Sie nahm meinen Arm und schaute ihren Mann und ihr Baby an. „Ich hoffe, du wirst mit deiner Ehe so viel Glück haben wie ich."

„Danke. Das hoffe ich auch."

„Jacks Freund Tommy, der mit Jacks Cousine Sylvia verheiratet ist, hat mal gesagt, dass es der Schlüssel zu einer glücklichen Ehe ist, keinen Tag im Streit enden zu lassen."

„Und was sagt sie dazu?"

„Dass ihr Mann so gefügig ist, dass sie immer ihren Willen bekommt."

Wir lachten beide.

„Und was ist mit Seth und Alice?", fragte Hannah.

Ich folgte ihrem Blick zu Seth, der Alice gerade von einer niedrigen Mauer herab half, seine Hände auf ihrer Taille. „Die beiden sind noch in Arbeit."

Alice bemerkte unsere Blicke und entfernte sich schnell von Seth. Er folgte ihr, bis er sich eines Besseren besann und seine Richtung zu Gus hin änderte.

„Mir scheint, er hat noch einiges zu tun", sagte Hannah.

* * *

AM FOLGENDEN MORGEN waren wir früh auf, um den Zug zurück nach London zu erwischen. Es war eine angenehme Übernachtung gewesen und wir hatten viel voneinander gelernt, aber ich spürte, dass Lincoln nach dem Frühstück aufbrechen wollte. Auch wenn unser kleiner Ausflug aufs Land idyllisch gewesen war, lag er zu dicht am Hochzeitstermin, um längere Zeit von zu Hause fort zu sein. Lady Vickers würde in meiner Abwesenheit alles Mögliche ausgeheckt haben. Ich rechnete halb damit, einige ihrer Freundinnen auf meiner Gästeliste oder die Blumenbestellungen verändert vorzufinden. Wenigstens wusste ich, dass der Koch die Speisekarte nicht ohne Rücksprache mit mir anpassen würde.

Während ich sie gern mit einbezog, da ich keine Mutter hatte, auf deren Erfahrungen ich zurückgreifen konnte, war sie gelegentlich etwas zu versessen darauf, ihren Willen durchzusetzen. Seth hatte sie einmal zurechtgewiesen und sie daran erinnert, dass sie nicht die Mutter der Braut war. Angesichts ihres niedergeschlagenen Gesichts hatte ich mir geschworen, nichts dergleichen zu tun, aber es war nicht immer leicht.

„Es war nett von Hannah, uns einzuladen, jederzeit wiederzukommen", sagte Alice, während sie im leeren Abteil der ersten Klasse Platz nahm. „Vielleicht können wir nach deiner Hochzeitsreise wieder hinfahren, Charlie."

Ich setzte mich neben sie und zog meine Handschuhe aus. Es war viel zu heiß, um sie zu tragen. Alice runzelte die Stirn über meine Unschicklichkeit, schimpfte aber nicht. „So bald?", fragte ich.

„Natürlich. Es ist herrlich auf dem Land. Und was für ein grandioses Haus! Ich bewundere es."

„Anfangs fandest du es kalt und abweisend."

„Die Menschen dort geben einem das Gefühl, willkommen zu sein. Hannah und Jack waren sehr nett. Selbst wenn du nicht mit mir kommst, werde ich sie ganz sicher wieder besuchen."

Ich fragte mich, wie viel ihres Enthusiasmus für Freak House dem Portal bei den Ruinen geschuldet war. Und der Möglichkeit, von den Langleys mehr über sich selbst zu erfahren. Es machte mich ein bisschen traurig, dass sie nie so warmherzig von Lichfield Towers sprach, aber das sollte mich nicht wundern. Sie hatte mir oft genug gesagt, dass es nicht ihr Zuhause war, sondern lediglich ein vorübergehendes Dach über dem Kopf. Sie hasste die Langeweile dort. Während ich ihr Bedürfnis, sich nützlich zu fühlen, nachvollziehen konnte, verstand ich nicht, warum Lichfield ihr nicht mehr bedeutete, solange Seth dort wohnte.

Allerdings sagte ich nichts, denn die Männer kamen den Gang entlang.

„Da die Rolle des Vaters der Braut mir zugefallen ist", verkündete Seth, „muss ich darauf bestehen, dass wir vor der Hochzeit ein Gespräch führen, Fitzroy."

Lincoln erwiderte nichts, vermutlich weil er wusste, dass sie sich unserem Abteil näherten. Er konnte meine Anwesenheit spüren, wenn ich in der Nähe war.

„Wenn ich du wäre, würde ich die Klappe halten", zischte Gus.

„Charlie ist wie eine kleine Schwester für mich", fuhr Seth unbeirrt fort. „Ich warne dich, Fitzroy. Falls du jemals—" Er hielt vor der Tür inne, als er uns sah. „Ah. Charlie, Alice. Ich wusste nicht, dass ihr hier drin seid."

Gus schubste Seth hinein und füllte den Türrahmen mit seinem breiten Grinsen. „Vielleicht gewöhnste dir jetzt das Geplapper ab."

„Das bezweifle ich", sagte Lincoln und trat hinter ihnen ein. „Er lernt nur langsam."

Seth hievte seine kleine Tasche in das Gepäcknetz über uns. „Wenn ich nicht so umgänglich wäre, würde mich das beleidigen. Abgesehen davon liebst du mich wie einen Bruder, Fitzroy."

„Eher wie einen Cousin."

„Einen entfernten Cousin zweiten Grades", sagte Gus und verstaute zwei weitere Taschen neben Seths. „Auf der Seite der Familie, die niemand gern erwähnt."

Alice kicherte hinter vorgehaltener Hand.

Seth rammte Gus seinen Ellenbogen in die Rippen. „Tut mir leid", sagte er mit einem gequälten Lächeln. „Es ist so eng hier und du bist so groß wie ein Elefant. Setz dich bitte, bevor du den Damen auf den Schoß fällst und sie zerdrückst."

Seth und Gus setzen sich uns gegenüber, während Lincoln sich neben mich quetschte. Sein Oberschenkel berührte meinen, als der Waggon nach vorn ruckte, und blieb dort, während er die Zeitung unter seinem Arm hervorzog. Die nächsten paar Minuten verbrachte er damit, die Titelseite zu lesen, derweil der Rest von uns sich unterhielt, untermalt von dem rhythmischen *Klick-Klack* des Zuges. Die innige Verbindung zwischen Lincoln und mir war merkwürdig ablenkend, aber auf eine angenehme Art. Zu gern hätte ich Blickkontakt mit ihm hergestellt, um zu sehen, ob es ihm auch etwas ausmachte. Er behielt den Blick jedoch strikt von mir abgewandt und wirkte ziemlich desinteressiert, verdammt.

Da wir uns berührten, konnte ich spüren, wie er sich plötzlich anspannte, nachdem er umgeblättert hatte. „Lincoln? Stimmt etwas nicht?"

Er senkte die Zeitung und zeigte auf einen Artikel oben auf der Seite. MANN ZERFLEISCHT schrie die Schlagzeile. Im Old Nichol Gebiet von London war eine Leiche aufgefunden worden, die tiefe Wunden an Hals und Brustkorb aufwies. Sie ähnelten Spuren von Krallen. Der Artikel verdächtigte wilde Hunde, stellte aber keine Verbindung zu Protheroes Tod vor zwei Monaten her. Nichts deutete darauf hin, dass die Fleischwunden auf einen gestaltwandelnden Wolf zurückzuführen waren.

Trotzdem saß mir die Gewissheit in den Knochen. Ich fühlte mich elend. „Er hat den Pakt gebrochen", sagte ich schwermütig. „Swinburn und sein Rudel töten wieder."

KAPITEL 2

*L*incoln informierte uns, dass er nicht lange in Lichfield bleiben würde, sondern direkt nach unserer Ankunft zu Hause mit Swinburn sprechen wollte. Seth und Gus sollten ihn begleiten.

Sie schienen allerdings nirgendwo hingehen zu müssen, denn Swinburn wartete auf uns, zusammen mit Lady Harcourt. Lady Vickers wirkte erleichtert, die Rolle der Gastgeberin an mich übergeben zu können, als wir den Salon betraten.

„Entschuldigen Sie mich", sagte sie und richtete sich zu ihrer ganzen beeindruckenden Größe auf. „Ich muss gehen. So kurz vor der Hochzeit ist so viel zu tun."

Lady Harcourt zupfte an einem kupferfarbenen Faden, der in ihren Rock gestickt war. „Apropos Hochzeit, ich nehme an, ich bin nicht eingeladen."

„Die Annahme ist korrekt", sagte Lincoln.

„Das dachte ich mir schon, aber ich wollte sichergehen. Vielleicht habe ich an dem Tag Pläne." Lady Harcourts Ton war zugleich süß und sauer. „Jetzt, da ich weiß, dass ich frei bin, kann ich sie umsetzen." Sie schlang ihre Finger um Swinburns Arm und schenkte ihm ein hübsches Lächeln.

Er lächelte zurück, wobei sein Blick kurz zu ihrem üppigen Busen rutschte, bevor er sich wieder zu ihrem Gesicht hob. Sie war so schön wie immer, aber nicht mehr so jugendlich. Kleine

Fältchen spreizten sich um ihre Augenwinkel und die Knochen in ihrem Gesicht wirkten schärfer. Sorgen und Aufruhr setzten ihr zu. Nicht, dass sie mir leidtat. Sie hatte sich die ganze Misere selbst eingebrockt, indem sie mit ihrem Stiefsohn Andrew Buchanan wahlweise geflirtet und ihn verworfen hatte. Dank des rachsüchtigen Charakters der beiden konnten sie einander nicht in Ruhe lassen und wurden so beide verletzt. Sie hatte ihn aus dem Haus geworfen, obwohl er laut Testament seines verstorbenen Vaters das Recht hatte, dort zu wohnen. Soweit ich wusste, lebte er bei seinem Bruder auf dem Familienanwesen in Oxfordshire. Das war vermutlich nicht der beste Aufenthaltsort für ihn, da er mit seinem Bruder nicht gut auskam, doch es musste um Längen besser sein, als bei seiner Stiefmutter zu leben. Die zerstörerische Beziehung tat keinem von beiden gut.

Eigentlich hätte ich erwartet, dass sie die von Buchanans Anwesenheit verursachte Unglückseligkeit inzwischen abgestreift hätte, doch wenn ich sie mir jetzt ansah, war sie eindeutig unzufrieden. In ihrer Haltung lag etwas Siegessicheres, jedoch keine echte Zufriedenheit. Ich konnte es nicht ergründen.

Lady Vickers verließ den Salon und nahm Alice mit. Gus schloss die Tür hinter den beiden und stellte sich mit den Händen hinter dem Rücken davor. Lady Harcourt saß auf der Kante des Sofas, Swinburn daneben. Er war zwanzig Jahre älter als sie und stämmig gebaut. Niemand würde ihn gut aussehend nennen, aber das schien sie nicht zu stören. Sein Reichtum und seine Beziehungen waren wichtiger. Sie hatte vor zwei Monaten ihre Haken in ihn geschlagen und schien ihn nach seinem anfänglichen Widerstand endlich an Land gezogen zu haben. Was ihn wohl veranlasst hatte, seine Meinung zu ändern?

Sie klammerte sich in einer Art an ihn, die Lady Vickers als vulgär bezeichnet hätte. Es schien, als hätte Lady Harcourt ihren Preis gewonnen und hatte vor, ihn zu behalten. *Das* musste der Grund sein, warum sie so siegessicher wirkte. Er war wohlhabend und, obwohl ohne Titel, zum Ritter geschlagen worden. Vielleicht war es das Beste, worauf sie hoffen konnte, nachdem ihre Vergangenheit als Tänzerin bekannt geworden war. Die Zahl ihrer Freunde war geschrumpft und die Aussichten auf eine vorteilhafte Heirat nach der Offenlegung verdorrt. Wollte sie den Lebensstil beibehalten, an den sie sich gewöhnt hatte, musste sie einen Mann wie Swinburn heiraten. Es schien, als stünde Heirat auf dem Plan, wenn sie sich so nahestanden. Offensichtlich kümmerte es sie nicht im Geringsten, dass er ein gestaltwandelnder Dämon war.

„Sie waren fort." Swinburn beäugte Lincoln misstrauisch, als würde er erwarten, dass Lincoln jeden Moment zuschlagen würde.

„Wo wart ihr?", fragte Lady Harcourt.

„Das geht dich nichts an", sagte Lincoln.

Sie stockte. „Ganz gewiss tut es das! Als Komiteemitglied—"

„Es geht dich nichts an", wiederholte er, wobei er jedes einzelne Wort betonte.

Die Muskeln in ihrem Gesicht arbeiteten, während sie darum kämpfte, ihn nicht anzufahren.

„Sie haben die Abmachung verletzt", sagte Lincoln schlicht.

Swinburn hob die Hände, doch es war Lady Harcourt, die protestierte. „Das hat er nicht! Wie kannst du es wagen, Lincoln! Wie kannst du es wagen, ihm so etwas zu unterstellen? Sir Ignatius hat sich an die Bedingungen des Waffenstillstands gehalten. Der Tod gestern Nacht hat nichts mit ihm oder seinem Rudel zu tun."

„Swinburn?", hakte Lincoln nach.

„Julia hat Recht", sagte Swinburn. „Der Tod wurde nicht durch eins meiner Rudelmitglieder herbeigeführt. Deswegen bin ich heute hergekommen—um Ihnen zu versichern, dass Sie die falschen Schlüsse gezogen haben. Tatsächlich hat Julia vorgeschlagen, dass ich herkomme."

„Ich weiß, wie du sein kannst", sagte sie zu Lincoln.

„Bedeutet?", schnappte Seth.

Sie ignorierte ihn. Sie sah nicht einmal in seine Richtung. Sie waren einst Liebhaber gewesen, nachdem sie Lincolns Geliebte gewesen war, doch inzwischen verabscheute Seth sie, da er ihre wahre Natur erkannt hatte.

„Ich kenne dich gut, Lincoln", fuhr sie fort, „und ich wusste, du würdest annehmen, Sir Ignatius hätte den Waffenstillstand gebrochen, wenn du von der zerfleischten Leiche in der Zeitung liest."

„Wir sind alle zu dem gleichen Schluss gekommen, als wir es gelesen haben", sagte ich. „Nicht nur Lincoln."

Mich ignorierte sie ebenfalls. Wenigstens war ich in guter Gesellschaft. „Lincoln, du glaubst uns doch, oder?" Lady Harcourt verschränkte die Hände, die Stirn ernst gerunzelt. „Der Waffenstillstand ist noch intakt. Such woanders nach dem Mörder."

„Gawler vielleicht", sagte Swinburn aalglatt. Alles an ihm war glatt und gelassen, von seinem sauber gestutzten Schnurrbart über seine nach hinten geölten Haare bis zum Schwung seiner Lippen. „Der Mord ereignete sich im East End. Es ist wahrscheinlicher, dass es einer aus seinem Rudel war als aus meinem."

„Gawler würde es nicht gestatten", sagte Lincoln. „Er ist kein Mörder."

„Wir sind *alle* Mörder, Fitzroy. Es liegt in unserer Natur. Einige von uns unterdrücken den Instinkt besser als andere— und länger. Kann er das? Ist er dafür stark genug? Ist er stark genug, um sein Rudel im Griff zu behalten?"

Gawler hatte die Führung seines Rudels an einen Gestaltwandler namens King verloren, sie jedoch nach Kings Tod zurückerlangt. Sie automatisch zugewiesen zu bekommen war nicht das Gleiche, wie sie sich durch Stärke zu erkämpfen, was einen Rudelführer eigentlich ausmachte. Gawlers East End Rudel war reif dafür, dass eine stärkere Kreatur ihn absetzte und die Führung übernahm. Eine solche Person hatte möglicherweise nicht die gleiche Ethik wie Gawler, was Morde anging. Wir wussten es und Swinburn wusste, dass wir es wussten. Das Lächeln auf seinen Lippen geriet nicht ins Wanken.

Er stand auf und knöpfte seine Jacke zu. „Wenn es Ihnen nichts ausmacht, ich bin ein viel beschäftigter Mann. Julia?"

Sie nahm die angebotene Hand und stand vom Sofa auf. Sie benutzte die linke Hand, nicht die rechte, und trug auch keine Handschuhe, was merkwürdig war. Dann bemerkte ich den großen Diamantring an ihrem Finger und verstand den Grund— sie wollte, dass wir ihn sahen.

„Du wirst heiraten?", platzte Seth heraus.

Sie schenkte ihm ein herablassendes Lächeln. „Also ja.

Eigentlich wollte ich nichts sagen, bis die *Times* die offizielle Ankündigung bringt, aber wir können euch genauso gut jetzt informieren. Sir Ignatius hat mir einen Antrag gemacht und ich habe ihn angenommen. Wir werden einige Wochen nach dir heiraten, Lincoln."

„Hm", war alles, was Seth sagte. Aus dem einen Wort ließ sich schwer schließen, was er empfand.

Lincoln beglückwünschte die beiden recht steif und ich folgte seinem Beispiel. Lady Harcourt bedankte sich bei Lincoln, sagte aber nichts zu mir. Wenigstens bekam ich ein Nicken von Swinburn. Obwohl seine Lippen in einem Lächeln eingefroren waren, wirkte er nicht gerade erfreut, per Ehe an Lady Harcourt gekettet zu werden. Ich glaubte nicht, dass es an ihrer wahren Natur lag, die er inzwischen erkannt hatte, sondern eher daran, dass er ein eingefleischter Junggeselle war.

Was konnte ihn also dazu gebracht haben, ihr einen Antrag zu machen? Den Gerüchten zufolge legte er sich nie auf eine Frau fest, sondern genoss das unbekümmerte Junggesellenleben. In der Vergangenheit hatte er kein besonderes Interesse an Lady Harcourt gezeigt, also warum jetzt? Vielleicht hatte sie ihn im Laufe der letzten zwei Monate einfach zermürbt.

„Viel Glück, Swinburn", murmelte Seth, als das Paar an ihm vorbeiging. „Das werden Sie brauchen."

Lady Harcourts Augen blitzten.

„Ich bin mir sicher, wir werden das Beste draus machen", sagte Swinburn.

Er klang, als hätte er ein Vermögen verloren, keine Ehefrau gewonnen.

„Ich weiß, was du sagen wirst, Lincoln", sagte Lady Harcourt.

„Ich hatte nicht vor, etwas zu sagen", erwiderte er.

„Du wolltest mich daran erinnern, dass Ministeriumsangelegenheiten nicht mit ihm geteilt werden dürfen, selbst wenn wir verheiratet sind. Keine Sorge, Sir Ignatius versteht meine Stellung. Er wird mich nichts fragen und ich werde ihm nichts erzählen. So. Der Schlüssel zu einer glücklichen Ehe liegt in diesen Worten. Ihr solltet sie euch merken, Lincoln, Charlotte. Ich habe mehr Erfahrung als ihr beide. Ich war glücklich mit

Lord Harcourt verheiratet und werde glücklich mit Sir Ignatius verheiratet sein."

Seth schnaubte. Ich machte mir nicht die Mühe, einen Kommentar abzugeben. Ihre Definition einer glücklichen Ehe entsprach vermutlich nicht meiner eigenen. Sie war glücklich, wenn ihr Mann ihr Geschenke und Status lieferte anstatt seiner bedingungslosen Liebe. Das war ich nicht.

Lincoln nickte Gus zu, unseren Gästen die Tür zu öffnen.

Swinburn blieb stehen und tätschelte Lady Harcourts Hand. „Ich werde gleich bei dir sein, Julia."

Sie blinzelte ihn an. „Ignatius?"

Er lächelte und scheuchte sie weiter. Ihre Nasenlöcher blähten sich, doch sie fügte sich und stellte sich zu dem Lakaien Whistler an die Treppe.

„Eins noch", sagte Swinburn leise zu Lincoln. „Ich habe mit Ihrem Vater gesprochen—"

„Meinem was?", knurrte Lincoln.

„Ihrem Vater, dem Prinzen." Swinburns Lippen zogen sich weiter nach oben. „Ah. Sie sind überrascht, dass ich es weiß. Mir scheint, Sie haben die Freundschaft zwischen seiner Hoheit und mir unterschätzt. Er verlässt sich auf mich, wissen Sie? Ich habe ihn in finanziellen Dingen beraten. Jedenfalls, um auf den Punkt zu kommen, hat er mich darüber informiert, dass Lord Ballantines Berufung als Sonderbeauftragter in Indien verschoben wurde."

Verschoben! Wo war die Gerechtigkeit? Ballantine hatte auf betrügerische Art versucht, den Sohn des Prinzen von Wales dazu zu bringen, seine Tochter zu heiraten. Es hatte nicht geklappt, aber die königliche Familie war angesichts der haarsträubenden Manipulation äußerst erbost gewesen. Wir hatten den Verdacht, dass Swinburn als Anführer des Rudels, zu dem Ballantine gehörte, der Drahtzieher war, doch der Prinz von Wales und sein Bruder, der Herzog von Edinburgh, weigerten sich, Swinburn die Schuld zuzuschieben. Sie hatten es eingerichtet, dass das Auswärtige Amt Ballantine nach Indien schickte, womit er im Prinzip im Exil war. Anscheinend hatte Swinburn sie erfolgreich überredet, ihre Meinung zu ändern.

„Warum?", fragte Lincoln, der von der Mitteilung nicht im Geringsten überrascht klang.

„Das müssen Sie seine Hoheit fragen", sagte Swinburn. „Vielleicht hat er es sich schlicht anders überlegt. Er ist manchmal etwas wankelmütig. Haben Sie das noch nicht bemerkt? Nun, möglicherweise nicht. Sie kennen Ihren Vater nicht sonderlich gut, oder?"

„So gut, wie ich es wünsche."

Gus trat zur Seite und erlaubte Swinburn, vor ihm zu gehen. Er begleitete beide die Treppe hinunter und Seth schloss die Tür des Salons.

„Was für ein Arsch", verkündete er.

„Welcher von beiden?", fragte ich.

„Beide. Ich kann nicht glauben, dass sie heiraten! Hat er den Verstand verloren? Oder sie? Er ist ein elender Wolf, Himmel noch mal!"

Gus kehrte zurück und warf sich in einen Sessel. „Ich hätte nich gedacht, dass Swinburn und der Prinz sich nahe genug stehen, um solche Geheimnisse zu teilen. Scheint, als würde er Swinburn wie einen Bruder behandeln. Das is besorgniserregend."

„Ich bin mir nicht ganz sicher." Lincoln lehnte sich an das Kaminsims und verschränkte die Arme so lässig wie nur möglich. „Swinburn hat nicht ausdrücklich gesagt, dass der Prinz ihm gesagt hat, dass er mein Vater ist."

„Stimmt", sagte Seth nickend. „Er hat uns glauben machen wollen, dass er es war, der es ihm gesagt hat, doch wirklich bestätigt hat er es nicht."

„Außerdem bezweifle ich, dass der Prinz es jemandem außerhalb der Familie sagen würde. Es ist eine höchst vertrauliche Information und er ist kein Dummkopf."

„Er hat Swinburn allerdings vehement verteidigt, als wir ihn des Mordes an Protheroe beschuldigt haben", zeigte ich auf. „Ebenso wie sein Bruder, der Herzog."

„Den Ruf eines Mannes zu verteidigen ist eine Sache. Ihm diese Information anzuvertrauen, ist eine ganz andere. Abgesehen davon mag der Herzog seinen Bruder. Er würde seinen Ruf nicht riskieren, egal wie sehr er Swinburn respektiert. Das ist jedoch nicht der Grund, warum ich den Prinzen und den Herzog für unschuldig halte. Swinburn hat Julia aus einem bestimmten Grund aus dem Raum geschickt."

„Du meine Güte", murmelte ich, als es mir aufging.

„Verdammter Mist." Seth plumpste in einen Sessel, wobei ihm die Haare in die Stirn fielen. Er strich sie zurück und sackte in sich zusammen. „Du glaubst, *sie* hat es ihm gesagt, aber er wollte nicht, dass sie mitbekommt, wie er es uns sagt?"

„Sie hat ihn vermutlich gebeten, die Information für sich zu behalten", sagte Lincoln.

„Verdammte Verräterin!", knurrte Gus. „Bist du dir sicher? Die hat doch 'ne lange Geschichte mit dem Ministerium und weiß, dass es Verrat ist."

„Sie war es", sagte Seth schwermütig. „Es ist die einzige Erklärung, die Sinn ergibt. Sie muss ihm die Information als Gegenleistung für die Ehe gegeben haben. Ich habe schon gegrübelt, warum er zugestimmt hat. Der Mann ist ein Frauenheld. Er würde sich nicht festnageln lassen, ohne etwas dafür zu bekommen."

„Die hat Nerven!" Ich stürmte zur Tür und riss sie auf.

„Die sind weg, Charlie", sagte Gus.

„Wenn sie glaubt, wir kämen ihr nicht auf die Schliche, ist sie dumm", sagte Seth. „Ein elender Dummkopf. Und er ist ein Dummkopf, weil er der Verbindung zugestimmt hat. Ich gebe ihm ein Jahr, bevor er beschließt, dass die Information es nicht wert war. Was will er überhaupt damit? Sich an die Zeitungen wenden? Das verursacht vielleicht einen Skandal, aber nur, bis der nächste Skandal aufkreuzt. Was bringt es ihm?"

„Einen Ansatzpunkt, um mich zu erpressen", sagte Lincoln schlicht.

Ich seufzte. „Und was machen wir jetzt?"

„Sie muss aus dem Komitee geworfen werden", sagte Seth.

„Jou", stimmte Gus zu.

Ich sah Lincoln an, der nickte. „Ich werde es morgen angehen", sagte er. „Ein Treffen des Komitees wird anberaumt werden müssen, um die anderen zu informieren."

Der Gedanke, Lady Harcourt auszuschließen, gefiel mir. Wenn sie dem Komitee nicht mehr angehörte, gab es keinen

Grund, sich mit ihr abzugeben. Wir wären sie vollständig los, denn wir bewegten uns selten in den gleichen gesellschaftlichen Kreisen. „Ich komme mit, wenn du es ihr mitteilst", sagte ich zu Lincoln. Das wollte ich mir nicht entgehen lassen.

Seth streckte die Arme aus und ließ seine Knöchel knacken. „Sie hat mir gesagt, ich würde ihren Platz im Komitee einnehmen, falls ihr etwas zustößt. Sieht so aus, als würde ich vorankommen in der Welt."

Gus verdrehte die Augen. „Das gibt dir keine echte Macht, du aufgeblasener Esel. Bezahlt wirste auch nich. Oder?" Er sah Lincoln an.

Lincoln schüttelte den Kopf.

Eine Weile saßen wir schweigend da und stellten uns Lady Harcourts Reaktion auf die Nachricht vor, dass sie aus dem Komitee ausgeschlossen wurde. Wenigstens dachte ich, dass wir alle darüber nachdachten.

„Ich frage mich, ob Buchanan zu deren Hochzeit eingeladen wird", sagte Gus.

Seth legte die Knöchel übereinander. „Das könnte ein ziemliches Spektakel geben. Da wünsche ich mir fast, ich würde doch eine Einladung bekommen."

Gus schnaubte. „Du bist der Letzte, den sie da haben will, zusammen mit Buchanan. Verflossene Liebhaber geben keine guten Hochzeitsgäste ab."

„Dann fehlt die Hälfte des Adels."

„Ihr liegt beide falsch", sagte ich. „Ich bin die Letzte, die sie bei ihrer Hochzeit haben will, genauso wie sie die Letzte ist, die ich bei meiner sehen möchte. Wie auch immer, ich komme auf keinen einzigen Grund, warum sie Andrew Buchanan einladen würde."

„Ich schon." Seth sah mich an, als wäre es offensichtlich. Als ich mit den Schultern zuckte, fuhr er fort: „Ihr neuer Ehemann wird ihr keine Liebhaber erlauben. Swinburn ist nicht der Typ, der sich gern Hörner aufsetzen lässt. Buchanan hat verloren und welche bessere Möglichkeit gibt es, ihm das unter die Nase zu reiben, als ihn bei der Hochzeit zu haben, damit er sehen kann, was für einen großen Fisch sie sich geangelt hat. Wie sehr würde sie es genießen, ihm dieses Messer der Rache noch tiefer ins Herz zu rammen."

Das glaubte ich gern. „Du klingst, als hättest du Mitleid mit ihm."

„Ein Teil von mir hat es. Er war nicht immer so ein Drecksack." Seth stieß ein humorloses Lachen aus. „Und so ende ich auch, wenn Gott mir keine Gnade erweist."

„Du wirst nie so wie er", sagte ich. „Vielleicht waren deine Umstände ähnlich, aber du als Person bist es nicht."

„Charlie hat recht", sagte Lincoln. „Wenn du wie Buchanan wärst, hätte ich dich nicht eingestellt. Du bist in fast jeder Hinsicht das Gegenteil von ihm."

Seth setzte sich auf und seine Wangen röteten sich leicht. „In *fast* jeder Hinsicht?"

„Du bist ein Pfau. Das habt ihr gemeinsam."

Seths Gesichtszüge entgleisten. Gus brüllte vor Lachen.

Ich entschuldigte mich. Es war eine lange Fahrt von Hertfordshire gewesen und ich trug noch immer meine Reisekleidung. Ich kam nicht weit die Treppe hinauf, ehe ein starker Arm sich um meine Mitte legte. Lincolns Schritte hatte ich nicht gehört.

„Hast du einen Moment für mich?" Seine Stimme rumpelte durch seinen Brustkorb in meinen Körper und sein Atem wärmte mein Ohr.

Ich drehte mich um und schlang meine Arme um seinen Nacken, wo ich mit seinen Haaren spielte, die mit einem schwarzen Band zusammengebunden waren. „Für dich habe sich sogar mehrere." Ich küsste ihn leicht auf die Lippen, stellte fest, dass es nicht genug war, und vertiefte den Kuss.

Seine Hände spreizten sich auf meinem Rücken und hielten mich sicher an Ort und Stelle, während er mich gründlich und ohne Rückhalt küsste. Wir liefen Gefahr, gesehen zu werden, aber das war mir egal. Nichts zählte, außer Lincoln und sein Mund, sein Körper und meine tief sitzende Reaktion auf ihn. Ich sehnte mich schmerzhaft nach ihm, nach mehr als nur Küssen. Unsere Hochzeitsnacht konnte nicht bald genug kommen.

Er zog sich zurück und füllte seine Lungen mit einem tiefen

Atemzug. Mit dem Handrücken berührte er meine Wange. „Ich habe dich vermisst, Charlie."

„Ich war die ganze Zeit bei dir", sagte ich lachend.

„Nicht die ganze Zeit. Den Geheimgang zu deinem Zimmer habe ich nicht gefunden."

„Selbst wenn du ihn gefunden hättest, wärest du nicht hereingekommen. Du bist viel zu sehr Gentleman, egal, was du andere glauben lassen möchtest."

„Lass das bloß Seth und Gus nicht wissen." Er nahm meine Hand und führte mich die Treppe hinauf, außer Sicht des Salons. „Ich genieße ihre Versuche, mir wahlweise Standpauken zu halten und mich zu bedrohen. Gus sagte, er würde mich kastrieren, sollte ich dich je aus der Fassung bringen."

„Das ist ja regelrecht mittelalterlich. Schön für ihn. Und schön für dich, dass du es locker nimmst. Es gab mal Zeiten, da hättest du sie angeknurrt und zurechtgewiesen."

„Und sie hätten mich gefürchtet. Leider ist mein Ruf ruiniert und mir begegnet nur noch Amüsement."

„Das ist die richtige Einstellung."

„Bis sie mich langweilen. Dann schicke ich sie mit sinnlosen Aufträgen in die gefährlichen Slums."

Wir kamen zu meinem Schlafzimmer und er küsste mich noch einmal, ehe er den Flur entlang zu seinen eigenen Gemächern ging. Erst als ich meine Tür schloss, merkte ich, dass ich ihn nicht nach seinen Plänen gefragt hatte. Wir mussten mehr über das Opfer und den Angriff herausfinden und vielleicht Gawler befragen. Lincoln konnte ihn mit seinen seherischen Fähigkeiten leicht lesen und würde wissen, ob er schuldig war oder nicht. Ich würde mit Lincoln nach dem Abendessen darüber sprechen.

Ich zog mich um und machte mich auf die Suche nach Lady Vickers, die ich im Empfangszimmer fand, wo sie den letzten Sonnenschein des Nachmittages genoss, ehe es dämmerte. Sie öffnete die Augen und prüfte ihre Haare. Als sie einige lose Strähnen vorfand, schnalzte sie mit der Zunge.

„Diese Briggs", murmelte sie. „Sie ist ziemlich hoffnungslos. Ich weiß nicht, was ich mit ihr anfangen soll." Bella Briggs war Lady Vickers' Zofe und eine frühere Geliebte von Seth. Ich war überrascht, dass sie noch immer bei ihr angestellt war, denn Lady Vickers schimpfte unablässig über ihre Unfähigkeit. „Sie sollten sie entlassen, Charlie."

„Ich? Aber sie ist doch Ihre Zofe."

„*Sie* sind die Hausherrin."

„Seth hat sie eingestellt und bezahlt sie. Bitten Sie ihn, sie zu entlassen." Wir wussten beide, dass er das nicht tun würde. Zwar hatte er nichts mehr mit Bella, aber er war viel zu gutherzig, um jemanden zu entlassen, mit dem er intim gewesen war.

„Das ist nicht seine Stellung", sagte Lady Vickers. „Sie sollten mit Mrs Cotchin sprechen. Auch wenn sie nicht für Bella zuständig ist, ist es akzeptabel, wenn die Haushälterin die Zofe entlässt, sofern die Hausherrin zustimmt. Bitten Sie sie, in Ihrem Namen eine Anzeige für eine neue Zofe zu schalten. Es ist Zeit, dass Sie eine bekommen. Wir beide werden sie schon beschäftigt halten. Außerdem ist Alice auch noch da."

Anscheinend wollte sie ihrem Sohn zuliebe Geld sparen. Auch wenn Lincoln Seths Lohn angehoben hatte, um die Kosten zu decken, bezweifelte ich, dass er ihn wieder herabsetzen würde, nachdem Bella Briggs weg war.

„So viele Regeln!" Ich hockte mich in die Fensternische und starrte über den Rasen. „Wer darf Angestellte entlassen und wer nicht, wer redet mit wem und wann. Was man wann essen und trinken soll. Wie soll ich mir das alles merken?"

„Sie werden in Ihre Rolle hineinwachsen, meine Liebe. Bis dahin helfe ich Ihnen. Bedenken Sie nur, welches Glück Sie haben."

„Das weiß ich und ich bin Ihnen dankbar."

„Viele junge Bräute müssen sich mit einer Schwiegermutter arrangieren, die immer noch im Haus regiert. Sie haben das Beste aus beiden Welten. Sie können von meiner Weisheit profitieren und sind trotzdem die unangefochtene Herrin hier."

Ich lachte. Das war nicht ganz der Grund, warum ich mich glücklich schätzte. „Sie haben recht, Lady V. Danke für all Ihre Unterstützung bei den Hochzeitsvorbereitungen."

Sie klopfte neben sich auf das Sofa. „Kommen Sie, setzen Sie sich neben mich. Ich habe eine Idee für Ihr Kleid. Haben Sie über Schleifen auf jedem Ärmel nachgedacht?"

„Das Kleid ist so gut wie fertig. Daran kann ich jetzt nichts mehr ändern. Der Schneider wird mir bei lebendigem Leibe die Haut abziehen."

„Quatsch. Natürlich können Sie alles ändern, bis zum eigentlichen Tag. Es ist Ihr Recht als Braut, genau das zu bekommen, was Sie wollen."

„Ich habe, was ich will. Ich liebe mein Hochzeitskleid."

„Warten Sie, bis Sie das hier sehen." Sie pflückte eine Zeitschrift aus ihrem Handarbeitskorb, der zu ihren Füßen stand. „Das kam heute Morgen aus Paris." Sie blätterte durch die Seiten, bis sie die richtige gefunden hatte. „Wären Sie noch länger weggeblieben, hätte ich in Ihrem Namen eine Anfrage an den Schneider geschickt."

Zum Glück war ich rechtzeitig nach Hause gekommen. Die Schleifen auf den angesetzten Ärmeln des Kleides auf dem Bild waren ausufernd. „Ich glaube, ich bevorzuge es so, wie es ist."

„Keine Schleifen?"

„Keine Schleifen."

Sie seufzte. „Nun gut. Und wie ist es mit der Gästeliste?"

„Was ist damit?"

„Müssen Sie wirklich Lord Gillingham dabeihaben?"

„Er ist mit Harriet verheiratet, die ich als Freundin betrachte."

Sie zückte eine Kopie der Sitzordnung aus ihrem Korb. „Dann kann er nicht neben mir sitzen."

„Aber Sie sind eine so gute Gesprächspartnerin, Lady V. An Ihren Charme und Witz reicht niemand heran und Ihnen fällt immer die richtige Bemerkung ein. Sie fühlen sich wohl, wenn Sie mit Menschen aus den oberen Gesellschaftsschichten sprechen. Stellen Sie sich vor, ich würde ihn neben Gus setzen!"

„Schmeichelei wird diesmal nicht funktionieren, meine Liebe. Ich kann nicht neben ihm sitzen, weil er viel zu klein ist."

Ich verschluckte mich fast vor Lachen. „Was hat das denn mit irgendwas zu tun?"

„Wir werden albern aussehen, wenn wir nebeneinandersitzen. Kein Mann möchte sich klein und schwach fühlen und keine Frau will sich wie eine Giraffe vorkommen. Sie müssen ihn neben seine Frau setzen. Sie ist die Einzige, die sich mit ihm abgeben wird. Abgesehen davon ist es ihre Schuld, dass er überhaupt bei der Hochzeit anwesend sein wird."

„Dann soll es so sein."

„Wenn wir Glück haben, bekommt er Halsschmerzen und kann nicht teilnehmen."

„Oder er überlegt sich einfach eine Ausrede und lässt seine Frau allein kommen."

Sie verzog den Mund. „Das bezweifle ich. Ihre Hochzeit wird das Ereignis des Jahres, da wird er dabei sein wollen. Alle reden bereits davon."

„Wer?"

Sie wedelte mit der Hand. „Alle meine Freunde. Mehrere haben bereits um Einladungen gebeten und natürlich musste ich ihnen mitteilen, dass alles extrem exklusiv ist. Oder werde es tun, auf den letzten Drücker. Bis dahin werde ich ihre Mittagessen und Tees und sonstigen Versuche, sich mir anzubiedern, genießen."

„Warum sind alle so an uns interessiert?"

„Mr Fitzroy war einmal sehr gefragt. Seine geheimnisumwitterte Aura, sein gutes Aussehen und sein Reichtum haben ihn sehr beliebt gemacht, als ich in London eintraf. Zu der Zeit waren Sie in der Schule. Die Mädchen, die entweder keinen Titel brauchten oder sich nicht darum scherten, haben sich ihm zu jeder Gelegenheit an den Hals geworfen. Als er vom Markt verschwand, wollten Ihnen mehrere die Augen auskratzen."

Ich starrte sie an.

„Seth ist natürlich immer noch populär", fuhr sie fort. „Wenn er doch nur öfter an Partys teilnehmen würde, hätte er die freie Auswahl unter den Mädchen. Einige sind sogar Erbinnen. Natürlich müsste er sie sich schnell schnappen, bevor ihre Eltern sich daran erinnern, warum an dem Namen Vickers so viel Dreck klebt." Sie seufzte. „Sein Vater hat für den armen Seth alles ruiniert. Denken Sie, Sie könnten ihn für mich zurückholen, damit ich ihn noch einmal umbringen kann?"

Ich warf den Kopf in den Nacken und lachte schallend. Sie stimmte nicht mit ein. „Oh. Sie meinten das ernst. Lady V, Sie wissen aber schon, dass Leute nur einmal sterben?"

„Können Sie seinen Geist nicht in die Hölle verbannen?"

„Nein!"

„Dann etwas Ähnliches. Ein Ort mit Feuer und Schwefel und grässlichen Krankheiten. Und hässlichen Frauen. Das wäre seine persönliche Hölle." Sie tätschelte mein Knie und nutzte es dann, um sich auf die Füße zu stemmen. „In Mr Fitzroys Bibliothek muss es Bücher darüber geben, wie man Geister an höllische Orte verbannt. Darüber nachzulesen, wird Sie von der bevorstehenden Hochzeit ablenken."

„Ich brauche mich nicht davon abzulenken. Ich freue mich darauf."

Sie nahm ihren Handarbeitskorb und rieb sich den Rücken, sobald sie sich aufrichtete. „Was mich daran erinnert, dass wir vor Ihrer Hochzeitsnacht noch ein Gespräch führen müssen. Aber nicht heute."

Gott sei Dank. Das war kein Gespräch, das ich mit ihr führen wollte. Jemals. In Anbetracht dessen, was ich auf der Straße gesehen hatte, als ich noch dort lebte, hatte ich den Verdacht, dass ich deutlich mehr als sie darüber wusste, was ein Mann und eine Frau in ihrer Hochzeitsnacht so alles anstellen konnten.

Ich ging in die Küche, um mit dem Koch zu sprechen, doch der war damit beschäftigt, seiner Küchenhilfe Befehle entgegen zu bellen, während er eine Lammkeule einpinselte und den Inhalt eines Topfes umrührte. „Komm später zu mir, damit wir über das Hochzeitsessen reden können."

Er hörte auf zu rühren und zu pinseln. „Stimmt etwas mit dem Menü nicht?"

„Nein." Ich zwinkerte und senkte die Stimme. „Ich habe dich zwei Tage nicht gesehen und wollte Neuigkeiten austauschen."

„Da hast du recht. Du da!" Ich dachte, er würde mich anschreien, aber es war die Magd, die seine Aufmerksamkeit erregt hatte. „Was willst du, Annie? Hol's und geh. Hier drinnen ist es zu eng für jeden, der nicht zum Küchenpersonal gehört."

„Ich suche Besteck", sagte das Mädchen. Ich mochte ihren Mumm. Sie hatte kein bisschen Angst vor dem Koch.

„Das Besteck hier ist nur für Angestellte. Du willst das Silber fürs Esszimmer. Frag Mrs Cotchin."

Annie machte einen Knicks und eilte davon.

„Sie ist neu und lernt noch", sagte der Koch mit einem Kopfschütteln.

„Sie hatte die Haare schön frisiert", sagte ich.

Er widmete sich wieder dem Rühren und Pinseln. „Na und?"

„Ich frage mich, ob sie es selbst gemacht hat. Falls ja, wäre sie vielleicht eine gute Zofe. Sag das Bella noch nicht."

„Hatte Lady V endlich genug, ja?" Er schmunzelte. „Ich wusste, Seths Wahl würde ihm irgendwann in die—" Er schaute zu dem Mädchen, das in einer Schüssel am Tisch rührte. „Wo wir gerade von Lady V reden, von der kannst du was lernen, Charlie. Die hat Geschmack. Ich meine nicht Kleider und so, sondern das hier." Er streckte die Zunge raus. „Sie weiß, welche Soße wozu passt und dergleichen. Kommt von ihren vielen Reisen."

„Das solltest du ihr sagen."

„Die ist viel zu erhaben, um mit mir zu reden, außer wenn du weg bist und sie Hunger bekommt."

Ich tätschelte seine Schulter und versicherte ihm, dass sie nicht so war. Aber genau genommen war sie ein ziemlicher Snob. Sie setzte selten einen Fuß in den Dienstbotenbereich und man brauchte schon einen sehr großen Anreiz, damit sie auch nur einen Zeh in die Küche steckte. In Anbetracht der Tatsache, dass ihr zweiter Ehemann ein Lakai in ihrem Haus gewesen war, war es schon seltsam, dass sie sich vom Personal so distanzierte. Vielleicht gerade deswegen—sie traute sich selbst nicht über den Weg, diese Grenze nicht erneut zu überschreiten.

Ich überließ den Koch seiner Arbeit und suchte Alice. Wir spazierten durch den von Mauern gesäumten Garten voll wuchernder Ranken und durch den Obstgarten mit seinen Apfelbäumen, mein Lieblingsort auf dem Anwesen. Die Dämmerung hatte sich noch nicht herabgesenkt und der Tag war warm genug, sodass wir keine Tücher brauchten. Die Luft roch klar und frisch im Vergleich zu dem erstickenden Dunst der Stadt, wo ich aufgewachsen war. Allerdings längst nicht so frisch wie die Luft in Hertfordshire.

Alice und ich unterhielten uns leise, größtenteils über ihr Dilemma, aber auch über die Hochzeit. Nach einer Weile bemerkte ich, dass sie abgelenkt war und folgte ihrem Blick. Vor uns betrachtete der Gärtner einen der Bäume an der Einfahrt.

„Stimmt etwas mit unserem Gärtner nicht?", fragte ich.

„Keineswegs." Sie stieß mich mit dem Ellenbogen an. „Er sieht ziemlich gut aus, nicht wahr?"

Sie bewunderte einen „ziemlich gut aussehenden" Gärtner, obwohl ihr ein sehr gut aussehender Lord zur Verfügung stand? War sie blind, albern oder beides?

„Nicht so gut wie Seth", zeigte ich auf.

Sie seufzte und machte sich von mir los. „Verdirb es nicht, Charlie."

„Was verderben?"

„Unseren Spaziergang, unsere Freundschaft … alles."

„Mir war nicht klar, dass ich irgendetwas verderbe, bloß weil ich dich darauf hinweise, dass Seth besser aussieht als der Gärtner."

Sie marschierte vor mir her. „Vielleicht ist das das Problem."

Ich beeilte mich, sie einzuholen. „Alice, was ist los?"

Sie seufzte wieder. „Ich weiß es eigentlich gar nicht. Alles, was ich weiß ist, dass ich es leid bin, wie alle meinen, Seth und ich würden ein tolles Paar abgeben. Alle außer Lady V. Ich will im Moment einfach nur mit ihm befreundet sein. Eigentlich kann ich über gar nichts anderes nachdenken, solange ich nicht weiß, wie ich meine Lage in den Griff kriege." Sie blieb stehen und wartete auf mich. „Verstehst du das, Charlie?"

Ich hakte mich bei ihr ein. „Ganz und gar. Ich werde Seths gutes Aussehen nie wieder erwähnen."

Der Dinner-Gong war aus dem Haus zu hören. „Schon?", fragte Alice. „Aber wir haben uns noch nicht umgezogen."

„Ich hatte nicht vor, mich noch einmal umzuziehen. Das habe ich heute schon einmal getan."

„Lady Vickers wird das nicht gefallen. Sie behauptet, wenn eine Lady sich nicht mindestens dreimal am Tag umzieht, ist sie faul."

Ich lachte. „Komm. Wir schocken sie mit unserer Faulheit."

* * *

LINCOLN ZOG sich auch nicht um, denn er kam erst nach dem Gong nach Hause. Er hatte sich aus dem Haus geschlichen, ohne mir etwas davon zu sagen.

„Du warst bei Gawler, nicht wahr?", fragte ich, während wir uns zu Tisch setzten.

„Ja", sagte er. „Und du kannst aufhören, mich so anzugrummeln. Ich bin dir nicht absichtlich aus dem Weg gegangen. Du warst nicht da, als ich aufgebrochen bin."

Ich runzelte noch mehr die Stirn. Er nahm Messer und Gabel zur Hand und warf mir ein Lächeln zu, welches mir nur bewies, dass er mir durchaus aus dem Weg gegangen war, damit ich nicht darauf bestand, ihn zu begleiten.

„Was hat Gawler gesagt?", fragte Seth.

„Müssen wir das am Essenstisch besprechen?", schimpfte Lady Vickers. „Es ist vulgär."

„Es kann warten", sagte Lincoln, als Seth den Mund öffnete, um seiner Mutter zu widersprechen.

Nach dem Essen versammelten wir uns im Wohnzimmer. Auch der Koch stieß zu uns. Lady Vickers schürzte die Lippen, als er eintrat, und er machte auf dem Absatz kehrt, aber ich rief ihn zurück. Ganz ehrlich, sie war so engstirnig, was die Regeln anging, obwohl sie wusste, wie die Dinge in Lichfield liefen. Sie hatte schon vor langer Zeit akzeptiert, dass Gus mit uns verkehrte; dann konnte sie die Regeln auch für den Koch verbiegen.

„Komm, setz dich zu mir", sagte ich zum Koch. „Gus, schenk ihm einen Brandy ein."

Der Koch zog seine Schürze aus, brachte jedoch den Geruch von gebratenem Fleisch mit. Er setzte sich neben mich und seufzte wie ein Mann, der den ganzen Tag auf den Beinen gewesen war. Lady Vickers nickte ihm knapp zu, ihre Art der Entschuldigung für ihre Unhöflichkeit. Er erwiderte das Nicken.

Da wir das aus dem Weg hatten, sagte ich: „Lincoln wollte uns gerade erzählen, was Gawler zu dem Mord gesagt hat. Falls Lady Vickers nichts gegen ein solches Gespräch einzuwenden hat."

„Habe ich nicht." Sie nippte langsam an ihrem Sherry und

peilte über das Glas in meine Richtung. Oder war es in die Richtung des Kochs?

„Gawler hat jegliche Fehltritte bestritten", sagte Lincoln. Er saß im Sessel am Fenster und wirkte entspannt, aber aufmerksam. „Er hat morgens seine Rudelkollegen befragt, nachdem er von dem Angriff gehört hatte. Sie haben ebenfalls jegliche Beteiligung abgestritten. Er glaubt ihnen."

„Hast du ihm geglaubt?", fragte ich.

„Ich habe keine Lüge ausmachen können, aber ohne sein Rudel zu befragen, kann ich ihre Ehrlichkeit nicht garantieren."

„Es könnte hilfreich sein, mit Harriet zu reden. Sie sollte wissen, ob einer von ihnen Mordgelüste hegt."

Lady Vickers machte ein angeekeltes Geräusch, gab aber keinen Kommentar ab.

„Gawler macht sich Sorgen, dass ihm die Schuld in die Schuhe geschoben wird", fuhr Lincoln fort. „Er weiß, wie es aussieht. Der Mord geschah nur wenige Meter von seiner Wohnung entfernt."

„Ich hasse Old Nichol", grummelte Gus. „Das is vollgestopft mit menschlichem Abschaum. Überrascht mich nich, dass da jemand abgemurkst wird."

„Morde passieren dort ständig", stimmte Seth zu. Angesichts der hochgezogenen Augenbrauen von seiner Mutter und Alice fügte er hinzu: „Hört man so. Sehr grässliche Morde. Mutter, du möchtest vermutlich lieber gehen, bevor du noch mehr hörst."

„Meine Verfassung ist ziemlich stark, danke", sagte sie. „Fahr ruhig fort."

Seth murmelte etwas vor sich hin, das ich jedoch nicht verstand. Warum wollte er seine Mutter loswerden? Ich warf ihr einen Blick zu, nur um festzustellen, dass sie mich wieder anschaute. Nein, nicht mich. Den Koch. Der merkte jedoch nichts davon. Ich grinste in mein Glas.

„Wenn sein Rudel es nicht getan hat, wen hält Gawler dann für verantwortlich?", fragte Alice.

„Ein zufälliger Angreifer?", schlug Seth vor.

Lincoln schüttelte den Kopf. „Er glaubt, dass Swinburn es war und versucht, die Schuld auf Gawlers Rudel zu schieben, damit wir gezwungen sind, einzugreifen und das Rudel aufzulösen. Gawler glaubt, es handelt sich um ein Machtspiel von Swinburn."

„Um das führende Wolfsrudel in der Stadt zu werden", sagte ich nickend. „Das ist eine handfeste Theorie und passt gut zu dem, was wir über Swinburn wissen."

„Wir müssen noch einmal mit ihm reden", sagte Seth.

Lincoln hob einen Finger von seinem Glas, um den Vorschlag zu bremsen, ehe er Fahrt aufnahm. „Ich muss erst weitere Details von der Polizei bekommen—den Namen und den Wohnort des Opfers sowie die genaue Art der Verletzungen. Ich will wissen, ob es die gleichen sind wie die von Protheroe beim Hyde Park Angriff."

Lady Vickers stellte ihr Glas ab. „Ich denke, ich werde mich nun doch zurückziehen." Sie erhob sich und alle Männer standen, bis sie gegangen war.

„Ich kann den Geist des Opfers rufen, um mehr herauszufinden", sagte ich, derweil sie sich wieder setzten.

Lincoln nickte einmal und wir machten Pläne für den folgenden Tag. Ein Tag, der mit der schwierigsten Aufgabe von allen beginnen würde—Lady Harcourt damit zu konfrontieren, dass sie aus dem Komitee ausgeschlossen wurde.

KAPITEL 3

Es war noch zu früh für Höflichkeitsbesuche bei Mitgliedern der gehobenen Gesellschaft, aber Lincoln scherte sich nicht um Schicklichkeit und unser Besuch in Harcourt House in Mayfair war kein freundschaftlicher. Allerdings mussten wir im Salon warten, während der Butler Millard seine Herrin holte. Dadurch hatte ich Zeit, ihren exquisiten Einrichtungsgeschmack zu bewundern, auch wenn er durch die Erinnerung an Marguerite Buchanans Bruder verleidet wurde, der sich vor einigen Monaten in genau diesem Raum selbst erschossen hatte.

Lady Harcourt rauschte fünfzehn Minuten später mit offenen Haaren herein. Die glänzenden schwarzen Locken reichten ihr bis zur Mitte des Rückens und bewegten sich überhaupt nicht, während sie über den Boden glitt. Ihr Tanztraining diente ihr in ihrer Rolle als Adelige, auch wenn sie alles darum gegeben hätte, wenn es ihr Geheimnis geblieben wäre.

„So früh!", rief sie und sank in einen Sessel. „Du wirst dich daran erinnern, dass ich nicht gern vor neun Uhr aufstehe, Lincoln, und mein Frühstück im Bett einnehme."

Obwohl ich mich für dieses Treffen gewappnet hatte, war ich doch schockiert von ihrer Dreistigkeit. Was für eine Frau redete mit einem Gentleman so vor seiner Verlobten? Keine nette, so viel war sicher. Hoffentlich hatte ich meinen Gesichtsausdruck unter Kontrolle, sodass er meine Gefühle nicht verriet. Diesen Sieg gönnte ich ihr nicht.

„Diese Angelegenheit konnte nicht warten", sagte Lincoln.

„Setzt euch doch." Als keiner von uns beiden der Aufforderung Folge leistete, fügte sie hinzu: „Ich weiß, wir sind in letzter Zeit nicht gut miteinander ausgekommen, aber ich hoffe, das wird sich jetzt ändern. Schließlich bekommen wir drei nun, was wir wollen. Ihr zwei wollt einander, und ich heirate Sir Ignatius."

„Und Swinburn", sagte Lincoln, bevor ich es tun konnte. „Er hat auch bekommen, was er wollte."

Sie lächelte. „Danke, das hat er. Ich bin eine feine Wahl für ihn, wenn ich so sagen darf."

Ich schaffte es, mein Röcheln in einen Husten zu verwandeln, ohne dass es zu offensichtlich war.

Dachte ich jedenfalls. Lady Hartcourts Blick wurde hart. „Möchtest du etwas sagen, Charlotte? Hältst du mich für eine schlechte Wahl als Ehefrau?"

„Ich denke, Sie und Swinburn verdienen einander", sagte ich.

„*Sir* Ignatius", korrigierte sie mich. „Seine Anfänge sind bescheiden, aber—"

„Das sind Ihre auch."

Sie schniefte. „Was willst du, Lincoln?"

„Dir mitteilen, dass deine Mitgliedschaft im Komitee aberkannt wurde", sagte er.

Sie schoss auf die Füße, jegliche Vortäuschung von Eleganz verflogen. „Das kannst du nicht tun!"

„Ich habe den Lords Marchbank und Gillingham geschrieben und um ihre Anwesenheit bei einem Treffen heute Nachmittag in Lichfield gebeten. Ich werde sie dann darüber informieren. Das hier ist lediglich ein Höflichkeitsbesuch, um es dir mitzuteilen. In Anbetracht deines Dienstes für das Komitee in der Vergangenheit hielt ich einen Brief für unangemessen."

Sie schnappte nach Luft, als könne sie kaum atmen, und presste ihre Hand auf ihren Bauch. „Ich habe dir gestern gesagt, dass meine Beziehung zu Ignatius meine Loyalität dem Ministerium gegenüber nicht beeinflusst."

„Du hast ihm gesagt, wer mein Vater ist."

Eine kurze Pause, dann: „Das habe ich nicht."

„Lüg mich nicht an. Du weißt, dass ich es merke."

Sie trat einen Schritt zurück. Ihr Brustkorb bebte unter ihren Atemzügen. „Ich kann nicht glauben, dass er dir das gesagt hat", flüsterte sie. „Ich kann nicht glauben, dass er mich so hintergehen würde."

Es war eine Bestätigung aus ihrem eigenen Munde, dass das Geheimnis von ihr gekommen war, nicht vom Prinzen oder dem Herzog. Ob Lincoln ihre Lüge tatsächlich erkennen konnte, spielte keine Rolle. Er hatte ein Geständnis erzwungen.

„Du hast das Vertrauen missbraucht, das dir entgegengebracht wurde, Julia", sagte Lincoln. „Du lässt mir keine andere Wahl, als dich aus dem Komitee zu entfernen."

Sie lachte, doch das verging schnell. „Das kannst du nicht."

„Ich kann."

„Nein", sagte sie kopfschüttelnd. „Nein! Tu das nicht. Wirf mich nicht aus dem Komitee. Es passiert nie wieder."

„Dir kann nicht mehr vertraut werden, dass du Ministeriumsgeheimnisse wahrst."

„*Nein!*"

Lincoln sagte nichts.

„Wie kannst du es wagen!" Sie ging auf ihn los und wollte seine Schultern packen oder ihn vielleicht schlagen, aber er fing ihre Handgelenke ab und hielt sie auf Abstand. Sie versuchte, sich loszureißen, die Zähne zusammengebissen. Ihre Haare fielen ihr ins Gesicht, über die Schultern und die Strähnen verknoteten sich in ihrem Kampf, sich zu befreien.

Ich hatte ihre wilde, irre Seite zuvor schon gesehen, hatte sie aber heute nicht wegen dieser Sache erwartet. Ich hatte gedacht, sie würde diskutieren und mit Worten kämpfen, nicht mit Fäusten. Hatte es ihr so viel bedeutet, im Komitee zu sein?

„Beruhige dich", sagte Lincoln.

„Warum betrügen mich alle?", knurrte sie, ihre Stimme tief und maskulin. „Du, Andrew, Ignatius und jetzt das! Ihr *Männer*", spuckte sie.

„Hör auf zu kämpfen oder ich lasse dich nicht los."

Sie versuchte, ihn zu treten, doch ihre Röcke hinderten sie daran und Lincoln wich mit Leichtigkeit aus. Sie schluchzte frustriert und schien ihren Kampfgeist zu verlieren. „Tu das nicht, Lincoln!", jammerte sie. „Schließ mich nicht aus dem Ministerium aus, aus deinem Leben."

Seinem Leben? Ging es bei ihrem Wutanfall darum? Sie klammerte sich noch immer an die Hoffnung, wieder mit Lincoln befreundet zu sein? Oder sogar seine Geliebte?

Lincoln blinzelte sie an, das einzige Anzeichen, dass ihre Worte auch ihn überrascht hatten. „Du dachtest, ich würde nicht herausfinden, dass du es ihm gesagt hast?", fragte er leise. „Du kennst mich besser, Julia. Ich weiß alles über dich. Ich weiß, mit wem du redest, mit wem du dinierst, wen du mit ins Bett nimmst. Ich weiß, wer deine Lieblingsdiener sind, wie viel Geld du ausgibst und was im Testament deines verstorbenen Mannes steht. Ich kenne deine Pläne, noch bevor du sie planst, und ich weiß, was du denkst, bevor du es denkst, weil ich *dich* kenne."

Sie starrte zu ihm auf, die Augen riesige, tiefe Brunnen. Er ließ sie los und sie ging zwei Schritte rückwärts, was sie näher zu mir brachte.

„Du dachtest, du könntest mich so hintergehen und ungeschoren davonkommen?", fuhr Lincoln mit der gleichen, ruhigen Stimme fort, die mehr Macht, mehr Einfluss hatte als jedes Gebrüll.

Sie richtete sich auf und schob das Kinn vor, wieder ganz die Adelige. „Ich musste es tun. Er hat mich bedroht."

„Nein, hat er nicht. Ich sage es noch einmal: Lüg mich nicht an."

Sie schluckte.

„Sie haben es getan, damit er Sie heiratet", sagte ich. „Er hat Ihnen die Ehe versprochen, im Gegenzug für die Information über Lincoln. Was haben Sie noch—?"

Sie fuhr herum, die Hand ausgestreckt, um mir ins Gesicht zu schlagen. Es ging so schnell, doch ich sah es kommen, sobald ihr Körper in Bewegung kam. Der kleine Hinweis genügte mir, um den Schlag mit meinem rechten Unterarm zu blockieren und ihr mit der linken Hand eine Ohrfeige zu verpassen.

Sie taumelte zurück und wäre gestürzt, hätte Lincoln sie nicht aufgefangen. Er richtete sie auf, ließ jedoch nicht los. Merkwürdige keuchende Geräusche, die beinahe Schluchzer waren, entfuhren ihr, doch sie vergoss keine Tränen. Ein roter Abdruck verunzierte eine Wange, während der Rest ihres Gesichts blutleer war.

„Raus", zischte sie. „Raus aus meinem Haus."

Ich wäre liebend gern gegangen, doch Lincoln blieb. „Du musst mir einen Brief schicken, in dem du offiziell deine Mitgliedschaft im Komitee an deinen Erben übergibst. Sollte er bis Ende der Woche nicht eintreffen, werde ich Seth den Platz ohnehin geben."

Wir verließen das Stadthaus und Lincoln half mir in unsere wartende Kutsche. Er wies den Kutscher an, uns zu Lord Gillinghams Haus zu fahren.

„Wie geht es deiner Hand?", fragte Lincoln, während wir es uns in der Kabine bequem machten.

„Gut. Hätte ich keine Handschuhe getragen, würde es brennen." Jetzt, da es vorüber war, war ich froh, dass ich keine Platzwunde auf ihrer Wange verursacht hatte, auch wenn ich den Verdacht hatte, dass es einen blauen Fleck geben würde. „Du hast dich nicht einmal bewegt, als sie mich schlagen wollte. Du bist nicht mehr so schnell wie früher", stichelte ich.

„Ich wusste, dass du sie ohne meine Hilfe aufhalten würdest."

„Wie konntest du das wissen?"

„Weil ich die Fortschritte in unserem Training gesehen habe. Deine Reflexe sind außergewöhnlich, und sie waren vorher schon gut. Nimm beim nächsten Mal die geschlossene Faust, nicht die Handfläche. Obwohl, das hebst du dir vielleicht besser für einen Kampf mit einem Mann auf."

„Du glaubst, ich könnte einen Mann im Kampf besiegen?"

„Das habe ich nicht gesagt."

„Aber du würdest es gern sehen, wenn ich mich bei jemand anderem als Seth oder Gus ausprobiere?"

Seine Augenbrauen krachten gegeneinander. „Nein. Würde ich nicht."

„Komm schon, Lincoln, gib es zu. Du bist neugierig. Ich trainiere jetzt seit einem Jahr und war in wenige echte Kämpfe verwickelt. Du musst dich fragen, ob es geholfen hat oder ob du deine Zeit verschwendest."

„Es war keine Zeitverschwendung. Du hast einige Fähigkeiten, die dir helfen, falls du angegriffen wirst. Das bereue ich überhaupt nicht."

Ich wechselte den Platz, um neben ihm zu sitzen. Seine Augen wurden schmal, als erwartete er, ich würde über ich herfallen. „Keine Sorge", sagte ich. „Ich möchte nur deine Hand halten."

Er nahm meine Hand in seine und führte sie an seine Lippen, um meinen Handschuh zu küssen. „Ganz ernsthaft, Charlie, geht es dir gut?"

„Meine Nerven beruhigen sich." Ich deutete auf unsere verschränkten Hände und rückte so nahe an ihn heran, wie es ging, ohne auf seinem Schoß zu sitzen. „Was glaubst du, was jetzt passiert?"

„Normalerweise unterrichtet uns ein verstorbenes Komiteemitglied durch sein oder ihr Testament über den Erben, aber da sie noch lebt, muss sie Seth schriftlich als ihren Nachfolger bestätigen."

„Ich meinte sie und Swinburn."

Er zuckte lediglich mit den Schultern, doch ich hatte den Verdacht, dass er eine Antwort hatte.

„Ich glaube, sie wird ihn mit seinem Betrug konfrontieren", sagte ich. „Sie werden vermutlich streiten."

„Sie wird es nicht erwähnen." Ich wusste doch, dass er eine Antwort parat hatte. Man musste ihn nur ein wenig ermuntern, sie preiszugeben. „Sie wird ihm auch erst nach der Hochzeit sagen, dass sie aus dem Komitee geworfen wurde, da er die Verlobung sonst löst. Sie will unbedingt wieder heiraten, um ihre Zukunft zu sichern, solange sie noch jung ist, und Swinburn ist derzeit der beste Kandidat. Kein anderer Gentleman will sie als Ehefrau. Und er will sie nur, solange sie ihm vertrauliche Ministeriumsinformationen liefern kann."

„Ich verstehe", sagte ich leise. „Du hast ja gesagt, dass du sie so gut kennst, dass du weißt, was sie denkt."

Er runzelte die Stirn. „Macht dir das zu schaffen?"

„Nein. Ja. Ich weiß nicht."

Er berührte mein Kinn und zwang mich sanft, ihn anzusehen. Sein Blick suchte meinen. „Ich kann meine Vergangenheit nicht ungeschehen machen."

„Das will ich auch nicht."

Er sah nicht aus, als würde er mir glauben.

„Will ich wirklich nicht", sagte ich noch einmal. „Was geschehen ist, ist geschehen."

„Lass sie nicht zwischen uns kommen, Charlie."

Ich küsste ihn leicht auf die Lippen. „Das werde ich nicht. Ich weiß, dass sie kein Teil deines Lebens mehr ist."

„Kein Teil meines Lebens oder meiner Gedanken. Und jetzt werden wir sie noch seltener sehen."

Ich lehnte meinen Kopf an seine Schulter, jedoch nicht lange. Lord und Lady Gillingham lebten nur ein paar Straßen von Lady Harcourt entfernt und die Kutsche wurde bereits langsamer.

Lord Gillingham war nicht zu Hause, aber Harriet freute sich, uns zu sehen. Wie immer begrüßte sie uns voller Begeisterung. Wie eine lebhafte junge Frau jemals etwas an einer Kröte wie Gillingham finden konnte, entzog sich meiner Vorstellungskraft. Ihre Ehe war arrangiert worden, als sie noch ein junges Mädchen war. Sie hätte Grund genug, den zwanzig Jahre älteren Mann zu hassen, der außerdem noch widerlich und selbstgefällig war. Und doch tat sie es nicht. Stattdessen genoss sie ihre Ehe, da sie jetzt ihre gestaltwandlerischen Fähigkeiten in die Waagschale geworfen hatte, um die Machtverhältnisse zu ihren Gunsten zu verschieben. Scheinbar beherrschte *sie* jetzt *ihn*. Vermutlich half es, dass sie sein Kind in sich trug.

„Es tut uns leid, dass wir zu so früher Stunde auftauchen", sagte ich.

Sie winkte ab. „Ihr habt Gilly gerade verpasst. Er musste irgendwas erledigen."

„Ihn wollten wir gar nicht sehen", sagte Lincoln. „Ich wäre allerdings dankbar, wenn Sie ihm eine Nachricht übermitteln könnten." Er bat sie, ihrem Mann zu sagen, er solle um drei Uhr zu einer Komiteebesprechung nach Lichfield kommen.

„Stimmt etwas nicht?", fragte sie und bot uns einen Platz auf dem Sofa im Salon an. „Warum so dringend?"

„Die Zeitungen haben gestern über einen weiteren Tod durch Zerfleischen berichtet."

„Ich lese keine Zeitung." Sie verzog das Gesicht. „Da stehen so viele grässliche Dinge drin. Wieder zerfleischt, sagt ihr? Von einem Werwolf?"

„Das kann ich nicht sagen, ohne die Verletzungen des Opfers gesehen zu haben."

„Es ist aber wahrscheinlich", sagte ich. „Wie viele wilde Hunde gibt es in Londons East End?"

„Sie wären überrascht", sagte Harriet. „Ich habe einige arme, ausgehungerte Tiere aus purer Verzweiflung angreifen sehen."

„Aber warum einen Menschen angreifen? Warum keinen anderen Hund oder eine Ratte, die einfacher zu töten und zu essen sind?"

„Ein gutes Argument." Sie legte eine Hand auf ihren Bauch, der nicht mehr so flach war, wie ich erwartet hatte. Nach drei Monaten Schwangerschaft sollte noch nicht so viel zu sehen sein, doch das war offensichtlich nicht der Fall. Vielleicht hatte sie sich im Datum geirrt.

„Streifen Sie noch mit Gawlers Rudel umher, in Anbetracht …?" Lincoln deutete auf ihren gerundeten Bauch.

„Umherstreifen nicht, nein, aber ich besuche sie. So sehr ich meinen Gilly bewundere, will ich doch mit Menschen reden, die mich verstehen. Sie sind jetzt meine Freunde. Ich freue mich sehr darauf, wieder mit ihnen unterwegs zu sein, sobald das Baby geboren ist."

„Sie werden sich nicht Sir Ignatius Swinburns Rudel anschließen?", fragte ich ehrlich neugierig. Harriet war eine Gräfin, die ein sehr behütetes Leben geführt hatte. Sie schien viel eher zu Swinburns Wandlern zu passen als zu Gawlers, und doch hatte sie bisher kein Interesse daran gezeigt, mit den Leuten umherstreifen zu wollen, die ihr ähnlicher waren.

„Natürlich nicht. Man wechselt nicht einfach die Zugehörigkeit, wie man seine Kleidung wechselt. Ich gehöre zu Gawlers Rudel, fertig. Ich habe nicht vor, Sir Ignatius zu folgen, ganz besonders nicht, nachdem er und seine Freunde ihr wahres Gesicht gezeigt haben. Mit Mördern will ich nichts zu tun haben."

Wie viel ihrer Loyalität wohl aus ihrer Abneigung gegen diejenigen entsprang, die aus bescheidenen Verhältnissen stammten und dank ihres Geldes hoch aufgestiegen waren? Sie konnte ein ziemlicher Snob sein, wenn sie wollte.

„Haben Sie gestern jemanden aus Ihrem Rudel getroffen?", fragte Lincoln.

Sie schüttelte den Kopf. „Sie glauben doch sicher nicht, dass einer von ihnen das Opfer angegriffen hat. Kommen Sie, Lincoln, das ist nicht fair. Der letzte Angriff wurde von Lord Ballantine inszeniert, einem Mitglied aus Sir Ignatius' Rudel. Dort müssen Sie nach dem Mörder suchen, nicht bei Mr Gawler. Sie haben dererlei Dinge schon öfter getan; wir nicht."

„Der Angriff ereignete sich im East End."

Sie schaute ihn wütend an. „Und?"

„Und Gawlers Rudel streift durch das East End, während sich Swinburns Rudel an das West End hält. Diese Vereinbarung haben sie selbst getroffen."

„Das bedeutet nicht, dass Sir Ignatius sich an sein Versprechen hält und dem East End fernbleibt. Er ist ein schlüpfriger Emporkömmling. Ich traue ihm nicht und das sollten Sie auch nicht tun."

„Wenn Sie von Ihren Rudelmitgliedern so viel wie möglich erfahren könnten, wäre ich Ihnen sehr dankbar."

„Das werde ich, aber ich kann Ihnen bereits versichern, dass sie unschuldig sind. Gawler ist kein Mörder und sein Rudel tut, worum er sie bittet."

„Und doch ist er schwach", hakte Lincoln nach. „Er hat das Rudel übernommen, weil King gestorben ist, nicht weil er sich die Führung erkämpft hat. Stellt ihr seinen Wert deswegen nicht infrage? Es gibt doch sicher Gerede, ihn abzusetzen."

„Ganz gewiss nicht. Niemand erwähnt so etwas. Wir sind recht zufrieden mit seiner Führung, vielen Dank, und unterstellen Sie bitte nichts anderes. Wir sind Mr Gawler gegenüber loyal."

„Selbst Sie?"

„Ja!"

„Eine Gräfin ist einem Wanderarbeiter gegenüber loyal?"

Warum forderte er sie so heraus? Sie war unsere Freundin um Himmelswillen. Ich versuchte, ihn wütend anzufunkeln, doch er schaute nicht in meine Richtung. Außerdem bezweifelte ich, dass er damit aufgehört hätte, selbst wenn er es gesehen hätte.

„Rang und Vermögen haben keinen Einfluss auf die Stellung innerhalb des Rudels", sagte sie steif. „Es geht nur um Stärke."

„Aber Gawler ist nicht stark. Er hatte die Führung an King verloren. Vielleicht wird er gegen einen anderen Herausforderer ebenfalls verlieren."

„Das ist der Punkt, Lincoln. Es gibt keine Herausforderer. Niemand von uns ist stark genug, um ihn zu besiegen."

„Swinburn schon."

Sie blinzelte ihn an wie eine Eule. Ihre Lippen öffneten sich, als wollte sie etwas sagen, schlossen sich jedoch wieder.

„Und Stärke bedeutet nicht immer körperliche Fähigkeiten", fuhr Lincoln fort. „Es gibt andere Arten von Stärke wie Mut, Tapferkeit und die Fähigkeit, Menschen zu verstehen und zu führen."

„An dem Punkt versagt Swinburn", sagte Harriet. „Er versteht *gute* Menschen nicht, nur Bosheit. Nehmt nur seine Zuneigung zu Julia. Was für ein grässliches Paar! Ich schätze, damit passen sie gut zueinander. Ich verstehe, worauf Sie hinaus wollen, aber ich muss Ihnen versichern, dass Mr Gawlers Rudel nicht den gleichen Fehler begehen wird, den es mit King gemacht hat. Er hat ihre Leben und sogar die Existenz des Rudels selbst aufs Spiel gesetzt. Das werden sie nicht noch einmal zulassen, insbesondere nicht, da ich da bin, um sie daran zu erinnern." Sie warf uns beiden einen selbstgefälligen Blick zu.

„Sie haben Einfluss auf sie?", fragte ich.

„Jetzt, da ich mich eingewöhnt habe, schon. Wenigstens glaube ich das."

Sie bot uns Tee an, doch wir lehnten ab und wünschten ihr einen guten Tag. Sie brachte uns zur Tür, die Hand auf den Bauch gelegt. Ich konnte es mir nicht verkneifen, etwas zu sagen, und hoffte nur, dass sie es nicht falsch auffassen würde.

„Wann ist es so weit?", fragte ich.

„Dezember."

„Sind Sie sicher?", fragte Lincoln, der mich damit davor bewahrte, selbst die Frage zu stellen. „Sie sehen aus, als wären Sie schon weiter."

Sie versteifte sich. „Ziemlich sicher. Gilly und ich waren nicht …" Ihr Gesicht errötete und sie schaute weg. „Wir sind uns erst in diesem Frühjahr wieder nähergekommen."

„Sie verstehen mich falsch", sagte Lincoln mit einer entschuldigenden Geste. „Ich glaube Ihnen, dass Sie erst im dritten Monat sind. Ich bezweifle nur, dass erst ein Drittel der Schwangerschaft verstrichen ist."

Harriet und ich sahen ihn verständnislos an. „Das ergibt keinen Sinn", sagte ich zu ihm.

„Die Tragzeit eines Wolfes beträgt weniger als drei Monate."

Harriet schaute zu dem Lakaien, der an der Eingangstür stand. „Ich bin aber kein Wolf", flüsterte sie. „Nicht wirklich."

„Sie sind aber auch kein Mensch, sondern etwas ganz anderes. Es ist anzunehmen, dass Ihre Schwangerschaft nicht dem Muster einer menschlichen Frau folgt."

„Oh. Da muss ich meine Rudelmitglieder fragen. Die werden es wissen." Sie rieb ihren Bauch und lächelte. „Ich hoffe sehr, dass es bald kommt. Ich kann es kaum erwarten, Gilly die guten Nachrichten zu überbringen. Er wird anfangs recht schockiert sein, aber mit der Zeit wird er sich an den Gedanken gewöhnen, dass ein kleiner Wolf im Haus auf der Pirsch ist."

Sie hatte mehr Vertrauen in Lord Gillingham als ich.

Wir verließen das Haus der Gillinghams und fuhren nach New Scotland Yard, um mit Lincolns Polizeiinformanten zu sprechen. Der korrupte Detective verdankte Lincoln seine Stelle und hatte sich gelegentlich als gute Informationsquelle erwiesen. Es war einfacher, zu ihm zu gehen, als zu versuchen, sich in das gut gesicherte Gebäude zu schleichen. Lincoln wies mich allerdings an, in der Kutsche zu bleiben, und ich willigte diesmal ein, um mir meine Kämpfe für interessantere und wichtigere Gelegenheiten aufzuheben.

Er kehrte fünfzehn Minuten später zurück und befahl unserem Kutscher, uns nach Hause zu fahren.

„Was hast du herausgefunden?", fragte ich.

„Der Name des Opfers ist Reginald Lander, ein Bäckerlehrling, der in der Threadneedle Street gearbeitet hat", sagte Lincoln, während die Kutsche losrollte. „Er wurde auf dem Weg zur Arbeit in den frühen Morgenstunden getötet. Seine Leiche wurde von zwei Constables um halb fünf morgens gefunden. Es gab keine Zeugen, auch wenn die Polizei die Anwohner weiter befragt. In Anbetracht des Ausmaßes von Landers Verletzungen gehen sie davon aus, dass jemand seine Schreie gehört haben muss."

„Niemand hat die Opfer des Rippers schreien hören", sagte ich finster. „Wie schlimm waren seine Verletzungen? Entsprachen sie denen von Protheroe?"

„In jeglicher Hinsicht, laut dem Bericht." Er deutete an, wo sich die Verletzungen befanden, und beschrieb die Klauenspuren.

„Das klingt wirklich wie Protheroes Verletzungen." Früher hätten mir solche Wunden einen Schauer über den Rücken gejagt oder mir wäre übel geworden, doch im vergangenen Jahr hatte ich so viel Tod gesehen, dass es mich nicht mehr schockierte oder krank machte. „Wir müssen herausfinden, ob Reginald Lander Gawlers oder Swinburns Rudel bekannt war."

„Wir könnten sie jetzt fragen", sagte er.

„Oder wir könnten einfach Landers Geist fragen."

„Ich hatte so eine Ahnung, dass du das sagen würdest."

„Und ich erkenne, dass du bereits beschlossen hast, den Geist zu befragen." Da er die Augenbraue hochzog, fügte ich hinzu: „Du hast den Kutscher angewiesen, uns nach Hause zu fahren, nicht zu Gawlers oder Swinburns Haus."

Er lachte auf. „Möchtest du es lieber direkt erledigen oder warten, bis wir in Lichfield sind?"

„Jetzt passt es. Wie ist sein Zweitname?"

„William."

„Reginald William Lander", hob ich an. „Ich rufe den Geist von Reginald William Lander. Ich muss mit Ihnen über Ihren Tod sprechen."

Der Geist füllte die Kabine wie eine Zeichnung, die zum Leben erwachte, und setzte sich auf den Platz neben mir. Der Bäckerlehrling war riesig gewesen, so groß wie Gus, mit Schultern und Armen, auf denen die Nähte seiner Kleidung spannten.

Er sah sich um und sprach Lincoln an, der gegenübersaß. „Wie bin ich hierhergekommen?"

„Ich habe Sie gerufen", sagte ich. „Sie sind tot."

„Jou." Normalerweise waren die frisch Verstorbenen etwas verwirrt, aber Reginald Lander wirkte ziemlich gefasst. „Aber warum mich rufen?"

„Ich muss mit Ihnen über Ihren Tod sprechen. Es tut mir leid, dass ich Sie aus dem Jenseits gerissen habe—"

„Ich war nich im Jenseits. Ich bin dageblieben, wo ich gestorben bin."

„Sie sind geblieben, um zu spuken?"

Er fuhr sich mit der klobigen Hand über das Gesicht, doch sie glitt hindurch und verwirbelte die Form seiner vorgewölbten Stirn. Das Gesicht formte sich wieder mit der übergroßen Nase, Lippen und Brauen. „Jou. Ich wollte den Hund schnappen, der das gemacht hat, aber scheint, als könnte ich nich aus der Straße weg. Ich muss weiter."

„Das geht nicht", sagte ich. „Das Spuken ist begrenzt—Sie müssen dort bleiben, wo Sie gestorben sind."

„Was nützt es dann?" Der Geist löste sich in Schleier auf, die zweimal durch die Kabine fegten, ehe sie wieder auf dem Sitz neben mir Gestalt annahmen. „Wer sind Sie und warum haben Sie mich hergebracht?"

„Mein Name ist Charlie Holloway und das ist Mr Fitzroy, mein Verlobter. Wir ermitteln in Ihrem Mordfall", sagte ich. „Wir hoffen, Ihren Mörder seiner gerechten Strafe zuzuführen."

„Mörder? Ein Mensch?"

„Das glauben wir. Ein Mensch in Wolfsform, genau genommen."

„Ein was?"

„Sie haben Ihren Mörder gerade als Hund bezeichnet, also dachte ich, dass Sie wissen oder erraten haben, dass ein Gestaltwandler Sie ermordet hat."

Er verzog das Gesicht, sodass seine kräftigen Brauen tief über seine Augen rutschten. „Sie machen keinen Sinn, Miss. Was is 'n Gestaltwandler?"

Schnell erklärte ich ihm die Situation. Er sah zwar nicht aus, als würde er mir glauben, lehnte es aber auch nicht sofort ab. „Gibt es irgendetwas, was Sie uns über Ihren Mörder sagen können?", fragte ich. „Irgendetwas, wodurch wir ihn oder sie identifizieren können?"

„Das war 'n großer Hund", sagte er mit einem Schulterzucken. „Könnte auch 'n Wolf gewesen sein, schätze ich, auch wenn ich noch nie einen gesehen habe. Der bestand nur aus braunem Fell und großen Zähnen. Und Klauen." Er schaut auf die zerfetzte Kleidung auf seiner Brust. „Sie sagen, da war 'ne Person drin?"

„Ja."

„Warum haben die mich denn umgebracht?

„Hatten Sie Feinde?", fragte ich.

„Nö." Noch ein Zucken der breiten Schultern. „Ich hab hart gearbeitet, meiner Ma zu Hause ausgeholfen und 'ne nette Freundin hatte ich auch."

Ich wiederholte seine Antwort für Lincoln. „Gab es Rivalen um ihre Hand?", fragte er.

Lander schüttelte den Kopf. „Niemanden. Sie war nicht die Hübscheste, aber das bin ich auch nich." Er lachte und offenbarte krumme Zähne. „Sie ist die Tochter von meinem Brötchengeber. Ihre Eltern waren froh, dass ich mich um sie bemüht hab. Sie meinten, wir würden gut zusammenpassen, weil wir uns ähnlich sind vom Temperament her und so." Er seufzte. „Ich werde sie vermissen."

„Ich bin mir sicher, dass sie Sie auch vermissen wird", sagte ich. „Mr Lander, können Sie mit dem Namen Gawler etwas anfangen?"

Er schüttelte den Kopf. „Is das Ihr Verdächtiger?"

„Im Moment nicht. Was ist mit einem Mann namens Swinburn?"

Noch ein Kopfschütteln. „Gibt's Hinweise? Zeugen?"

„Nein, nichts."

Er brummte. „Sie geben doch nich auf, oder? Da taucht noch 'ne Leiche im East End auf und euch ist's egal. Ihr Bullen werdet meinen Mörder nich finden, genau wie ihr den Ripper nich gefunden habt. Wen stört's, wenn eine Hure ermordet wird, oder ein Hafenarbeiter oder ein Bäckerlehrling? Is doch nur ein Maul weniger zu stopfen, eine Stimme weniger, die sich erheben kann."

„Mr Lander, ich schätze Ihre Unterstellung nicht, dass wir nicht hart arbeiten werden, um ihren Mörder zu finden. Abgesehen davon arbeiten Mr Fitzroy und ich nicht für die Polizei. Unsere Organisation kümmert sich um Übernatürliche und ich kann Ihnen versichern, dass wir vorhaben, Ihren Mörder dingfest zu machen, bevor er wieder zuschlägt. Deswegen ist es wichtig, dass Sie meine Fragen vollständig beantworten."

„Hab ich doch, Miss. Ich kenne keinen Gawler oder Swinburn, und ich habe keine Feinde, die mich abmurksen würden. Ich hab keinen gesehen, der mich angegriffen hat, nur 'nen großen Hund." Er breitete die Arme aus, die Handflächen nach oben. „Wollen Sie mich noch was fragen?"

„Lincoln?", sagte ich. „Hast du noch Fragen für Mr Lander?"

Lincoln wollte wissen, ob er die Ballantines oder andere Mitglieder von Swinburns Rudel kannte. Reginald Lander kannte sie nicht, auch Harriet oder Mitglieder von Gawlers Rudel nicht. Er war auch nie an einem ihrer Wohnhäuser vorbeigekommen, inklusive Gawlers in Myring Place.

„Normalerweise gehe ich nich durch Old Nichol", sagte Lander. „Das ist keine gute Gegend, Miss. Aber es ist der kürzeste Weg zur Arbeit und die letzten Tage war ich faul. Aber ich war noch nie in Myring Place."

Lincoln gingen die Fragen aus und ich hatte auch keine mehr. Ich schickte Lander auf den Weg und schlug ihm vor, ins Jenseits überzutreten.

Er sah erst aus, als wollte er widersprechen, nickte dann aber. „Bringt ja nichts zu bleiben, wenn ich den Ort, wo ich gestorben bin, nich verlassen kann. Versprechen Sie, meinen Mörder zu schnappen?"

„Das tun wir." Ich beobachtete ihn, bis er sich in Nebel und schließlich in nichts aufgelöst hatte. „Er ist weg", verkündete ich. „Er war nicht sehr hilfreich."

Lincoln sah angestrengt aus dem Fenster. Als wir schließlich zu Hause ankamen, nahm er meine Hand und half mir die Stufen der Kutsche hinunter auf die kiesbedeckte Einfahrt.

„Möchtest du mit mir im Garten spazieren gehen?", fragte er.

Ich nahm seinen Arm und hielt mit seinen langsamen Schritten mit. Wir schlenderten über den Rasen am Obstgarten vorbei. Es war ein herrlicher Tag, aber das war mir egal und ich glaubte auch nicht, dass Lincoln mich deswegen zu einem Spaziergang eingeladen hatte.

„Du hast einen Plan", sagte ich.

„Nein. Du?"

„Nein. Möchtest du jenseits neugieriger Ohren und Augen Ideen austauschen?"

„Was spielt es für eine Rolle, ob Seth oder Gus uns hören?", fragte er.

„Weil du nicht möchtest, dass deine Ideenlosigkeit bekannt wird und du mich um Rat fragst?" Es klang selbst in meinen Ohren ziemlich dumm.

Er schmunzelte. „Mein Selbstwertgefühl ist nicht *so* aufgeblasen. Nein", fügte er hinzu, als ich den Mund öffnete, um etwas zu sagen. „Nicht nötig, mir zu widersprechen."

„Das wollte ich doch gar nicht! Ich wollte lediglich fragen, warum du einen Spaziergang im Garten vorgeschlagen hast."

„Weil es ein schöner Tag ist." Er schaute zum Haus zurück und lenkte unsere Schritte zu der Mauer, die einen Teil des Gartens umgab. „Und weil ich dich küssen wollte, ohne dass jemand zusieht."

Er drängte mich durch den Torbogen und drückte mich dann sacht an die Wand. Ich verschränkte meine Finger hinter seinem Kopf. Seine Hände legten sich an meine Hüften und seine Lippen strichen über meine.

„Du bist gemein", sagte ich atemlos.

„Sehr."

„Küss mich richtig."

Er lächelte an meinem Mund. „Wenn du darauf bestehst."

* * *

DANK DER EREIGNISSE der letzten Monate bestand das Komitee des Ministeriums aus den Lords Marchbank und Gillingham sowie Lincoln. Marchbank kam als erster und pünktlich an, während sich Lord Gillingham eine halbe Stunde verspätete. Ich dachte schon, er würde gar nicht kommen, doch dann traf seine glänzende schwarze Kutsche ein. Das goldene Familienwappen auf der Seite blinkte in der Nachmittagssonne, sodass die

Schlange, die sich um ein Schwert schlängelte, aussah, als würde sie zwinkern.

„Du bist zu spät, Gilly", sagte Lord Marchbank, als Lord Gillingham in die Bibliothek geschlendert kam.

Er knöpfte seine Jacke auf und setzte sich in einen der tiefen Ledersessel. „Ich habe Fitzroys Nachricht gerade erst von meiner Frau bekommen. Wenn sie mir früher davon berichtet hätte, wäre ich auch früher hier gewesen. Du weißt, wie sie ist."

„Und wie ist sie?", fragte ich zuckersüß.

„Dumm."

Also, das war nicht gerade nett. Aber wenigstens hatte er mir geantwortet. Früher einmal hätte er mich komplett ignoriert, es sei denn, er wollte mich ärgern oder schlagen. „Das sehe ich anders", sagte ich. „Ich finde, Harriet ist ziemlich schlau, hat jedoch nie die Vorzüge einer guten Bildung genossen, um daraus Kapital zu schlagen. Ich gebe zu, sie ist in manchen Dingen recht naiv, aber das ist wohl kaum ihre Schuld, nachdem sie so lange wie ein Kind behandelt wurde. Ich bin nur froh, dass sie jetzt ihr Leben so leben kann, wie es einer gestaltwandelnden Gräfin gebührt." Ich warf ihm ein gewinnendes Lächeln zu.

Er sackte tiefer in den Sessel.

Seth reichte ihm ein Glas Brandy. „Sie sehen aus, als könnten Sie den hier gebrauchen."

„Ich kann es immer noch nicht fassen", sagte Lord Marchbank. „Harriet ist so eine sanfte Frau. Herauszufinden, dass sie die Kraft mehrerer Männer besitzt und die Geschwindigkeit und Sinne eines Wolfes … es verblüfft mich immer wieder."

Gillingham stürzte den Inhalt des Glases hinunter und hielt es hoch. „Noch einen."

Seth deutete mit dem Kinn auf Gus. „Hol du ihn."

„Warum?", jammerte Gus. „Weil ich der Diener bin und du der Lord?"

„Weil du näher am Sideboard sitzt. Aber wenn du darauf bestehst, der Diener zu sein, nur zu, benimm dich wie einer und hol ihm noch einen Drink."

Gus verschränkte die Arme vor seinem Brustkorb. „Klingel nach dem Lakaien. Lass es die richtigen Diener machen."

Gillingham stützte sich auf den silbernen Löwenkopf seines

Gehstocks und schob sich auf die Füße. „Das ist doch ein blöder Zirkus." Er marschierte zum Sideboard, wobei der Gehstock den Boden kaum berührte, und nahm den Pfropf aus der Karaffe. „Lichfield Towers geht vor die Hunde."

Gus und Seth grinsten sich an.

„Nicht ganz", sagte Lincoln. „Auch wenn ein oder zwei Hunde ein bisschen Leben ins Anwesen bringen würden."

„Ich hatte noch nie ein Haustier", sagte ich. Der Gedanke gefiel mir.

„Wo ist Julia?", schnappte Gillingham. „Bringen wir es hinter uns. Ich habe zu tun."

„Wie die Gespräche über die bevorstehende Geburt Ihres Kindes", sagte Lincoln.

Gillingham, der mit dem Rücken zu uns stand, trank sein Glas aus und füllte es erneut.

„Die Geburt ist noch Monate hin", sagte Marchbank.

Lincoln schüttelte den Kopf und wartete darauf, dass Gillingham etwas sagte. Er tat es nicht. Stattdessen drückte er eine Hand auf das Sideboard und ließ den Kopf hängen. Dieses Wiesel konnte mir nicht leidtun. Er war zutiefst abstoßend.

„Harriet ist in gewisser Weise einem Wolf ähnlich", sagte Lincoln zu Marchbank. „Die Tragzeit eines Wolfes ist deutlich kürzer als die eines Menschen."

Marchbank strich gedankenverloren über die Narben auf seiner Wange. „Wie lange hat sie dann noch?"

„Ich kann es nicht erraten."

„Faszinierend. Wussten Sie das vorher, Fitzroy? Stand die Information in einem Ihrer Bücher oder den Akten?"

„Nein."

„Dann hoffe ich, Sie studieren sie und machen sich Notizen. Wir können viel von ihrer Schwangerschaft lernen, oder, Gillingham? Harriet macht es doch nichts aus."

„Mir macht es etwas aus", knurrte Gillingham.

„Aber wenn es deine Frau nicht stört, sollte es dich auch nicht stören." Marchbank hob das Glas und prostete ihm zu. „Oder?"

Gillingham stöhnte und wandte sich wieder dem Sideboard und seinem Glas zu. Er kippte den dritten Brandy mit einem

Schluck herunter. Seth stand auf und nahm ihm das Glas ab, ehe er es erneut füllen konnte.

„Wir brauchen Sie nüchtern für diese Besprechung", sagte Seth.

Gillingham stieß ihn weg. Zwei hektische rote Flecken standen auf seinen Wangen und sein Mund verzog sich. Er hatte nie hässlicher ausgesehen. „Wo zur Hölle ist diese Hure?"

„Julia wird nicht kommen", sagte Seth und setzte sich wieder. „Nicht heute oder jemals wieder. Ich bin jetzt das vierte Komiteemitglied. Sie hat mich als Erben für den Posten ernannt."

„Julia wurde aus dem Komitee ausgeschlossen", schloss Lincoln.

„Was?", explodierte Gillingham.

„Ausgeschlossen?", wiederholte Marchbank. „Aufgrund wessen Autorität?"

„Meiner", sagte Lincoln.

„Das können Sie nicht tun!" Gillingham hämmerte seine Hand auf das Sideboard, sodass der Pfropfen der Karaffe rappelte. „Sie haben nicht das Recht, jemanden auszuschließen, Fitzroy! Das können nur wir als Gruppe tun. Lieber Gott, ist es Ihnen schon zu Kopf gestiegen, dass Sie General Eastbrookes Posten übernommen haben, Mann? *Sie* sind uns nicht vorgesetzt. *Sie* bestimmen hier nicht."

„Sie ließ mir keine andere Wahl", sagte Lincoln eisig. „Umgehendes Handeln war notwendig und die Zeit war zu knapp, um mit Ihnen Rücksprache zu halten. Wenn Sie eine Abstimmung bevorzugen, können wir es jetzt nachholen, nachdem Sie von ihrem Frevel gehört haben."

Marchbank hob einen Finger, um Gillinghams gestammelten Protest zu unterbrechen. Überraschenderweise funktionierte es und Gillingham schwieg. „Was hat sie getan?", fragte Marchbank.

„Sie hat unsere Geheimnisse im Gegenzug für eine Heirat an Swinburn verraten."

Marchbank rieb sich eine raue Hand über das Gesicht und fluchte. Der ältere Gentleman fluchte niemals. Dass er es jetzt tat, offenbarte seine tiefe Beunruhigung über die Nachricht.

Gillingham stand sehr still da, den Mund offen. Die beiden Flecken auf seinen Wangen waren verschwunden und er wirkte sehr blass. „Dummkopf", sagte er. „Sie ist so ein Dummkopf. Ich kann nicht glauben, dass sie so etwas tun würde."

„Können Sie nicht?", brummte Seth. „Ich schon. Es liegt ganz und gar in ihrer Natur, über andere Leute zu trampeln, um zu bekommen, was sie will. Da Sie niemand sind, auf dem sie je herumgetrampelt ist, kann ich Ihnen vermutlich vergeben, dass Sie uns jetzt nicht glauben."

Gillingham setzte sich auf den nächsten Stuhl und blinzelte Seth dümmlich an.

„Welche Geheimnisse hat sie preisgegeben?", fragte Marchbank Lincoln. „Gibt es Grund zur Sorge?"

„Ich glaube nicht. Sie hat ihm gesagt, wer mein Vater ist."

„Das ist alles?", platzte Gillingham heraus. „Dafür haben Sie sie aus dem Komitee geworfen?"

„Wo hört es denn auf?", fragte Seth. „Welches Geheimnis kommt als Nächstes?"

„Seien Sie still, Vickers. Ihre Meinung zählt nicht, da jeder weiß, Sie wollen sie bestraft sehen, weil sie Sie zurückgewiesen hat."

Seth erhob sich, doch Gus' Hand legte sich wie ein Schraubstock auf seinen Arm. Seth sah aus, als würde er überlegen, Gus abzuschütteln und Gillingham anzugreifen, als die Tür aufgerissen wurde.

Andrew Buchanan schlenderte herein, sein Gang ausgesprochen selbstsicher, sein Lächeln schmierig. „Einen guten Nachmittag wünsche ich meinen Komiteekollegen. Ich bin da. Die Besprechung kann jetzt beginnen, da *alle* Komiteemitglieder anwesend sind."

Sowohl Gus als auch Seth erhoben sich. „Raus, Buchanan", sagte Seth und ging auf ihn zu.

„Mein erster Vorschlag wäre festzulegen, dass bei den Treffen nur Komiteemitglieder anwesend sein dürfen. Was sagst du, Gillingham?"

„Mir scheint, Sie haben gehört, dass Julia kein Mitglied mehr ist", sagte Seth. „Was Sie aber nicht gehört haben, ist, dass Sie nicht ihr Erbe sind, sondern ich."

Buchanan pflückte sich die Handschuhe von den Fingern und schlug sie gegen Seths Brust. „Schenken Sie mir einen Drink ein, Vickers, seien Sie so lieb, und zwar einen großen. Ich bekomme kaum Luft und mir scheint, als hätte ich einiges aufzuholen."

„Ganz offensichtlich haben Sie sehr viel aufzuholen", sagte ich. „Seth hat recht, Sie sind nicht Lady Harcourts Nachfolger für den Komitee-Posten. Er ist es."

Lincoln stand endlich auf und stellte sich Buchanan in den Weg, warf ihn allerdings nicht hinaus. „Sie haben heute mit ihr gesprochen?", fragte Lincoln.

Buchanan lächelte. „Ich komme gerade aus Harcourt House. Sie hat mich über Ihre Entscheidung unterrichtet und mir gesagt, dass ich sie ersetze." Er breitete die Arme aus. „Also hier bin ich. Wollen wir beginnen?"

KAPITEL 4

„**D**as erklärst du besser, Buchanan", sagte Marchbank. „Julia hat uns gesagt, dass Vickers ihr Erbe ist."

„Wie Fitzroy anscheinend erraten hat, gab es eine Änderung der Pläne", sagte Andrew Buchanan. „Julia ist nie dazu gekommen, Vickers als Erben für das Komitee einzutragen. Fragen Sie sie, wenn Sie möchten. Sie wird Ihnen sogar ihr Testament zeigen. Ihr *unverändertes* Testament." Er warf sich in einen Sessel und schnippte mit den Fingern. „Machen Sie sich nützlich, Vickers, und bringen Sie mir einen Drink. Das ist scheinbar alles, wozu Sie dieser Tage taugen."

Gillingham schnaubte vor Lachen. Seth trat zu Buchanan, aber Lincoln packte sein Handgelenk und schüttelte warnend den Kopf.

Stattdessen goss ich das Glas Brandy für Buchanan ein. Dann marschierte ich zu ihm und schüttete ihm den Inhalt ins Gesicht. „Hier ist Ihr Drink."

Buchanan prustete, während ihm Brandy vom Kinn und der Nase tropfte und seine Kleidung durchweichte. Seine Lippen zogen sich in einer Grimasse von seinen Zähnen zurück und er wollte aufspringen. Lincoln trat vor ihn und sein wütender Blick genügte, ihn zurück in den Sessel zu zwingen.

Er zog an seiner feuchten Kleidung. „Verschwendung von gutem Gebräu."

Ich nahm Seths Hand und zerrte ihn aus der Bibliothek. „Es ist sinnlos, sich anzuhören, was er zu sagen hat", sagte ich, als wir außer Hörweite waren. „Es wird nicht interessant." Ich schloss die Tür und atmete tief ein, während ich mich besann.

Neben mir bebte Seth vor Wut. Vielleicht hätte Lincoln ihn Buchanan schlagen lassen sollen. Es war ja nicht so, als würde er es nicht verdienen, und Seth würde sich besser fühlen.

„Miss Holloway", sagte Doyle, der zu uns kam. „Ich habe versucht, Mr Buchanan aufzuhalten, aber er ist einfach an mir vorbeimarschiert."

„Es ist schon in Ordnung", sagte ich dem Butler. „Komm Seth, wir suchen Alice."

Ich hatte gehofft, bei Alice würden seine Nerven sich etwas beruhigen, doch das taten sie nicht. Zum einen war seine Mutter mit im Musikzimmer, zum anderen schien er Alice kaum zu bemerken, die Klavier spielte. Sein Charme war nirgends zu sehen, während er brütend am Fenster stand.

Ein brütender Seth war nichts, was ich gewohnt war, und ich stellte fest, dass ich mich nicht auf das Gespräch einlassen konnte, in das Lady Vickers und Alice mich zu verwickeln versuchten.

„Charlie?", fragte Alice, deren Hände auf der Tastatur ruhten. „Hörst du zu?"

„Nein. Es tut mir leid, ich bin abgelenkt." Jetzt bereute ich es, die Besprechung verlassen zu haben. Ich sollte dort sein, meinen Beitrag leisten und Lincoln unterstützen. Nicht, dass er meine Unterstützung bei den Komiteemitgliedern brauchte, aber sicher zählte der Gedanke.

„Die Post wird gebracht", verkündete Seth und drückte sich vom Fensterrahmen weg, an dem er gelehnt hatte.

„Wo gehst du hin?", fragte ich.

„Schauen, ob ich Briefe bekommen habe. Und die Zeitung lag auch unten auf der Ablage im Flur. Ich brauche etwas, um mich abzulenken."

„Sind wir nicht Ablenkung genug?", fragte Alice, deren Finger wieder über die Tasten jagten.

„Im Moment nicht." Er stürmte hinaus und hinterließ ein ohrenbetäubendes Schweigen.

„Er meinte das nicht so, wie es klang", versicherte ich Alice.

„Ich glaube doch", sagte sie.

„Mein Sohn ist ein Mann der Tat", sagte Lady Vickers. „Er mag es nicht, zu lange in Musikzimmern und Bibliotheken eingesperrt zu sein."

Es sei denn, in diesen Musikzimmern und Bibliotheken waren hübsche Frauen anwesend, hätte ich bemerken können. Doch ich biss mir auf die Zunge und folgte Seth hinaus. Die Ablage im Flur war sehr dicht bei der Bibliothek und ich wollte nicht, dass er der Versuchung erlag, zurück in die Komitee-Besprechung zu gehen.

Dank seiner langen Beine und energischen Schritte holte ich ihn erst in der Eingangshalle ein. Er ging die Post durch und warf jeden Brief nach einem oberflächlichen Blick zurück auf das Tablett.

„Liest du die Namen überhaupt?", fragte ich.

Mit einem Seufzen ließ er den Rest der Briefe auf das Tablett fallen. „Ich gehe wieder rein."

„Also gut."

Seine Augen verengten sich. „Du willst mich nicht aufhalten?"

„Nein. Ich gehe mit."

Ein Mundwinkel hob sich und er wies mit einer Hand auf die Tür der Bibliothek. „Nach dir."

„Miss Holloway! Lord Vickers!" Doyle hastete atemlos auf uns zu und hielt eine Zeitung hoch. „Die ist gerade gekommen. Ich glaube, das wollen Sie lesen."

„Oh nein", murmelte ich, als ich die erste Schlagzeile las.

„*Ist der Ripper zurück?*'", las Seth.

„Es gab einen weiteren zerfleischten Toten im East End. Wir müssen es Lincoln sagen."

Seth packte die Zeitung, als ich mich wegbewegen wollte. „Warte." Er zeigte auf eine Stelle am Ende des Artikels. „Das ist eine interessante Entwicklung."

„*Werwolf*'", las ich. Mir wurde flau im Magen. „Der Reporter hat eine Verbindung hergestellt."

Seth und ich sahen uns an und stürmten dann gemeinsam in die Bibliothek. Alle Köpfe fuhren herum, um uns anzusehen.

„Muss ich Sie *wieder* daran erinnern?", sagte Buchanan mit einem schiefen Grinsen. „Sie sind nicht Teil dieser Treffen, Vickers, es sei denn, Sie bedienen uns oder schreiben mit."

„Halten Sie den Mund, Buchanan, oder ich tue es für Sie", sagte ich zuckersüß. Ich reichte Lincoln die Zeitung. „Es ist wieder passiert."

Er überflog den Artikel und gab ihn an Gus weiter.

„Was ist passiert?", fragte Gillingham. „Was steht in der Zeitung?"

„Geben Sie mir das." Buchanan schnippte mit den Fingern. „Kommen Sie, Mann, Sie brauchen zu lange."

„Jou", sagte Gus abwesend. „Dank meiner geringen Bildung."

„Und Dummheit", murmelte Gillingham. „Ehrlich, Sie sollten nicht einmal hier sein." Er schnappte Gus die Zeitung weg. Buchanan und Marchbank gesellten sich zu ihm und lasen über seine Schulter mit.

Gus sah Lincoln an. „Werwolf."

„Es ist interessant, dass der Reporter dieses Wort benutzt", sagte Lincoln.

„Und besorgniserregend", fügte Seth hinzu. „Zu diesem Schluss nur aufgrund von zwei zerfleischten Toten zu kommen ist ein großer Sprung. Glaubst du, er hat Verbindungen zur Gemeinschaft der Gestaltwandler?"

„Vielleicht müssen wir mit diesem Reporter reden."

Gillingham schlug mit dem Handrücken gegen die Zeitung. „Das ist ein schlecht geschriebener Artikel. Ganz eindeutig Sensationslust, um mehr zu verkaufen. Die Schlagzeile nimmt auf die Ripper-Verbrechen Bezug, aber der Artikel selbst kommt zu dem Schluss, dass ein Werwolf für diesen und den letzten Tod verantwortlich ist. Der Reporter bringt diese beiden jüngsten Tode überhaupt nicht mit den Whitechapel Morden von vor zwei Jahren in Verbindung. Die Schlagzeile will nur die Aufmerksamkeit von Passanten erregen. Schaut euch die Größe an!"

„So machen Zeitungen das nun mal, um mehr zu verkaufen", sagte Buchanan. „Sensationsgierige Geschichten, Panikmache und Tratsch sind ihr Handwerkszeug."

„Davon hast du reichlich Ahnung", murmelte Gillingham. „Du bist ja Experte auf dem Gebiet, Journalisten mit Tratsch zu versorgen."

Buchanan schluckte und schaute weg. Also hatte er immer noch ein schlechtes Gewissen, weil er die Zeitungen über Lady Harcourts Vergangenheit als Tänzerin aufgeklärt hatte. Es überraschte mich immer wieder, dass er ein Gewissen besaß.

„Diese Besprechung wird vertagt", sagte Lord Marchbank mit einem Nicken in Lincolns Richtung. „Fitzroy hat Arbeit zu erledigen."

Arbeit, die damit beginnen würde herauszufinden, warum der Reporter in seinem Artikel Werwölfe erwähnt hatte.

* * *

DER TRUBEL im Büro des *Star* in der Stonecutter Street in der Nähe des Ludgate Circus zeigte, wie beliebt die Tageszeitung war. Sie war eine der wenigen, die in weiten Teilen der ärmeren Gegenden Londons gelesen wurde. Als ich noch in abbruchreifen Häusern gelebt hatte, konnte man immer ein paar Seiten des *Star* finden, um sie sich zum Wärmen ins Hemd zu stopfen.

Lincoln und ich trafen Mr Salter im vorderen Empfangszimmer. Ich schätzte den großen, schlanken Mann mit den krummen Zähnen auf etwa zehn Jahre älter als Lincoln, doch es war schwer zu sagen. Er besaß eine beginnende Glatze, aber glatte Haut und keinerlei Grau im Bart.

„Ich bin Lincoln Fitzroy und das ist—"

„Fitzroy!" Mr Salter rieb sich die Hände. „Also, dann muss dies Miss Holloway sein."

„Sie wissen von uns?", fragte ich.

„In der Tat."

„Woher?", knurrte Lincoln. Es würde ihm nicht gefallen, dass dieser Mann etwas über ihn wusste, er aber umgekehrt nichts.

„Das werde ich Ihnen verraten, wenn Sie mir erzählen, warum Sie hier sind." Mr Salter schnupperte, als könne er eine gute Story riechen. „Wir werden vertraulich reden. Hier entlang." Er führte uns einen Flur hinunter an mehreren Räumen vorbei, die zum Teil besetzt waren, bis zu einem kleinen Büro, das einen Schreibtisch und Bücherregale enthielt. Eine mechanische Schreibmaschine hatte den Ehrenplatz auf dem Schreibtisch inne. Daneben lag ein Notizbuch. Mr Salter schloss das Notizbuch und legte es in eine Schublade.

„Woher kennen Sie uns?", fragte Lincoln erneut.

Mr Salter wackelte mit dem Finger. „Nein-nein. Sie haben zugestimmt. Sie antworten erst mir. Haben Sie Informationen über die Morde, über die ich berichtet habe? Oder geht es um etwas ganz anderes?" Sein Akzent klang fast wie der des East Ends, aber nicht ganz. Tatsächlich klang er wie mein eigener Sprachrhythmus in den Jahren, als ich versucht hatte, unter den anderen Straßenkindern nicht aufzufallen, aber nicht ganz in der Lage gewesen war, meine Mittelklassewurzeln loszuwerden. Ich vermutete, dass Mr Salter den entgegengesetzten Weg eingeschlagen hatte—er war als East Ender geboren worden, hatte aber irgendwann eine gute Bildung erlangt.

„Ihr Artikel erwähnte einen Werwolf." Anscheinend weigerte Lincoln sich, den Bedingungen zuzustimmen. „Warum?"

Mr Salter seufzte. „Ich sehe schon, Sie haben nichts für mich, nur Fragen. Schade."

„Beantworten Sie meine Frage."

„Bitte", fügte ich hinzu.

Mr Salter lächelte wissend, fast als würde er erwarten, dass Lincoln direkt war und ich beschwichtigend. Jemand hatte ihm alles über uns erzählt.

„Ich hatte mich schon gefragt, ob Sie herkommen und mit mir reden würden", fuhr Mr Salter fort. „Ich gestehe, dass ich das Wort Werwolf gezielt deswegen verwendet habe, um Sie aus der Deckung zu locken."

„Woher wissen Sie von Gestaltwandlern?", fragte Lincoln.

„Ich hatte Gerüchte gehört, nachdem dieser Kerl vor zwei Monaten im Hyde Park gefunden wurde. Als sich diese jüngsten Morde ereigneten, konnte ich nicht anders, als an jenen zu denken. Also habe ich meine eigenen Ermittlungen angestrengt. Ich kam zu dem Schluss, dass die Geschichte von den wilden Hunden, die die Polizei in Umlauf gebracht hat, genau das war —eine Geschichte."

„Und ein Angriff durch Werwölfe erschien plausibler?", fragte Lincoln.

Mr Salter hob eine Schulter. „Wenn man weiß, dass sie direkt vor unseren Nasen existieren, schon."

„Und wie kommen Sie darauf?"

Mr Salter rückte auf seinem Stuhl vor und verschränkte die Hände auf dem Schreibtisch. „Kommen Sie, Mr Fitzroy. Ich bin nicht dumm. Ich beobachte, ich lausche und forsche nach, genau wie Sie. Die Existenz des Übernatürlichen ist nichts Neues für mich. Ich gehörte einer Organisation an, die sich Gesellschaft für übernatürliche Aktivitäten nannte. Sie ist jetzt aufgelöst, war aber recht herausragend im Bereich der Erforschung des Übernatürlichen."

„Ich habe davon gehört", sagte Lincoln.

„Ich nicht", wandte ich mich an den Journalisten. „Was haben die gemacht?"

„Sie haben das Übernatürliche erforscht", fuhr Mr Salter fort. „Alles, was unerklärlich war, wurde näher unter die Lupe genommen, um Antworten zu finden. Deren Bibliothek mit übernatürlichen Texten war umfangreich, meine ich. Ein privater Käufer hat den Inhalt aufgekauft. Jedenfalls existiert die Gesellschaft nicht mehr, aber ich gehe noch immer jedem Gerücht über Unerklärliches nach, wenn es auf meinen Schreibtisch kommt."

„Und kommen viele auf Ihren Schreibtisch?", fragte ich.

„Sehr wenige, gebe ich zu."

„Also kam Ihnen der Begriff Werwolf einfach so in den Sinn im Fall dieses jüngsten Angriffs?", fragte Lincoln.

„So ist es."

„Obwohl die naheliegendere Antwort die Theorie über wilde Hunde ist?"

„Ich bezweifle, dass es tatsächlich *naheliegender* ist, im städtischen Umfeld von einem wilden Hund angegriffen zu werden, Mr Fitzroy."

„Etwas anderes hat Sie zu dem Werwolf-Schluss geführt. Was war das?"

Mr Salter lächelte liebenswürdig. „Ich versichere Ihnen, ich hatte keine weiteren Informationen. Scotland Yard war nicht sehr mitteilsam, was darauf hindeutet, dass sie wenig wissen. Sie hatten bereits zugegeben, dass es für beide Morde keine Zeugen gibt. Mein Rückschluss auf einen Werwolf war lediglich geraten, basierend auf meinem Interesse am Übernatürlichen."

Gut geraten. *Zu* gut vielleicht?

„Sie sagen, Sie hätten von uns gehört", fuhr Lincoln fort. „Was haben Sie gehört?"

„Dass Sie der Leiter einer Organisation sind, die Ministerium der Kuriositäten genannt wird."

Ich sog Luft durch die Zähne. Dass er das sagen würde, hatte ich nicht erwartet. Lincoln ließ sich nichts anmerken. Falls Mr Salters Antwort ihn überraschte, zeigte er es nicht.

„Fahren Sie fort", sagte Lincoln so ruhig, wie man nur sein konnte.

„Es gibt wenig mehr zu sagen. Ich weiß, dass das Ministerium Akten zu übernatürlichen Familien führt, die Jahrhunderte zurückreichen, und dass Sie von Zeit zu Zeit paranormale Phänomene untersuchen. Einzelheiten kenne ich jedoch nicht, nur Allgemeines."

„Haben Sie deswegen noch keinen Artikel geschrieben, der das Ministerium erwähnt?"

Mr Salter lächelte nur.

„Glauben Sie nicht alles, was Sie hören, Mr Salter."

„Falls Sie versuchen, mich davon zu überzeugen, dass es das Ministerium nicht gibt, verschwenden Sie Ihren Atem. Ich vertraue meiner Quelle."

Mr Salter kicherte und lehnte sich im Stuhl zurück. Er wirkte ganz unbekümmert. Offensichtlich hatte seine Quelle ihm nicht erzählt, wie gefährlich Lincoln sein konnte. „Kommen Sie, Mr Fitzroy. Sie sind klüger."

„Es spielt keine Rolle, ob Sie es uns erzählen oder nicht", sagte ich mit mehr Zuversicht, als ich empfand. „Wir finden auch so heraus, wer Sie informiert hat." Ich stand auf und Lincoln tat es mir gleich.

„Seien Sie vorsichtig, Mr Salter", sagte er. „Schreiben Sie nichts allzu Spekulatives in Ihrer Zeitung oder Sie könnten zu viel offenlegen. Es gibt einige Leute, die das Übernatürliche gern geheim halten würden und sie werden versuchen, Sie zum Schweigen zu bringen."

Mr Salter schoss auf die Füße und schob die Schultern zurück. „Ist das eine leere Drohung?"

„Ich mache keine *leeren* Drohungen. Fragen Sie Ihre Quelle. Sie wird es Ihnen sagen."

„In dem Fall darf ich Ihnen ebenfalls raten, vorsichtig zu sein, Mr Fitzroy. Falls diese Morde tatsächlich von einem wolfsähnlichen Wandler begangen wurden und Sie einen unter Ihren Fittichen haben, könnte Ihr Ministerium sehr genau unter die Lupe genommen werden."

Lincoln beobachtete ihn unter gesenkten Lidern heraus, wobei sein intensiver Blick keine Sekunde ins Wanken geriet. Anspannung machte seinen Gesichtsausdruck hart, seinen Körper rigide. Ich hakte mich bei ihm ein und lenkte ihn zur Tür, ehe er eine Szene machte.

Wir verließen das Büro des *Star* und kletterten in unsere wartende Kutsche.

„Der hat Nerven!", schnappte ich, als wir losfuhren. „Der schert sich überhaupt nicht um den Ärger, den er lostritt. Stell dir vor, die Leute glauben dem Artikel. Sie geraten in Panik, wenn sie meinen, in der Stadt streifen Werwölfe umher."

„Das wird passieren, wenn es noch einen Mord gibt", sagte Lincoln finster. „Es wird wieder genauso wie bei den Ripper-Morden sein."

„Was meinst du, wer Salter vom Ministerium erzählt hat. Swinburn? Ballantine?"

„Das ist möglich, aber wenn sie Salter auch die Werwolf-Theorie vorgeschlagen haben, dann bringen sie sich selbst in Gefahr, entdeckt zu werden. Ich kann mir nicht vorstellen, dass Swinburn sein Rudel gefährdet, in dem er genauere Beobachtung heraufbeschwört."

„Vermutlich nicht", murmelte ich, nicht völlig überzeugt. Swinburn war so schlüpfrig, dass ich ihm im Moment alles zutraute. „Lady Harcourt, aus Rache?"

„Wir haben sie erst heute Morgen aus dem Komitee entfernt. Aber wenn Salter Informationen über ihre Vergangenheit hatte, dann ist es möglich, dass sie diese Information gegen sein Schweigen eingetauscht hat. Es würde mich nicht überraschen. Sie will Swinburn nicht verlieren."

„Mich würde es auch nicht überraschen." Ich schaute aus dem Fenster und beobachtete die langen Schatten des Spätnachmittags, die vorbeihuschten. „Da sind auch Buchanan und jede Menge andere Leute, die wir in der Vergangenheit getroffen haben—Lord Harcourt und seine Frau, Miss Redding aus dem Theater ... Manchmal scheint es, als wüsste die ganze Welt vom Ministerium."

„Es war keine Priorität, es geheim zu halten. Nur deine Nekromantie."

Ich drehte mich zu ihm um. „Denkst du, Mr Salter weiß davon?"

Er runzelte nachdenklich die Stirn. „Er hat es nicht erwähnt."

„Und er hat mich auch nicht so merkwürdig angeschaut wie die meisten, wenn sie erfahren, was ich bin." Ich holte tief Luft und ließ sie langsam wieder entweichen. „Ich vermute, er weiß es nicht." Aber wie lange dauerte es, bis er es herausfand?

Lincoln beugte sich vor und legte seine Hand über meine. „Die Frage ist, hat seine Quelle diesen Teil absichtlich ausgelassen oder wusste er oder sie nichts davon?"

Die Antwort darauf würde unsere Liste von Verdächtigen verändern.

„Die Gesellschaft für übernatürliche Aktivitäten ist eine Organisation, die mit den Langleys verstrickt war", sagte er.

„Willst du damit sagen, dass die Langleys Salters Quelle sind?" Ich schüttelte den Kopf. „Ganz gewiss nicht. Jack Langley ist selbst ein Dämon und auf seinem Grundstück befindet sich ein Portal. Erst wollte er mit uns gar nicht über das Übernatürliche sprechen. Ganz abgesehen davon kann ich es mir bei ihnen einfach nicht vorstellen."

„Warum nicht?"

„Ich mochte sie."

Seine Gesichtszüge wurden weicher. „Das ist keine gute Verteidigung."

„Und das hier ist kein Gerichtssaal."

Er strich mit dem Daumen über mein Handgelenk. „Es gibt eine andere Möglichkeit. Jemand, den du bestimmt verteidigen wirst."

Ich zog meine Hand zurück. „Du wirst doch nicht Alice oder Lady Vickers beschuldigen! Wer noch? Seth oder Gus?"

Er lehnte sich zurück und verschränkte die Arme. Eine unangenehme Kälte kroch in seine Augen. „Du glaubst, das würde ich tun?"

Ich biss mir auf die Lippe. „Nein. Du hast recht. Das würdest du nicht. Es tut mir leid, Lincoln. Wen verdächtigst du?"

„Die Königsfamilie."

Ich starrte ihn so lange an, dass meine Augen anfingen zu tränen. „Du meinst, dein Vater ist die Quelle? Das kann ich nicht glauben. Er mag dich und sein Bruder, der Herzog, mag ihn. Sie würden mit niemandem über dich sprechen. Abgesehen davon vertraut die Königsfamilie wohl kaum den Zeitungen. Sie mögen diese Art der Aufmerksamkeit nicht."

„Es sei denn, es hilft ihnen."

„Wie soll es ihnen helfen, einem Reporter vom *Star* von dir und dem Ministerium zu erzählen?"

„Das weiß ich noch nicht."

„Außerdem ist es eine Tageszeitung für die Arbeiterklasse, viel zu sehr dem linken Flügel angehörig für die Königsfamilie. Die würden vermutlich zum *Standard* gehen. Nein, ich glaube immer noch, dass es Swinburn ist."

„Wenn Swinburn sich Zeitungsleuten anvertraut, haben wir noch ein ganz anderes Problem." Angesichts meiner hochgezogenen Augenbraue fügte er hinzu: „Er könnte Salter erzählen, wer mein Vater ist."

Das bedachte ich einen Moment und schüttelte dann den Kopf. „Das Risiko ist zu groß. Er würde die Königsfamilie nicht brüskieren wollen und er weiß, dass er unser Verdächtiger Nummer eins wäre, da so wenige über diese Information verfügen."

„Wer auch immer es ist weiß, dass Harriet eine Gestaltwandlerin ist. Salter hat erwähnt, dass das Ministerium einen unter seinen Fittichen hat. Damit kann nur sie gemeint sein."

„Dann können wir die Königsfamilie ausschließen", sagte ich.

„Es sei denn, Swinburn hat den Prinzen oder den Herzog informiert."

„Könnte Mr Salter sich auf Gawler beziehen und die Tatsache, dass du ihn nicht für die Morde verantwortlich machst?"

Er nickte nachdenklich. „Das ist ein sehr guter Punkt."

Ich seufzte. Wir kamen der Antwort nicht näher, nur weiteren Fragen. „Also, was machen wir jetzt?"

„Ich schaue mir das Notizbuch von Salter an."

„Oh! Ja, das er in die Schublade des Schreibtisches gelegt hat. Warum es verstecken, wenn es nicht wichtig ist. Vermutlich enthält es den Namen seines Informanten." Ich rieb mir die Hände. „Sollen wir heute Nacht in das Büro des *Star* einbrechen?"

„Ich werde ohne dich einbrechen. Das ist nicht verhandelbar, Charlie, also versuche nicht, mich umzustimmen."

„Aber—"

Er stürzte sich auf mich, stützte seine Hände auf beiden Seiten neben mir auf den Sitz und presste seinen Mund auf meinen, ehe ich noch etwas sagen konnte. Der Kuss jagte mir ein Kribbeln bis in die Zehenspitzen. Er steckte voller wilder Leidenschaft, einem Verlangen tief aus ihm heraus. Ich konnte ihn nicht wegschieben. Wollte es nicht. Ich klammerte mich an seine Schultern und vertiefte den Kuss.

Er setzte sich schließlich wieder auf den Sitz mir gegenüber, als die Kutsche um eine scharfe Kurve bog. Erfreut stellte ich fest, dass seine Wangen gerötet waren. Er sah so wuschig aus, wie ich mich fühlte.

„Du bist teuflisch", sagte ich.

Er grinste mich frech an.

„Aber du kannst mir nicht immer den Mund stopfen", sagte ich.

„Seth und Gus werden mit mir kommen. Du brauchst nicht auch noch dabei zu sein."

Ich machte mir nicht die Mühe, ihm zu widersprechen. Das würde nur in einem Streit enden.

* * *

ICH SCHLIEF die Nacht durch und verpasste Lincolns nächtliche Exkursion zum Büro des *Star* sowie seinen anschließenden

Besuch in Mr Salters Wohnung. Es war schade, denn ich wäre gern wieder durchs Fenster geklettert wie früher. Wie sich herausstellte, hatte er weder Gus noch Seth mitgenommen. Vor den beiden rügte ich ihn nicht, als wir morgens alle zusammen in seinem Arbeitszimmer saßen, nahm mir aber vor, es später nachzuholen.

„Hast du das Notizbuch gefunden?", frage Seth.

„Nein", sagte Lincoln. „In seinem Büro war es nicht und ich konnte es in seiner Wohnung nicht finden. In seinem Schlafzimmer habe ich nicht nachgesehen. Ich wollte nicht riskieren, ihn zu wecken."

„Das hat dir früher keine Sorgen bereitet", sagte Seth mit einem Lachen.

Lincoln funkelte ihn böse an und Seth schluckte.

„Vielleicht sollte man noch mal hingehen, wenn er nich da is", schlug Gus vor.

„Das sehe ich anders", sagte ich. „Ich vermute, dass er das Notizbuch nicht aus den Augen lässt, vielleicht sogar immer bei sich trägt."

„Mein Einsatz liegt immer noch auf Swinburn als Quelle von Salter", sagte Seth. „Oder Julia. Vielleicht beide gemeinsam."

Ich war mir da nicht mehr so sicher. Lincoln hatte Recht; Swinburn würde sein Rudel nicht gefährden, indem er den Zorn der Öffentlichkeit erregte. Angenommen, Salters Artikel führten zu einer Bürgerwehr, die nachts durch die Straßen streifte, oder zu einer verstärkten Polizeipräsenz. Bestenfalls würden die Wandler bei ihren Streifzügen gesehen werden, schlimmstenfalls würde man auf sie schießen.

Es klopfte und Lincoln bat den Besucher herein. Es war Alice, die auf ihrer Lippe kaute und mitgenommen aussah. Seit wir aus Freak House zurückgekehrt waren, wirkte sie angeschlagen. Sie hing oft ihren eigenen Gedanken nach und machte ihrer Frustration auf den Tasten des Klaviers Luft. Wenn ich sie fragte, was los sei, schüttelte sie nur den Kopf und weigerte sich zu antworten.

„Entschuldigt die Störung, aber wir haben Gäste", verkündete sie. „Die Cornells bitten um ein Gespräch."

„Nur mit Lincoln?", fragte Seth.

„Mit euch allen. Leisl hat ausdrücklich nach dir gefragt, Seth.“

Er zupfte an seinen Aufschlägen. „Sie findet mich charmant.“

Gus boxte ihn gegen den Arm, hatte aber keine spitze Bemerkung im Angebot. Vielleicht, weil Seth recht hatte und es seine Anwesenheit war, die Leisl gefiel. Insbesondere ältere Frauen fanden ihn sympathisch.

Ich blieb mit Alice zurück und ließ die Männer vorgehen. „Ist alles in Ordnung?“, fragte ich sie.

„Meine Nerven sind zerrüttet. Der mangelnde Fortschritt bezüglich meiner Situation ist eine Qual. Ich dachte, nach Frakingham zu fahren, würde mir Antworten liefern und einen Plan, der mir hilft, aber so war es nicht. Die Nachforschungen über meinen Zustand sind sogar ganz zum Stillstand gekommen.“

„Wir sind damit beschäftigt, die Morde aufzuklären. Das muss Vorrang haben.“

Sie seufzte wieder. „Ich weiß. Aber das heißt nicht, dass ich nicht gereizt sein darf. Du kannst dir nicht vorstellen, wie wichtig mir das ist. Ich muss einen Weg finden, diese Träume davon abzuhalten, lebendig zu werden. Ich muss Antworten finden.“

„Was ist, wenn die Antwort lautet, sie können nicht aufgehalten werden? Was ist, wenn du für immer so sein wirst?“ Ich fühlte mich grässlich, ihr das so unter die Nase zu reiben, aber sie musste sich auf das Schlimmste gefasst machen. „So wie ich mit der Tatsache leben muss, dass ich Nekromantin bin.“

„Du kannst dir wenigstens aussuchen, ob du die Toten beschwörst. Ich kann meinen Zustand nicht kontrollieren.“

„Vielleicht lernst du es.“

Sie warf die Hände in die Luft. „Wann? Ich muss es *jetzt* lernen, bevor etwas Furchtbares passiert oder dieses schreckliche kleine Ungeziefer wieder auftaucht.“

„Kaninchen sind kein Ungeziefer.“ Ich sagte ihr nicht, dass ich das Tier ziemlich niedlich fand mit den langen Ohren und der Weste. Es hatte niemandem etwas getan, sondern sie nur gedrängt, mit ihm zu kommen. „Du musst dich entspannen, Alice. Du weißt, was passiert, wenn du frustriert bist.“

„Ich versuche es."

„Sobald wir herausgefunden haben, wer diese Leute getötet hat, werden wir Portale und Welten erforschen. Versprochen."

Sie drückte meinen Arm und wir gingen nach unten, wobei wir Seth einholten, der auf der Treppe stehen geblieben war. Ich folgte seinem Blick und sah, wie seine Mutter aus der versteckten Tür kam, die zur Dienstbotentreppe führte. Die Treppe verlief zwischen den Wänden des Hauses und verfügte in jeder Etage über eine Tür, um den Angestellten die Wege zu erleichtern. Wir benutzten sie von Zeit zu Zeit, wenn wir von anderen Mitgliedern des Haushalts nicht gesehen werden wollten, obwohl das nur noch selten vorkam, seit Lichfield mehr Angestellte hatte. Lady Vickers hatte ich noch nie eine dieser Türen nutzen sehen.

Sie ging in die andere Richtung, da sie uns nicht bemerkt hatte. Ihr leises Summen klang den Flur entlang. Es war eine hübsche, fröhliche Melodie.

„Deine Mutter scheint in letzter Zeit zufrieden", sagte ich zu Seth.

Er brummte. „Das bereitet mir Sorge."

Ich warf Alice einen Blick zu. „Warum?", fragte ich ihn.

„Weil mir aufgefallen ist, dass sie viel mit dem Koch redet."

Ich kniff die Lippen zusammen, um mein Grinsen zu unterdrücken.

„Hast du Sorge, dass die beiden ein *Tendre* füreinander entwickeln?", fragte Alice.

„Sie ist berüchtigt dafür."

„Und was ist falsch daran, wenn der Koch ihr den Hof macht? Er ist ein feiner Kerl."

Seth schaute sie giftig an. „Das verstehst du nicht."

„Ich verstehe, dass du es nicht magst, wenn Leute aus unterschiedlichen Gesellschaftsschichten sich den Hof machen."

„Das ist nicht der Grund", sagte Seth und ging weg.

„Ich glaube, mein Charme nutzt sich ab", sagte Alice und klang dabei erfreut. „Gott sei Dank."

„Ärgere ihn nicht", sagte ich, während wir Seth mit Abstand folgten. „Er ist empfindlich, was die zweite Ehe seiner Mutter angeht, und es scheint, als würde sie wieder den gleichen Weg gehen. Ihre Wahl macht ihm etwas aus."

„Er ist alt genug, darüber zu stehen, und sollte sich freuen, dass sie anscheinend noch einmal ihr Glück gefunden hat."

Es war unmöglich, dagegen etwas zu sagen.

Alle drei Mitglieder der Familie Cornell wartete im Salon auf uns. Lincoln begrüßte sie steif, während ich jedem einen Kuss auf die Wange gab. Wir hatten sie in den letzten zwei Monaten zweimal gesehen, inklusive eines Dinners hier bei uns. Auch wenn es im Großen und Ganzen ein netter Abend gewesen war, verhielt sich David seinem Halbbruder Lincoln gegenüber immer noch recht frostig. Ihre Mutter hatte mir empfohlen, ihnen Zeit zu geben. Ich fragte mich, wie lange es dauern würde, bis er Lincoln in seine Familie aufnahm.

Oder wie lange es dauern würde, bis Lincoln ein Teil davon sein wollte.

„Was können wir für euch tun?", fragte Lincoln und kam damit direkt auf den Punkt.

Aus dem Augenwinkel sah ich, wie David irritiert die Lippen zusammenpresste. Seine Schwester hingegen hielt das Gesicht abgewandt. Sie studierte ihren Schoß, wo sie die Hände fest verschränkt hatte. Ich hatte den starken Eindruck, dass sie es vermied, jemandem in die Augen zu sehen, konnte aber nicht ergründen, warum. Seit sie herausgefunden hatte, dass sie einen Halbbruder hatte, war sie freundlich und nett zu uns gewesen mit einem frechen Sinn für Humor. Ich mochte sie.

„Ich hatte eine Vision über dich, Lincoln", sagte Leisl. „Ich komme, dich zu warnen."

Schwere Furcht legte sich auf mein Herz. „Ihn warnen?"

„Ich sehe dich gefangen in einem kleinen Raum."

„Wo?", fragte ich.

„Ich weiß nicht." Leisl rang die Hände, die hübsche Stirn tief zerfurcht. „Ich mache mir Sorgen, Charlie."

Lincoln stand unbeweglich neben dem Kamin. Er stellte seiner Mutter keine weiteren Fragen, also schien es an mir zu liegen.

„Wie sah der Raum aus?"

„Dunkel, feucht, leer. Die Wände waren dreckig. Ich sehe

weder Tür noch Fenster, wenn da welche sind, aber meine seherischen Sinne wissen, er kann nicht raus."

„Irgendeine Idee, wie er da hineingekommen ist?", fragte Seth.

„So funktioniert das nicht", schnappte David.

„Wie funktioniert es denn?", schnappte Seth sofort zurück.

„Sie sieht oder spürt nur einen Augenblick, nichts davor oder danach."

Eva räusperte sich. „Die Visionen dienen als Warnung vor dem, was kommt."

„Also zeigen sie nur Schlechtes?", fragte Gus. „Nie was Gutes?"

„Auch Gutes", sagte Leisl mit einem Blick zu Eva. „Aber diesmal nicht. Dies ist schlecht. Du musst vorsichtig sein, Lincoln."

Lincoln neigte den Kopf zu einem Nicken, sagte aber nichts.

„Das wird er", versicherte ich ihr. „Ich werde dafür sorgen."

Leisl schaute Lincoln erwartungsvoll an. Er studierte die Feuerstelle vor seinen Füßen. Ich konnte meinen eigenen Atem und die Uhr auf dem Kaminsims in der Stille hören. Warum gab er ihr keine Rückversicherung? Sie wollte doch nichts weiter als ein oder zwei Worte, dass er aufpassen würde, selbst wenn er es nicht ernst meinte. Ich war drauf und dran, ihn an Ort und Stelle zurechtzuweisen, aber es war David, der schließlich die Anspannung durchbrach.

„Ist es dir egal, Fitzroy?"

„David, nicht", sagte Eva.

„Wir haben alle den Weg auf uns genommen, um dich zu warnen", fuhr David fort.

„*Du* hättest nicht mitkommen brauchen", zischte Eva.

„Danke", sagte Lincoln endlich zu Leisl.

Es war nicht annähernd genug, aber ich wusste, dass es alles war, was Lincoln bieten konnte, und ich glaubte, Leisl verstand es. Sie lächelte zögernd.

„Lasst uns gehen", sagte David und stand auf.

„Wollt ihr nicht zum Tee bleiben?", fragte ich, als Mrs Cotchin und Doyle mit Tabletts voller Teegeschirr und Kuchen eintraten.

„Wir können nicht“, sagte Eva und stand ebenfalls auf.

„Wir können“, sagte Leisl. Ihre Kinder sahen sich an und setzten sich wieder.

„Glaubt ihr, diese Vision steht in Verbindung mit der, die du über die Königin hattest, Eva?“, fragte ich, während ich Tee ausschenkte. „In der sie eine Gefahr für uns darstellt?“

Eva schüttelte den Kopf und nahm ihre Teetasse entgegen. „Ich weiß nicht. Mama hat in ihrer Vision keine königliche Präsenz gespürt.“

„Zu viele verdammten Warnungen und nich genug Informationen“, murmelte Gus. „Tschuldigung, Ma'am, aber was soll'n wir damit? Wie können wir aufpassen, wenn wir nich wissen, worauf wir aufpassen soll'n?“

Das war eine Frage ohne Antwort. Wir ließen die Gespräche über Visionen und unheilvolle Voraussagen hinter uns und redeten stattdessen über die Hochzeit. Lady Vickers gesellte sich zu uns, immer noch in bester Laune. Ich versuchte mir ein Rendezvous zwischen ihr und dem Koch auf der Dienstbotentreppe vorzustellen, kicherte aber letztendlich nur in meine Teetasse.

Seth warf mir einen finsteren Blick zu. Ich hatte den Verdacht, dass er genau wusste, was ich dachte.

Unsere Gäste blieben noch eine halbe Stunde länger, währenddessen ich sehen konnte, wie die Männer sich zunehmend danach sehnten, den Salon zu verlassen. Als Eva ihre Mutter daran erinnerte, dass sie noch eine Vorlesung im London Hospital hatte, stimmte Leisl dem Aufbruch endlich zu. David war der Erste, der aufstand.

„Danke für den Tee“, sagte er zu mir. „Es war wie immer eine Freude, dich zu sehen, Charlie.“ Mit den anderen sprach er ebenso freundlich, doch bei Lincoln war er so kurz angebunden wie immer.

Eva nahm meinen Ellenbogen und hielt mich zurück, sodass die anderen vorgehen konnten. „Es tut mir leid, dass wir hier alle so eingefallen sind.“

„Sei nicht albern“, sagte ich. „Wir haben uns gefreut, euch zu sehen.“

„Meine Mutter bestand darauf, herzukommen und mich mitzunehmen. David bestand darauf, uns zu begleiten."

„Vielleicht, um seinen Bruder wiederzusehen?", stichelte ich.

Sie grinste. „Ich glaube tatsächlich, dass er sich allmählich für den Gedanken erwärmt, einen Bruder zu haben."

„So sieht David aus, wenn er sich für etwas *erwärmt*?"

„Oh ja. Er hat nicht ein einziges Mal gegrummelt auf dem Weg hierher, was er sonst immer getan hat. Der wahre Test wird das sein, was er auf dem Heimweg über Lincoln sagt." Sie drückte meinen Arm. „Mach dir keine Sorgen. Mit der Zeit wird er ganz auftauen."

„Ich mache mir keine Sorgen. In der Beziehung ist er genau wie Lincoln. Bis zum Hochzeitstag mögen sie einander vielleicht noch nicht, aber ich bin mir sicher, dass ihre Begrüßung sich bald von höflichem Nicken zu Brummen mausern wird. Brummen ist bei Lincoln schon praktisch eine Umarmung."

Sie lachte und wir gingen Arm in Arm zur Tür. Vor uns legte Seth eine Hand auf Alices Rücken, um sie die Treppe hinunter zu leiten.

„Darf ich dich etwas über Seth und Alice fragen?", flüsterte Eva, den Kopf zu mir geneigt.

„Natürlich."

„Haben sie sich miteinander verständigt?"

„Er hätte es gern, aber sie scheint kein Interesse zu haben. Ich glaube, das wird sich ändern, wenn sie ihn besser kennenlernt und sieht, dass hinter seinem schönen Gesicht Substanz steckt. Warum fragst du?"

„Nur so."

„Komm schon, Eva, mir kannst du es sagen. Hattest du eine Vision von den beiden?"

Sie wurde rot und ich wusste, dass ich recht hatte. „Nicht von den *beiden*", sagte sie.

„Nur Seth?"

Sie wollte weggehen, aber ich klammerte mich an ihren Arm und hielt sie an meiner Seite.

„Bitte, Eva, sag es mir einfach, wenn es etwas Besorgniserregendes ist."

Sie starrte Seths Rücken an, während er mit Alice sprach. Er schenkte ihr ein strahlendes Lächeln, doch Alice reagierte nicht. Das Lächeln verblasste schnell und er senkte seine Hand. Der arme Seth. Er musste aufhören, sich so sehr zu bemühen. Sie würde ihn mit der Zeit mögen, wenn er sich mehr wie er selbst benahm.

„Ja", sagte Eva schwermütig. „Ja, es ist etwas Besorgniserregendes, aber ich schätze, dass nur ich es so sehen werde."

Egal wie sehr ich sie drängte, mehr wollte sie mir nicht verraten. Wir schlossen uns den anderen wieder an und gingen dann mit ihnen die Eingangstreppe hinab zur wartenden Droschke.

„Läuft deine Ausbildung als Krankenschwester gut, Eva?", fragte Seth.

„Sehr gut, danke."

„Wunderbar. Was für einen tollen Beruf du aufnehmen wirst. Dieser Tage ist Medizin ein aufregendes Fachgebiet. Lincoln hat eine medizinische Fachzeitschrift abonniert und ich blättere sie hin und wieder durch. Die ganzen Entwicklungen verblüffen mich. Du musst sehr schlau sein, um da mitzukommen."

„Du klingst überrascht, dass eine Frau schlau sein kann."

„Tue ich das?"

„Eva lernt, um Krankenschwester zu werden, keine Ärztin", sagte David. „Natürlich ein nobler Beruf und in vielen Bereichen wesentlich anspruchsvoller. Sie muss ebenso umsorgend wie widerstandsfähig sein und so tüchtig wie jeder Arzt."

„Nicht ganz", sagte Eva gepresst.

„Wann ist deine Ausbildung abgeschlossen?", fragte Lincoln. Seine Frage überraschte mich. Er hatte einmal gesagt, dass Eva unmöglich eine Ausbildung zur Krankenschwester machen könnte, da Krankenschwestern keine formelle Ausbildung benötigten, um in einem Krankenhaus angestellt zu werden. Vielleicht hatte er sich geirrt, aber da war ich mir nicht sicher. Es wirkte schon merkwürdig, dass Eva uns die Wahrheit vorenthalten würde, wenn sie studierte, um Ärztin zu werden. Warum sollte sie? Jedenfalls schien ihre Familie zu glauben, dass sie Krankenschwester wurde.

„Noch vor Ende des Jahres", sagte Eva.

„Oder mehr", sagte Leisl. „Wenn sie heiratet. Ihr Mann wird nicht wollen, dass sie arbeitet. Er will eine Frau zu Hause, eine ordentliche Lady."

„Das reicht, Mama", flüsterte Eva.

David half beiden Damen in die Kutsche und kletterte selbst hinein. Anscheinend wollte er nicht, dass sie ihre Zwistigkeiten vor uns austrugen. Ob Eva nun Ärztin oder Krankenschwester wurde, schien ihre Mutter nicht zu interessieren. Sie war scheinbar der Auffassung, dass Eva heiraten würde und ihre Karriere damit beendet war. Leisl konnte das nur wissen, wenn sie eine Vision über den zukünftigen Ehemann ihrer Tochter gehabt hatte.

Aber warum sollte Eva überhaupt heiraten, wenn es das Ende ihrer Karriere bedeutete, bevor sie begonnen hatte? Den Forderungen eines Mannes in dieser Hinsicht nachzugeben, schien mir nichts, was sie tun würde.

Ich beobachtete die Droschke, bis sie durch das Eingangstor gefahren war. Ich wollte mich schon umdrehen, um mit Alice, Seth und Gus wieder reinzugehen, aber Lincoln blieb in der Einfahrt stehen. Er beobachtete die Droschke ebenfalls, bis sie außer Sicht war.

„Was ist los?", fragte ich und nahm seinen Arm.

„Wir haben noch einen Besucher."

Er hatte kaum ausgesprochen, als eine weitere Kutsche die Einfahrt entlanggeschossen kam. Staub wirbelte um die Hufe der beiden schwarzen Pferde. Die Kutsche glänzte ebenso in der Sonne wie die goldenen Stickereien auf der roten Uniform des Kutschers.

„Was will der Palast denn jetzt?", murmelte ich.

„Ich weiß es nicht, aber es erspart mir die Bitte um eine Audienz", sagte Lincoln.

Ich schnappte nach Luft. „Du fragst sie doch nicht, ob sie Salters Quelle sind, oder?"

„Doch, unter anderem."

„Du kannst den Prinzen und den Herzog nicht beschuldigen!"

„Nicht beschuldigen, nur fragen."

Ich stöhnte. Manchmal unterschieden Lincolns Verhörtechniken nicht zwischen Anklagen und Fragen. Ich wünschte, ich könnte ihn nach drinnen schleifen und so tun, als wären wir nicht zu Hause, aber dafür war es zu spät.

KAPITEL 5

ie königliche Kutsche überbrachte lediglich eine Mitteilung des Prinzen von Wales, in der er um unsere Anwesenheit im Palast um zwei Uhr bat. Lady Vickers bestand darauf, dass ich mein modischstes Kleid anziehen musste, ein nicht ganz weißes Kleid mit zwei Reihen schwarzer Schleifen auf dem Mieder, die an meiner Taille zusammenliefen.

„Die Königin mag ja dunkle Kleider bevorzugen", sagte Lady Vickers, „Aber sie sieht junge Leute gern in helleren Farben." Sie bedeutete mir, mich zu drehen, und ich tat ihr den Gefallen. „Wunderbar. Und jetzt die Wangen kneifen." Sie kniff sie für mich. „Das Kinn heben." Sie hob es für mich an. „Und sittsam lächeln."

Ich versuchte ein sittsames Lächeln. Sie zog die Nase kraus. „Das wird genügen müssen. Erinnern Sie mich daran, dass Seth Ihnen die Kunst des Lächelns beibringt. Er ist ziemlich gut darin. Deswegen bewundern die Frauen ihn."

Vielleicht zu viele Frauen, aber das erwähnte ich lieber nicht.

„Sind Sie Expertin?", fragte ich sie. „Mag der Koch Ihr sittsames Lächeln?"

Sie wurde knallrot und schaute weg. „Wir wollten uns noch über Ihre Hochzeitsnacht unterhalten."

„Jetzt nicht." Ich hob meine Röcke an und hastete aus dem Zimmer. „Wir müssen los."

* * *

DIE LAKAIEN des Palasts führten uns durch großartig dekorierte Räume, wo die königliche Familie ihre offiziellen Geschäfte abwickelte. Der Prinz von Wales empfing uns in einem Büro.

Ich machte einen Knicks und Lincoln verbeugte sich leicht, als sein Vater uns willkommen hieß. Der Prinz wandte den Blick nicht von Lincoln ab. Sein unehelicher Sohn schien ihn zu faszinieren. Ich fragte mich, ob er wie ich die Ähnlichkeit in ihrer erhabenen Haltung und der starken Stirn sah. Mir fielen noch weitere Gemeinsamkeiten auf.

„Ich werde Sie umgehend zu Ihrer Majestät bringen", sagte der Prinz. „Ich wollte lediglich ein paar Minuten mit Ihnen allein sprechen." Er nickte dem Lakaien zu, der zurückfiel, während wir weitergingen.

„Stimmt etwas nicht?", fragte Lincoln, die Hände hinter den Rücken gelegt, während wir durch ein winziges Zimmer gingen, im Vergleich zu den Staatsempfangssälen.

„Ganz und gar nicht. Miss Holloway, ich hoffe, es geht Ihnen gut."

„Sehr gut, danke, Sir. Und selbst?"

„Bei bester Gesundheit." Der Prinz legte seine Hände genau wie Lincoln auf den Rücken. Lincoln bewegte seine Hände augenblicklich an seine Seiten. Er erwischte mich, wie ich grinste, und seine Augen wurden schmal.

„Und Ihre Mut— die Königin?", fragte ich. „Geht es ihr gut?"

„Gut genug für ihr Alter. Ihre Majestät wird bald für den Rest des Sommers nach Balmoral aufbrechen. Dort ist sie lieber. Die Stadt wird viel zu stickig. Meine Schwester und ihre Familie werden natürlich mit ihr reisen, und ich werde später im Sommer dazustoßen."

„Und seine Königliche Hoheit, der Herzog von Edinburgh?", fragte Lincoln.

„Man weiß nie, was mein Bruder von Woche zu Woche tut." Der Prinz von Wales lächelte uns schmallippig an. „Jetzt wartet er mit Ihrer Majestät. Ich muss Sie warnen. Die beiden haben eine fixe Idee bezüglich einiger Ereignisse der jüngsten Zeit, die ich Ihnen sicher nicht erläutern muss."

„Danke für die Warnung", sagte ich. „Wir sind froh, dass Sie dieses Treffen einberufen haben, da auch wir einige Punkte mit Ihnen besprechen möchten."

„Oh?"

Ein steifer Lakai öffnete eine Tür zum privaten Salon der Königin und unterbrach damit unser Gespräch. In diesem Raum waren wir schon gewesen. Ich hatte hier mit dem Geist des verstorbenen Ehemanns der Königin gesprochen. Damals hatte sie uns freundlich willkommen geheißen, doch jetzt wirkte sie nicht erfreut, uns zu sehen. Ihre breite Stirn war gerunzelt und die hängenden Wangen grimmig verzogen. Der Herzog von Edinburgh begrüßte uns mit einem Blähen seiner Nasenlöcher. Wir erhielten noch nicht einmal ein Nicken.

Ich machte einen Knicks und Lincoln verbeugte sich. Die Königin wies uns einen Platz an dem runden Tisch zu, an dem ihre beiden Söhne jetzt saßen. Sie blieb auf dem Sofa, die schwarzen Röcke um sie ausgebreitet wie eine Gewitterwolke.

„Sie werden die Zeitungen gelesen haben", begann Ihre Majestät.

„Ja, Ma'am", sagte Lincoln. „Wir haben den Journalisten aufgesucht, der den Artikel für den *Star* geschrieben hat."

„Derjenige, der Werwölfe erwähnt hat? Was für eine unverantwortliche Tat! Ich hoffe, das haben Sie ihm gesagt."

„Das haben wir auf jeden Fall", sagte ich. „Wir haben ihn gefragt, wie er zu dem Schluss kam, dass die Angriffe durch Werwölfe ausgeführt wurden, aber er konnte uns keine klare Antwort geben. Anscheinend hat er geraten."

„Akkurat geraten?", fragte der Herzog.

„Meiner Meinung nach ja", sagte Lincoln.

Der Prinz lehnte sich im Stuhl zurück und rieb sich eine Hand über Mund und Bart. „Grundgütiger", murmelte er.

„Und wie werden Sie sie aufhalten, Mr Fitzroy?", fragte die Königin.

„Wenn ich herausfinde, wer es ist—"

„Das ist offensichtlich", sagte der Herzog. „Es gibt ein Rudel von gestaltwandelnden Wölfen im East End. Suchen Sie dort nach dem Mörder, Fitzroy."

„Woher weißt du von diesem Rudel?", fragte der Prinz seinen Bruder.

„Du weißt, woher."

So wie wir—Swinburn oder Ballantine hatten es ihm gesagt.

„Ich bin nicht davon überzeugt, dass sie es waren", sagte Lincoln. „Wir haben—"

„Nicht überzeugt!", höhnte der Herzog. „Sie müssen es sein. Slumbewohner sind ein gesetzloses Pack, das immer Ärger macht. Die Morde passierten in ihrer direkten Nachbarschaft. Ich wusste, Sie würden sie verteidigen, Fitzroy, aber wo sind die Beweise? Haben Sie welche?"

„Nur meinen Instinkt. Der Rudelführer ist nicht gewalttätig und ein Mitglied des Rudels ist uns bekannt. Wir vertrauen ihr."

„Eine Freundin, was?" Der Herzog schnaubte. „Das erklärt alles."

Lincoln versteifte sich. „Wir brauchen mehr Zeit, um—"

„Mehr Zeit! Und wie viele Morde wird es noch geben, während Sie mehr Zeit brauchen?"

Die Königin hob die Hand und rettete uns damit vor einer unangenehmen Pattsituation. „Das reicht, Affie. Ich bin mir sicher, dass Mr Fitzroy und Miss Holloway ihr Bestes geben."

„Da bin ich nicht ganz überzeugt."

„Warum?", fragte Lincoln. Oh je. Das konnte ganz schnell in die Hose gehen.

Der Herzog erbleichte. „Wie bitte?"

„Unterstellen Sie mir, dass ich nicht objektiv bin?"

„Niemand unterstellt das", sagte der Prinz mit einem scharfen Blick auf seinen Bruder.

„Ich spiele nur den Advokaten des Teufels", sagte der Herzog, wobei er beleidigt klang. „Es gibt einige, die das Ministerium gern schließen würden."

„Wen?", fragte Lincoln in stählernem Ton.

Der Herzog richtete sich auf. „Leute."

„Affie", warnte der Prinz.

„Wären das die gleichen Leute, die den Journalisten des *Star* über das Ministerium aufgeklärt haben?", hakte Lincoln nach. „Die gleichen Leute, die den Reporter darauf gebracht haben, dass ein Werwolf für die jüngsten Tode verantwortlich sein könnte?"

„Davon wüsste ich nichts." Der Herzog stand auf und steuerte auf die Tür zu.

„Affie", rügte die Königin. „Setz dich. Wir sind noch nicht fertig."

Der Herzog tat, worum seine Mutter bat. Sie hatte offensichtlich immer noch das Sagen, trotz ihres fortgeschrittenen Alters. Ihre Söhne wagten es nicht, sich gegen sie zu stellen.

„Das Ministerium der Kuriositäten ist eine notwendige Organisation", sagte der Prinz. „Es wird nicht geschlossen."

„Natürlich sagst du das", grummelte der Herzog.

Der Prinz schüttelte leicht den Kopf und sein Blick sprang zur Königin. Also wusste sie immer noch nicht, dass er Lincoln gezeugt hatte. Wenn er sie bis jetzt noch nicht darüber informiert hatte, würde er es vermutlich nie tun.

„Falls Sie versuchen, das Ministerium abzuschaffen", sagte Lincoln, „wird es einfach in den Untergrund abtauchen. Es hat Jahrhunderte existiert und wird weiter existieren, lange nachdem wir alle weg sind."

„Meinen Sie, Sie stehen über der Obrigkeit?", verlangte der Herzog zu wissen. „Über der Monarchin, dem Parlament, dem Willen des Volkes? Großer Gott, das ist arrogant."

Lincoln machte sich nicht die Mühe, ihm zu antworten, was die Nasenflügel des Herzogs noch mehr aufblähte. Er sah aus, als wolle er wieder hinausstürmen und diesmal den Ruf seiner Mutter ignorieren.

„Sie erwähnten, Sie wollten uns um eine Audienz bitten", sagte der Prinz schnell. „Warum?"

„Haben Sie wieder mit dem Geist meines Mannes gesprochen, Miss Holloway?" Die Stimme der Königin klang jung, hoffnungsvoll und gar nicht, als würde sie zu der mürrischen Frau gehören, die sich auf das Sofa gepflanzt hatte.

„Nein, Ma'am", sagte ich.

„Oh." Ihre Schultern sackten herab und sie schwieg.

Ich warf Lincoln einen flehenden Blick zu, damit er auf den Punkt kam, ehe sie verlangte, ich solle jetzt den Geist des Prinzgemahls rufen.

„Haben Sie Sir Ignatius Swinburn getroffen, seit wir seine Pläne durchkreuzt haben, Lord Ballantines Tochter mit seiner Königlichen Hoheit Prinz Albert Victor zu verheiraten?", fragte Lincoln.

„Das geht Sie nichts an", sagte der Herzog.

„Das haben wir", sagte der Prinz und ignorierte den wütenden Blick seines Bruders. „Er ist unser Freund und Vertrauter. Er war nicht in *Ballantines* Pläne verwickelt."

„Doch, das war er", beharrte Lincoln.

„Jetzt hören Sie mal", sagte der Herzog und setzte sich gerader hin. „Wie können Sie es wagen, unseren Freunden zu unterstellen, sie würden einen Komplott gegen uns schmieden!"

„Er hat jegliche Beteiligung abgestritten", sagte die Königin. „Meine Söhne haben sich entschieden, ihm zu glauben, also tue ich es auch. Sie sind gute Menschenkenner."

„Er ist ein gestaltwandelnder Wolf."

„Das haben Sie uns bereits erzählt", sagte der Prinz. „Es ändert nichts. Selbst wenn es so ist, hatte er mit den jüngsten Toden nichts zu tun."

„Er hat genug gesunden Menschenverstand, um nicht nach Old Nichol zu wandern, Grundgütiger", höhnte der Herzog.

Ich seufzte und machte mir nicht die Mühe, ihn zu korrigieren, ebenso wie Lincoln. Wir hatten keinen Beweis für Swinburns Fehltritt und bis wir den hatten, war es sinnlos, ihn in Anwesenheit von Menschen anzuklagen, die ihn verteidigten. Swinburn war ein geschätzter Ratgeber der königlichen Familie und bis dieses Vertrauen zerstört wurde, würden sie sich auf seine Seite stellen.

Die Uhr auf dem Sims schlug und die Königin hielt ihre Hand hoch. „Hilf mir auf, Affie."

Der Herzog unterstützte seine Mutter. Lincoln und ich erhoben uns beide und verbeugten uns, während sie den Raum verließ. Der Herzog folgte ihr. Ich atmete aus, sobald sie gegangen waren. Zum Glück hatte die Königin mich nicht wieder darum gebeten, mit ihrem toten Mann zu sprechen.

„Vergeben Sie meinem Bruder", sagte der Prinz und begleitete uns aus dem Zimmer. „Er ist ein loyaler Freund von Sir Ignatius."

„Zu loyal?", regte ich an.

„Sir Ignatius ist nicht die Sorte Mensch, für den Sie ihn halten. Er genießt vielleicht die ein oder andere merkwürdige Party, aber er ist kein Mörder, Schwindler oder Lügner. Er spendet großzügig an mehrere gemeinnützige Einrichtungen und ist furchtbar loyal. Er hat uns sowohl privat als auch öffentlich in Schutz genommen, wo andere sogenannte Freunde es nicht taten. Er würde keiner Menschenseele etwas zuleide tun und es auch nicht gutheißen, wenn es jemand tut. Ich glaube, er hat sich von Ballantine als Freund abgewendet und sich auch von anderen Rudelmitgliedern distanziert, die in den Hyde Park Mord verwickelt waren."

„Vielleicht hat er sich gesellschaftlich distanziert", sagte ich, „aber er streift weiterhin in Wolfsform mit ihnen umher."

„Woher wissen Sie das? Hat er Ihnen das gesagt?"

Ich biss mir innen auf die Lippe. Darauf hatte ich keine Antwort und glaubte außerdem, dass er wütend würde, wenn ich weiter versuchte, ihm die Wahrheit über Swinburn zu sagen.

„Wir haben andere Erfahrungen mit Swinburn gemacht", sagte Lincoln. Als der Prinz protestieren wollte, hob Lincoln die Hand, um ihn zum Schweigen zu bringen. Schockierenderweise schloss der Prinz den Mund. „Aber ich erkenne, dass Sie Beweise benötigen, Sir. Hoffentlich kann ich sie Ihnen bald liefern."

„Ein Teil von mir hofft es, und wenn es nur dazu dient, erneut Ihre Gesellschaft zu genießen. Ihre auch, Miss Holloway. Vielleicht sind Sie bei unserer nächsten Begegnung bereits Mrs Fitzroy." Er lächelte und ich vergab ihm seine Verteidigung von Swinburn. Es war kein Fehler, Freunden gegenüber loyal zu sein, und nur fair, dass er Beweise wollte, ehe er ihn verwarf. Wäre ich an seiner Stelle, würde ich nicht weniger verlangen.

„Seine Königliche Hoheit, der Herzog, scheint darauf erpicht zu sein, das Ministerium zu schließen", sagte Lincoln.

Der Prinz winkte ab. „Es war nur ein beiläufiger Kommentar, in der Hitze des Gefechts ausgesprochen. Mein Bruder würde es nicht tun."

„Er kann es sowieso nicht", sagte ich. „Er hat keine Autorität. Oder?"

„Wir sitzen vielleicht nicht im Parlament, Miss Holloway, aber wir haben Einfluss auf die Entscheidungsgewalt der Nation. Wenn wir das Ministerium schließen wollten, stünde es in unserer Macht."

Ich schluckte und nahm Lincolns angebotenen Arm. Plötzlich brauchte ich etwas Solides zum Festhalten.

* * *

„ICH HATTE von den beiden Prinzen mehr erwartet", sagte Lincoln, als wir vom Palast aus nach Hause fuhren. Ich hätte nicht behauptet, dass er kochte, aber er war ganz bestimmt nicht gut gelaunt. „Ich hatte erwartet, dass sie ihre Freunde mit mehr Bedacht auswählen. In ihrer Position sollten sie das."

„Politik und Diplomatie sind dreckige Angelegenheiten", sagte ich. „Ich schätze, es ist nicht so leicht, echte Freunde zu finden. Wenn also jemand Loyalität zeigt, möchten sie ihn in der Nähe behalten."

„Sie sind naiv."

„Sie wollten lediglich Beweise, ehe sie einen Freund verdammen. Was mir wirklich Sorge macht, ist der Vorschlag des Herzogs, das Ministerium zu schließen. Falls ihm Swinburn in den Ohren liegt, könnte er es tatsächlich tun."

„Swinburn liegt ihm auf jeden Fall in den Ohren. Täusch dich da nicht."

Ich knabberte an meiner Unterlippe und studierte Lincolns finstere Stirn und die harten Kanten seines Kinns.

„Du bist wütend auf den Herzog", sagte ich.

Er bedachte es einen Moment und schüttelte dann den Kopf. „Auf einen schlecht informierten Dummkopf wütend zu sein ist sinnlos. Er wird anders reden, wenn er die Wahrheit herausfindet."

Vielleicht sollte ich mir eine Scheibe von Lincolns Haltung abschneiden. Der Herzog brachte mein Blut zum Kochen. Ich konnte es kaum erwarten, dass er alles zurücknehmen musste, was er gesagt hatte. „Du meintest, wir würden abtauchen, wenn jemand versucht, das Ministerium zu schließen. Werde ich mich wieder als Junge ausgeben müssen?"

„Das ist kein Scherz, Charlie."

„Ich scherze nicht. Nicht wirklich. Was bedeutet es, in den Untergrund zu gehen? Werden wir Lichfield Towers verlieren?" Mir setzte sich ein Kloß in den Hals und Tränen brannten in meinen Augen. Die alte Angst, mein Zuhause und meine Freunde zu verlieren, kam ungefragt und unerwartet.

Lincoln beugte sich vor und stützte seine Ellenbogen auf die Knie. Er nahm meine Hände in seine und küsste meine Finger in den Handschuhen. „Lichfield gehört mir, nicht dem Ministerium. Wenn die Obrigkeit das Ministerium schließt, werden wir gezwungen sein, unsere Unterlagen zu vernichten und öffentlich zu bekennen, dass wir keine übernatürlichen Sachverhalte mehr verfolgen. Das ist alles. Uns oder unserem Zuhause wird nichts geschehen. Wir sind im neunzehnten Jahrhundert, nicht im dreizehnten."

Ich blinzelte meine Tränen weg und lächelte, um ihm zu zeigen, wie sehr ich seine Versicherungen schätzte. „Aber natürlich werden wir die Unterlagen nicht wirklich vernichten, oder?"

Er lächelte lediglich an meinen Fingern.

* * *

LINCOLN VERBRACHTE den Rest des Tages und die halbe Nacht damit, mit seinen Kontakten im Old Nichol zu sprechen. Er hatte ein starkes Spionagenetzwerk, das aus Menschen verschiedenster Lebensbereiche bestand, die Informationen für ihn sammelten. Er bezahlte sie gut und bekam ordentliche Resultate. Diesmal bestand er allerdings darauf, selbst im East End zu bleiben und die Bewegungen von Gawlers Rudel zu beobachten. Vor dem Frühstück kehrte er mit Seth und Gus zurück.

Ich war im Morgengrauen aufgewacht und hatte auf sie gewartet. Beim Klang von Schritten vor meiner Tür warf ich mir ein Tuch um die Schultern und ging zu ihnen in den Flur.

„Und?", fragte ich. „Wie ist es gelaufen?"

Seth fuhr sich mit der Hand durch die Haare. Er sah zerzaust und zerlumpt aus, zum Teil, um zwischen den anderen East Endern nicht aufzufallen, und zum Teil, weil er die ganze Nacht draußen gewesen war. Natürlich sah er immer noch gut aus, vielleicht sogar besser. Ich sollte Alice wecken …

„Ich werde zu alt für den Mist", sagte er. „Die ganze Nacht unterwegs zu sein ist was für junge Männer."

„Lincoln sieht fit aus", stichelte ich.

„Und ich stinke." Seth schnupperte an seiner Achselhöhle und verzog das Gesicht. „Ich weiß nicht, wie du das aushältst, Gus."

„Ich bin an dich gewöhnt", sagte Gus gähnend. „Ich hau mich ein oder zwei Stunden aufs Ohr." Er stapfte den Flur entlang, Seth dicht hinter ihm.

Ich wandte mich an Lincoln. „Ihr habt keine Wölfe gesehen, oder?"

Er schüttelte den Kopf, wobei ihm die Haare über die Augen rutschten. Er sah teuflisch grüblerisch aus. „Wir haben herausgefunden, dass Gawlers Rudel selbst etwas herumspioniert. Gus ist einem Rudelmitglied zu Swinburns Haus gefolgt. Er hat nichts gemacht, nur einige Stunden beobachtet, ehe er von einem anderen abgelöst wurde."

„Warum tun sie das?"

„Gawler besteht darauf, dass Swinburn seinem Rudel diese Morde in die Schuhe schieben will."

„Er könnte recht haben. Ist Swinburn oder sein Rudel umhergestreift?"

Noch ein Kopfschütteln. „Da waren zusätzliche Constables auf Patrouille und ich habe einige Männer mit Knüppeln durch die Straßen streifen sehen."

„Bürgerwehr", murmelte ich. „Also hat es begonnen."

„Es wird jetzt für beide Rudel schwierig, unterwegs zu sein."

„Schwierig, aber nicht unmöglich."

Er berührte mein Kinn und platzierte einen sachten Kuss auf meine Lippen. „Geh wieder ins Bett, meine Liebste", flüsterte er.

Ich schlang meine Arme um seine Hüften und hielt ihn fest. „Möchtest du mitkommen?"

„Du bist verrucht. Kein Wunder, dass ich dich anbete." Er pflückte meine Arme von sich ab und küsste meine Stirn. „Geh *allein* wieder ins Bett und wir sehen uns in zwei Stunden beim Frühstück."

Ich schmollte spielerisch. „Du zwingst mich wirklich dazu, bis zu unserer Hochzeitsnacht zu warten, nicht wahr?"

„Ich werde es auf jeden Fall versuchen", murmelte er, während er davonging.

***

BEIM FRÜHSTÜCK ERHIELT Lincoln eine Nachricht, die ihn aufstöhnen ließ. In Anbetracht der Tatsache, dass er selten Gefühle zeigte, wusste ich, dass es besonders grässlich sein musste. Als ich mit meinem Teller mit Bacon, Toast und einem gekochten Ei wieder an meinen Platz zurückkehrte, bat ich ihn, sie lesen zu dürfen.

„Sie ist von Andrew Buchanan", klärte ich Alice und Lady Vickers auf, die mit uns ins Esszimmer gekommen waren. Seth und Gus schliefen noch. Ich las weiter und stöhnte ebenfalls. „Er hat hier in einer Stunde eine Komiteebesprechung anberaumt."

„So bald nach der letzten?", fragte Alice. „Warum?"

„Das steht hier nicht."

„Er sollte besser einen guten Grund haben", knurrte Lincoln. „Sonst mache ich ihm sein Leben zur Hölle."

„Ich glaube, das ist es bereits. Seine Geliebte heiratet, er hat kein Zuhause, kein Geld und auch keine Aussichten, welches zu verdienen. Außerdem ist er ein Saftsack."

Lady Vickers schnalzte mit der Zunge. Ich dachte, sie würde meine Sprache nicht gutheißen, aber es stellte sich heraus, dass sie Buchanan nicht mochte. „Der Mann ist ein Dummkopf und ein Verschwender. Das war er schon immer und zunehmendes Alter hat ihn nicht besser gemacht. Er verhält sich immer noch wie ein verwöhntes Kind. Schaut euch nur an, wie er sich wegen Julia benimmt! Ziemlich peinlich."

„Sie ermutigt ihn", sagte ich. „Oder hat es in der Vergangenheit getan. Das wird jetzt wahrscheinlich aufhören, wo sie heiratet." Ich brach meinen Toast durch, aß ihn aber nicht. „Teil des Komitees zu sein lenkt ihn vielleicht ab."

Alice senkte ihre Gabel auf ihren Teller. „Glaubst du, er hätte dadurch ein dringend benötigtes Ziel in seinem Leben?"

„Ich hoffe es", sagte Lady Vickers. „Es gibt nichts Belebenderes für den Verstand und den Geist als ein Ziel. Stimmen Sie mir zu, Charlie?"

„Das tue ich", sagte ich.

„Mein neu gefundenes Ziel ist es, meinen Sohn gut unter die Haube und wieder auf die Füße zu bringen."

Da ich fand, dass Seth bereits wirklich gut auf eigenen Füßen stand, schien mir dieses Ziel nicht gerade sinnig, doch das sagte ich nicht.

„Viel Glück", spottete Alice, während sie aufstand, um sich Tee nachzugießen.

Lady Vickers kniff die Augen zusammen, als wollte sie ergründen, ob Alice damit noch etwas anderes meinte. Ich verspürte jedoch nichts Unaufrichtiges.

Die Stunde verstrich schnell und die drei Kutschen trafen pünktlich ein. Die Lords Marchbank und Gillingham fuhren in ihren privaten Kutschen vor, während Buchanan aus einer Droschke stieg, die er dann wegschickte.

„Guten Morgen allerseits", sagte er, derweil Doyle ihm in der Eingangshalle den Hut abnahm. „Sollen wir uns in der Biblio-thek treffen?"

„Worum geht es?", fragte Gillingham, noch ehe wir uns alle gesetzt hatten. Seth und Gus waren nicht dabei, da sie noch schliefen. Lincoln sah man nicht an, dass er lediglich zwei Stunden Schlaf vor dem Frühstück bekommen hatte. Ich hatte ihn früher als Maschine bezeichnet—manchmal schien es nicht weit von der Wahrheit entfernt zu sein.

Buchanan hob eine Hand, um Gillinghams Frage abzuweh-ren, sprach jedoch mich an. „Charlotte, sollten Sie hier sein? Sie sind nicht Teil des Komitees—"

„Sie bleibt", sagte Lincoln.

„Komm auf den Punkt, Buchanan", schnappte Gillingham. „Ich habe zu tun."

Buchanan schnaubte. „Wie zum Beispiel, deine Frau im Auge zu behalten?"

Gillingham hatte sich gerade setzen wollen, doch jetzt ging er auf Buchanan los. „Was deutest du an?"

Buchanan zupfte seine Hosenbeine hoch und setzte sich in einen Sessel. „Nimm Platz, Gilly. Du machst niemandem Angst."

Gillinghams Hand packte den Knauf seines Spazierstocks fester. „Ich sollte dich vermöbeln, du Schwachkopf."

„Warte damit, *bis* du gehört hast, was ich zu sagen habe." Buchanans lakonische Art erregte in *mir* den Wunsch, ihn zu vermöbeln.

„Was meinen Sie damit, Harriet im Auge zu behalten?", fragte ich, wohlwissend, dass ich ihm in die Karten spielte.

Buchanan winkte zum Brandy auf dem Sideboard. „Schenken Sie mir ein Glas ein, Fitzroy."

„Nein", sagte Lincoln platt.

„Es ist zehn Uhr morgens!", sagte Marchbank. „Leg endlich los. Warum hast du uns hergerufen? Was ist passiert?"

„Also gut." Buchanan warf der Brandykaraffe einen sehnsüchtigen Blick zu, riss sich dann aber davon los. „Ich wollte Fitzroy zur Rede stellen. Er hat noch keinen Bericht abgeliefert."

„Es gibt nichts zu berichten", sagte ich.

Buchanan hielt einen Finger hoch. „Das Treffen mit dem Journalisten." Er hielt noch einen Finger hoch. „Die Einladung des Palastes."

„Der Palast!", spuckte Gillingham. „Warum haben Sie das nicht erwähnt, Fitzroy? Buchanan hat recht, Sie müssen über so wichtige Treffen umgehend berichten."

„Nein, muss ich nicht", sagte Lincoln. „Es gibt nichts zu berichten. Ich habe im Palast nichts erfahren. Ihre Majestät wollte lediglich die Möglichkeit diskutieren, dass Werwölfe die Stadt unsicher machen. Sie wünschte eine Rückversicherung, dass wir sie finden und daran hindern werden, erneut zu töten."

„Und wurde sie beruhigt?", fragte Marchbank.

„Ich glaube schon."

„Das wurde sie", fügte ich hinzu. Ich wartete, um zu sehen, ob Lincoln die Diskussion bezüglich Swinburn erwähnen würde sowie die Drohung des Herzogs, das Ministerium zu schließen, doch das tat er nicht.

„Sie sind mitgefahren?", sagte Buchanan zu mir. „War das nötig?"

Lincoln schaute ihn lediglich finster an.

„Sie finden nicht, dass ich hätte mitfahren sollen?", fragte ich adrett. „Warum nicht?"

„Wegen dem, was Sie sind."

„Sie meinen eine Nekromantin? Es ist in Ordnung, Mr Buchanan, Sie können das Wort ruhig sagen. Ich werde Ihren Vater nicht beschwören, damit er Sie über's Knie legt. Nun, vielleicht doch, wenn Sie mich wirklich nerven."

Buchanans Lippen zuckten und verzogen sich vor Empörung. „Du kleine—"

„*Nicht.*" Lincolns leises Knurren jagte *mir* einen Schauer über den Rücken.

Buchanan wurde blass. „Ich weise lediglich darauf hin, dass Ihre Majestät vielleicht lieber keine Nekromantin in ihrer Nähe haben möchte."

„Sie weiß es", log ich. Die Königin wusste es nicht. Sie dachte, ich sei ein Medium, eine akzeptablere Art des Übernatürlichen als jemand, der die Toten zum Leben erweckte.

„Also gut, aber stellen Sie sicher, dass das Komitee über alle Ihre Treffen informiert wird, Fitzroy, nicht nur diejenigen, von denen Sie uns erzählen möchten."

„Ich werde Sie informieren, wenn Sie etwas wissen müssen", sagte Lincoln. „Ist das klar?"

„Es ist klar", sagte Marchbank, ehe Buchanan in noch größere Schwierigkeiten geriet. „Ist das alles, Buchanan?"

„Nein. Es gibt noch eine Sache", sagte Buchanan selbstgefällig.

Gillingham seufzte. „Hoffentlich ist es meine Zeit wert."

„Tatsächlich geht es um dich. Oder vielmehr um deine Frau."

Gillingham rammte seinen Spazierstock auf den Boden. „Harriet ist keine *Sache*, die besprochen werden muss. Niemand hat Interesse an deinem Tratsch."

„Sie *ist* eine Sache, die innerhalb des Ministeriums besprochen werden muss. Ebenso wie Charlotte. Jeder von unnatürlicher Natur muss besprochen, katalogisiert und überwacht werden." Buchanan berührte seine Lippe mit dem Finger und zeigte dann auf Gillingham. Seine Theatralik hielt Gillingham und seinen Protest zum Narren. „Hast du nicht selbst etwas in der Art gesagt, als es um Charlottes Aufenthaltsort ging?"

„Woher weißt du das?", stammelte Gillingham. „Damals warst du noch nicht im Komitee."

„Julia", sagte Lord Marchbank mit einem Kopfschütteln. „Sie hat dir alles erzählt, was sich in unseren Besprechungen abgespielt hat, nicht wahr, Buchanan?"

Buchanan hob eine Schulter in eleganter Nonchalance.

„Wenn du dich erkenntlich zeigst, indem du ihr erzählst, was hier gesprochen wird, findest du dich außerhalb des Komitees wieder", sagte Marchbank.

„Oder Schlimmeres", fügte Lincoln hinzu.

„Richtig. Also." Buchanan räusperte sich. „Um auf meinen Punkt bezüglich der zauberhaften Lady Gillingham zurückzukommen. Wir wissen alle, was sie ist und mit welchem Pack sie verkehrt."

„Sie verkehrt *nicht* mit irgendwelchem Pack." Gillinghams Stimme hob sich zu einem Brüllen.

„Sie streift mit Gawlers Rudel umher."

„Das ist anders. Niemand außer uns weiß davon, also zählt es nicht."

Buchanan schnaubte. „In Anbetracht der Tatsache, dass die Angriffe in deren Gebiet passiert sind, ist sie eine Verdächtige und sollte als solche behandelt werden."

Gillingham schlug seinen Stock wieder und wieder auf den Boden. „Genug! Genug von diesem Mist, Buchanan! Meine Frau ist über jeglichen Verdacht erhaben. Sie ist eine Gräfin, um Gottes Willen!"

„Sie ist ein Werwolf. Sie denkt und benimmt sich wie ein … ein Tier. Sie sind wilde Kreaturen, Gilly, und können nicht kontrolliert werden. Ihre überlegene Kraft, Schnelligkeit und Sinne machen sie noch schwieriger zu handhaben. Das weißt du." Buchanan zeigte seine Zähne in einem verschrobenen Lächeln. „Tatsächlich würde ich wetten, dass du besser als jeder andere weißt, wie stark deine Frau ist."

Gillingham schoss auf die Füße, das Gesicht roter als seine Haare. „Ich höre mir das nicht an."

„Du musst es dir anhören", schoss Buchanan zurück. „Sie ist eine Verdächtige, so wie jeder andere in Gawlers Rudel. Du bist die geeignetste Person, um ihr zu folgen und zu observieren—"

„Ich werde meiner Frau *nicht* nachspionieren!"

„Warum nicht? Wenn sie unschuldig ist, steht es in deiner Macht, es zu beweisen."

Gillingham setzte sich wieder und schüttelte den Kopf.

„Du hast Angst, nicht wahr?", stichelte Buchanan. „Angst davor, was sie dir antut, wenn sie es herausfindet."

„Das reicht", schnappte Marchbank. „Buchanan, sei still. Harriet ist keine Verdächtige."

„Dem stimme ich zu", sagte ich. „Der Charakter einer Person wird nicht unterdrückt, wenn er oder sie die andere Gestalt annimmt. Jemand mit mörderischen Ambitionen in seiner menschlichen Form behält sie in der Wolfsform. Das wissen Sie auch, Mr Buchanan. Sie sind vielleicht ein Schwachkopf, können Menschen aber gut einschätzen."

Buchanan machte ein beleidigtes Geräusch durch die Nase, forderte mich aber überraschenderweise nicht heraus. Vielleicht weil Lincoln nahe genug stand, um ihn zu erwürgen.

„Charlie hat recht", sagte Marchbank. „Harriet ist keine Mörderin. Das spricht ihr Rudel allerdings nicht frei."

Dem stimmten wir alle zu, auch wenn Lincoln sagte, er glaube, dass Gawler selbst unschuldig sei.

„Trotzdem", sagte Marchbank, „könnte es für Harriet besser sein, sich vorerst von denen fernzuhalten, damit sie nicht in dieses Chaos verwickelt wird. Der Zeitungsartikel hat Unruhe geschürt."

Lincoln nickte. „Im East End waren in der Nacht Bürgerwehren und zusätzliche Polizisten unterwegs."

Gillingham stöhnte und rieb sich die Stirn.

„Harriet behauptet, sie würde erst wieder mit dem Rudel umherstreifen, nachdem ihr Baby geboren wurde", sagte ich. „Ihr wird nichts geschehen."

„Sie trifft sich noch mit ihnen", sagte Gillingham schwermütig.

„Dann verbiete es ihr", sagte Buchanan mit einer schwungvoller Geste. „Oh, stimmt ja, du kannst ihr nicht mehr sagen, was sie tun soll."

„Und das von einem Mann, der so viel Glück damit hatte, *seine* Frau im Griff zu behalten", zischte Gillingham. „Du konntest Julia nicht verbieten, sich mit anderen Männern zu treffen, während sie mit dir zusammen war, und dann hast du sie vollständig an einen anderen verloren. Erzähl mal, lässt sie dich überhaupt noch in ihr Bett?"

Buchanan sprang aus dem Stuhl auf und stürzte sich auf Gillingham. Der musste angenommen haben, dass Lincoln ihn aufhalten würde, und versuchte folglich nicht, sich zu verteidigen. Sein fehlgeleitetes Vertrauen führte dazu, dass Buchanans Faust gegen seinen Kiefer krachte und den Kopf des Earls gegen die Rückenlehne des Sessels warf. Er schrie auf und hob die Hände, wobei sein Gehstock ziellos herumfuchtelte und drohte, die Bücher hinter ihm aus dem Regal zu fegen. Buchanan holte aus, um erneut zuzuschlagen, doch Lincoln schritt endlich ein und fing seinen Arm ab.

Buchanan ließ von Gillingham ab, warf ihm aber einen vernichtenden Blick zu. Da Gillingham die Augen zugekniffen hatte, bemerkte er nichts davon.

„Die Besprechung ist beendet", sagte Marchbank und erhob sich. „Buchanan, du kommst mit mir. Ich bringe dich nach Hause."

Buchanan zupfte an seinen Ärmelaufschlägen und marschierte aus der Bibliothek. Er riss die Tür auf und stieß beinahe mit Seth zusammen, der gerade eintreten wollte. Seth erfasste Buchanan und Gillingham mit einem Blick, rieb sich das Kinn und grinste.

„Ich habe den ganzen Spaß verpasst", sagte er.

Buchanan schob sich an ihm vorbei, wobei er ihn absichtlich mit der Schulter anstieß, und schnappte seinen Hut aus Doyles Händen.

Seth verdrehte die Augen. „Charlie? Was ist passiert?"

Ich führte ihn ins Empfangszimmer auf der anderen Seite der Eingangshalle und erzählte ihm alles. Er kicherte fast die ganze Zeit.

* * *

LINCOLN, Seth und Gus waren den Rest des Tages unterwegs. Alice und ich beschäftigten uns auf dem Dachboden, den ich jedoch verließ, als Whistler mir mitteilte, Lincoln wäre zurückgekehrt und wolle mich sehen. Ich freute mich darauf, in der Abgeschiedenheit seiner Gemächer ein paar Küsse zu erhaschen, doch er war nicht allein. Seth und Gus waren bei ihm im Arbeitszimmer.

„Warum schmollst du?", fragte Gus mich.

„Nur so", sagte ich seufzend.

„Wo ist Alice?", fragte Seth.

„Auf dem Dachboden."

„Was macht sie denn da?"

„Ihre Schönschrift üben. Wie lief es heute Nachmittag?"

„Wir haben mit allen Männern und Frauen in Gawlers Rudel gesprochen", sagte Lincoln. „Wir haben sie gefragt, ob sie mit den jüngsten Morden zu tun hatten. Sie haben es alle abgestritten. Zwei haben definitiv die Wahrheit gesagt."

„Und die anderen?"

„Meine seherischen Fähigkeiten waren nicht stark genug, um es sicher zu wissen."

Ich lehnte mich an die Kante seines Schreibtisches. Ein Stapel Zeitungen lag auf der Ecke, alle von Doyle gebügelt und bereit, von Lincoln durchgeblättert zu werden. Er blieb gern auf dem Laufenden, aber es war nie wichtiger gewesen als jetzt. Ich nahm den Stapel und sah ihn durch. Der *Star* war nicht darunter. Ich schaute auf die Uhr auf dem Kaminsims. Da es eine Abendzeitung war, würde sie bald ankommen.

„Ich habe Doyle gebeten, mir den Star zu bringen, sobald er geliefert wird", sagte Lincoln, der meine Gedanken las. „Bügeln unnötig."

„Das wird er nicht mögen", sagte Seth. „Er lebt dafür, Zeitungen zu bügeln."

Das Klopfen an der Tür hätte nicht passender sein können. Gus öffnete und nahm die Zeitung von Doyle entgegen. Er schloss die Tür wieder und reichte die Zeitung an Lincoln weiter. Es war die neueste Ausgabe des *Star*.

Lincoln schob Tintenfass, Bücher und Notizen an den Rand seines Schreibtisches und breitete die Zeitung aus. Mit dem Finger tippte er auf den Leitartikel auf der Titelseite.

„Verdammt", murmelte er.

Seth, Gus und ich drängten uns um seinen Stuhl, um über

seine Schulter mitzulesen. *Nein. Oh nein.* Wieder erwähnte Mr Salters Artikel Werwölfe, die für die Angriffe verantwortlich waren, aber das war nicht das Schlimmste. Er schrieb über das Ministerium der Kuriositäten und unsere Rolle bei der Kontrolle der Übernatürlichen. Als ob diese Offenbarung noch nicht genug wäre, behauptete er, unsere Organisation wäre inkompetent, korrupt und voreingenommen.

„Verflucht", sagte Gus. „Das is übel. Richtig übel."

KAPITEL 6

Es gab nichts, was wir gegen den Artikel tun konnten. Er war bereits gedruckt und ein Widerruf würde zu spät kommen. Kaum war die Öffentlichkeit über das Ministerium in Kenntnis gesetzt worden, war unser Ruf schon ruiniert. Ein Dementi half nicht. Wir hatten unser Leben in der Öffentlichkeit auf dem falschen Fuß begonnen. Ich dankte Gott, dass Lincoln in dem Artikel nicht namentlich erwähnt wurde.

„Ich schlage vor, wir töten den Reporter", sagte Seth. Bei meinem finsteren Blick hob er ergeben die Hände. „Ein Witz."

„Ich glaube nicht, dass Salter allein verantwortlich ist." Ich lehnte mich an Lincolns Rücken und deutete auf die Zeitung vor ihm auf dem Schreibtisch. „Da steckt jemand dahinter. Irgendwer hat ihm Informationen über das Ministerium geliefert und drängt ihn, diesen Unfug zu schreiben, um uns zu zerstören. Ich tippe auf Swinburn."

„Und ich auf den Herzog von Edinburgh", sagte Lincoln.

„Da wir gerade Stimmen vergeben, nehme ich Julia", fügte Seth hinzu.

Gus zuckte mit den Schultern. „Könnte jeder von denen sein. Oder keiner."

„Danke für deine Erkenntnisse." Seth trommelte mit den Fingern auf den Schreibtisch. „Wir müssen etwas dagegen tun. Irgendwelche Ideen, Fitzroy?"

„Wir machen weiter wie geplant", sagte Lincoln. „Unsere Priorität ist es, die Öffentlichkeit zu schützen und den Mörder zu finden."

„Und was ist, wenn die Öffentlichkeit gar nicht von uns beschützt werden will?"

„Jou", stimmte Gus zu. „Oder wenn wir dichtgemacht werden? Wir können keinem helfen, wenn wir dichtmachen."

„Niemand wird uns aufgrund eines Zeitungsartikels außer Dienst stellen", sagte Lincoln.

Ich legte meine Hände auf seine Schultern und massierte ihn geistesabwesend. „Wir werden unsere Operationen lediglich in den Untergrund verlagern. Pläne sind bereits im Gange."

Gus studierte den Boden unter seinen Füßen. „Buddelt jemand Tunnel unter Lichfield, während wir unterwegs waren?"

Seth boxte Gus gegen den Arm. „Idiot. Sie meint *metaphorisch* in den Untergrund." Er sah mich an. „Oder?"

Ich lächelte. „Das stimmt. Wir kopieren die Akten in den Archiven. Jetzt macht euch an die Arbeit. Ich schätze, wir können unseren Ruf nur retten und in Betrieb bleiben, wenn wir den Mörder finden und ihn oder sie aufhalten."

„Und herausfinden, wer Salter mit Informationen versorgt", fügte Lincoln hinzu.

* * *

Seth beobachtete Swinburn über Nacht, während Gus im Old Nichol Slum blieb, um Gawler nachzuspionieren. Lincoln gab nicht näher an, wo er hingehen würde, aber ich vermutete, dass er zwischen den beiden unterwegs sein und mit seinen eigenen Informanten reden würde, um Informationen zu sammeln.

Er erzählte mir erst am folgenden Morgen als er zurückkam und ich ihn ausfragte, dass er wieder in Salters Wohnung eingebrochen war. Diesmal hatte er das Notizbuch gefunden—und es mit nach Hause gebracht.

„Lass mich wissen, wenn du darin etwas findest", sagte er und reichte es mir. Wir standen in meinem Schlafzimmer, auch wenn er in der Nähe der Tür blieb. Ich war aufgestanden, als er vor der Dämmerung bei mir geklopft hatte. Hätte ich gewusst, dass er es war, hätte ich mir kein Tuch umgelegt.

Er behielt seinen Blick angestrengt auf meinem Gesicht.

„Was hast du vor?", fragte ich.

„Schlafen." Er drehte den Stuhl an meinem Schminktisch um, legte seine Füße mit Stiefeln auf die Truhe am Fuß meines Bettes, verschränkte Knöchel und Arme und schloss die Augen.

Ich küsste ihn sacht auf die Lippen und kehrte ins Bett zurück. Er schlief zwei Stunden lang geräuschlos, während ich die Seiten des Notizbuchs durchforstete.

„Etwas gefunden?", fragte er, was mich erschreckte.

Ich gähnte und schüttelte den Kopf. „Nichts. Keine Erwähnung von Swinburn oder anderen Namen, die ich wiedererkenne. Er bezeichnet alle seine Informanten lediglich als „Quelle" und weist ihnen einen Buchstaben des Alphabets zu. Quelle K ist unsere."

Er setzte sich neben mich auf das Bett, rutschte aber nicht unter die Decke. Mir waren seine Nähe und die Wärme, die sein Körper ausstrahlte, sehr bewusst. Ich rückte dichter an ihn heran, nicht weil es im Zimmer kalt gewesen wäre, sondern einfach, weil ich es wollte. Überraschenderweise bewegte er sich nicht weg. Er legte sogar den Arm um mich und kuschelte mich an seine Seite. Das war meine Gelegenheit, unsere Beziehung über Küsse hinauszuführen. Endlich waren wir allein in einem Bett und es war früh genug, dass nur die Diener wach waren. Lincoln konnte sich später rausschleichen, ohne gesehen zu werden. Perfekt!

„Glaubst du, das K bezieht sich auf eine Initiale?", fragte er.

Ich blinzelte ihn etwas dümmlich an. „Hä?"

„Das Notizbuch." Er nahm es mir ab und blätterte es durch. „Glaubst du, der Name von Quelle K beginnt mit einem K?"

„Oh. Stimmt. Ich dachte gerade an …" Ich biss mir innen auf die Wange und schaute weg.

„Ich weiß, woran du dachtest", sagte er mit einem Lächeln in seiner Stimme.

„Es ist unfair, dass du meine Gedanken lesen kannst."

„Nicht immer. Aber diesmal waren deine Gedanken klarer

als die Worte auf diesen Seiten. Also zurück zu meiner Frage, glaubst du, der Name von Quelle K beginnt mit einem K?"

„Nein. Es ist nur der nächste Buchstabe im Alphabet. Wenn du das Buch durchsiehst, siehst du, dass die vorigen Quellen A bis J sind." Ich sackte zurück in die Kissen. „Darin ist nichts Identifizierendes. Salter war sehr vorsichtig."

Er küsste meine Schläfe und rutschte vom Bett. „Versuch noch etwas zu schlafen. Ich schätze, es wird ein langer Tag.

„Warum?"

„Ich habe gehört, dass andere Zeitungen die Geschichte aufgreifen. Das bedeutet mehr öffentliches Interesse und mehr öffentliches Interesse bedeutet, dass die Behörden reagieren müssen."

„Gegen uns?"

„Das weiß ich noch nicht, aber ich will vorbereitet sein."

Mit den Nachrichten, die in meinen Ohren klingelten, war an Schlaf nicht zu denken.

* * *

EIN BRIEF vom Prinzen von Wales kam beim Frühstück an, in dem er Lincoln zur Vorsicht mahnte. Er hatte gehört, dass gewisse Mitglieder des Parlaments die Berichte über Werwölfe und die Existenz des Ministeriums näher unter die Lupe nehmen wollten. Er nahm an, dass sie weitere Informationen verlangen würden und wir darauf vorbereitet sein sollten, befragt zu werden.

„Und was wird *er* diesbezüglich tun?", fragte ich gereizt.

„Er behauptet, seinen Einfluss nutzen zu wollen, um deren Interesse zu verwischen." Lincoln reichte mir den Brief und schmierte dann Butter auf seinen Toast. „Er kann uns mehr Zeit verschaffen."

„Um was zu tun?", fragte Lady Vickers.

„Um unsere Geschichten abzustimmen", sagte Seth. Er und Gus hatten wie Lincoln nur wenige Stunden geschlafen. Sie waren zu nervös zum Ausruhen. „Und um die Beweise verschwinden zu lassen."

„Was sollen wir sagen, wenn wir befragt werden?", fragte Alice und schaute Lincoln über ihre Teetasse an.

„Streitet unsere Existenz nicht ab, aber spielt unseren Einfluss und unser Wissen herunter", sagte er. „Erzählt nichts von den Archiven und erwähnt weder unsere jüngsten Spionageaktivitäten noch eine unserer vergangenen Ermittlungen." Er senkte Messer und Gabel und fixierte jeden von uns der Reihe nach mit seinem Blick. „Erwähnt auf keinen Fall Charlies Nekromantie, oder ich werde—"

„Lincoln", sagte ich zuckersüß, „reich mir doch bitte die Butter."

Er kniff die Lippen zusammen, fasste meine Unterbrechung jedoch gut auf.

„Und um Himmels Willen, sprich bloß deine Träume nicht an, Alice", fügte ich hinzu. „Wenn die Behörden erfahren, dass durch dich eine Armee hier eingefallen ist, werden Sie dich einsperren."

„Das würde nix nützen", sagte Gus, der sein gekochtes Ei köpfte. „Die würden trotzdem kommen."

„Gus!", rügte Seth.

„Würden sie doch."

„Wer wird uns überhaupt befragen?", wandte Lady Vickers sich an Lincoln. „Wer sind diese sogenannten Behörden und welche Autorität haben sie über mich?"

„Die Polizei wird entsandt werden", sagte Lincoln. „Ich schätze, die Mitglieder des Parlaments werden verlangen, dass wir von Scotland Yard befragt werden."

„Ich will mit der Polizei nichts zu tun haben", sagte Lady Vickers schnippisch. „Ich bin kein gewöhnlicher Dieb. Ich werde mich weigern, mit ihnen zu reden."

„Dann wirkst du schuldig", sagte Seth. „Es ist besser, einfach zu lügen."

„Ich lüge nicht *einfach*, Seth. Ich bin eine christliche Frau und sage in allen Dingen die Wahrheit."

„Ist das so?" Er legte Messer und Gabel weg und beugte sich vor. „Sag mir, Mutter, wann hast du den Koch das letzte Mal gesehen?"

Sie schob ihren Stuhl zurück und kam auf die Füße. „Das muss ich nicht beantworten."

Seth breitete die Hände aus. „Dann bist du schuldig."

„Weswegen?"

„Wegen … wegen … Du weißt schon!" Er knüllte seine Serviette zusammen und warf sie auf den Tisch. Dann stapfte er aus dem Esszimmer.

Lady Vickers setzte sich wieder und hob ihre Teetasse. „Ich muss schnellstens eine Ehefrau für ihn finden. Wenn er nur nicht so wählerisch wäre." Sie nippte in aller Ruhe und tat so, als würde ihr das alles nichts ausmachen. Doch mich täuschte sie nicht.

Nach dem Frühstück begab ich mich auf die Suche nach Seth und fand ihn auf dem Dachboden. „Du solltest dich bei deiner Mutter entschuldigen", sagte ich. „Du hast sie verärgert."

„Ich weiß." Er saß am Fenster und starrte in den bedeckten Himmel. Einige der Ministeriumsakten lagen auf dem Schreibtisch in seiner Nähe ausgebreitet, aber er unternahm keinen Versuch, sie abzuschreiben. „Aber sie hat mich auch verärgert. Sie und der Koch sind …" Er schüttelte den Kopf. „Ich kann nicht glauben, dass es schon wieder passiert, *wieder* direkt vor meiner Nase."

Ich packte seine Schulter. „Lass den Dingen ihren Lauf. Ihre Zuneigung wird bald abflauen. Sie passen kaum zueinander."

„Das dachte ich von dem Lakaien auch und schau dir an, was passiert ist—sie ist mit ihm nach Amerika durchgebrannt und hat ihn geheiratet."

Er drehte sich wieder zum Fenster, sodass er mein Grinsen nicht sehen konnte. Ich konnte nicht anders. Die Geschichte war ziemlich romantisch.

„Abgesehen davon", fügte er leise hinzu, „ist der Koch mein Freund. Ich will nicht, dass sie diese Freundschaft zerstört."

„Sie wird nicht zerstört. Eure Freundschaft ist stark." Ich setzte mich an den Schreibtisch und zog einen Stapel Akten zu mir. „Weißt du, was sie verdrießen wird?"

Er warf mir einen Seitenblick zu. „Was?"

„Du und Alice."

Er seufzte. „Charlie—"

„Du hast Alice in letzter Zeit kaum Aufmerksamkeit geschenkt. Wie soll ihre Zuneigung für dich wachsen, wenn du sie ignorierst?"

„Ihr Aufmerksamkeit zu schenken hat mich nicht vorwärtsgebracht. Vielleicht bewirkt Abwesenheit das Gegenteil." Er kam zu mir an den Schreibtisch. „Oder etwas in der Art."

Gus kam, aber nicht, um beim Abschreiben der Akten zu helfen. „Gillingham is hier", verkündete er.

„Was will der denn jetzt?", murmelte Seth.

Gus zeichnete mit seinem Finger kleine Kreise neben seiner Schläfe. „Der is bekloppt. Regt sich drüber auf, dass die Zeitungen ihn bloßstellen und seine Familie, seine Frau und das ungeborene Kind in Gefahr bringen."

„Und Lincoln hört sich das an?", fragte ich.

„Der is nich zu Hause. Gillingham kaut Lady V ein Ohr ab."

„Ich sollte sie besser retten", sagte ich und erhob mich. „Seth?"

Er schüttelte den Kopf. „Ich bleibe hier. Ich will gerade mit keinem von beiden was zu tun haben."

Ich ging allein die Treppen hinunter und fand Lord Gillingham im Salon vor, wo er auf und ab ging und bei jedem Schritt seinen Gehstock auf den Boden rammte. Lady Vickers saß auf einem Stuhl am Fenster, erhob sich jedoch, als ich eintrat.

„Ich muss gehen", verkündete sie und rauschte an mir vorbei. Ich versuchte, sie anzuflehen, doch sie wich meinem Blick aus.

Ich war mit Gillingham allein, eine Situation, in der ich mich länger nicht befunden hatte. Lincoln achtete darauf. Meine Geschichte mit dem Earl war turbulent, sogar gewalttätig, als ich neu nach Lichfield gekommen war. Seither hatte sich viel verändert. Das Gleichgewicht der Macht hatte sich verschoben und jetzt zählte ich sogar seine Frau zu meinen Freunden. Trotzdem bebten meine Nerven und mein Magen verknotete sich.

„Wo ist Fitzroy?", verlangte er zu wissen, ehe ich etwas sagen konnte.

„Ich weiß es nicht", sagte ich. „Ich weiß auch nicht, wann er zurückkommt. Stimmt etwas nicht?"

„Natürlich stimmt etwas nicht!", brüllte er. „Die Leben meiner Frau und meines ungeborenen Kindes sind in Gefahr!"

Ich atmete tief ein und langsam wieder aus. „Sie wurde in keinem der Artikel erwähnt."

„Es ist doch nur eine Frage der Zeit, da das Ministerium jetzt aufgedeckt wurde." Er steckte seinen Gehstock unter den Arm und stellte sich steif neben den Kamin. „Was ist, wenn ich damit in Verbindung gebracht werde? Jemand will meiner Familie schaden. Das geht nicht. Das geht so nicht, sage ich dir."

„Ich glaube nicht, dass es persönlich ist", sagte ich. „Wenn es so wäre, wäre Lincoln das Ziel, nicht Sie."

„Spielt es eine Rolle, wer das Ziel ist? Wir werden im Kreuzfeuer alle verletzt. Kannst du das nicht sehen? Nein, natürlich kannst du das nicht. Du kannst ja nicht außerhalb deiner beschränkten Erfahrungen und Bildung denken. Wenn du ordentlich aufgewachsen wärst mit einem Blick darauf, wie die Welt funktioniert, wären dir die Gefahren bewusst." Er schniefte. „Unwissenheit ist ein Segen, wie man so schön sagt."

„Seien Sie so freundlich, mich nicht in meinem Zuhause zu beleidigen", gab ich zurück.

„*Dein* Zuhause. Ha! Nur, weil es dir gelungen ist, Fitzroy um den kleinen Finger zu wickeln und ihn in eine Ehe zu locken, bedeutet das nicht, dass *du* dieses Anwesen jemals besitzen wirst. Es wird immer ihm gehören, niemals dir. Er kann dich so hinauswerfen." Er schnippte mit den Fingern. „Du wirst sein Interesse nicht ewig wecken, Charlotte. Warte nur, bis du ihm ein paar Blagen geschenkt hast, dann wird er es leid und sich woanders umschauen. Und Julia wird auf ihn warten."

Ich trat vor und verpasste ihm eine Ohrfeige. „Sie lernen es nie, oder?"

Er rieb sich die Wange und funkelte mich boshaft an. „Du kleine Hure."

Ich verdrehte die Augen und marschierte aus dem Empfangszimmer. „Whistler!", rief ich.

Der Lakai erschien am hinteren Ende der Eingangshalle. „Ja, Miss?"

„Sorgen Sie dafür, dass Lord Gillingham umgehend den Weg nach draußen findet."

„Ich warte auf Fitzroy", sagte Gillingham.

„Nein, tun Sie nicht", sagte ich über die Schulter. „Er ist viel zu beschäftigt, um sich mit Ihrer Hysterie zu befassen."

„Hysterie? Wie kannst du es wagen?"

Ich schätzte, es war ziemlich mies von mir, ihm ein Leiden anzudichten, das man normalerweise mit nervösen Frauen in Verbindung brachte, aber es fühlte sich ausgesprochen befriedigend an, seinem Protest zu lauschen, während ich die Treppe hinaufging.

„Ich lasse mich nicht so beleidigen!", rief er weiter hinter mir her. „Nehmen Sie die Hände weg!"

Ich schaute hinab, als ich den Treppenabsatz erreicht hatte, und sah gerade noch, wie Whistler Gillingham die Tür vor der Nase schloss. Ich lächelte ihn an und der Lakai grinste zurück.

Als Lincoln zurückkam, informierte ich ihn über Gillinghams Besuch, erwähnte jedoch nicht, wie ich ihn hatte ohrfeigen müssen, um seine Tirade zu beenden. „Er ist ängstlich", sagte ich. „Sorgt sich wegen Harriet und des Babys. Es ist schön zu sehen, dass er den pflichtbewussten, liebenden Ehemann mimt, aber ich schätze, er ist immer noch unausstehlich."

„Der sorgt sich mehr um seinen eigenen Ruf als um die Sicherheit seiner Frau", sagte Seth. Wir saßen nach dem Mittagessen wieder in Lincolns Arbeitszimmer, um die Entwicklungen des Tages durchzusprechen.

„Da bin ich mir nicht sicher", sagte ich vom Sofa her, das in dem Bereich stand, der als Wohnzimmer diente. „Aber ich kann mich irren. Lincoln, wo bist du heute hingegangen?"

„Zu einer Unterredung mit meinem Kontakt bei Scotland Yard", sagte er und lehnte sich in seinem Schreibtischstuhl zurück. „Er will sehen, was er herausfinden kann, hat aber nicht genug Autorität, um auf so hohem Niveau involviert zu sein."

„Es ist noch ein Brief aus dem Palast für dich eingetroffen", sagte ich. „Hast du ihn schon gelesen?"

Er öffnete die oberste Schublade und zog ein dickes Papier mit einem aufgebrochenen Siegel heraus, das er an Seth auf der anderen Seite des Schreibtisches weiterreichte. „Er ist vom Prinzen von Wales. Er sagt, die Königin und der Herzog haben eine Kampagne gegen das Ministerium initiiert. Sie nutzen ihren

Einfluss, um Unterstützung für unsere Schließung zusammenzutrommeln."

„Die Königin auch?", jammerte ich. „Aber sie ist auf unserer Seite! Sie mag mich! Ich habe ihren Mann für sie beschworen."

„Ihr liegen die Interessen des Reiches am Herzen und wenn sie glaubt, dass wir einen Mörder beschützen, dann schiebt sie ihre persönlichen Gefühle zur Seite."

„Dann sollte sie auf ihren ältesten Sohn hören. Dem Prinzen liegen auch die Interessen des Reiches am Herzen."

Seth reichte den Brief zurück. „In dieser Sache hört sie auf den Herzog. Gott allein weiß, warum."

„Davor hat Eva uns gewarnt", sagte Gus. „Die Königin bedroht uns."

Ich rieb mir die Stirn und versuchte, durch den Nebel in meinem Gehirn zu waten. Was mit einem vernachlässigbaren Artikel begonnen hatte, entwickelte sich zu einem ernsten Problem. Ich konnte nur hoffen, dass gesunder Menschenverstand siegen und die königliche Familie aufhören würde, uns demontieren zu wollen. Damit das geschah, durften sie nicht länger auf Swinburn hören.

Und genau darin lag unser Problem. Er war zu mächtig. Sie würden weiterhin auf ihn hören, wenn er ihnen weiterhin seinen Wert und seine Loyalität bewies. Es war ein einziges Chaos.

„Lasst uns allein", sagte Lincoln zu Gus und Seth.

Sie fügten sich und schlossen die Tür.

Er hockte sich vor mich und nahm mein Gesicht in seine Hände. „Alles wird gut, Charlie. Vertrau mir."

„Ich vertraue dir doch", sagte ich hölzern. „Aber manche Dinge liegen außerhalb unserer Kontrolle, selbst deiner."

Sein Daumen strich an meinem Kinn entlang. „Dies ist unser Zuhause und kann uns nicht genommen werden. Unsere Freunde werden immer unsere Freunde sein und ich werde immer derjenige sein, der dich am meisten liebt." Er küsste mich mit atemberaubender Sanftheit und einer Sehnsucht, die mich zum Schmelzen brachte. Leider brach er den Kuss viel zu bald ab und nahm mich in die Arme. „Denk an unsere Hochzeit in fünf Tagen, nicht an das hier. Ich werde dafür sorgen, dass die Verfolgung aufhört."

Ein Klopfen unterbrach uns, ehe ich fragen konnte, wie er das anstellen wollte. „Du wirst unten gebraucht, Fitzroy", ertönte Seths Stimme durch die Tür. „Wir haben Besuch."

„Nicht Gillingham schon wieder", sagte ich stöhnend, als Lincoln die Tür öffnete.

„Nein", sagte Seth. „Die Polizei."

KAPITEL 7

Es war nicht nur Detective Inspector Fullbright, der verlangte, Lincoln zu sprechen. Ein Mitglied des Parlaments namens Yallop stand ebenfalls im Salon. Hinter den beiden Männern waren vier uniformierte Constables aufgereiht, die alle in Hab-Acht-Stellung standen, die Hände an den Seiten, und auf Befehle warteten.

Mr Yallop kümmerte sich um die Vorstellungen, obwohl er nicht der Ältere der beiden war. Seine Stellung war höher als die des schnauzbärtigen Fullbright und dem Inspector schien es ganz recht zu sein, Yallop das Reden zu überlassen. Vielleicht, weil er zu sehr mit Beobachten beschäftigt war. Sein Blick wanderte mehr als einmal über die Umgebung und jeden von uns. Ich fühlte mich wie eine Missgeburt im Zirkus, jeder Zentimeter meiner Person wurde begutachtet und bewertet, seine Einschätzung später an andere weitergegeben.

Mr Yallop hatte nur Augen für Lincoln. „Ich wurde zum Leiter des parlamentarischen Untersuchungsausschusses ernannt, der als Antwort auf die Artikel im *Star* schnellstens gegründet wurde", sagte er, wobei er sein Doppelkinn hob. Er war ein wesentlich größerer Mann als der Inspector, mit einem Bauchumfang, der die Nähte seiner Weste und Jacke strapazierte. Zudem hatte er einen ungesunden roten Teint.

„Sie untersuchen das Ministerium", sagte Lincoln platt.

„Und, im weiteren Verlauf, Sie selbst. Ich bin für die Ermittlungen zuständig und Inspector Fullbright wurde mir zugeteilt. Als einer der erfahrensten Detectives von Scotland Yard werden seine Einsichten von höchstem Wert sein."

„*Der* erfahrenste", sagte Fullbright leise.

„Wie bitte?" Yallop wirkte von der Unterbrechung verärgert.

„Ich bin der erfahrenste Detective Inspector bei Scotland Yard. Sir."

„Was is 'n Untersuchungsausschuss?", fragte Gus.

„Ich bin froh, dass Sie fragen", sagte Mr Yallop. „Es ist eine Gruppe von Mitgliedern des Parlaments, die Angelegenheiten von nationalem Interesse untersuchen und die Ergebnisse und Empfehlungen an ihre jeweilige Abteilung zurückmelden, sodass ein relevanter Erlass ergehen kann. In unserem Fall unterstehen wir dem Innenministerium."

„Und die machen dann einen Erlass über uns?" Gus sah Lincoln an. „Können die das?"

„Das können sie", sagte Lincoln.

„Jetzt lasst uns mal nichts überstürzen", sagte Seth. „Mein Name ist Lord Vickers", sagte er zu Mr Yallop. „Sie haben mein Wort als Gentleman, dass die von Mr Salter erhobenen Anschuldigungen falsch sind. Das Ministerium ist weder korrupt noch voreingenommen. Wir existieren, um die Öffentlichkeit zu schützen vor—"

„Vergeben Sie mir, Sir, aber Ihre Worte bedeuten mir nichts, da ich Sie nicht kenne", sagte Mr Yallop. „Ich habe noch nie von Lord Vickers gehört. Sind Sie Mitglied des Oberhauses? Mir sind nicht alle persönlich bekannt."

„Das bin ich nicht."

„Sind *Sie* de facto der Leiter dieses sogenannten Ministeriums der Kuriositäten? Liegt meine Quelle falsch?"

„Nein, tut sie nicht." Seth schien es nichts auszumachen, zurechtgewiesen zu werden. „Die Ehre gebührt Mr Fitzroy. Sie werden keinen liebenswürdigeren Gentleman kennenlernen. Ich bin mir sicher, dass er äußerst entgegenkommend sein und Ihre Fragen vollständig beantworten wird."

Lincoln warf Seth einen Seitenblick zu. „Wer ist Ihre Quelle?", fragte Lincoln den Politiker.

„Das kann ich nicht sagen", sagte Yallop.

„Können Sie denn sagen, warum das Parlament jetzt auf Sensationsjournalismus reagiert?"

„Wir können uns keine weitere Ripper-Situation leisten. Die Nachricht von diesen jüngsten Morden und die Vorwürfe des *Star* haben sich sehr schnell verbreitet. Die Stadt ist noch immer angespannt und Ängste treten wieder zutage. Die Ripper-Verbrechen sind noch nicht so lange her. Etwas muss getan werden und schnell getan werden, um einen weiteren Mord zu verhindern."

„Dem stimme ich zu. Wir stehen auf der gleichen Seite, Mr Yallop."

„Das wird sich zeigen."

„Sie haben meine Aufmerksamkeit", sagte Lincoln. „Ich werde jegliche Fragen beantworten, die Sie haben. Es besteht keine Veranlassung für so eine übermächtige Polizeipräsenz in meinem Heim. Sie machen meiner Verlobten Angst."

So gern ich es abgestritten hätte, er hatte recht. Ich war nervös. Es waren zu viele Constables für ein einfaches Verhör.

„Die Constables werden gebraucht", fuhr Mr Yallop fort. „Die Polizei hat es versäumt, das Ripper-Monster aufzuhalten und ist jetzt erpicht darauf, das enttäuschende Resultat wieder gut zu machen. Nicht wahr, Inspector?"

Detective Inspector Fullbrights Schnurrbart bebte. „Es gibt einige, die Ihnen zustimmen würden."

„Das Ministerium ist kein Vehikel für eine politische Stellungnahme", sagte Lincoln. „Oder für eine ‚Wiedergutmachung‘ der Polizei. Es steht über der Politik und existiert einzig und allein zur Kontrolle des Übernatürlichen, wie es das seit Jahrhunderten getan hat. Salters Behauptungen von Korruption sind falsch und dienen lediglich dazu, mehr Zeitungen zu verkaufen. Seien Sie so freundlich, mit Ihren Fragen fortzufahren, da ich Ermittlungen zu tätigen habe."

Ich legte eine Hand auf Lincolns Arm. Es würde ihm nicht dienlich sein, wenn er jetzt wütend wurde. Er musste so diplomatisch wie möglich sein, falls er das konnte.

„Dann lassen Sie uns anfangen." Fullbright wandte sich an seine Constables, aber Yallop unterbrach ihn.

„Selbst wenn Salters Behauptungen zu nichts führen, sollte ich Sie warnen, dass die Dinge sich ändern werden." Mr Yallop schob sein Kinn vor, wobei sein Doppelkinn erneut wackelte. „Ihre Gruppe ist viel zu geheimniskrämerisch. Sie muss offener und rechenschaftspflichtiger werden, sonst ist sie reif für Korruption."

„Nicht, solange ich der Leiter bin", sagte Lincoln.

„Und wie lange wird das sein? Hmmm? Nein, Mr Fitzroy. Sie haben viel zu lange Ihren Willen gehabt. Solch einer Organisation kann es nicht gestattet sein, so viel Macht innezuhaben, wie Ihnen Ihre Anonymität verschafft."

„Sie schlagen vor, dass wir dem Parlament Rechenschaft ablegen?", höhnte Seth. „Und von Fraktionspolitik ausgebremst werden? Das wird uns die Hände binden. Die Idee ist absurd."

„Ich muss meine Empfehlungen noch aussprechen, wie die Organisation geführt werden soll", sagte Mr Yallop steif. „Oder ob sie überhaupt existieren sollte. Vielleicht ist eine Abschaffung die bessere Alternative. Wir haben schließlich eine Polizeitruppe."

Lincolns Arm spannte sich unter meiner Hand an. Ich drückte fest zu, um ihn einerseits zurückzuhalten und andererseits, weil ich mich an ihm festhalten musste. Ich fühlte mich plötzlich wie auf hoher See, als ob mein Boot mit mir darin abtrieb.

„Na los, Fullbright", sagte Mr Yallop. „Ich habe nicht den ganzen Tag Zeit."

„Durchsucht das Haus", sagte Inspector Fullbright zu seinen Constables.

„Das Haus durchsuchen!", rief ich. Seth und Gus waren ebenso überrascht.

„Eine Durchsuchung ist nicht nötig", sagte Lincoln, der wesentlich ruhiger klang, als ich erwartet hatte. Seine Anspannung sagte jedoch etwas anderes. „Ich werde Ihre Fragen beantworten und vollständig kooperieren."

„Wie ich hoffen würde", sagte Mr Yallop mit einem Schniefen. „Aber Inspector Fullbright hat seine Arbeit zu machen." Er nickte dem Detective zu, der seinerseits seinen Männern zunickte. Sie verließen einer nach dem anderen den Salon.

Die Akten! Wir hatten noch nicht von allen Kopien angefertigt. Die Buchstaben V bis Z lagen noch auf für jeden sichtbar auf dem Schreibtisch. Sobald die Constables sie fanden, würden sie erkennen, was wir taten und verlangen, die anderen Akten zu sehen.

Ich schluckte schwer und packte Lincolns Arm noch fester. „Charlie?", sagte er. „Geht es dir nicht gut?"

„Es ist etwas heiß hier drinnen", sagte ich und wedelte mit der Hand vor meinem Gesicht. „Ich denke, ich werde mich in mein Zimmer zurückziehen und mich hinlegen."

„Nein", sagten sowohl Fullbright als auch Yallop.

„Sie werden hierbleiben, während Fullbrights Constables ihre Suche durchführen." Mr Yallops Lippen verzogen sich zu etwas, das vermutlich ein beschwichtigendes Lächeln sein sollte. „Wir wollen doch nicht, dass Sie die Akten verstecken, nicht wahr?"

„Akten?", fragte Lincoln.

Mr Yallops Lächeln wurde breiter. „So wurde es uns gesagt."

„Sie irren sich. Es gibt keine Akten über das Ministerium. Ich führe keine."

„Wir werden sehen. Zwei weitere Constables überprüfen die Außengebäude, während wir hier sprechen. Wir werden jeden Stein umdrehen."

Sie mussten keine Steine umdrehen, lediglich die Dachbodentür öffnen.

„Sind wir hier alle Gefangene?", verlangte Seth zu wissen.

„In gewisser Weise", sagte Inspector Fullbright. „Setzen Sie sich, Miss Holloway. Das alles könnte eine Weile dauern."

Lincoln führte mich zu einem Platz, wo ich mich dankbar niederließ. Wenn niemand von uns den Raum verlassen durfte, wie sollten wir dann die Akten verstecken? Wir konnten noch nicht einmal eine Nachricht an den Koch, Alice oder Lady Vickers schicken. Da war noch Doyle …

„Darf ich Tee bestellen?", fragte ich mit einem Nicken in Richtung der Klingelschnur.

„Ich werde Ihren Butler suchen und ihn bitten, uns Erfrischungen zu bringen", sagte Mr Yallop. „Wir können Sie ja schlecht mit ihm kommunizieren lassen, nicht wahr?" Wieder das verkniffene Lächeln. Er *wusste*, was ich vorhatte.

Mein Magen rutschte mir in die Kniekehlen. Ich hätte am liebsten frustriert geschrien, schaffte es aber, stattdessen die gesittete Gastgeberin zu spielen. „Bitte verstören Sie die Angestellten nicht. Es ist heutzutage so schwierig, gutes Personal zu finden." Lady Vickers wäre stolz auf mich.

Mr Yallop ging und ein Teil meiner Angst ging mit ihm. Inspector Fullbright wirkte lange nicht so unvernünftig, sondern lediglich wie ein Mann, der seine Arbeit tat. Er zog ein Notizbuch und einen Stift aus der Jackentasche und setzte sich aufs Sofa.

„Was genau tut das Ministerium?", fragte er.

Eine Reihe von Fragen folgte, die Lincoln wahrheitsgemäß beantwortete. Vielleicht zu wahrheitsgemäß. Er erzählte dem Inspector von den verschiedenen Arten übernatürlicher Fähigkeiten, die es gab, obwohl er Nekromantie, andere Welten oder Portale unerwähnt ließ. Das war auch gut so. Fullbright wirkte ziemlich überwältigt von Medien, Gestaltwandlern, Sehern und Feuerstartern, die neben ganz gewöhnlichen Leuten existierten. Er verhöhnte uns jedoch nicht und warf uns auch nicht vor, verrückt zu sein, weil wir an Märchen glaubten. Er notierte schlicht alles in seinem kleinen Buch und stellte eine weitere Frage.

Mr Yallop kehrte mit einem Tablett mit Teekanne und Tassen zurück. Die Tür schloss er mit dem Fuß und stellte das Tablett auf den Tisch neben mir. Ich schenkte ein und reichte die Tassen herum, während ich die Klingelschnur sehnsüchtig beäugte.

Inspector Fullbright nippte seinen Tee, wobei sein üppiger Schnäuzer feucht wurde. Er leckte ihn ab, nur um erneut zu nippen und die Prozedur zu wiederholen. „Wer hat in der Stadt übernatürliche Kräfte?", fragte er. „Ich will Namen und Fähigkeiten."

Gus schnaufte. „Das sagen wir Ihnen nich."

Fullbright saß mit dem Stift über dem Notizbuch da und hob eine Augenbraue in Richtung Lincoln.

„Wie Gus Ihnen gesagt hat, kann ich diese Informationen nicht preisgeben", sagte Lincoln. „Viele wünschen, anonym zu bleiben und ich habe versprochen, mich an diese Wünsche zu halten."

„Gefahr ist im Verzug, Mr Fitzroy. Sie können nicht die beschützen, die uns schädigen wollen, oder Sie werden wegen Behinderung einer Mordermittlung festgenommen."

„Festgenommen!", rief ich. „Sie können ihn nicht festnehmen! Er hat nichts getan."

„Er steckt mit diesen Übernatürlichen unter einer Decke", sagte Mr Yallop. „Und zumindest einer von denen ist ein Mörder."

„Es gibt kein die und wir in dieser Gleichung", sagte Lincoln. „Wir leben alle zusammen in dieser Stadt. Wir werden den Mörder ohne Ihre Einmischung finden."

„Übernatürlich zu sein bedeutet nicht, dass sie böse sind", fügte Seth hinzu. „Wir haben viele kennengelernt, die so normal sind wie wir."

„Und doch hat einer eine böse Tat vollbracht", sagte Mr Yallop. „Vielleicht sogar mehrere. Ich habe den Verdacht, dass Sie uns nichts von ihnen erzählen wollen, weil sie sie vor unserer Justiz schützen möchten. Warum? Warum beschützen Sie sie?"

Seth nahm einen tiefen Schluck seines Tees, sodass Mr Yallop seine Aufmerksamkeit wieder auf Lincoln richtete.

„Einige haben Straftaten begangen", gab Lincoln zu. „Ich habe nach bestem Ermessen Gerechtigkeit walten lassen und werde es auch wieder tun, wenn ich denjenigen schnappe, der für die jüngsten Morde verantwortlich ist."

„Also sind Sie Teil der Bürgerwehr?", schloss Yallop. „Oder erlaubt Ihre Gerechtigkeit es denen, ungeschoren davonzukommen?"

„Nein."

Inspector Fullbright räusperte sich. „Die Polizei muss wissen, wer verdächtigt werden kann, wenn es zu solchen Gräueltaten kommt. Es ist immer einfacher, wenn wir zu Beginn einer Ermittlung eine Liste von Verdächtigen haben."

„Ich bin nicht dazu da, Ihre Arbeit *einfacher* zu machen", sagte Lincoln. „Ich werde Ihnen keine Namen geben. Sie sind *nicht* verdächtiger als Sie oder ich."

Mr Yallop stellte seine Teetasse mit einem lauten Klirren ab. „Natürlich sind sie Verdächtige, Mann! Einer von denen hat diese armen Teufel im Old Nichol getötet! Wer ist es? Nun? Wer ist einer dieser Gestaltwandler, von denen Sie gesprochen haben? Lassen Sie diesen Pisswettbewerb und sagen Sie es uns einfach!"

„Nein."

„Warum beschützen Sie sie?" Mr Yallops Blick glitt zu mir. Ahnte er etwas?

Oder wusste er es bereits?

Mir gefror das Blut in den Adern. Meine Kehle wurde trocken. Viel zu oft war ich wegen meiner Nekromantie verfolgt worden. Ich war ein Magnet für Wahnsinnige gewesen, die darauf aus waren, eine Armee von Untoten zu erschaffen. Und ich war gefangen gehalten worden, um mich vor ihnen zu schützen. Ihr Ableben hatte mir meine Freiheit erkauft.

Und jetzt konnte diese Freiheit wieder schwinden.

Ich sah Lincoln an, doch er schaute nicht zu mir. Sein Blick bohrte sich in den des Politikers. „Ich beschütze jemanden", sagte er. „Mich selbst. Ich bin ein Seher." Er breitete die Hände aus. „Ich kann die Zukunft nicht vorhersagen, aber ich kann in manchen Menschen Lügen ausmachen und die Anwesenheit anderer spüren."

Ich holte tief Luft und ließ sie langsam ausströmen.

Mr Yallop und der Inspector starrten Lincoln beide an. Schließlich sprach Inspector Fullbright. „Warum haben Sie versucht, das vor uns geheim zu halten?"

„Weil ich den Verdacht habe, dass Mr Yallop nicht glaubt, dass ich die Zukunft nicht vorhersagen kann, denn das ist schließlich die allgemeine Auffassung eines Sehers. Er wird wollen, dass ich in irgendeiner Form für ihn arbeite, vielleicht um die Wahlergebnisse vorherzusagen oder wie die Leute wählen werden. Dieser Aufmerksamkeit wäre ich gern entgangen. Ich habe keine politischen Interessen und nicht vor, ihn zu unterstützen, selbst wenn ich es könnte."

Sein Temperament ging wieder mit ihm durch, sein Ton wurde immer abgehackter. Er musste ruhig bleiben, sonst riskierte er es, Mr Yallop und Inspector Fullbright zu verärgern.

Der Detective klappte sein Notizbuch zu. „Egal ob Sie es mir sagen oder nicht, meine Männer werden Ihre Akten finden."

Das würden sie in der Tat, zusammen mit den Kopien, die

wir gerade anfertigten. Wenigstens hatten wir noch Lincolns unglaubliches Erinnerungsvermögen, um sie zu reproduzieren. Er konnte sich vermutlich an die meisten Übernatürlichen erinnern, die in unseren Akten gelistet waren, aber nicht an alle. Die Polizei würde dennoch im Besitz dieser Informationen sein und sie nutzen, um einigen guten Leuten nachzustellen. Über unseren Köpfen hörte ich Schritte, die durch die Schlafzimmer gingen, und eine Frauenstimme, aber nicht ihre Worte.

Gott sein Dank trug ich jederzeit meine Kette mit dem Bernsteinanhänger. Nicht, dass die Polizei wissen konnte, dass darin eine Kreatur lebte, aber ich fühlte mich besser, dass ich sie bei mir hatte, wo sie nicht suchen würden. Ich unterdrückte den Drang, jetzt ihre beruhigende Form zu berühren.

Inspector Fullbright fuhr mit weiteren Fragen bezüglich der einzelnen Eigenschaften fort, die jeder Typ von Übernatürlichen zeigte. Er fragte auch nach Straftaten, die Übernatürliche verübt hatten oder die an ihnen verübt worden waren und wie Lincoln sie gelöst hatte. Lincoln gab so viele Informationen preis, wie er konnte, ohne Einzelheiten zu nennen. Der Detective wirkte von seiner Ehrlichkeit beeindruckt. Ich hoffte, dass es reichte.

Nach Mr Yallops wütendem Gesicht zu urteilen, vermutlich nicht.

Endlich kehrten die Constables zurück. Sie trugen weder Schubladen aus den Aktenschränken noch Papiere. „Wir haben nichts gefunden, Sir", sagte einer. „Wir haben von oben bis unten alles auf den Kopf gestellt."

Ich rührte mich nicht. Wagte es nicht, damit ich nichts verriet. Wie hatten sie nichts finden können? Hatten sie den Dachboden komplett übersehen?

„Wie ich Ihnen bereits sagte, es gibt keine Akten", sagte Lincoln. „Und jetzt wurden meine Freunde und Angestellten lange genug belästigt. Gehen Sie bitte."

Inspector Fullbright stand auf, aber Mr Yallop schnaufte und schüttelte den Kopf. „Unfähig", murmelte der Politiker.

„Meine Männer sind gründlich", sagte Inspector Fullbright zu ihm. „Wenn sie keine Akten gefunden haben, dann gibt es keine Akten."

„Es muss welche geben! Mein Informant sagt mir, dass detaillierte Unterlagen geführt werden. Verdammt, Mann, schicken Sie sie noch einmal herum. Wir müssen sie finden, sonst haben wir nichts vorzuweisen."

„Heute nicht", sagte der Inspector und ging mit großen Schritten zur Tür. „Ich habe sowieso noch andere Ermittlungsansätze, die ich verfolgen muss." Er begegnete Lincolns Blick. „Diese Ermittlung ist noch nicht vorüber. Ich habe vor herauszufinden, wer diese Morde begangen hat."

„So wie ich", sagte Lincoln. „Wir können zusammenarbeiten, Inspector."

Der Detective brummte lediglich und ging. Seine Männer folgten ihm auf den Fersen.

Mr Yallop trat so dicht an Lincoln heran, dass ihre Zehen sich berührten. Er war kleiner, aber breiter, sein rotes Gesicht wie ein Leuchtfeuer. „Ich traue Ihnen nicht, Fitzroy. Sie verstecken diese Akten, ich weiß es genau."

„Vielleicht weiß Ihre Quelle, wo sie sind", sagte Lincoln.

Mr Yallops Kiefer mahlten, dann stürmte er hinaus. „Ich *werde* Beweise finden, dass Sie uns Informationen vorenthalten, und wenn ich das tue, werden Sie wegen Beihilfe zum Mord verhaftet."

„Mord!", platzte ich heraus.

Mr Yallop blieb nicht stehen und Lincoln hielt mich davon ab, hinter ihm herzurennen.

Ich suchte in Lincolns Gesicht. „Kann er das wirklich tun?"

„Unwahrscheinlich."

Unwahrscheinlich trug immer noch das Wort wahrscheinlich in sich.

„Was für 'n Arsch", sagte Gus. „Ich hoffe, seine Kutsche überschlägt sich und zerquetscht ihn."

„Yallop ist ein Aal", sagte Seth. „Aber er ist gefährlich. Untersuchungsausschüsse haben viel Macht. Wenn er empfiehlt, dass wir dichtgemacht werden, dann werden wir dichtgemacht."

„Wenn das passiert, tauchen wir unter", sagte ich.

„Wenn er jemanden verhaften will, wird er verhaftet", fügte Seth mit einem bedeutsamen Blick auf Lincoln hinzu.

„Das ist absurd." Ich warf die Hände in die Luft. „Wir sind auf deren Seite. Wir wollen ebenfalls den Mörder finden."

„Jemand möchte das Ministerium abgeschafft haben", sagte Lincoln, der zur Tür ging. „Und sie nutzen die schwersten Geschütze, die ihnen zur Verfügung stehen."

„Ihren Einfluss", sagte ich schwermütig. „Er muss viel davon haben, um so schnell einen Untersuchungsausschuss eingerichtet zu bekommen. Ich glaube nicht, dass die Furcht der Öffentlichkeit der einzige Grund ist."

„Swinburn", sagten Gus und Seth gleichzeitig.

Ich nickte. Es musste so sein. Lincoln blieb im Türrahmen stehen und trat dann zur Seite, um Lady Vickers und Alice einzulassen. Beide grinsten.

„Sie sind weg", verkündete Alice und schloss die Tür.

„Wir haben es geschafft!" Lady Vickers packte Alices Hände und schüttelte sie. „Gut gemacht, Alice, Sie mutiges Ding. Gut gemacht."

„Sie waren auch mutig. Seth, deine Mutter war bewundernswert. Sie hat ihre Rolle brillant gespielt, ganz ohne Proben oder Souffleur."

Seth starrte die beiden mit offenem Mund an. „Ihr habt die Akten weggeschafft, nicht wahr?"

Sie nickten beide.

„Alle?", fragte ich.

„Du darfst uns ruhig etwas zutrauen, Charlie", sagte Lady Vickers. „Wir können vielleicht nicht die Toten zum Leben erwecken, in die Zukunft sehen oder mit Fäusten kämpfen, aber wir sind nicht vollkommen nutzlos."

„Dann erzählt schon, wie ihr es angestellt habt."

„Ich habe geahnt, was die Polizei wollte", sagte Alice und nahm auf dem Sofa Platz. Lady Vickers setzte sich neben sie, ziemlich nah. Beide grinsten noch immer. „Sobald mir klar wurde, dass ihr alle verhört werdet, bin ich auf den Dachboden gegangen, um die Akten zu verstecken. Ich habe alle Schubladen aus dem Aktenschrank genommen und sie in mein Schlafzimmer getragen. Ich habe sogar an die auf dem Schreibtisch gedacht. Ich musste dreimal gehen, aber ich hatte alle Akten geholt, bevor die Constables den Dachboden durchsucht haben."

„Sie haben den Dachboden vor den Schlafzimmern durchsucht", sagte Lady Vickers. „Die haben sie sich bis zum Schluss aufgehoben und den Dachboden als Vorletztes."

„Dadurch hatte ich jede Menge Zeit", fuhr Alice fort, „und ich konnte die Dienstbotentreppen benutzen, um schnell von einer Etage zur anderen zu kommen. So lange hat Lady Vickers sie aufgehalten."

„Ich wusste auch, was sie taten, aber nichts von Alices Aktivitäten. Ich wollte ihr Vorankommen nur verzögern, damit Sie genug Zeit haben, sie zum Gehen zu überreden, Lincoln. Ich habe was von Eingriffen in die Privatsphäre und dergleichen erzählt und einmal sogar so getan, als würde ich in Ohnmacht fallen."

„In Ohnmacht fallen!" Seth schnaubte. „Der arme Kerl, der dich auffangen musste."

„In der Tat", sagte seine Mutter lachend. Seth schmunzelte ebenfalls.

„Aber sie haben doch dein Zimmer durchsucht, Alice", sagte ich. „Also wo hast du die Akten versteckt?"

„Ich habe mein Bett abgezogen und den Inhalt der Schubladen in die Bezüge gekippt. Dann habe ich mir mit der Nadel aus meinem Nähkörbchen in den Daumen gestochen und die Bezüge mit den Akten darin zusammengebündelt. Natürlich kam dabei etwas Blut von meinem Daumen auf das Leinen. Die Schubladen habe ich in den Schrank gestapelt, wo sie nicht auffällig wirkten, und dann habe ich gewartet, bis ich im Flur Geräusche gehört habe. Ich habe die Tür aufgemacht und so getan, als wäre ich gerade aufgewacht und müsste dringend die verdreckten Laken zur Haushälterin bringen."

„Und die ham dich einfach so durchgelassen?", fragte Gus.

„Ich habe mich auf den Fluch der Frauen berufen", sagte sie, wich dabei aber seinem Blick aus. „Der junge Constable ist so rot geworden wie ein Radieschen."

Gus wusste plötzlich nicht mehr, wo er hinschauen sollte. „Kann ich ihm nich verübeln."

„Ist er wirklich", sagte Lady Vickers. „Ich bin ihnen die Treppe rauf gefolgt und habe eine ziemlich hysterische Show veranstaltet und sie angebettelt, uns armen Frauen nicht zu nahe zu treten. Als ich Alice sah, wurde mir klar, was sie tat und habe mitgespielt. Ich habe sie überzeugt, dass ihre Periode ihr Schwierigkeiten macht und sie es für sie nicht noch peinlicher machen sollen. Sie ist auf Kommando rot geworden und mit gesenktem Kopf an ihnen vorbei gehastet. Es war eine tolle Vorstellung."

„Genau wie Ihre, Madam."

Lady Vickers berührte Alices Hand. „Wir geben ein gutes Team ab."

„Was habt ihr mit den Akten gemacht?", fragte Lincoln.

„Sie sind im Keller", sagte Alice. „Immer noch in meine Bettwäsche gewickelt."

Lincoln marschierte los, blieb aber an der Tür stehen. „Danke, Ladys. Euer blitzschnelles Handeln und euer Mut haben uns gerettet. Diese Akten reichen weit in die Vergangenheit und die Informationen, die sie enthalten, sind für das Ministerium sowohl jetzt als auch in Zukunft von unschätzbarem Wert."

„Von unschätzbarem Wert und gefährlich, wenn sie in die falschen Hände geraten", sagte Alice finster.

Ich beugte mich zu ihr und umarmte sie. Wie ich hatte sie viel Grund zur Sorge, falls die Regierung erfuhr, was wir waren. Jede unserer Bewegungen würde bis an unser Lebensende verfolgt werden, mindestens.

Ich unterdrückte ein Schaudern und küsste sie und Lady Vickers auf die Wangen, ehe ich meine Röcke anhob und hinter Lincoln her sauste. Ich dachte, er würde in den Keller gehen, doch er ging in seine Gemächer, wo er ein Gemälde an der Wand zur Seite schob und den Safe dahinter kontrollierte.

„Wurde er geöffnet?", fragte ich.

Er schüttelte den Kopf, drehte aber den Knauf mehrfach und öffnete ihn trotzdem. Nachdem er den Inhalt überprüft hatte, schloss er die Tür des Safes und drehte den Knauf. „Sie haben ihn nicht entdeckt", sagte er und richtete das Bild neu aus.

„Das ist erleichternd."

Der Safe enthielt verschiedene Dokumente, von denen das wichtigste Details über ein geheimes Bankschließfach enthielt. Neben den Finanzberichten des Ministeriums beherbergte das Schließfach ein Codebuch, in dem alle Codes standen, mit denen Lincoln die Informationen über die Übernatürlichen verschlüsselt hatte. Da sein Erinnerungsvermögen formidabel war, dienten seine Notizen normalerweise dem Rest von uns im Ministerium. Ich war die einzige Person, die außer ihm den Code des Safes kannte, sodass ich ihn öffnen konnte, sollte ihm etwas zustoßen. Sollte die Polizei den Safe und die Details über das Bankschließfach finden, wären die Geheimnisse des Ministeriums gelüftet.

„Sollen wir die Akten aus dem Keller holen?", fragte ich.

„Noch nicht. Das machen wir heute Nacht im Schutz der Dunkelheit. Zieh etwas an, was ruhig dreckig werden darf."

Wir verließen seine Gemächer und trafen Seth und Gus auf der Treppe. Sie waren gerade auf dem Weg nach oben. „Seth, finde alles über Yallop heraus, was du kannst. Ich will wissen, warum er das Ministerium schließen will."

„Du glaubst, er hat persönliche Ziele?", fragte Seth.

„Ich bin mir nicht sicher."

„Er wirkte ziemlich vehement in seinem Vorhaben", sagte ich.

„Als ob es um mehr ginge als seinen Job", stimmte Gus zu.

* * *

Gus, Seth, Lincoln, der Koch und ich begruben die Akten um Mitternacht in dem eingefriedeten Garten, während der Großteil des Haushalts schlief. Wir nutzten keine Lampen, sondern ließen das Mondlicht uns den Weg leuchten und sprachen nicht eher, als bis wir den geschützten Bereich betraten, und dann auch nur flüsternd. Wir vergruben nicht nur die Akten, sondern auch die Kopien, die wir angefertigt hatten, aber an einer anderen Stelle. Nachdem wir über den ganzen Bereich Mist gestreut hatten, um die frisch umgegrabene Erde zu verbergen, gingen wir schweigend zum Haus zurück und trennten uns.

Ich kam nicht weiter als bis zu meiner Schlafzimmertür. Eine männliche Stimme drang aus Alices Zimmer. Eine Stimme, die ich erkannte.

Lincoln hörte sie ebenfalls und schob mich hinter sich. Er stürmte hinein, ehe ich ihn aufhalten konnte.

Alice saß hellwach in ihrem Bett. Das weiße Kaninchen aus Wunderland stand neben dem Fenster. Seine Nase zuckte heftig.

KAPITEL 8

Die Pfote des Kaninchens schloss sich um etwas. Ich konnte es nicht erkennen, vermutete aber, dass es die Taschenuhr war, die es benutzte, um zwischen den Welten zu reisen.

„Warte!", sagte Lincoln, die Hände erhoben. „Geh noch nicht. Wir wollen nur reden."

Das Kaninchen schaute von Lincoln zu mir, dann zu Alice. Es hielt Alice die Hand hin. „Sie haben mir Ihre Antwort noch nicht gegeben, Miss Alice."

„Die Antwort worauf?", fragte Lincoln.

„Alice, geht es dir gut?", fragte ich, während ich mich dem Bett näherte. „Hat er dir was getan?"

„Natürlich nicht." Das Kaninchen wirkte entsetzt. Es war ein Gesichtsausdruck, den ich noch nie bei einem Tier gesehen hatte. „Für was für ein Monstrum halten Sie mich?"

„Für die Art großes, sprechendes Kaninchen", erwiderte ich. „Vergib uns, aber wir sind an … so etwas nicht gewöhnt."

„Ich weiß. Eure Tiere laufen nackt herum. Es ist obszön. Sollten sich schämen."

Das Gespräch war gerade in Richtung Absurdität abgebogen. „Alice?", hakte ich nach.

„Mir geht es gut", sagte sie. „Wir haben nur geredet."

„Worüber?", fragte Lincoln.

Die Nase des Kaninchens zuckte in Lincolns Richtung. „Verraten Sie es ihm nicht, Miss. Es geht nur uns etwas an. Niemand sonst braucht—"

„Das sehe ich anders. Alice lebt in meinem Haus und ich bin für ihr Wohlergehen verantwortlich. Worüber habt ihr geredet?"

„Er hat mir gesagt, dass dies meine letzte Chance ist", sagte Alice.

„Miss!" Das Kaninchen schüttelte warnend den Kopf.

Ich setzte mich neben Alice auf das Bett. „Die letzte Chance wofür?"

„Mit ihm nach Wunderland zu gehen", sagte sie.

„Sie geht nirgendwo hin", erklärte ich dem Kaninchen. „In kein anderes Reich und nicht mit dir."

„Und wenn du es nicht tust?", fragte Lincoln. Er hatte sie nicht angeschaut, sondern behielt seinen Blick auf das Kaninchen gerichtet. Es wirkte nervös mit unentwegt zuckender Nase.

„Die Armee der Königin wird kommen und mich gewaltsam holen." Sie packte meine Hand mit ihren beiden, die Stirn tief gerunzelt. „Das letzte Mal, als sie mich holen wollten, haben sie fast die Schule zerstört."

Sie hatten nur aufgehört, weil sie aus dieser Welt verschwunden waren, als Alice aufgewacht war. Seither hatte das Kaninchen gelernt, mithilfe eines Zauberspruchs zu bleiben, nachdem Alice wach wurde. Wenn die Armee den gleichen Spruch verwendete … Darüber wollte ich nicht nachdenken.

„Die Königin ist verzweifelt", erklärte das Kaninchen Alice. „Mit jedem Tag, den Sie hierbleiben, verärgern Sie sie mehr. Sie *müssen* zurückkommen und sich den Anklagen stellen, die gegen Sie vorgebracht werden."

„Sie geht nirgends hin", knurrte Lincoln.

Das Kaninchen fuhr zusammen und schluckte. „Bitte, Miss Alice. Um Ihrer Freunde willen müssen Sie mitkommen."

„Vielleicht sollte ich gehen", sagte Alice kleinlaut.

Ich packte ihre Schultern und sah ihr in die Augen. „Nein! Du kannst nicht in eine andere Welt gehen, um Himmelswillen! Ich lasse dich nicht."

„Ich sagte, sie geht nirgends hin." Lincolns finsteres Grummeln brachte das Kaninchen dazu, zur Wand zurückzuweichen.

Es drückte seine Uhr an seine Brust. „Bitte, Miss Alice. Wenn Sie nicht mit mir kommen, werde ich als Gesandter der Königin beschuldigt und bestraft."

„Das ist nicht Alices Problem", sagte ich.

Das Kaninchen ignorierte mich. „Nehmen Sie meine Hand und wir kehren gemeinsam zurück. Wenn Sie es nicht tun, wird Ihre Tante außer sich sein und wenn sie wütend ist, wird sie—"

„Meine Tante?", wiederholte Alice.

Die Nase des Kaninchens hörte auf zu zucken. „Ah …"

„Die Königin ist meine Tante?"

„Alice hat keine Verwandten in eurer Welt", sagte ich.

„Oder?", wollte Lincoln wissen und ging einen Schritt näher zum Bett.

„Bleiben Sie zurück!", schnappte das Kaninchen. „Miss Alice, Sie müssen *jetzt* mitkommen!" Er griff nach ihr, die Hinterbeine so weit von Lincoln entfernt wie nur möglich.

Meine Finger packten Alices Schultern fester. „Du kannst nicht ernsthaft in Erwägung ziehen, mit ihm zu gehen."

Sie biss sich auf die Lippe und blinzelte mich mit tränenfeuchten Augen an. „Aber die Armee …"

„Wir finden eine Möglichkeit, sie zu besiegen. Wenigstens wissen wir, was uns blüht. Wenn du mit ihm in eine andere Welt gehst, wirst du allein in einem fremden Land sein, wo eine verrückte Königin dich wegen Hochverrats anklagt."

Es war bezeichnend, dass das Kaninchen keiner meiner Behauptungen widersprach. Also war die Königin tatsächlich verrückt und die Anklage war echt. Aber die Neuigkeiten, dass sie Alices Tante war … Das konnte nicht stimmen.

Alice nickte knapp und wandte sich dann an das Kaninchen. „Ich kann nicht gehen. Sag der Königin, dass es mir leidtut."

„Leidtut!", fuhr das Kaninchen sie an. „Glauben Sie, das genügt? Meinen Sie, sie wird etwas um Ihre Entschuldigung geben? Sie wird mich für mein Versagen büßen lassen."

„Und ich werde dich kochen und meinen Gästen zum Dinner servieren, wenn du versuchst, sie mitzunehmen", sagte Lincoln.

Das Kaninchen schluckte.

„Geh weg und komm nicht wieder. Sag deiner Königin, sollte

sie eine Armee entsenden, wird dieses Reich sich rächen und eine ins Wunderland schicken."

„Sie würden einen Krieg zwischen den Welten anfangen?"

Lincoln hechtete über das Bett. Das Kaninchen quiekte, drückte auf den Knopf der Taschenuhr und sprach hastig einige fremdartige Worte. Es verschwand, ehe Lincoln es erreichte. Wobei ich den Verdacht hatte, dass Lincoln extra zögerte, um ihm Zeit zu geben, den Zauberspruch zu sagen.

Alice zog die Knie an und umarmte sie.

„Gott sei Dank ist er weg", sagte ich und rückte näher an sie heran.

„Aber wann wird die Armee ankommen?", jammerte Alice. „Heute Nacht? Morgen Nacht? Oh, Charlie, ich glaube, ihn wegzuschicken war falsch. Ich hätte gehen sollen—"

„Nein", sagte Lincoln. „Du gehst nicht allein in eine andere Welt. Ich bin für dich verantwortlich und werde nicht zulassen, dass du dich in Gefahr bringst."

Sie nickte, wirkte aber wenig überzeugt.

Ich nahm sie in die Arme und legte mein Kinn auf ihre Schulter. „Hast du geschlafen, als er ankam?"

„Ja. Ich will jetzt nicht mehr schlafen. Was, wenn er zurückkommt oder die Armee eintrifft? Ich glaube, es ist inzwischen egal, ob ich wach bin, aber ich will es trotzdem nicht riskieren."

„Wie wäre es, wenn ich heute Nacht hier bei dir schlafe?", fragte ich.

„Das würde meine Nerven beruhigen. Danke, Charlie." Sie drückte mich.

Lincoln ließ uns allein und ich ging in mein Zimmer, um mir mein Nachthemd anzuziehen, dann kehrte ich in Alices Zimmer zurück und schlüpfte neben ihr unter die Decke. Ich gähnte, erwartete jedoch nicht, viel Schlaf abzubekommen.

„Charlie", flüsterte sie.

„Hmmm?"

„Meinst du, Lincoln hätte das Kaninchen wirklich gekocht und zum Dinner serviert?"

Ich lachte leise. „Nein, aber erzähl das bloß dem Kaninchen nicht, falls es zurückkommt. Ein bisschen Furcht wird ihn davon abhalten, uns anzugreifen."

„Ich glaube nicht, dass er zur angreifenden Sorte gehört. Er hätte das inzwischen so oft tun können. Eigentlich mag ich ihn sogar. Er ist sehr höflich und auf seine Art ziemlich charmant."

Ich gähnte wieder und dachte über die Absurdität dessen nach, dass Alice ein Kaninchen charmant fand, Seth hingegen unaufrichtig. Dann dachte ich darüber nach, wie Alice die Nichte einer Königin aus einer anderen Welt sein konnte, wenn sie in England geboren und aufgewachsen war.

* * *

Lincoln bat mich nach dem Frühstück in sein Arbeitszimmer. Da er sonst niemanden gefragt hatte, dachte ich, es stünde vielleicht eine Liaison persönlicher Natur auf dem Programm, doch er gab mir noch nicht einmal einen Kuss. Ich hätte sogar gesagt, dass ihm der Sinn überhaupt nicht nach Küssen stand. Er sah besorgt aus.

„Hast du etwas Schlaf bekommen", fragte er, während er sich an seinen Schreibtisch setzte.

„Ein wenig", sagte ich und setzte mich ihm gegenüber. „Aber ich bezweifle, dass Alice geschlafen hat. Ich glaube auch nicht, dass sie diese Nacht schlafen wird. Das arme Ding. Sie hat Angst und fühlt sich verantwortlich dafür, dass sie uns in Gefahr bringt."

„Darüber machen wir uns Gedanken, wenn die Armee eintrifft", sagte er.

„Wir müssen uns auf die Ankunft vorbereiten."

„Ich werde heute die Dienerschaft entlassen und Lady Vickers bitten, sich eine andere Unterkunft zu suchen. Wir verstärken die Türen und Fenster im Erdgeschoss und im ersten Stock und stellen sicher, dass wir viel Munition haben. Gus und Seth werden abwechselnd Wache halten und müssen den Haushalt alarmieren, sobald die Armee auftaucht. Ich werde zusätzlich Lord Marchbank in Kenntnis setzen, was uns eventuell bevorsteht, und versuchen, ihn zu benachrichtigen, wenn die Armee eintrifft. Er wird die Behörden informieren und Verstärkung schicken, wenn es so weit ist."

Ich rieb mir die Stirn. Wenigstens hatte er Pläne gemacht,

aber mit den laufenden Mordermittlungen hatten wir viel zu wenige Mitarbeiter. Es würde nötig werden, die Lords Marchbank und Gillingham loszuschicken, um unsere Verdächtigen zu befragen, während wir uns auf die Ankunft der Armee vorbereiteten. Selbst Andrew Buchanan konnten wir einsetzen, falls wir verzweifelt waren. Sehr verzweifelt.

Lincoln nahm einen Notizblock zur Hand und studierte, was er aufgeschrieben hatte. Dann sprach er einige fremdartige Worte—die gleichen Worte, die das Kaninchen gesagt hatte, um zu verschwinden.

„Du hast den Zauberspruch auswendig gelernt?", fragte ich.

„Ich habe ihn sofort aufgeschrieben, nachdem ich hierher zurückgekehrt war." Er reichte ihn mir. „Er ist phonetisch, da mir die tatsächlichen Wörter unbekannt sind. Leider nützt er uns nichts ohne die Uhr des Kaninchens. Sie scheint für ihn als Portal zu fungieren."

„Glaubst du, dies sind die gleichen Worte, die das Portal in Frakingham öffnen?"

„Ich weiß es nicht, aber das Portal existiert nur bei der Abtei, also ist der Zauberspruch, der es öffnet und schließt ebenfalls einzigartig. Es ist nicht beweglich wie die Taschenuhr des Kaninchens oder eine Person wie Alice."

Ich reichte ihm das Notizbuch zurück und er riss die Seite ab. Dann schob er das Gemälde zur Seite, öffnete den Wandsafe und legte das Papier hinein.

„Was machen wir?", fragte ich, als er zum Schreibtisch zurückkam.

„Du sprichst mit der Dienerschaft und Lady Vickers. Sag ihnen, sie müssen gehen, aber nur vorübergehend. Gib ihnen Mittel für Unterkunft. Seth und Gus kümmern sich bereits um unsere Verteidigung. Ich muss weg und werde wahrscheinlich den ganzen Tag unterwegs sein." Er legt seine Hand an meine Wange. „Mach dir keine Sorgen, Charlie."

„Tue ich nicht", sagte ich.

Vermutlich durchschaute er meine Lüge, denn er kniff seine Lippen zu einer grimmigen Linie zusammen. Dann marschierte er aus seinem Arbeitszimmer.

* * *

Ich hatte erwartet, dass der Koch sich weigern würde zu gehen, aber dass Lady Vickers sich so sehr wehrte, damit hatte ich nicht gerechnet.

„Sie entlassen die Diener *jetzt*?" Sie warf die Hände in die Luft und ließ sie auf ihre Röcke fallen. „Die Hochzeit ist in vier Tagen!"

„Vergessen Sie die Hochzeit." Ich hob meine Röcke an und machte mich auf den Weg in die Küche, wohin sie mir sicher nicht folgen würde.

Ich irrte mich. Sie marschierte mir direkt hinterher. Der Koch schaute von einer Auswahl an Gemüse auf, die auf dem Tisch lag.

„Koch, bringen Sie Charlie zur Vernunft", schnappte Lady Vickers. „Sie weigert sich, Einsicht zu zeigen."

„Ich bin vernünftig", gab ich zurück. „Ich will die Hochzeit nicht verschieben, aber es sieht so aus, als würde es nötig sein. Der Koch kann unmöglich allein hier arbeiten und die Dienerschaft kann unmöglich bleiben. Es ist viel zu gefährlich."

„Mach dir keine Gedanken um das Hochzeitsessen", sagte er. „Gus und Seth werden mir helfen. Wir kriegen das hin. Die Hochzeit verschieben wir nicht."

„Nein, tun wir nicht", stimmte Lady Vickers zu. „Es ist zu spät, um das Datum jetzt noch zu ändern."

„Es ist viel zu viel Arbeit", protestierte ich.

„So viele Gäste sind es nicht", sagte der Koch. Er nahm ein langes Messer und fing an, eine Pastinake zu schneiden.

„Aber die Armee der Königin—"

„Solange die nicht an dem Tag auftaucht, werden Sie heiraten, Charlie." Lady Vickers hatte eine Art an sich, als ob sie in allem das letzte Wort hätte und dies war keine Ausnahme. „Und ich werde nicht mit den Dienern weggehen. Wenn Seth bleibt, bleibe ich auch."

Der Koch betrachtete mich eingehend und legte dann das Messer weg. Er nahm meine Hände in seine und sah mir in die Augen. „Du wirst Samstag heiraten, selbst wenn ich jedem

Soldaten persönlich den Kopf absäbeln muss. Und jetzt ruh dich aus. Du bist müde."

Ich war müde, aber ich würde nicht schlafen. Es gab viel zu viel zu tun. Gus und Seth brauchten Hilfe bei den Barrikaden, Alice musste getröstet werden, bevor sie das Klavier zerlegte und dann gab es noch Hausarbeit, die ohne die Angestellten nicht erledigt wurde. Trotzdem konnte ich mich nicht an eine Sache geben. Meine Gedanken hörten nicht auf zu kreisen. Ich wuselte von einem Zimmer ins andere, prüfte Fenster und Türen, half Seth fünf Minuten lang und ging dann zu Gus, ehe ich nach Alice sah.

Gott sei Dank kehrte Lincoln nach einigen Stunden mit Neuigkeiten zurück, die er uns beim Mittagessen am Küchentisch mitteilte. Da die Diener alle weg waren, beschlossen wir, das Esszimmer nicht zu benutzen. Sogar Lady Vickers gesellte sich zu uns, sehr zu Seths Überraschung und Bestürzung. Je mehr sie sich daran gewöhnte, in der Küche zu sitzen, desto wahrscheinlicher war es, dass sie eine Beziehung zum Koch aufbaute. Eine Liaison würde für die beiden jetzt leichter sein, da der Rest der Dienerschaft das Haus verlassen hatte. Wäre ich nicht so angespannt gewesen, hätte es mich amüsiert.

„Yallop ist ein Bekannter von Swinburn", erzählte Lincoln uns.

„Ich wusste es!", rief Gus. „Swinburn greift auf alle Freunde zurück, die er in gehobenen Positionen hat. Abschaum. Bitte um Entschuldigung, Lady V."

Sie schaute ihn lediglich mit schmalen Augen an.

„Sie sind keine Freunde", sagte Lincoln. „Yallop schuldet Swinburn Geld. Viel Geld, laut Marchbanks Freunden."

Seth stach auf sein Stück Rindfleisch ein und betrachtete es mit gerunzelter Stirn. „Also wird Swinburn die Schuld erlassen, wenn es Yallop gelingt, uns dichtzumachen."

„Abschaum", sagte Gus wieder, ehe er eine halbe gekochte Kartoffel in den Mund schob.

„Das erklärt, warum er das Ministerium schließen will", sagte Lady Vickers, „aber es erklärt nicht, woher er von den Akten *et cetera* weiß."

„Swinburn muss es ihm gesagt haben", sagte ich. „Und Lady Harcourt hat es Swinburn verraten."

„Für sie gibt es keinen Grund mehr, es nicht zu tun, wo sie jetzt nicht mehr im Komitee ist", sagte der Koch.

„Sie hat Swinburn unsere Geheimnisse verraten, bevor wir sie rausgeschmissen haben", sagte Seth mit einem Kopfschütteln. „Sie tut alles, um ihre eigene Haut zu retten."

„In der Tat", bemerkte seine Mutter.

Wir schmiedeten noch weiter Pläne für den Nachmittag und sogar Lady Vickers machte mit. Sie meldete sich freiwillig, um dem Koch in der Küche zu helfen und um zu sehen, ob Hausarbeit erledigt werden musste. Alice blieb die ganze Zeit still. Ich versuchte, ihre Aufmerksamkeit zu erlangen, doch sie spielte nur mit ihrem Essen, bis sie schließlich aufgab, ohne etwas zu sich genommen zu haben.

Dann zog sie sich ins Musikzimmer zurück und spielte sehr laut.

Wir beendeten unsere Mahlzeit und Lady Vickers sammelte die Teller ein. Ich tätschelte ihr dankbar den Arm, als sie an mir vorbeikam, und hastete Lincoln hinterher. „Alle haben heute Nachmittag etwas zu tun", sagte ich. „Nur ich nicht."

„Du kannst hierbleiben und mit Alice reden."

„Das habe ich versucht. Sie hört mich kaum. Sie ist völlig in ihren eigenen Gedanken versunken. Ich glaube, ich komme mit dir, wenn du Gawler aufsuchst." Er beschleunigte seine Schritte, also hob ich meine Röcke an und rannte ihm nach. „Widersprich mir nicht, Lincoln. Ich komme mit und das ist mein letztes Wort."

„Ich habe doch gar nichts gesagt", erwiderte er.

„Nein, aber das hättest du, wenn ich nicht zuerst geredet hätte."

Er grinste. „Du glaubst, dass du mich so gut kennst."

„Streitest du es ab?"

„Ja." Er blieb plötzlich am Fuß der Treppe stehen und wandte sich zu mir um. „Ich breche in fünfzehn Minuten auf. Wenn du nicht da bist, gehe ich ohne dich."

„Ich hole mein Tuch."

* * *

DER PLAN LAUTETE, Gawler davon zu überzeugen, ein offenes Gespräch mit Swinburn über die Lebensgefahr für die Mitglieder beider Rudel zu führen, sollte das Ministerium in den Untergrund gezwungen werden. Es war kein großartiger Plan, aber wir sahen keine andere Möglichkeit. Swinburn würde uns nicht nahe genug an sich heranlassen, um ihn auszuspionieren. Früher oder später würde er uns erwischen. Sein Geruchssinn war einfach zu stark.

Wir brauchten Lichfield allerdings nicht zu verlassen, denn Gawler kam in dem Moment zu uns, als wir auf dem Weg zum Kutschenhaus waren. Gus rief uns von der Hintertür zurück. Wir fanden Gawler im Salon vor, doch er war nicht allein. Lord und Lady Gillingham saßen bei ihm. Oder besser gesagt, Gawler und Harriet saßen. Lord Gillingham ging auf und ab, ohne seinen Gehstock. Bei unserer letzten Begegnung hatte ich ihn geohrfeigt und hinausgeworfen. Ich bezweifelte, dass er heute Ärger machen würde, da Lincoln anwesend war.

„Wo ist Doyle?", fragte Harriet.

„Die Dienerschaft hat ein paar Tage frei", sagte Lincoln.

Sie schnappte nach Luft. „So kurz vor der Hochzeit?"

„Deswegen brauchten sie etwas Freizeit", sagte ich. „Sie waren überarbeitet. Keine Sorge, für Samstag ist alles vorbereitet."

„Ich freue mich, das zu hören, aber Sie sind wirklich großzügige Arbeitgeber, wenn Sie Ihrem Haushalt in einer so geschäftigen Zeit einen Tag frei geben." Sie saß unbeholfen auf dem Sofa und rieb sich den gerundeten Bauch. Wenn ich mich nicht irrte, war er noch mehr gewachsen, seit ich sie das letzte Mal gesehen hatte.

„Glauben Sie, es ist bald so weit?", fragte ich.

Sie nickte und lächelte sehnsüchtig. „Mr Gawler meint schon, nicht wahr?"

„Jou, Ma'am." Der große Mann mit den buschigen Haaren hielt seinen abgewetzten Hut in der Hand und hockte auf der Kante seines Stuhls, als hätte er Angst, seine Kleidung könnte das Polster verunreinigen. Falls Lady Vickers ihn sah, würde sie ihn hochscheuchen und ihm befehlen, seine Stiefel an der Haustür auszuziehen.

„Andere Gestaltwandlerfrauen hatten kurze Schwangerschaften, wie Lincoln schon erraten hat", fuhr Harriet fort. „Ich bin froh, dass ich es herausgefunden habe, sonst hätte ich das Kinderzimmer noch nicht fertig gehabt. Wir haben es in beruhigendem Gelb tapeziert mit weißen Kaninchen, die die Bordüre entlanghoppeln."

Weiße Kaninchen. *Igitt.*

„Hör auf", schnappte Lord Gillingham, der zu uns zurückmarschierte. „Hör mit diesem Thema auf. Wir sind nicht gekommen, um über Babys zu reden."

„Sei doch still, Gilly", rügte seine Frau. „Hör auf mit dem Hin- und Hergerenne und setz dich. Du machst mich ganz schwindelig. Das ist nicht gut für das Baby."

Er setzte sich und nahm eine kleine, schlanke Vase, in der eine einzelne rosa Rose stand. Ein paar Augenblicke hielt er sie nur fest, stellte sie dann wieder weg und schloss die Faust auf seinem Knie. Anscheinend vermisste er seinen Gehstock.

Gawler zappelte ebenfalls herum. Er schaute unter seinem fettigen schwarzen Haarschopf hervor, wobei sein Blick zwischen Gillingham und Lincoln hin und her sprang. Er schien auf eine Gesprächsmöglichkeit zu warten, doch selbst bei Pausen in der Konversation ergriff er die Chance nicht, sondern wartete nur.

„Ihr müsst euch fragen, warum wir hier sind", sagte Harriet schließlich. „Es ist die Polizei, müsst ihr wissen."

„Ihr habt gehört, dass wir Besuch von denen hatten", sagte ich. „Keine Sorge, wir haben ihnen nichts über euch oder euer Rudel erzählt. Sie haben unsere Akten nicht mitgenommen und die Details, die wir weitergegeben haben, waren begrenzt. Wir haben keine Namen genannt."

„Gut. Ich bin erleichtert." Sie lächelte hübsch. „Siehst du, Gilly?"

Gillingham brummte, sah aber niemanden an. Seine Faust rieb langsam über seinen Oberschenkel, hoch und runter, hoch und runter.

„Mein Mann war besorgt", erklärte Harriet uns. „Natürlich

wusste ich, dass ihr denen nichts erzählen würdet, aber er wollte gern herkommen und es selbst herausfinden."

„Die haben mich auch befragt", sagte Gawler.

„Ein Politiker namens Yallop und ein Detective namens Fullbright haben den armen Mr Gawler verhört", sagte Harriet. „Sie haben ihn wegen dieser Morde beschuldigt. Es war schrecklich, nicht wahr?"

Er nickte. „Sie sagten, ich sei ein Hund und dass ich dafür hängen sollte, was ich getan hätte. Ich habe denen gesagt, dass ich nix gemacht hab und keine Ahnung vom Verwandeln in einen Wolf habe."

„In diesem Fall eine notwendige Lüge", sagte Harriet mit einem Nicken.

„Was ich wissen wollte: Woher wussten die, dass sie mit mir reden müssen, wenn Sie denen keine Namen genannt haben, Mr Fitzroy?"

„Swinburn", sagte Lincoln. „Ich vermute, er hat es ihnen gesagt."

„Gottverdammt." Gillingham hämmerte mit der Faust auf sein Knie. „Glauben Sie, er hat ihnen Harriets Namen gegeben?"

„Nein, da die Polizei noch nicht bei ihr war."

Harriet schüttelte den Kopf. „Waren sie nicht. Aber der arme Mr Gawler. Was für eine Zumutung!"

„Vergiss ihn!", rief Gillingham. „Um dich mache ich mir Sorgen, nicht um deine sogenannten Freunde."

„Gilly! Das reicht. Wir haben das alles schon durch. Was mein Rudel betrifft, betrifft auch mich." Sie rieb sich wieder den Bauch. „Sie sind wie eine Familie für mich."

Gillingham fuhr sich mit der Hand durch die Haare und sackte in den Sessel zurück.

„Glauben Sie wirklich, Swinburn steckt dahinter, uns Yallop auf den Hals zu hetzen?", fragte Harriet Lincoln.

Lincoln erzählte ihr, was er über Yallops Schulden bei Swinburn erfahren hatte.

Bis er geendet hatte, nickte sie. „Es muss Swinburn sein", stimmte sie zu. „Erst begeht er die Morde in der Nähe von Mr Gawlers Wohnung, um es so aussehen zu lassen, als wäre er es gewesen, und dann macht er mit diesem verfluchten Yallop-Kerl gemeinsame Sache. Was sagen Sie, Mr Gawler?"

„Ich sage, er is 'n niederträchtiger räudiger Hundesohn, Ma'am. Entschuldigen Sie den Ausdruck, aber 'ne bessere Beschreibung fällt mir nich ein."

„Das ist schon in Ordnung. Ich stimme Ihnen zu, er ist ein Hundesohn. Die Frage ist also, was tun wir jetzt?"

„Ihn umbringen", sagte Gillingham, der sich wieder aufspulte. „Fitzroy, klemmen Sie sich dahinter. Harriet, komm. Es ist Zeit zu gehen." Er wollte aufstehen, doch Harriet legte ihren Arm über seinen Brustkorb und verhinderte so, dass er sich bewegen konnte. Die Muskeln in seinem Gesicht zuckten, aber er setzte sich relativ ergeben wieder zurück. Harriets Mund wurde weicher, als sie lächelte.

„Wir können ihn nicht einfach umbringen", sagte ich. „Das wäre viel zu verdächtig."

„Warum nicht Fullbright einfach alles über Swinburn erzählen?", fragte Harriet. „Lenken wir den Verdacht auf *ihn*, indem wir Fullbright sagen, dass er ein Gestaltwandler und ein grässlicher Mensch ist."

„Wenn Ihnen etwas einfällt, wie wir das bewerkstelligen können, bin ich ganz Ohr", sagte Lincoln trocken. „Swinburn hat viel zu gute Beziehungen, als dass unbegründete Vorwürfe ernst genommen würden. Insbesondere Vorwürfe, die von mir geäußert werden, da ich dank des Artikels im *Star* bereits unter Verdacht stehe."

„Das verdammte Klatschblatt", regte Gillingham sich auf. „Dieser Journalist gehört erschossen. Und sein Redakteur ebenfalls. Die haben diesen Ärger angezettelt."

„Gibt es jemanden, mit dem *Sie* reden können?", fragte ich ihn. „Haben Sie keinen Einfluss auf andere Mitglieder des Parlaments?"

Er schaute weg, das Kinn hoch erhoben, und ließ sich nicht zu einer Antwort herab.

„Sie haben Einfluss, Ma'am", sagte Gawler zu Harriet.

„Nicht wirklich", sagte sie seufzend. „Bei den Ehefrauen der Parlamentsmitglieder vielleicht, aber das ist auch alles."

„Was ist mit Swinburns Rudel? Die meisten von denen

mögen Sie, weil Sie so eine freundliche Seele sind." Entdeckte ich da eine Röte über seinem Bart?

„Sie sind keine Parlamentsmitglieder oder mit solchen verwandt. Keiner hat echte Macht, außer Swinburn selbst. Sogar Lord Ballantine ist nur ein niederer Baron."

„Ich meinte, man könnte sie fragen, ob sie Swinburn für Sie ausspionieren."

„Sie überschätzen meinen Einfluss, mein lieber Mann. Sie würden ihn für mich nicht ausspionieren, oder für sonst jemanden. Dafür sind sie viel zu loyal."

Lincoln rieb sich nachdenklich das Kinn. „Sie könnten trotzdem mit den Mitgliedern seines Rudels sprechen und—"

„Nein!", brüllte Gillingham. „Meine Frau wird *nicht* mit irgendwem reden, der mit diesem Schurken zu tun hat."

Harriet ruckte herum, um ihren Mann anzusehen. „Aber Gilly—"

„Nein! Kommt nicht infrage. Es ist viel zu gefährlich."

„Unfug. Ich bin durchaus in der Lage, meinen Teil beizutragen und ich habe vor, es auch zu tun." Sie hob die Hand, um Gillinghams Protest zu unterbinden.

Er schnaufte zweimal, stand auf und stolzierte zum Fenster, wo er in den Himmel starrte.

„Ich habe eine bessere Idee." Harriets Augen leuchteten und sie klatschte in die Hände. „Anstatt zu versuchen, sie zu beeinflussen und zu hoffen, dass sie Swinburn beeinflussen können, werde ich vorgeben, mich mit ihm anfreunden zu wollen. Ich werde ihm erzählen, ich hätte genug vom East End und seinen Slumbewohnern und wolle nach der Geburt des Babys mit einem angeseheneren Rudel umherstreifen. Seit er von mir erfahren hat, versucht er, mich in sein Rudel zu holen. Er meint, ich gehöre dorthin und nicht zu Gawler."

Gillingham stöhnte. „Habe ich irgendein Mitspracherecht?"

„Es ist der beste Weg, Gilly. Das weißt du."

„Aber es ist gefährlich."

„Es ist lieb von dir, dass du dir um uns Sorgen machst." Sie tätschelte ihren Bauch. „Aber ich lasse mich nicht umstimmen. Ich werde ihn heute Abend aufsuchen und dann werde ich ihn ausspionieren, wenn er mich aufnimmt. Ist das nicht ein schlauer Plan, Charlie?"

Ich warf Lincoln einen Blick zu, doch der gab seine Gedanken nicht preis. Er starrte Harriet an. „Ich … ich weiß nicht", sagte ich. „Ihr Mann hat recht, es könnte gefährlich sein. Wenn Swinburn herausfindet, dass Sie spionieren, wird er … Ihnen etwas Schreckliches antun."

„Ach was." Sie winkte ab. „Er wird es nicht herausfinden. Ich bin sehr gut darin, mich zu verstellen, nicht wahr, Gilly? Sehr gut sogar. Ich werde ihn heute Abend treffen und Bericht erstatten, wenn ich Informationen habe. Komm, Gilly, Mr Gawler, wir haben Charlies und Lincolns Zeit lange genug beansprucht. Sie scheinen viel zu tun zu haben." Sie streckte ihre Hand aus und Gawler nahm sie, nicht ihr Mann. Er half ihr auf die Füße und ließ ihre Hand erst los, als Gillingham ihn wütend anfunkelte.

„Wissen Sie, wem ich für das alles die Schuld gebe?", sagte Gillingham an niemand direkt gewandt.

„Swinburn?", sagte ich.

„Dem *Star*?", schlug seine Frau vor.

„Julia und Buchanan", sagte er.

Harriet schüttelte den Kopf. „Ich bin mir nicht sicher, ob der Fehler bei Andrew liegt."

„Tut er. Er hat Julia nicht im Griff. Hatte er noch nie. Wenn er in der Lage gewesen wäre, sie zu behalten, wäre sie nicht zu Swinburn gerannt und hätte ihm die Ministeriumsgeheimnisse verraten."

Harriet kicherte und hakte sich bei ihm ein. „Du sagst die merkwürdigsten Dinge, Gilly. Andrew hätte nie hoffen können, ein temperamentvolles Ding wie Julia im Griff zu behalten. Er ist ihr nicht gewachsen. Und er weiß es auch."

Gillinghams Nasenflügel blähten sich und er begleitete sie zur Tür. Als sie dort waren, ließ Harriet ihn los und schickte ihren Mann vor. „Ich möchte allein mit Charlie sprechen." Sie nahm meine Hand und legte sie auf ihren Arm.

„Ist alles in Ordnung?", fragte ich, nachdem die Männer außer Hörweite waren.

Sie lächelte glücklich. „Alles ist perfekt. Ich wollte Sie fragen, wie es Ihnen geht, wo die Hochzeit so kurz bevorsteht. Sind Sie sicher, dass alles gut vorbereitet ist? Lincoln hat doch die Dienerschaft nicht vergrault, oder?"

Ich lachte. „Nein. Sie mögen ihn."

Sie rümpfte die Nase. „Wirklich?"

„Ja! Danke für Ihre Sorge, aber es ist in Ordnung. Lady V hat mir geholfen, alles vorzubereiten. Sie ist sehr gut organisiert und weiß genau, was nötig ist."

„Das kommt vermutlich daher, dass sie es bereits zweimal gemacht hat. Wo wir gerade von der lieben Alten reden, ich muss sagen, dass Ihre Verbindung zu ihr Ihrem Ruf kein bisschen geschadet hat."

„Mir war nicht bewusst, dass ich einen Ruf habe", sagte ich, während wir die Treppe hinabgingen.

„Oh doch. Sie sind das Gesprächsthema bei allen Gartenpartys diesen Sommer. Sie haben sich Lincoln geschnappt und *er* war eine Sensation, als er auf dem Markt war. Alle Frauen waren völlig aus dem Häuschen wegen ihm."

„Das habe ich gehört."

„Es scheint, als hätte sich Lady Vickers' Ruf ebenfalls verbessert. Sie ist beinahe wieder ein akzeptiertes Mitglied der Gesellschaft. Wenn sie ihre Karten richtig spielt, sollte sie für Seth eine gute Partie sichern können."

„Ich bin mir nicht sicher, ob Seth sich mit seiner Mutter darüber einig ist, was eine gute Partie darstellt."

„Er sollte auf sie hören. Tändeleien sind ja schön und gut, aber irgendwann kommt die Zeit, wo ein Gentleman heiraten muss, und zwar gut heiraten. Eine solide Ehe dreht sich nicht nur um Liebe, wissen Sie? Nur weil *Sie* in dieser Hinsicht großes Glück haben, bedeutet das nicht, dass es jedem so geht."

Ich beobachtete ihren Mann, der mit Lincoln vorausging. Seite an Seite war der physische Unterschied zwischen den beiden auffälliger denn je. „Nein, ich schätze nicht."

Sie folgte meinem Blick. „Oh, wir sind *jetzt* ganz glücklich, aber es hat eine Weile gedauert und einige sehr grundlegende Veränderungen waren nötig. Trotz anfänglichen Widerstands ist er jetzt ganz zufrieden, mir meinen Willen zu lassen."

„Und Sie genießen es, Ihren Willen öfter zu bekommen?"

Sie zwinkerte. „Auf jeden Fall."

* * *

LINCOLN GING NACHMITTAGS AUS, wollte mir aber nicht sagen, warum. Er gab mir nur vage Antworten auf meine Fragen, aber da er mir versprach, Swinburn oder sonst ein Mitglied des Rudels nicht zu konfrontieren, machte ich mir keine allzu großen Sorgen.

Ich half Gus und Seth ein wenig, die die Waffen im Waffenzimmer überprüften, und machte mich dann auf die Suche nach Lady Vickers und Alice. Ich fand beide in Lady Vickers Schlafzimmer, wo sie das Bett neu bezogen. Der Raum roch nach Holzpolitur.

„Lassen Sie mich helfen", sagte ich, nahm eine Ecke des Lakens und stopfte es unter die Matratze.

„Das ist nicht nötig", sagte Alice. „Wir haben es im Griff. Wir sind ein gutes Team."

„Das sind wir", sagte Lady Vickers. „Auch wenn ich froh bin, dass dies das letzte Zimmer ist."

„Wir sollten zumindest im Salon und in der Bibliothek staubwischen, falls noch weitere Besucher kommen. Und ich habe Flecken auf den Fliesen im Eingangsbereich bemerkt. Die Veranda ist auch etwas staubig."

Lady Vickers plumpste mit einem Stöhnen auf das Bett. Ihre Frisur löste sich auf und Strähnen ihrer Haare fielen ihr in das glänzende Gesicht. Sie schob sie mit dem Handrücken beiseite. „Hausarbeit ist für junge Leute."

„Mrs Cotchin ist nicht jung", sagte ich.

„Sie *macht* keine Hausarbeit, sie weist lediglich die Mädchen an." Sie rieb ihre Schulter und beugte den Kopf von einer Seite zur anderen, um den Hals zu durchzustrecken.

„Sie haben heute viel geschafft", sagte Alice. „Warum legen Sie sich nicht eine Weile hin?"

„Und Sie? Sie haben keine Pause gemacht."

Alice massierte Lady Vickers' Schulter. Die ältere Frau seufzte vor Erleichterung. „Ich muss mich beschäftigen, sonst werde ich wahnsinnig", sagte Alice.

„Ich dachte, Sie würden dem Koch assistieren, Lady V", sagte ich mit einem fiesen Lächeln.

Sie bemerkte es jedoch nicht. „Er scheint alles unter Kontrolle zu haben und Küchenarbeit ist noch anstrengender als Hausarbeit. Es ist so heiß da drinnen! Ich weiß nicht, wie er das jeden Tag aushält."

„Im Winter ist die Wärme sehr einladend." Ich hatte so manchen Morgen oder Abend in der Küche verbracht und meine eiskalten Hände am Herd gewärmt. Nach einigen Jahren, die ich in abbruchreifen Häusern oder auf den Straßen verbracht hatte, war es himmlisch, in eine warme Küche zu kommen.

„Das tut gut, Alice." Lady Vickers schloss die Augen und gähnte.

„Legen Sie sich doch eine Weile hin", sagte Alice. „Charlie und ich kommen allein zurecht."

„Vielleicht tue ich das. Nur für zehn Minuten."

Alice und ich ließen sie allein und gingen hinunter in die Küche, um uns Tee zu machen. Das Knirschen von Wagenrädern auf Kies lenkte uns jedoch ab, als wir den unteren Treppenabsatz erreichten. Lincoln konnte es nicht sein. Er wäre nach hinten zum Kutschenhaus gefahren. Dieses Fahrzeug hielt an.

Ich öffnete in dem Moment die Tür, als ein Mann mittleren Alters aus einer Droschke stieg. Er hatte kurze, dunkle Haare und buschige Augenbrauen, die sich in der Mitte fast trafen, während sein streng prüfender Blick mich erfasste. Da er mich so eingehend betrachtete, bemerkte er nicht, wie der andere Passagier ausstieg, weswegen er auch keine Hilfe anbot. Sie war noch kleiner als er und reichte ihm nur bis zur Schulter, mit ziemlich breiten Hüften und Oberweite. Ein breitkrempiger brauner Hut saß auf ihrem Kopf, der zu ihrem schlichten Kleid passte. Weder Hut noch Kleid besaßen auch nur einen Zentimeter von Spitze, Stickereien oder sonstigen Verzierungen.

„Charlie? Wer ist es?", fragte Alice hinter mir. Sie schaute über meine Schulter und schnappte nach Luft. „Oh nein."

„Kennst du die?", flüsterte ich.

„Ja."

„Wer ist das?"

„Meine Eltern."

KAPITEL 9

*A*lice hatte mir einmal erzählt, dass sie ihren Eltern überhaupt nicht ähnlich sah. Jetzt, da sie näher kamen, konnte ich sehen, warum sie bezweifelte, ihre Tochter zu sein. Alice besaß eine natürliche Anmut und Eleganz durch ihre hochgewachsene, schlanke Gestalt. Ihre Eltern waren beide klein und ihre Schritte, mit denen sie die Eingangsstufen hinaufstapften, waren alles andere als anmutig. Wo Alice helles Haar hatte, war das ihres Vaters dunkel und das ihrer Mutter rot. Ihre Gesichtszüge ähnelten ihr auch nicht, und obwohl ihre Mutter blaue Augen hatte, waren sie stählern, während Alices die Farbe des Sommerhimmels hatten. Nicht einmal Mrs Everhearts Wut konnte die Farbe *so* stark verändern. Und sie war sehr wütend.

„Pack deine Sachen, Alice", sagte Mrs Everheart, während ihr scharfer Blick durch die Eingangshalle und die Treppe hinaufsprang. „Du kommst mit uns nach Hause. Du kannst nicht länger in diesem Sündenpfuhl bleiben. Gott weiß, was für Ausschweifungen du bereits ausgesetzt warst."

Alice widersprach, doch meine Stimme übertönte sie. „Ich muss doch sehr bitten! Das hier ist ein respektabler Haushalt und ich wäre dankbar, wenn Sie nichts anderes unterstellen würden." Ich atmete tief durch, um die Nerven zu behalten. „Mein Name ist Charlie Holloway und ich bin Alices Freundin sowie die Hausherrin in Lichfield Towers. Wenn Sie ein ruhiges, wohlüberlegtes Gespräch mit Alice führen möchten, dann kommen Sie bitte mit mir in den Salon und wir werden Tee trinken."

„Wir bleiben nicht zum Tee", fuhr Mrs Everheart mich an. „Wir holen Alice und fahren. Den Dingen wurde lange genug ihr Lauf gelassen."

„Dinge?", wiederholte ich. „Was für Dinge?"

Mrs Everheart sah sich wieder in der Eingangshalle um, als könne sie es nicht ertragen, Alice oder mich anzusehen. „Sie wissen, was für Dinge. Unverheiratete Männer und Frauen, die unter einem Dach zusammenleben ... In den Augen Gottes ist das nicht richtig."

Alice sträubte sich. „Mama! Das ist nicht fair. Und ich gehe *nicht*."

„Widersprich mir nicht, Kind—"

„Ich bin kein Kind! Wenn ich alt genug bin zum Heiraten, bin ich auch alt genug, um meine eigenen Entscheidungen zu treffen."

Mrs Everhearts Blick richtete sich endlich auf Alice. „Du bist *nicht* alt genug, um ohne unsere Zustimmung zu heiraten."

„Darum geht es doch nicht, Mama! Ich will noch nicht heiraten und ganz gewiss nicht Mr Crossley. Zum einen ist er viel zu alt und außerdem langweilig wie eine Pfütze."

„Er ist ein sehr guter Freund von uns!", stotterte Mr Everheart. „Er ist vernünftig, verantwortungsbewusst und gottesfürchtig, alles, was man sich von einem guten Ehemann erhoffen kann."

„Dann heirate du ihn doch", schnappte Alice.

„Wie kannst du es wagen!"

„Das Leben hier hat deinen Geist infiziert." Ihre Mutter rümpfte die Nase, als ob sie die sogenannten Ausschweifungen riechen könnte. „Die Moral, die wir dir beigebracht haben, korrodiert durch Müßiggang und fehlende Aufgaben. Gehst du überhaupt noch zur Kirche?"

Alice schnaufte. „Ich gebe auf. Ihr wollt mir nicht zuhören, noch nie. Ich bin es leid, behandelt zu werden, als würde ich irgendeine Krankheit haben, von der man mich heilen muss. Ich bin eure Tochter, euer einziges Kind, nicht jemand, den man loswerden muss."

Ihr Vater schob sein Kinn vor und lächelte triumphierend. „Wenn wir dich loswerden wollen, warum sind wir dann hier, um dich zu holen?"

„Weil du Mr Crossley versprochen hast, dass ich ihn heiraten würde und du warten wolltest, bis ich mich an den Gedanken gewöhnt habe, aber dann wurdest du ungeduldig."

Mr Everhearts Lächeln verrutschte, aber er behielt sein Kinn erhoben.

„Ihr habt Angst, dass mein Ruf unwiederbringlich dahin ist, weil ich mit einem Zigeuner, einem Boxer und einem Banditen zusammenwohne, wie ihr in eurem letzten Brief ausgeführt habt. Ihr wollt mich für meine Hochzeit so rein wie frischen Schnee haben. Oder vielmehr ist es das, was Mr Crossley will und *er* wird ungeduldig. Nun? Ist es so?"

„Senk deine Stimme", zischte ihre Mutter. „Die Diener werden dich hören."

„Im Moment sind hier keine Diener." Sobald es aus meinem Mund war, bereute ich es. Ich hatte ihnen gerade genau die Munition geliefert, die sie brauchten.

Mr und Mrs Everheart warfen sich einen Blick zu. „Sie wollen also sagen, dass Sie unbeaufsichtigt sind?", fragte Mrs Everheart.

„Natürlich nicht", sagte ich. „Lady Vickers ist anwesend. Sie ist eine ehrbare Säule der Gesellschaft."

Mrs Everheart schnaubte. „Unser Ermittler sagte, sie wäre mit ihrem Lakaien durchgebrannt."

„Sie haben geheiratet."

„Nachdem sie mehrere Monate in Sünde gelebt haben."

„Das tut nichts zur Sache", sagte Alice.

„Was meine Frau damit sagen möchte", wandte Mr Everheart mit angespannter Stimme ein, „ist, dass wir ohne eine Haushälterin, Gouvernante oder sonst eine respektable Frau im Haus das Schlimmste annehmen müssen."

Alice antwortete nicht. Ich fragte mich, ob seine Verwendung des Ausdrucks „meine Frau" anstatt „deine Mutter" sie ebenso aus der Fassung gebracht hatte wie mich. Vielleicht bedeutete es nichts, aber in Anbetracht von Alices Zweifeln bezüglich ihrer Herkunft fielen die Worte wie Steine vor unsere Füße. Und dann war da noch die Aussage des Kaninchens über Alices Tante, die Königin, die mir noch in den Ohren nachhallte.

„Die Angestellten sind normalerweise hier, haben aber den Tag frei", sagte ich, um das Schweigen zu füllen.

„Warum?", fragte Mr Everheart.

„Ähm ... nun ..."

„Was Charlie zu höflich ist, zu sagen", sagte Alice mit blitzenden Augen, „ist, dass die Angestellten zu ihrer eigenen Sicherheit weggeschickt wurden. Meine Träume werden häufiger und haben eine gefährliche Richtung eingeschlagen. Ihr erinnert euch doch an meine Träume, nicht wahr? Die, die zum Leben erwachen? Der Grund, warum ihr mich an diese schreckliche Schule geschickt habt?"

Kein Elternteil begegnete ihrem Blick.

„Je weniger Menschen im Moment in meiner Nähe sind, desto besser. Ihr seht also, wenn ich mit euch komme, ist es sehr wahrscheinlich, dass ihr heute Nacht mit Soldaten auf eurer Türschwelle aufwacht. Möchtet ihr das? Könnt ihr euch gegen die Armee des Wunderlands verteidigen?"

Mr Everheart wurde blass. „Armee?", flüsterte er.

Mrs Everheart packte ihren Kragen und starrte in die Ferne. „Wir hätten dich niemals aufnehmen sollen", murmelte sie. „Wir dachten, wir würden unsere Christenpflicht erfüllen, aber ... was ist, wenn es der Teufel war, der dich zu uns geführt hat?"

Alice schnappte nach Luft und taumelte zurück. Ich nahm ihre Hand und stützte sie. „Ich bin ..." Sie schluckte und setzte erneut an. „Ich bin nicht euer Kind, nicht wahr?"

„Warum haben wir das getan, Mr Everheart?", fragte Mrs Everheart ihren Mann. „Warum haben wir sie aufgenommen?"

„Mein Bruder und ich ...", sagte Alice jetzt mit festerer Stimme. „Wir wurden adoptiert, stimmt's?" Alice hatte mir von ihrem kleinen Bruder erzählt, der jung verstorben war. Sie hatte ihn geliebt und sein Tod hatte ihr sehr zu schaffen gemacht.

Mrs Everheart griff nach ihrem Mann. Er nahm ihre Hand und tätschelte sie ausgiebig. „Ich fühle mich nicht gut", murmelte sie.

„Das Empfangszimmer", sagte ich schnell und führte sie zum nächstliegenden Zimmer. Ich wies Mr und Mrs Everheart an, sich zusammen auf das Sofa zu setzen und ging dann dicht zu Alice. „Alles in Ordnung?"

Sie nickte. „Ich habe das Gefühl, als würde ich endlich ein paar Antworten bekommen." Sie setzte sich in einen Sessel und wandte sich an das Paar, das ihr gegenübersaß. „Wer sind meine leiblichen Eltern?"

Mr Everheart schaute seine Frau an und sagte etwas, das ich nicht verstehen konnte.

„Wie bitte?", drängte Alice.

„Wir wissen es nicht", sagte er lauter. „Du wurdest eines Morgens auf der Bank unserer Kirche gefunden. Du warst etwa drei Jahre alt und konntest uns nichts über dich sagen, außer dass dein Name Alice sei und dir gesagt wurde, du könntest nicht nach Hause zurück. Wir nahmen dich auf, während die Behörden versuchten, deine Eltern ausfindig zu machen, aber ..." Er zuckte mit den Schultern. „Niemand meldete sich und es gab keine Anzeigen von vermissten Kindern, die auf deine Beschreibung passten. Das Merkwürdige ist, dass dich niemand im Dorf ankommen sah. Also haben wir dich einfach behalten."

„Und seid nicht auf die Idee gekommen, mir die Wahrheit zu sagen?"

„Es war besser für dich zu glauben, dass wir deine wahren Eltern sind."

„Besser für wen? Für mich nicht, das kann ich euch versichern." Alice stand auf und lief im Zimmer auf und ab. „Ich habe schon lange den Verdacht, dass ihr nicht meine Eltern seid." Sie blieb plötzlich stehen. „Was ist mit Myron. Habt ihr ihn auch adoptiert?"

Mrs Everheart tupfte sich den Augenwinkel mit ihrem Taschentuch ab. „Mein armer Junge."

Mr Everheart nickte. „Er wurde auf die gleiche Art gefunden, in der Kirche, aber als Baby. Er war nicht mehr als ein paar Wochen alt."

Alice plumpste plötzlich zurück in den Sessel. „Vielleicht war er deswegen nie sehr stark ... er wurde so jung von seiner Mutter getrennt."

„*Wir* haben ihn aufgenommen." Mrs Everhearts Stimme brach und sie tupfte sich das andere Auge.

„Alice hat nie unterstellt, wir hätten ihn seiner Mutter weggenommen." Ihr Mann tätschelte wieder ihre Hand, aber es bot ihr keinen Trost. Mrs Everhearts Augen tränten weiter.

„Haben Sie jemals irgendwelche Kommunikation über Alice oder ihren Bruder erhalten?", fragte ich. „Entweder in jüngster Zeit oder in der Vergangenheit? Irgendetwas?"

Mr Everheart schüttelte den Kopf, senkte ihn dann und sackte gegen die Rückenlehne des Sofas. Er wirkte wie ein gebrochener Mann, als ob er sein Leben lang gerannt wäre, nur um am Ende zu stolpern. Er blinzelte Alice mit trockenen Augen an. „Wir werden dich nie wiedersehen, oder?"

„Nein", sagte sie ohne Zögern.

Mrs Everheart schniefte. Ihr Mann reichte ihr sein Taschentuch und sie fuhr fort, sich die Augenwinkel abzutupfen.

„Das hat nichts damit zu tun, dass ihr nicht meine echten Eltern seid", sagte Alice, „und alles damit zu tun, wie ihr mich behandelt habt, seit meine Träume lebendig wurden."

„Das kannst du uns wohl kaum vorwerfen", sagte Mrs Everheart.

Alice verdrehte die Augen.

„Vielleicht ist es besser, wenn sich unsere Wege jetzt trennen, in Anbetracht ..." Mrs Everheart wedelte mit der Hand, um das Zimmer, das Haus und vermutlich auch mich mit einzuschließen.

Alice stand wieder auf und schaute auf die Leute hinab, die sie einst Mutter und Vater genannt hatte. „Ich denke, es ist Zeit für euch zu gehen."

Mr Everheart half seiner Frau auf die Füße und legte ihre Hand in seine Armbeuge. Nach einer kurzen Pause nickte er Alice zu und sagte schlicht: „Auf wiedersehen."

Mrs Everheart bot keine Abschiedsworte, aber sie gestattete einer Träne, ihre Wange herabzurinnen, während sie mit ihrem Mann hinausging. Ich dachte, die Tränen bedeuteten, sie wäre traurig über den Abschied von ihrer Adoptivtochter, doch ihre nächsten Worte machten diesen Eindruck zunichte.

„Was erzählen wir nur Mr Crossley?", sagte sie zu Mr Everheart. „Wird er auf einer Entschädigung bestehen?"

Ich brachte sie zur Haustür und ging dann zurück zu Alice ins Empfangszimmer. Sie stand neben dem Kamin, die Arme um ihren Körper gelegt, und starrte ohne zu blinzeln auf den leeren Feuerrost.

Ich berührte ihre Schulter. „Geht es dir gut?"

Ihr Kinn bebte, aber sie nickte. „Ich glaube schon. Allzu schockiert bin ich nicht, da ich es schon lange geahnt habe, aber es aus ihrem Mund zu hören … es ist beunruhigend."

„Und dann gehen sie auch noch in so schlechter Stimmung." Ich schaute zur Tür. „Ich bin sicher, sie lieben dich, haben aber einfach Angst vor dir und deinen Träumen."

Sie schüttelte den Kopf und starrte wieder auf den Feuerrost. „Es ist nett, dass du das sagst, Charlie, aber ich glaube nicht, dass du recht hast. Sie haben mich nie wirklich als ihr Kind angenommen."

Ich drückte sie. „Ich wurde auch adoptiert, vergiss das nicht. Ich weiß, dass meine Adoptivmutter mich geliebt hat. Mein Vater auch, ehe er erfahren hat, dass ich eine Nekromantin bin."

„Wenn er dich wirklich geliebt hätte, hätte er darüber hinweggesehen. Er hätte dich trotzdem weiter geliebt. Es tut mir leid, wenn dich das verletzt, Charlie, aber so empfinde ich es mit meinen Eltern. Wenn sie mich wirklich lieben würden, würden sie mir helfen, nicht mich im Stich lassen."

Vielleicht hatte sie recht. Vielleicht hatte Anselm Holloway mich nie wirklich geliebt, aber ich war mir sicher, dass meine Adoptivmutter mich niemals so grausam behandelt hätte wie er. Mit ihrer Liebe war ich gesegnet. Vielleicht war es Zeit, ihr Grab mal wieder zu besuchen, um ihr meine Ehre zu erweisen.

„Wir sind jetzt deine Familie, Alice. Du wirst hier immer ein Zuhause haben und Menschen, die dich mögen."

Sie erwiderte meine Umarmung. „Danke Charlie. Jetzt ist die Frage, wer sind meine wahren Eltern? Wo komme ich her?"

„Laut dem Kaninchen bist du die Nichte der Herzkönigin aus dem Wunderland." Ich machte mich von ihr los und schaute sie mit meinem strengsten Blick an. „Und nein, du gehst *nicht* dorthin, um mehr über dich herauszufinden, also schlag dir das aus dem Kopf."

„Das habe ich schon. Ich bleibe hier."

Das unausgesprochene „für den Moment" hing zwischen uns wie die Klinge einer Guillotine.

* * *

LINCOLN KEHRTE RECHTZEITIG zum Abendessen zurück, sodass wir allen zusammen von dem Besuch von Mr und Mrs Everheart berichten konnten. Eine tiefgreifende Stille folgte Alices Aussage, dass sie adoptiert war. Niemand kaute auch nur.

„Kann jemand etwas sagen?", fragte Alice nervös.

„Also hat das Kaninchen höchstwahrscheinlich die Wahrheit gesagt", sagte Lincoln. „Du warst früher im Wunderland und die Königin ist deine Tante."

Alice nickte, den Blick auf den Teller gesenkt. „Es scheint so."

„Alter Schwede", murmelte Gus.

„Du bist nicht von dieser Welt?", fragte der Koch.

„Es scheint, als würde ich aus dieser anderen Welt kommen", sagte Alice.

Gus sah sie mit ganz neuen Augen an und wackelte dann mit seinem Messer. „Wenn ich dich schneide, ist dein Blut dann rot?"

„Ja!"

Seth boxte ihn gegen den Arm. „Idiot."

Gus wurde rot und entschuldigte sich.

Zu meiner Überraschung lachte Alice. „Es ist absurd, oder? Keine Sorge, Gus, die gleichen Fragen, die dir gerade durch den Kopf schwirren, sind vorher schon durch meinen gegangen. Soweit mir bewusst ist, bin ich körperlich so wie ihr alle. Ich kann meine Gestalt nicht verändern wie Harriet und ich kann auch nicht wie Mr Langley Dinge brennen lassen. Ich bin ziemlich normal."

„Vielleicht ist es im Wunderland genau wie hier", sagte Seth.

„Außer, dass die Kaninchen reden", sagte Gus.

„Du wirst jetzt mit dem Kaninchen gehen wollen", sagte Lincoln und widmete sich wieder seinem Essen. „Aber ich empfehle dir, das zu überdenken. Wir wissen nichts über

Wunderland und es scheint, als würdest du umgehend angeklagt, wenn du dorthin gehst. Wir wissen nicht, ob deren Rechtssystem fair ist oder nicht. Ich bestehe darauf, dass du hierbleibst."

„Wir haben das bereits besprochen", sagte ich ihm. „Alice ist der gleichen Meinung."

„Ich werde nicht gehen", versicherte sie.

„Gut", sagte Seth. „Denn sonst müsste ich darauf bestehen, mit dir zu gehen und ich will die Hochzeit nicht verpassen."

„Seth!", rief Lady Vickers. „Du wirst nicht zu fremdartigen Orten reisen, also schlag dir das sofort aus dem Kopf."

Er nahm sein Glas und prostete ihr zu. „Du bist an einen fremdartigen Ort gereist."

„In Amerika gibt es keine sprechenden Kaninchen."

Wir besprachen die Befestigungspläne ebenso wie alles, was Lincoln von seinen Informanten erfahren hatte. Leider war das sehr wenig. Lady Harcourt hatte Swinburn abends besucht und war die Nacht über dortgeblieben. Heute Morgen war er in seinen Klub gefahren. Der Herzog war bereits dort, ebenso wie das Parlamentsmitglied Mr Yallop. Sie waren eine Stunde später unabhängig voneinander wieder herausgekommen. Harriet hatte Swinburn nachmittags besucht und war kurz darauf wieder gegangen. Was den Rest von Swinburns Rudel anging, waren sie wie gewöhnlich zu ihrer Arbeit gegangen, wobei die Ballantines im Haus geblieben waren. Sie verließen ihr Haus dieser Tage nur noch selten und hielten lieber den Ball flach, nachdem die sie Königsfamilie brüskiert hatten.

„Und Gawlers Rudel?", fragte ich. „Was ist mit ihren Bewegungen?"

„Nichts Außergewöhnliches", sagte er. „Sie spionieren ebenfalls Swinburn nach, haben aber nicht genug Leute, um das ganze Rudel zu überwachen. Sie müssen alle arbeiten gehen. Wenn sie nicht arbeiten, haben sie nichts zu essen."

Lincoln und ich meldeten uns nach dem Essen freiwillig zum Spülen. Seth und Lady Vickers halfen uns, die Teller und Gläser in die Spülküche zu bringen. Als wir die anderen hinter uns ließen, sagte sie zu Seth: „Sie ist jetzt ganz gewiss keine Heiratskandidatin mehr. Sie ist noch nicht einmal ein Mensch."

„Mutter", sagte er seufzend. „Sie *ist* ein Mensch, nur nicht aus dieser Welt. Wie auch immer, es ist mir egal. Wenn überhaupt, hat es sie nur noch faszinierender gemacht. Sie ist immerhin mit einer Königin verwandt. Möchtest du nicht, dass ich eine Prinzessin heirate?"

Seine Mutter blieb mitten in der Bewegung stehen und starrte ihn mit offenem Mund an. Wir ließen sie zurück.

* * *

„ICH SPÜLE GERN MIT DIR", sagte ich zu Lincoln, als wir uns allein in der Spülküche befanden.

„Warum? Weil ich das hier mache?" Er schnippte Wasser in meine Richtung.

„Sehr erwachsen."

Er grinste, also tauchte ich meine Hand ins Wasser, während ich mich zu ihm beugte, um ihn zu küssen. Dann strich ich mit meiner nassen Hand seine Wange entlang. Ich machte mich los und lächelte. „Jetzt sind wir quitt."

Er schaute zu dem Wassereimer, der neben der Tür stand.

„Wag es ja nicht!", rief ich und reichte ihm einen Stapel dreckiger Teller, um seine Hände beschäftigt zu halten.

„Also warum spülst du gern mit mir?", fragte er.

„Wir haben in letzter Zeit nicht viel Gelegenheit, unter vier Augen miteinander zu reden. Das hier zwingt uns dazu, uns die Zeit zu nehmen."

„Du möchtest mit mir reden? Über etwas Bestimmtes?"

„Ja, tatsächlich."

„Alice?"

„Nein."

Er hörte auf, den Teller zu schrubben und sah mich an. „Hat es etwas mit dem zu tun, was Lady Vickers dir über unsere Hochzeitsnacht erzählt hat?"

„Nein! Es geht darum, was du heute getan hast. Hast du wirklich nur mit deinen Informanten gesprochen?"

Er fing wieder an zu schrubben. „Warum fragst du?"

„Weil du sehr lange weg warst und gut riechst."

„Normalerweise rieche ich nicht gut?"

„Nicht, wenn du aus den Slums zurückkommst und dann die Pferde im Stall versorgst."

„Ich habe mir im Stall die Hände gewaschen, bevor ich reingekommen bin."

Ein Stück Lavendelseife im Stall parat zu haben erschien mir nicht wie etwas, das Lincoln tun würde, und ich wollte ihn gerade weiter ausfragen, als Gus in die Spülküche kam und mit einer Zeitung herumwedelte. Seth folgte ihm auf den Fersen.

„Die heutige Abendausgabe des *Star* ist gerade angekommen", sagte Seth.

„Gawler wird als Verdächtiger der Angriffe genannt", fügte Gus hinzu.

Ich stöhnte, als ich es las. „Wie unverantwortlich! Glaubst du, Yallop und Fullbright werden ihn jetzt verhaften?"

Seth schüttelte den Kopf. „Sie haben keine Beweise."

„Da spricht der feine Schnösel", sagte Gus. „Der Polizei sind Beweise wurscht. Wenn sie 'nen Kerl verhaften wollen, machen sie's."

„Und finden die Beweise später auf wundersame Weise", fügte ich hinzu. Wie Gus hatte ich wenig Vertrauen in unsere Polizei. Ich hatte schon zu viele unschuldige Leute aus den Slums gesehen, die für Verbrechen verhaftet wurden, die sie nicht begangen hatten, nur weil die Polizei es nicht für nötig hielt, vernünftig zu ermitteln.

Seth nahm Gus die Zeitung ab und schlug gegen den Artikel. „Swinburn hat echt Nerven, dass er Salter mit dieser Information füttert. Er bringt einen seiner eigenen Art in Gefahr. Das ist Wahnsinn."

„Genau so ist Swinburn", sagte ich. „Wahnsinnig. Was wirst du jetzt tun, Lincoln?"

„Nach Gawler schauen", sagte Lincoln.

„Um sicherzugehen, dass er nicht verhaftet wird?"

„Um sicherzugehen, dass er nicht auf Swinburn losgeht, um sich zu rächen."

* * *

Wir vier statteten Gawler am nächsten Morgen einen Besuch ab, aber er war nicht in seiner Wohnung in Myring Place. Sein Nachbar sagte uns, er wäre wütend davongestürmt, nachdem eine „feine Lady" ihn besucht hatte. Weitere Fragen bestätigten, dass Harriet die Besucherin war. Sie hatte eine Zeitung unter dem Arm getragen und ein finsteres Gesicht gemacht und war in eine andere Richtung weggegangen als Gawler.

Wir fuhren zu Swinburns Stadthaus in Queen's Gate, Kensington, wo er neben Lord und Lady Ballantine wohnte. Sie und der Rest des Rudels waren von Bristol nach London gezogen, nachdem Swinburn beschlossen hatte, den Sitz seiner Spedition in die Hauptstadt der Nation zu verlegen. Er war der erste seiner Familie, der sich die Führung des Rudels erkämpft hatte, nachdem die Vorfahren Ballantines diese über Generationen innegehabt hatten. Beim Betrachten der nebeneinanderliegenden Stadthäuser, die sich bis hin zu den schwarzen Türen und bronzenen Türklopfern glichen wie ein Ei dem anderen, fragte ich mich, wie es Lord Ballantine damit ging, die Führung des Rudels an den Enkel eines Seemanns verloren zu haben.

„Gawler ist hier", sagte Lincoln, als wir zusammen auf dem Bürgersteig standen. „Ich kann seine Anwesenheit spüren. Aber nicht drinnen."

„Er beobachtet ihn vermutlich von der Gasse da drüben aus", sagte Seth mit einem Nicken zu der Lücke, die die Reihe pompöser Stadthäuser unterbrach. „Er wäre ohnehin ein Dummkopf, wenn er reingehen würde. Kein wildes Tier würde sich in die Höhle des Feindes wagen aus Angst, in eine Falle zu geraten."

„Und Swinburn?", fragte Gus vom Kutschbock unseres Fahrzeugs. „Kannste ihn auch spüren, Fitzroy?"

Lincoln schüttelte den Kopf. „Den konnte ich noch nie spüren. Bei manchen kann ich es, bei anderen nicht."

„Dann lasst uns Gawler überreden, nach Hause zu gehen, ehe er etwas Unüberlegtes tut", sagte ich und machte mich auf den Weg zur Gasse.

„Er wird schlicht und ergreifend heute Nacht wiederkommen", sagte Seth, der mit mir Schritt hielt. „Vielleicht ist es eine gute Idee. Lass die beiden kämpfen und es klären."

Heute Nacht wäre es besser als jetzt. Zu viele Menschen waren unterwegs. Eine Magd schob einen Kinderwagen und zwei Gentlemen eilten zielstrebig vorbei. Droschken fuhren die Straße entlang und ein Lakai stand auf der Treppe, nur wenige Häuser von Swinburns entfernt. Gawler konnte heute nichts weiter tun, als zu beobachten. Es war viel zu viel los.

Lincoln packte meinen Ellenbogen und zog mich zurück. „Warte."

Seth blieb ebenfalls stehen. „Was ist?"

Lincolns Kopf neigte sich etwas zur Seite und sein Blick konzentrierte sich auf den Eingang der Gasse. „Knurren."

Ich lauschte, hörte aber nichts.

Seth schüttelte den Kopf. „Sie werden einander doch jetzt nicht in ihrer Wolfsgestalt konfrontieren. Sie würden gesehen werden."

Die beiden Gentlemen, die in entgegengesetzter Richtung gingen, näherten sich dem Eingang der Gasse. Sie würden nicht nur den Angriff sehen, sondern ihn auch hören und vielleicht in Gefahr geraten.

„Charlie, bleib hier." Lincoln marschierte auf die Gasse zu. Seth folgte ihm und ich folgte Seth.

Dann hörte ich es auch. Knurren, leise und tief. Tiefer als das Knurren eines Hundes. Das Geräusch vibrierte durch mich hindurch. Es war nur ein Knurren, kein zweites war zu hören.

Beide Männer blieben stehen und drehten sich zu dem Geräusch um.

Lincoln fing an zu rennen.

„Weg da!", rief Seth den Gentlemen zu.

Entweder hörten sie ihn nicht oder ignorierten ihn lieber. Einer trat in die Gasse, während der andere in die Schatten schielte.

Ein Schuss fiel, dessen Echo von den Wänden widerhallte.

KAPITEL 10

Ich schob mich an den Gentlemen vorbei und rannte Seth in die Arme.

„Das ist kein schöner Anblick", sagte er in mein Ohr.

Ich hielt mich an ihm fest, während sich meine Augen an das schwache Licht gewöhnten. Das Erste, was ich wahrnahm, war Lincolns vertraute Gestalt, der einige Meter weiter stand. „Warum?", fuhr er die Person an, die meinem Blick verborgen war.

Keine Antwort. Ich ließ Seth los und stellte mich neben Lincoln. Hinter mir flüsterten die beiden Gentlemen schockiert miteinander.

„Sie haben es gesehen", kam Swinburns Stimme, die laut genug war, um zu ihnen getragen zu werden. Er stand direkt hinter Lincoln, eine Waffe in der Hand. Der Lauf ragte ziellos zu Boden. Zu seinen Füßen lag der haarige Körper einer wolfsähnlichen Kreatur.

„Gawler?", flüsterte ich.

„Ist er es?", verlangte Seth von Swinburn zu wissen.

Swinburn schaute von Lincoln zu den beiden Gentlemen, die sich jetzt vorsichtig näherten. „Haben Sie das gesehen, Sir? Und Sie auch?", fragte er die Männer. „Haben Sie gesehen, wie das Vieh mich angegriffen hat?"

„J-ja", sagte einer mit bebender Stimme. „Was *ist* das?"

„Ein Hund", sagte Lincoln.

„Ein verdammt großer Hund", sagte einer der Gentlemen. „Entschuldigen Sie meine Ausdrucksweise, Miss."

„Swinburn?", fragte Seth wieder. „Wer ist es?"

Swinburn wandte sich wieder zu der Leiche auf dem Boden, die er mit dem Zeh anstieß und dann langsam ausatmete. „Ich könnte nicht einmal ansatzweise sagen, was das ist", sagte er mit Betonung auf „was". „Ich werde die Identifikation den Experten überlassen. Alles, was ich sagen kann, ist, Gott sei Dank war ich bewaffnet. Gott sei Dank bin ich dem begegnet, bevor es jemand anderen angegriffen hat."

„Eine Frau ist mit einem Baby vorbeigegangen", sagte einer der Gentlemen und schaute über die Schulter. „Wenn es sie zuerst erwischt hätte ..."

Swinburn wollte weggehen, aber Lincoln packte seine Schulter. „Ich werde die Polizei rufen", sagte Swinburn zu ihm. „Alle müssen natürlich hierbleiben, um ihre Zeugenaussagen zu machen. Haben Sie etwas gesehen, Fitzroy?"

Lincoln funkelte ihn lediglich wütend an.

Swinburn schüttelte Lincoln ab und marschierte aus der Gasse. Etwas Rauchiges schwebte in der Brise. Nur, dass es in der engen Gasse keine Brise gab. Die federartigen Wolken verdichteten sich zu einer menschlichen Gestalt, der eines nackten Mannes. Gawler. Mir sackte das Herz in den Magen. Er ignorierte mich und folgte Swinburn, aber nur bis zum Eingang der Gasse.

„Gawler", flüsterte ich Lincoln zu und nickte in Richtung des Geistes.

Die beiden Gentlemen umkreisten das tote Tier und untersuchten es von allen Seiten. Einer hockte sich neben die Hinterbeine, aber keiner der beiden kam dem Kopf zu nahe.

„Hat es zuerst angegriffen?", fragte Lincoln sie.

Der eine Gentleman zuckte mit den Schultern. „Sir Ignatius hätte nicht geschossen, wenn es nicht so gewesen wäre", sagte der andere.

„Sie kennen ihn?", fragte Seth.

„Wir sind Nachbarn."

„Was halten Sie von ihm?"

„Ein feiner Kerl, bleibt für sich."

„Er ist immer freundlich", sagte der andere Mann. „Zum Glück war er bewaffnet."

„Ja", sagte Seth trocken. „Was für ein Glück."

„Nicht für ..." Ich schluckte den Namen herunter. „Nicht für diesen Hund."

„Hässliches Biest", sagte einer der Gentlemen. „Schauen Sie sich die riesigen Pfoten an. Das ist kein gewöhnlicher Hund, Miss."

„Glauben Sie, dieses Ding hat die Leute im Slum getötet?", fragte der andere Mann.

„Muss wohl. Unwahrscheinlich, dass zwei von diesen Dingern in der Stadt rumlaufen. Jemand hätte es bemerkt." Er stupste den Rücken mit seinem Spazierstock an. „Wenn man darüber nachdenkt, dass es jemanden hier in Kensington hätte töten können."

„Wenn Sir Ignatius nicht gewesen wäre."

Ich verließ die Gasse, da ich mir das nicht mehr anhören konnte, und stellte mich neben den wabernden Geist von Gawler. Ich wagte es nicht, ihn anzusprechen, damit die Zeugen es nicht mitbekamen. Gawler beachtete mich nicht. Er schwebte lediglich geräuschlos im Eingang der Gasse hin und her, den Blick auf Swinburns Haus gerichtet.

Ich wollte ihn fragen, ob er zuerst angegriffen hatte, ob er vorgehabt hatte, Swinburn umzubringen aus Rache dafür, dass er mit Salter und der Polizei gesprochen hatte. Aber eine viel drängendere Frage machte mir zu schaffen. Hatte Swinburn auf der Lauer gelegen? Wenn ja, wer hatte ihn gewarnt, dass Gawler auf dem Weg war?

Harriet?

Mir war übel. Ich stützte eine Hand gegen die kühlen Steine der Wand am Eingang der Gasse und konzentrierte mich auf meine Atmung.

„Alles in Ordnung, Charlie?", fragte Seth.

Ich nickte. „Ein wenig schockiert."

Stimmen und Bewegungen kamen aus Swinburns Haus. Ein Lakai eilte die Straße entlang, während eine weiterer an die Tür von Lord Ballantine klopfte. Bald darauf kehrte Swinburn zurück und brachte Ballantine mit. Ballantines Nasenflügel blähten sich bei meinem Anblick, doch sonst ignorierte er mich und ging in die Gasse.

„Wenn Sie auf der Straße warten würden", sagte Lincoln zu den Gentlemen. Seth scheuchte sie außer Hörweite und Lincoln wandte sich an Swinburn. „Wer war es?", fragte er, obwohl er es bereits wusste.

„Gawler", sagte Swinburn. „Er hat mir vorgeworfen, ein Verräter an unserer Art zu sein und hat mich angegriffen."

„Woher wussten Sie, dass er hier sein würde?"

„Sir Ignatius muss Ihre unverschämten Fragen nicht beantworten", fuhr Ballantine ihn an.

Swinburn schaute auf Gawlers Werwolfkörper, während Gawlers Geist auf ihn herabschaute. Er schimmerte. „Sie glauben, ich habe das geplant?", sagte Swinburn leise. „Sie halten mich für so kaltherzig? Er kam zu meinem Haus und hat mich herausgefordert. Wir sind in diese Gasse gegangen, um ungestört zu reden, aber er hat nicht geredet. Er hat sich verwandelt. Ich nicht. Ich hatte eine Waffe bei mir und als er mich angriff, habe ich mich damit verteidigt."

„Lügner!" Der Geist wirbelte so schnell um Swinburn herum, dass sein Kopf beinahe seine Füße einholte. „Welcher unschuldige Mann trägt in seinem Haus eine Waffe mit sich herum?" Er stritt nicht ab, zuerst angegriffen zu haben.

„Er war unbewaffnet", sagte ich zu Gawlers Verteidigung.

„Nicht in Wolfsform." Ballantine trat gegen die Pfoten des Tieres. Die Krallen hatten sich im Tod zurückgezogen, aber die Pfoten selbst waren größer als die Hand eines Mannes. Ich hatte die tiefen Wunden gesehen, die die Krallen eines Werwolfes geschlagen hatten—so tief wie ein Dolch.

„Werden Sie der Polizei sagen, wer es ist?", fragte Lincoln.

„Natürlich", sagte Swinburn. „Sie haben ihn sowieso schon verdächtigt, dank des Artikels im *Star*."

„Den Sie inszeniert haben", sagte Seth.

Gawlers Geist wirbelte heftig um Swinburn und schoss dann in die Luft, ehe er wieder herabsauste. Ein Geisterfinger zeigte auf Swinburns Gesicht. „Du hast es verdammt noch mal getan! Du hast denen verdammt noch mal gesagt, ich hätte diese Leute umgebracht, dabei warst *du* es!"

„Ich nicht", antwortete Swinburn auf Seths Vorwurf. „Ich habe mit keinen Reportern geredet."

„Dann eben Ballantine", sagte Seth. „Oder sonst jemand aus Ihrem Rudel, der entweder allein agierte oder auf Anweisung."

„Wie können Sie es wagen!" Ballantine richtete sich zu seiner vollen Größe auf. Er war ein großer Mann mit buschigem Backenbart, doch aus irgendeinem Grund fühlte ich mich nicht eingeschüchtert. Er bestand nur aus Gebrüll und Pomp, hatte aber keine Substanz. Kein Wunder, dass er die Führung des Rudels verloren hatte.

Bei Swinburn war es allerdings etwas ganz anderes. In ihm lag eine Kälte, eine kalkulierte Gerissenheit, die ihn unberechenbar machte. Er spielte mit dem Leben und Ansehen von Menschen und ließ seinen Gegnern keine andere Chance, als mitzuspielen.

„Ich kontrolliere nicht, was andere tun", sagte Swinburn. „Aber ich kann Ihnen versichern, dass ich niemanden autorisiert habe, mit den Reportern vom *Star* oder irgendeiner anderen Zeitung zu sprechen. Das ist nicht meine Art. Aber was getan ist, ist getan. Unser Geheimnis ist gelüftet und wir müssen diese neuen öffentlichen Gewässer so gut navigieren, wie wir können." Er schaute auf Gawlers Leiche und schüttelte den Kopf. „Dummkopf. Es hätte nicht dazu kommen sollen. Er hätte mich nicht angreifen sollen."

Gawlers Geist schrie. Er wirbelte durch die Gasse, schoss von einem Ende zum anderen, hinauf zum Dachfirst und wieder herunter, wobei er sich auf Swinburn und Ballantine stürzte. Sie bemerkten es nicht und Gawlers Frustration steigerte sich. Ich wollte ihn bitten, sich zu beruhigen, doch Swinburn sollte nicht wissen, dass er hier war. Das jenseitige Geschrei füllte meinen Kopf und schmerzte in meinen Ohren. Es fühlte sich an, als wäre der Geist mitten in meinem Gehirn.

Lincoln musste mein Unwohlsein bemerkt haben, auch wenn ich mir sicher war, dass ich mir nichts anmerken ließ. Er berührte mein Kinn und untersuchte mein Gesicht, eine Frage in seinen Augen.

„Sie ist blass", sagte Seth. „Charlie? Musst du dich setzen?"

Ballantine schnaubte. „Sie sollte den Tod gewöhnt sein."

Das Schreien hörte abrupt auf und hinterließ eine schwerwiegende Stille. Ich schaute mich um, konnte Gawlers Geist aber nicht mehr sehen. Vielleicht war er weg, zu frustriert, um Swinburn weiter zuzuhören. Ich hoffte, er hatte im Jenseits eine bessere Existenz als in diesem Leben.

Ich begegnete Lincolns Blick und bot ihm ein kleines Lächeln. „Mir geht es gut", sagte ich.

Er drehte sich wieder zu Swinburn um. „Sie haben Gawler besiegt. Sein Rudel wird jetzt Ihres."

Darin lag der wahre Grund für den Mord. Das bezweifelte ich nicht.

„Nein", sagte Swinburn. „Um ein Rudel zu übernehmen, zu dem ich nicht gehöre, muss ich den Anführer besiegen, wenn wir beide unsere andere Gestalt haben. Ich habe mich nicht verwandelt. In dieser Situation wird das Rudel einen neuen Anführer wählen, wie auch immer sie es für richtig halten. Ich schätze, die Wahl wird auf Lady Gillingham fallen."

„Harriet?", platzte ich heraus. „Warum? Sie ist doch sicher nicht stärker als andere in ihrem Rudel."

„Insbesondere in ihrem derzeitigen Zustand", fügte Seth hinzu. „Sie kann zurzeit nicht mit ihnen umherstreifen, geschweige denn kämpfen."

„Sie ist die Einzige mit einer natürlichen Führungsgabe in diesem Rudel", sagte Swinburn.

„Der Rest ist ein verdammt nutzloses Pack", fügte Ballantine hinzu. „Sir Ignatius hat recht. Sie wird automatisch die Führung bekommen. Niemand anderes wird es übernehmen wollen und da sie Gräfin ist, ist sie die perfekte Wahl."

Swinburns Blick auf seinen Freund verengte sich minimal. Ballantine schluckte und schaute weg. Anscheinend war es egal, wie hoch Swinburn aufstieg oder wie stark er als Anführer war, in Ballantines Augen würde er immer unter ihm stehen.

Die Ankunft von Detective Inspector Fullbright und seinen Constables setzte unserer Anwesenheit am Tatort ein Ende. Wir versammelten uns auf der Straße, wo ein weiterer Constable die beiden Zeugen befragte. Die Sonne stieg hoch an den Himmel über uns und erhellte die Reihe weißer Häuser so sehr, dass ich die Augen zusammenkneifen musste, bis sie sich an das Licht gewöhnt hatten. Es versprach, ein heißer, stickiger Tag in der Stadt zu werden.

Einige Minuten später trugen Constables die Leiche auf einer Bahre weg, die sie auf einen wartenden Karren schoben. Er fuhr davon und Fullbright kam zu uns. Er sprach mit den Gentlemen und entließ sie dann.

Eine zwei-rädrige Kutsche kam in hohem Tempo die Straße herauf und hielt neben Gus und unserer Kutsche, wodurch sie die Straße blockierte. Mr Yallop, das Mitglied des Parlaments, stieg aus und marschierte auf uns zu, wobei er sich sein verschwitztes Gesicht mit einem Taschentuch abtupfte.

„Wir hatten eine Besprechung", fuhr Mr Yallop Detective Inspector Fullbright an.

„Ich wurde unerwartet hierhergerufen", sagte Inspector Fullbright, ohne von dem Notizbuch des Constables aufzusehen, das er jetzt in der Hand hielt.

„Warum wurde ich … hierüber nicht informiert?" Mr Yallop deutete auf die Gasse. „Ihr Vorgesetzter hat es mir gesagt, als ich mich auf die Suche nach Ihnen gemacht habe."

„Die Zeit war zu knapp."

„Ich will einen vollständigen Bericht."

„Und Sie werden einen bekommen."

Mr Yallops Kiefer spannten sich an.

„Es war Notwehr", sagte Lord Ballantine. „Sir Ignatius wurde angegriffen."

„Sir Ignatius?" Mr Yallop sah Swinburn erstmalig an. Er nickte einmal und schenkte ihm ein kühles Lächeln. „Ich habe Sie gar nicht gesehen, Sir."

„Was tun *Sie* hier?", fragte Swinburn.

Mr Yallop schob die Brust heraus. „Ich bin Vorsitzender des Untersuchungsausschusses des Innenministeriums, der bezüglich des Ministeriums der Kuriositäten ermittelt." War die Erklärung nur Show oder hatte Swinburn Yallop doch nicht geholfen, den Posten zu bekommen? Wenigstens versuchten sie nicht, ihre Bekanntschaft zu vertuschen.

Ballantine grinste Lincoln an. „Ist das so? Na, so etwas."

„Und Sie sind?", fragte Mr Yallop.

„Lord Ballantine. Sir Ignatius und ich sind befreundet."

„Sagen Sie mir, was hier passiert ist", verlangte Yallop. „Mir wurde gesagt, dass die Kreatur erschossen wurde."

Inspector Fullbright berichtete knapp über die Ereignisse, wie sie ihm bekannt waren. Niemand fügte etwas hinzu, niemand stellte fest oder deutete an, dass Ballantine und Swinburn ebenfalls Werwölfe waren.

„Gut." Mr Yallop verschränkte die Hände hinter seinem Rücken. „Es scheint, als wären wir diese verdammte Werwolf-Kreatur jetzt los. Hervorragendes Resultat. Danke, Sir Ignatius. Sie werden zum Helden, wenn die Zeitungen hiervon Wind bekommen."

„Keine Namen bitte", sagte Swinburn. „Ich möchte anonym bleiben. Meine Freunde mögen es nicht, wenn einer aus unserem Kreis öffentliche Aufmerksamkeit bekommt, nicht einmal positive."

Mr Yallops buschige Augenbrauen wackelten auf seiner Stirn. „Ihre Freunde, eh? Nein, ich bin mir sicher, das wollen sie nicht." Wusste er bereits, dass Swinburn mit der Königsfamilie verkehrte? Oder riet er nur?

„Ich würde gern Ihre Version der Vorkommnisse hören, Sir", sagte Inspector Fullbright zu Swinburn. „Und Ihre auch, Mr Fitzroy."

„Er hat nichts gesehen", knurrte Ballantine. „Er war zu weit weg."

„Und Sie waren im Haus", schoss Seth zurück. „Also haben Sie gar nichts von Wert beizutragen."

Ballantine öffnete den Mund, aber Inspector Fullbright sprach zuerst. „Danke, meine Lordschaft", sagte er zu Ballantine. „Aber Sie werden nicht benötigt."

„Es heißt *Eure* Lordschaft oder mein *Lord*." Ballantine lächelte verkniffen und ging dann in Richtung seines Hauses.

„Möchten Sie hier herüber treten und uns sagen, was passiert ist, Sir Ignatius?", fragte Inspector Fullbright.

„Privatsphäre ist nicht vonnöten", sagte Swinburn. „Ich werde Ihnen erzählen, was ich Mr Fitzroy erzählt habe."

Er fuhr fort, dem Detective Inspector eine Reihe von Lügen aufzutischen. Zum einen erwähnte er nicht, selbst ein Gestalt-wandler zu sein. Das erwartete ich auch nicht und wir würden sein Geheimnis nicht preisgeben, etwas, das er erraten haben musste. Zum anderen gab er nicht zu, das Opfer gekannt zu haben.

„Ein Mann kam an meine Haustür und fragte nach mir", sagte Swinburn. „Er hat sich als Gawler vorgestellt—"

„Gawler!" Mr Yallop nickte heftig. „Wir wussten, dass er es war, nicht wahr, Fullbright?"

„Und was wollte Mr Gawler von Ihnen?", fragte Inspector Fullbright.

„Er hat jede Menge Unfug von sich gegeben und behauptet, ich würde sein Heim zerstören", sagte Sir Ignatius. „Ich bin beratend in die Räumung der Slums involviert, wissen Sie. Old Nichol steht auf der Liste der Bereiche, die gesäubert werden sollen. Einige Anwohner wollen nicht gehen. Es scheint, als hätte er beschlossen, sich persönlich bei mir zu beschweren."

„Dummköpfe", spuckte Mr Yallop. „Warum wollen Sie in diesen Schweineställen bleiben? Die meisten Gebäude werden nur noch durch Schmutz zusammengehalten."

„Weil es ihr Zuhause ist", sagte ich. „Wenn Sie die Slums räumen, wo sollen sie wohnen? Sie werden es sich nicht leisten können, neue Häuser zu mieten."

„Sie können weiter aus der Stadt heraus ziehen", sagte Mr Yallop. „Sie sollten ohnehin zerstreut werden. Sie alle beisammen zu lassen, führt nur zu einer Seuche von Verbrechen. Eh, Fullbright? Orte wie Old Nichol halten eure Leute auf Trab."

Ich ballte meine Hände zu Fäusten. Dieses Streitgespräch konnte ich nicht gewinnen.

„Um auf die eigentliche Sache zurückzukommen", sagte Fullbright zu Swinburn. „Sie sagen, Mr Gawler kam zu Ihnen und konfrontierte Sie."

„Wegen meiner Beteiligung an der Slum-Räumung, ja."

„Und wie sind Sie in diese Gasse geraten?"

„Ich sagte ihm, er solle sich beruhigen, da er sich sehr aufregte", sagte Swinburn. „Er schlug vor, in die Gasse zu gehen, wo uns niemand hören würde. Ich stimmte zu."

Seth brummte. „Weil es so schlau ist, mit einem wütenden Fremden in eine dunkle Gasse zu gehen."

„Ich trug meine Waffe bei mir", sagte Swinburn kühl. „Ich

hatte meine Jacke noch nicht ausgezogen, da ich gerade erst nach Hause gekommen war. Er musste auf mich gewartet haben."

„Also sind Sie mit ihm in die Gasse gegangen", hakte Fullbright nach. „Und dann?"

„Und dann ..." Swinburn schüttelte den Kopf und zuckte mit den Schultern. „Er tat etwas sehr Merkwürdiges. Er zog sich aus und dann ... verwandelte er sich in diese Kreatur, die Ihre Männer weggetragen haben. Es war bemerkenswert. Eine wirklich verblüffende Verwandlung. Ich kann es immer noch nicht glauben."

Es war eine gute Vorstellung und Mr Yallop fiel auf jeden Fall darauf herein. Er hing förmlich an Swinburns Lippen. Sein Gesicht verzog sich, als er sich den grausigen Anblick vorstellte. Inspector Fullbright tat keinerlei Meinung kund, weder durch seine Stimme noch durch seinen Gesichtsausdruck. Er machte lediglich Notizen in seinem Büchlein.

„Dann ging er auf mich los", fuhr Swinburn fort. „Es—er—fletschte die Zähne. Sie waren so lang und scharf wie Messer. Und die Kreatur war riesig, wie Sie ja gesehen haben. Er hätte mich ohne zu zögern zerfleischt, wenn ich ihn nicht erschossen hätte."

„Grundgütiger", sagte Mr Yallop atemlos. „Ihren Mut und ihre Geistesgegenwärtigkeit kann man nur bewundern."

Swinburn lächelte. „Diese beiden Gentlemen haben alles gesehen", sagte er. „Mr Fitzroy und seine Begleiter nicht, aber sie haben zweifelsohne den Schuss gehört."

„Haben Sie dem etwas hinzuzufügen, Sir?", fragte Inspector Fullbright Lincoln.

„Nein", sagte Lincoln.

Fullbright schaute Seth und mich an. Wir schüttelten beide die Köpfe. Zu Swinburn sagte er: „Tragen Sie immer eine geladene Waffe bei sich, wenn Sie Ihre täglichen Verrichtungen machen?"

„Es sind gefährliche Zeiten", sagte Swinburn. „Seit den Ripper Morden trage ich eine Waffe bei mir."

„Es erscheint mir etwas übertrieben."

„Ich bin nicht der Typ, der halbe Sachen macht."

„Ganz richtig." Mr Yallop nickte enthusiastisch und betrachtete Swinburn erneut. „Niemand wird Ratgeber der königlichen Familie, indem er vorsichtig tapst." Also war ihm Swinburns Gewicht im Palast bewusst.

Inspector Fullbright klappte sein Notizbuch zu. „Danke, Sir. Ich werde mich melden, sollte ich weitere Fragen haben."

„Das werden wir in der Tat", sagte Mr Yallop. „Auch wenn ich mir sicher bin, dass es nicht nötig sein wird, Sie weiter zu belästigen. Sie haben uns alles gesagt, was Sie konnten. Darf ich Ihnen nochmals gratulieren, Sir. Ihre Taten haben diese Stadt vor weiterem Chaos und Angst bewahrt. Die Öffentlichkeit wird aufatmen können, da die mörderische Kreatur tot ist."

Beinahe wäre ich angeekelt weggegangen. Ich war nur froh, dass Gawlers Geist nicht mehr in der Nähe war, um die vielen Lügen aus Swinburns Mund sprudeln zu hören. Meine Ohren ertrugen kein Gekreische mehr.

Der Detective Inspector bedeutete seinen verbliebenen Constables, dass es Zeit war, zu gehen.

„Was wird mit Gawlers Leiche passieren?", fragte Lincoln ihn.

„Warum?", höhnte Mr Yallop. „Will das Ministerium sie haben? Ich kann Ihnen versichern, Sie werden nicht in die Nähe gelassen. Gegen Sie wird immer noch ermittelt—"

„Eine Ermittlung, die beweisen könnte, dass das Ministerium nötig ist", warf Seth ein.

Mr Yallop lachte humorlos.

„Wissenschaftler und Ärzte werden die Leiche untersuchen wollen", sagte Inspector Fullbright zu Lincoln. „Sie möchten diese Kreaturen verstehen und hoffen, dass man so einen Weg findet, sie in Zukunft aufzuhalten."

„Ganz richtig", sagte Swinburn. „Es ist die einzige Möglichkeit." Er klang überhaupt nicht besorgt. Warum war er nicht besorgt über das, was man an der Leiche entdecken könnte? Vielleicht wusste er, dass sie nichts Wichtiges finden würden.

„Ich bin nicht überzeugt, dass Gawler die Morde im Old Nichol begangen hat", sagte Lincoln.

Fullbright sah ihn ausdruckslos an.

„Seien Sie nicht albern", schnaufte Mr Yallop. „Natürlich hat er es getan. Sie haben das Biest gesehen!"

„Es gibt andere?", fragte Inspector Fullbright Lincoln.

Lincoln sah dem Detective intensiv in die Augen, während Swinburn erstarrte. Ich wagte nicht, mich zu rühren oder in seine Richtung zu schauen oder überhaupt jemanden anzuschauen. Was jetzt am sinnvollsten war, konnte ich nicht entscheiden—Fullbright wissen lassen, dass Swinburn ein Gestaltwandler war, oder sein Geheimnis wahren?

Irgendwo in der Ferne bellte ein Hund und Mr Yallop fuhr zusammen. Er versuchte, seine Nervosität mit einem Husten zu überspielen und strich sich seine Weste glatt. „Wenn es sie gibt, werden wir sie schnappen. Jetzt, da wir von Gawler wissen, werden wir den Rest auch erwischen. Wir müssen nur herausfinden, mit wem er zu tun hatte."

Wir mussten Harriet warnen. Und doch war es möglich, dass sie diese Ereignisse ins Rollen gebracht hatte, entweder aus Versehen oder mit Absicht.

Inspector Fullbright ging zu seiner wartenden Kutsche. Mr Yallop sah ihm aus dem Augenwinkel nach und trat dann dicht an Lincoln heran.

„Sie haben Nerven zu unterstellen, Gawler wäre es nicht gewesen", zischte Mr Yallop. „Sie sollten eingesperrt werden, weil Sie ihn verteidigt haben."

„Wir werden uns die Beweise ansehen", sagte Seth, als Lincoln keine Erklärung lieferte. „Und die Beweise deuten nicht auf Gawler hin."

Mr Yallop rümpfte die Nase, als hätte er etwas Fauliges gerochen. „Hören Sie mit Ihrem Geplärre auf, Vickers. Ich habe meine Kollegen im Oberhaus nach Ihnen gefragt. Gelächter folgte auf jede Erwähnung Ihres Namens. Wenn auch nur die Hälfte der Geschichten wahr sind, würde ich an Ihrer Stelle mein Gesicht in London nicht mehr zeigen."

„Zum Glück habe ich Ihr Gesicht nicht. Und was Ihre Kollegen im Oberhaus angeht, ich vermute, ihr Gelächter war nervös. Ich kenne über sie genauso viele Geheimnisse wie sie über mich. Aber ich bin keine Tratschtante, Mr Yallop, also machen Sie sich nicht die Mühe, mich um Informationen zu bitten."

Mr Yallop blinzelte wie eine Eule. Offensichtlich war er

nicht sicher, wie er Seth und seine Antwort werten sollte. Er richtete seine Aufmerksamkeit wieder auf Lincoln. „Ich warne Sie, Fitzroy. Wenn Sie die Ministeriumsakten nicht herausrücken, *werden* Sie wegen Behinderung unserer Ermittlungen verhaftet."

„Wie ich Ihnen bereits sagte, es gibt nichts herauszurücken", sagte Lincoln.

Neben ihm verlagerte Swinburn sein Gewicht und erregte damit Mr Yallops Aufmerksamkeit. „Ich entschuldige mich, Sir Ignatius", sagte Mr Yallop. „Dieses Gespräch ist für Sie irrelevant. Danke für Ihre Zeit." Er drehte sich um und marschierte zu seinem eigenen Gefährt zurück.

„Gut gemacht, Fitzroy", sagte Swinburn, während er Mr Yallop nachsah. „Sie gehen lieber das Risiko ein, verhaftet zu werden, als die zu verraten, die in Ihren Akten vermerkt sind."

„Ihnen gebührt sicher kein Dank", sagte ich. „Sie haben Ihren Kumpels von uns erzählt und das hat dazu geführt, dass Yallops Ausschuss gegründet wurde. Sie haben viele Leben in Gefahr gebracht, Sir Ignatius. Ich hoffe, damit bekommen Sie, was Sie wollen."

„Warum sollte ich das tun? Mein Name steht in Ihren Akten, ebenso wie die meiner Freunde."

Das war ein gutes Argument. Und trotzdem war ich mir sicher, dass Swinburn daran schuld war, dass das Ministerium ans Licht gekommen war. Er war nicht nur Mr Salters Quelle, sondern auch Mr Yallops. Ich glaubte nicht, dass er unschuldig war.

„Ihr Handeln bedeutet, dass Gawlers Leiche seziert wird", sagte Seth. „Einer der Ihren. Stört Sie das nicht?"

„Nein", sagte Swinburn. „Sie werden nichts finden, was ihnen helfen könnte, uns zu eliminieren, falls Sie das glauben."

Lincoln hielt mir seine Hand hin und ich nahm sie. Er legte sie sich in die Ellenbeuge. „Wenn Sie für die Old Nichol Morde verantwortlich sind, Swinburn, werde ich Ihre Akten an Fullbright und Yallop geben. Ist das klar?"

„Und was dann?", fragte Swinburn. „Wird er mich verhaften? Wohl kaum."

„Stimmt. Er wird Sie nicht verhaften." Lincoln lächelte. „Weil ich bereits die Gerechtigkeit des Ministeriums werde walten lassen."

* * *

SETH SETZTE sich zu Gus auf den Kutschbock, während wir nach Mayfair fuhren. In Anbetracht seiner schlechten Stimmung war das der beste Platz für ihn. Hoffentlich würde die frische Luft seinen Ärger verfliegen lassen. Lincoln sprach wenig und gab nichts preis. Wie gewöhnlich behielt er seine Gedanken für sich, es sei denn, ich bat ihn darum, sich mitzuteilen.

Wir waren uns einig, dass Swinburn die Informationen anonym an Salter und Yallop gegeben hatte, konnten uns aber beide nicht erklären, warum er sich selbst und sein Rudel in Gefahr brachte. Wenn Lincoln die Akten aushändigte, würde sein Name für alle sichtbar sein.

„Es sei denn, er vertraut darauf, dass ich sie nicht aushändige", sagte Lincoln.

„Da hat er aber sehr viel Vertrauen in deine Fähigkeit, sie versteckt zu halten."

Einer seine Mundwinkel zuckte nach oben. „Zweifelst du an mir?"

„Niemals."

Es war Mittag, als wir beim Haus der Gillinghams eintrafen. Lord Gillingham war unterwegs und Harriet lud uns in ihr privates Wohnzimmer ein, wo sie mit einem Teller gekochter Eier auf dem Schoß saß. Sie trug ein lavendel- und pinkfarbenes Kleid. Ihre hellen Haare fielen wie ein Wasserfall über ihren Rücken und sie wirkte jung und frisch, ein Bild strahlender Gesundheit.

„Charlie, würden Sie mir bitte das Kissen holen", sagte sie. „Mein Rücken schmerzt." Sie schnappte heftig nach Luft, als sie sich vorbeugte, damit ich das Kissen hinter sie stopfen konnte.

„Ist alles in Ordnung?", fragte ich.

„Das Baby tritt andauernd. Er ist so lebhaft." Sie lächelte und rieb sich ihren Bauch. „Ich glaube, es dauert nicht mehr lange."

Wir hatten beschlossen, dass ich ihr die Nachricht überbringen würde, aber jetzt, da die Zeit gekommen war, wusste ich

171

nicht, wie ich es anstellen sollte. Ich schaute Lincoln und Seth an, die an der Tür standen. Beide wirkten noch frustriert von unserer Begegnung mit Swinburn und Mr Yallop. Vielleicht war ich heute wirklich die beste Wahl, um die Nachricht zu überbringen.

Ich zog einen Stuhl näher und nahm ihre Hand. „Harriet, ich habe traurige Neuigkeiten. Mr Gawler ist tot."

Sie ließ das Ei fallen, an dem sie geknabbert hatte. Es verfehlte den Teller und fiel auf den Boden. „Oh", sagte sie schwermütig. „Wie ist das passiert?"

„Swinburn hat ihn erschossen."

Sie schnappte nach Luft. „Er hat ihn *erschossen*?"

„Nachdem Sie sich heute mit Gawler getroffen haben, ist er zu Swinburn gegangen. Laut Swinburn gingen sie in eine Gasse, wo Gawler sich in seine Wolfsform verwandelt hat. Er hat Swinburn angegriffen, der ihn dann erschoss."

„Haben Sie es gesehen?"

„Nein. Wir haben den Schuss gehört, waren aber zu spät dort."

„Haben Sie mit Gawlers Geist gesprochen?"

Ich schüttelte den Kopf. „Im Moment gibt es dafür keinen Grund. Wir haben keine Veranlassung, Swinburns Aussage anzuzweifeln. Er gibt zu, Gawler erschossen zu haben und es ist nicht schwer zu glauben, dass Gawler wütend genug war, ihn anzugreifen. Laut den Nachbarn hat er vor Wut gekocht, als er zu Hause wegging."

Sie nickte langsam. „Ich habe ihm den Zeitungsartikel gezeigt, der ihn namentlich erwähnte. Er wurde wütend."

Ich schaute zu Lincoln. Er ermunterte mich mit einem Nicken. Doch ich konnte mich nicht überwinden, ihr vorzuwerfen, sie hätte Gawler ermutigt. „Swinburn meint, Sie werden jetzt Rudelführer, weil die anderen Sie respektieren", sagte ich stattdessen. „Er hat uns gesagt, da er Gawler nicht in einem fairen Kampf besiegt hat, werden sie ihn nicht als Anführer akzeptieren."

Sie nickte. Die Nachricht überraschte sie nicht. „Ich bin die logische Wahl, obwohl ich noch nicht lange dabei bin. Keiner von ihnen möchte die Führung übernehmen. Sie sind alle von Natur aus eher schwerfällig."

Ich atmete aus und sammelte etwas Mut. „Harriet, ich muss Sie das fragen. Haben Sie Gawlers Wut angestachelt?"

Sie nahm sich noch ein Ei. „Er brauchte nicht angestachelt zu werden."

„Haben Sie ihn ermutigt, Swinburn zu konfrontieren?"

Sie knabberte an dem Ei.

„Harriet?"

„Ich habe den Samen in seinen Kopf gepflanzt, ja."

„Und sind dann zu Swinburn gegangen, um ihn zu warnen."

Sie warf Lincoln einen Blick zu und nickte.

Ich setzte mich zurück. „Warum? Wie konnten Sie Ihren Anführer so hintergehen?"

„Ich wusste doch nicht, dass Sir Ignatius ihn umbringen würde!" Sie legte das Ei weg und rieb sich die Stirn. „Ich habe ihn nur gewarnt, um mich bei ihm in ein gutes Licht zu rücken. Ich dachte, wenn ich ihm etwas Loyalität zeige anstatt Gawler, würde er mir glauben, wenn ich ihn um Aufnahme in sein Rudel bitte. Ich habe es für Sie getan, Charlie, für das Ministerium. Ich muss Swinburns Vertraute werden, wenn ich ihn ordentlich ausspionieren soll. Er muss mir vertrauen." Sie packte meine Hände und ihre Augen füllten sich mit Tränen. „Sie müssen mir glauben, Charlie. Ich hätte Gawler niemals ermutigt, wenn ich gedacht hätte, es wäre seine letzte Tat." Sie holte zitternd Luft. „Der arme Mann. Wenn man bedenkt—Swinburn hat ihn *erschossen*. Warum nicht ehrenhaft mit ihm kämpfen? Sie hätten sich gegenseitig verletzen können, aber es hätte nicht mit einem Tod enden müssen. Wir machen das ständig, um Streitigkeiten zu klären. Warum auf ihn schießen, um ihn zu töten?"

„Um ihm die Schuld für die Tode in Old Nichol in die Schuhe zu schieben", sagte Lincoln. „Die Polizei glaubt jetzt, dass sie den Mörder haben. Sie werden nicht weitersuchen."

„Und Swinburn avanciert zum Helden der Stadt", fügte Seth hinzu und verzog den Mund. „Alles nur, weil er *zufällig* eine Waffe bei sich trug."

Harriet griff sich an den Hals über ihrem Spitzenkragen.

„Was werden sie mit Gawler machen? Werden sie ihn aufschneiden und in seiner Leiche herumfummeln?"

„Ja", sagte Seth.

Sie bedeckte ihren Mund. Ich versuchte, sie zu trösten, doch es fühlte sich merkwürdig an, gestelzt. Ich konnte mich nicht entscheiden, ob sie schauspielerte oder ob ich glaubte, dass sie so unschuldig war, wie sie behauptete. Ich beschloss, ihr nichts von unserer Vermutung zu sagen, dass Swinburn noch etwas mit seinem Mord an Gawler bezwecken wollte—den Anführer eines rivalisierenden Rudels zu eliminieren. Da sie jetzt die Anführerin werden würde, wäre es eine direkte Schuldzuweisung ihr gegenüber. Das konnte ich nicht ohne weitere Beweise tun.

Ich hoffte, diese Beweise würden wir nie finden. Ich wollte nicht, dass Harriet an einer solchen Grausamkeit schuld war.

„Die Polizei wird Gawlers Bekannte unter die Lupe nehmen", sagte Lincoln. „Stellen Sie sich auf einen Besuch von einem Detective Inspector Fullbright ein."

Sie wimmerte. „Mich unter die Lupe nehmen?"

Seth hockte sich vor sie und nahm mir ihre Hände ab. Er wartete, bis sie seinem ernsthaften Blick begegnete. „Du bist die Ehefrau eines Adeligen und hochschwanger. Sie werden dir nichts vorwerfen. Aber der Rest des Rudels könnte unter Verdacht geraten, Werwölfe zu sein. Wenn du sie kontaktieren kannst, warne sie davor, umherzustreifen, bis Gras über diese Sache gewachsen ist."

Sie nickte. „Das werde ich. Danke, Seth. Du bist ein lieber Mann."

Er war auf jeden Fall besser im Trösten als ich.

Auf dem Weg nach Hause fragte ich Lincoln, was er von Harriets Reaktion auf unsere Fragen hielt. „Konntest du ausmachen, ob sie gelogen hat, als sie sagte, sie hätte nicht erwartet, dass Swinburn Gawler umbringen würde?"

Er schüttelte den Kopf. „Meine seherischen Fähigkeiten haben versagt. Ich musste mich auf gewöhnliche menschliche Intuition verlassen."

„Oh je."

Er lachte leise. „Sie wirkte nicht sonderlich überrascht oder beunruhigt über Gawlers Tod, nur dass es eine Schießerei war."

Ich sackte nach vorn, nur um mich wieder aufzurichten, da mein Korsett an unbequemen Stellen drückte. Seit neuestem trug ich sie regelmäßig, weil ich es leid war, jeden Morgen ein *Ts ts* von Lady Vickers zu ernten. An die Einschränkung meiner Bewegungsfreiheit musste ich mich noch gewöhnen. „Das dachte ich auch", sagte ich. „Lincoln, ich glaube, sie könnte uns doppelt hintergangen haben und spioniert Swinburn gar nicht aus, sondern hat Freundschaft mit ihm geschlossen."

„Dann können wir ihr nicht mehr trauen."

KAPITEL 11

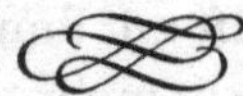

Wir kamen ohne Besuche von Kaninchen, Armeen oder den Behörden durch die Nacht. Alice sah am nächsten Morgen erschöpft aus, als sie, Lady Vickers und ich zur Schneiderei in der Dover Street fuhren. Ich hatte den Verdacht, dass ihre Schlaflosigkeit der Grund war, warum wir keine Besuche aus anderen Welten erhalten hatten.

Lady Vickers klopfte mit ihrem geschlossenen Fächer auf Alices Knie. „Alice! Aufwachen!"

Alice blinzelte heftig und richtete sich auf. „Ich habe nicht geschlafen. Die Bewegung der Kutsche macht mich müde, das ist alles. Wenn wir anfangen einzukaufen, wird es mir gut gehen."

„Hast du letzte Nacht überhaupt geschlafen?", fragte ich sie.

„Ein wenig."

„Du hast Angst, dass die Armee deine Träume als Portal nutzt, um herzukommen, nicht wahr?"

Sie nickte.

„Sie dürfen sich nicht sorgen", sagte Lady Vickers und spreizte ihren Fächer. „Schlafmangel wird Ihre Aufmerksamkeit schwächen und die werden Sie brauchen, falls wir einer Armee gegenüberstehen."

„Da hat sie recht", sagte ich.

„Natürlich habe ich das."

„Ich werde heute Nachmittag ein Schläfchen machen, wenn der Rest des Haushalts wach ist", versicherte Alice uns. „Wo wir gerade davon reden, wo ist Lincoln letzte Nacht hingegangen?"

„Nirgends", sagte ich, als die Kutsche langsamer wurde.

„Ich habe ihn gegen drei über den Rasen zum Haus gehen sehen."

Er hatte nicht erwähnt, dass er ausgegangen war, als ich ihn beim Frühstück gesehen hatte. Normalerweise fasste er seine nächtlichen Aktivitäten für uns alle zusammen, aber heute Morgen hatte er nichts gesagt.

Und vor zwei Tagen war nach Hause gekommen und hatte nach Lavendel gerochen.

„Er unternimmt wahrscheinlich irgendwelche Ermittlungen", sagte Lady Vickers, die mich genau beobachtete.

„Das muss es sein", stimmte Alice mit ein.

Ihnen zuliebe zwang ich ein Lächeln auf mein Gesicht, aber ich mochte es nicht, wenn Lincoln Geheimnisse vor mir hatte. Üblicherweise bedeutete es, dass er etwas Gefährliches tat.

Ich verbannte Lincoln aus meinen Gedanken und ergab mich der Fürsorge der Schneiderin, die damit begann, die Schnüre meines Korsetts enger zu ziehen. Anscheinend war meine Taille noch nicht winzig genug, obwohl ich ihre Einschätzung sowohl unhöflich als auch falsch fand. Auch wenn der Komfort in Lichfield und die Künste des Kochs dazu geführt hatten, dass ich im Laufe des letzten Jahres zugenommen hatte, war ich noch immer eher dünn. Meine Brüste waren eine besondere Enttäuschung, auch wenn der Perlenbesatz auf dem Mieder das Auge ablenkte.

„So", sagte die Schneiderin und trat zurück, um mich zu bewundern. „Das steht Ihnen sehr gut."

„Oh, Charlie", sagte Alice atemlos. „Du siehst bezaubernd aus."

Lady Vickers wedelte heftig mit dem Fächer, was die Tränen in ihren Augen jedoch nicht verbarg. Sie nickte lediglich zustimmend.

„Nicht weinen, Lady V", sagte ich lächelnd. „Es ist ein freudiger Anlass."

Sie nickte wieder und tupfte sich den Augenwinkel mit dem kleinen Finger ab. „Dieser Schnitt betont Ihre schmale Taille und die Einfachheit des Rockes ist so elegant, wie Sie gesagt haben. Er fällt wunderschön."

„Es ist ein absolut moderner Stil, der superb zu Ihnen passt", sagte die Schneiderin. Sie haben ein hervorragendes Auge für Mode, Miss Holloway."

„Miss Everheart hat ein hervorragendes Auge", sagte ich. „Ich habe einfach nur ihren Vorschlägen zugestimmt."

Alice lächelte und wurde rot.

„Ich werde auf jeden Fall eine detaillierte Beschreibung an die Zeitungen liefern", sagte Lady Vickers.

Ich drehte mich, um die volle Wirkung im Spiegel zu sehen. „Die Zeitungen werden kein Interesse an mir haben."

„Unsinn! Ich habe bereits eine Schlagzeile für sie entworfen— obdachloses Straßenkind heiratet einen von Londons reichsten Männern und den zweitgefragtesten Junggesellen."

Alice lachte. „Die ist ein bisschen lang."

„So ein schönes Kleid ist sinnlos, wenn niemand es zu sehen bekommt oder darüber liest."

„Meine engen Freunde und Lincolns Familie werden es sehen", sagte ich, während ich mich noch einmal drehte. Ich mochte die Art, wie die weiße Seide am Saum ausschwang. „Geben Sie es zu, Lady V, Sie wollen nur ihre Feinde eifersüchtig machen."

Ihre Augen glänzten, aber nicht mehr mit Tränen. „Ich habe aus genau diesem Grund herumerzählt, dass Sie wie eine Tochter für mich sind. Und jetzt ist es Zeit, mit Ihnen anzugeben."

„Ich bin mir nicht sicher, ob ich will, dass mit mir angegeben wird."

„Tun Sie mir den Gefallen, Charlie. Seth wird nicht so bald heiraten, wenn er seine Sturheit aufrechterhält. Sie sind meine einzige Hoffnung, meinen Feinden mein Glück unter die Nase zu reiben."

Die Schneiderin und ihre Assistentin halfen mir aus dem Kleid und steckten mich wieder in meine Alltagskleidung. Wir legten den Lieferzeitpunkt fest und traten hinaus in einen erdrückenden Sommertag.

Die sirupartige Luft klebte an meiner Haut und beschwerte

mich. Wir wateten hindurch bis zu unserer Kutsche, die einige Meter entfernt geparkt war. Gus hockte auf dem Kutschbock und wedelte mit seinem Hut vor seinem Gesicht herum, die Augen halb geschlossen.

„Diese Hitze!", jammerte Lady Vickers. „Ich ertrage sie nicht."

„Dort drüben ist ein Eismann", sagte Alice und zeigte auf einen Karren auf der anderen Straßenseite. „Sollen wir uns eins holen?"

„Gute Idee", rief Gus herunter. „Ich nehme Zitrone."

Wir ließen Lady Vickers zurück und sausten durch den Verkehr zu dem Karren. Wir zahlten für viermal Zitroneneis in kleinen Gläsern und wollten gerade zurückgehen, als ich hochschaute, und zwar genau in den frostigen Blick von Lady Harcourt.

„Harte Arbeit für das Ministerium, wie ich sehe", sagte sie in einem Ton, der so kalt war wie das Eis, das ich in jeder Hand hielt.

„Eine Braut darf sich für das Anpassen des Brautkleides frei nehmen", sagte Alice in ähnlichem Ton.

Lady Harcourt legte den Kopf schräg, um zu Alice hinaufzuschauen. „Habe ich Sie angesprochen? Nein, habe ich nicht. Warum sollte ich? Sie bedeuten mir nichts. Wie du, Charlotte. Nichts."

Mir entwischte ein Lachen. Der Hauch von Wahnsinn in ihrer Antwort war kaum überraschend, aber ich spürte den Schmerz ihrer bissigen Worte nicht mehr. Ob ich ihr tatsächlich nichts bedeutete, spielte keine Rolle—*sie* hatte für *mich* keine Bedeutung mehr.

„Es ist viel zu heiß, um hier zu stehen und mit Ihnen zu reden. Mein Eis schmilzt. Guten Tag, Julia", sagte ich, ohne ihren Titel zu nennen.

Sie erstarrte bei dem Affront. „Du kleine Kanalratte", zischte sie. „Du hast mich schon immer gehasst, selbst als ich versucht habe, dir zu helfen."

Also *das* konnte ich nicht auf mir sitzen lassen. „Mir helfen? Sie haben mich ausgetrickst, betrogen, erniedrigt und noch so einiges mehr. Aber das scheint Ihnen nicht zu reichen. Sie haben uns alle betrogen, indem Sie die Geheimnisse des Ministeriums an einen Mann preisgegeben haben, der uns zerstören will."

„Ignatius?", höhnte sie. „Sei nicht albern."

Ich trat an sie heran, sodass wir nur noch Zentimeter voneinander entfernt waren. Ich konnte ihr Parfüm riechen, so klebrig wie die Hitze. „Täuschen Sie sich nicht. Swinburn will das Ministerium schließen. Er benutzt Sie, um alles herauszufinden, womit er uns bei den Behörden Ärger machen kann."

Sie reckte ihren hübschen, schlanken Hals, wobei sie wie ein eleganter Schwan aussah ... doch dann machte sie den Effekt zunichte, indem sie den Mund öffnete. „Ihr habt keine Beweise. Ignatius schützt lediglich sich und sein Rudel."

„Wenn Sie das glauben, sind Sie dümmer, als ich dachte. Er benutzt Sie, Julia. Er benutzt Sie und wird Sie wegwerfen, sobald er hat, was er will."

„Und was will er, Charlotte? Deinen Kopf auf einem Spieß?"

„Nicht meinen. Lincolns."

Jegliche Farbe wich aus ihrem Gesicht, doch sie blieb aufrecht wie eine Statue. „Du hast einen Hang zur Dramatik. Ignatius und Lincoln sind keine Freunde, aber Ignatius möchte ihm nicht schaden. Ich hätte ihm nicht geholfen, wenn er das wollte. Er weiß einfach gern Dinge, handelt aber selten aufgrund dieses Wissens."

„Fragen Sie ihn, woher die Behörden und der *Star* vom Ministerium erfahren haben. Fragen Sie ihn, woher er von unseren Akten weiß. Fragen Sie ihn, warum ein Parlamentsmitglied namens Yallop Lincoln für Beihilfe zum Mord verhaften will, einfach nur, weil er die Namen in diesen Akten schützt. Dann werfen Sie einen langen Blick in den Spiegel und fragen Sie sich selbst, ob Sie glücklich sind, Ihre Rolle in Swinburns Krieg gegen Lincoln und das Ministerium gespielt zu haben."

Sie holte mehrfach heftig Luft, als ob sie ihre Lungen nicht füllen könnte. Dann wurden ihre Gesichtszüge schärfer und ihre Augen verengten sich zu Schlitzen. „Wie kannst du es wagen, mich zu beschuldigen? Mich! Ich *liebe* Lincoln! Ich würde niemals—"

„Mein Eis schmilzt." Ich marschierte davon, wobei mein Blut am Siedepunkt war und mein Gesicht glühte. „Ist sie wirklich so dumm?", fragte ich Alice, als wir zurück zur Kutsche gingen. „Glaubt sie wirklich, Swinburn will uns nicht schaden? Dass er einfach nur Wissen ansammelt, ohne es zu nutzen?"

„Es ist schwer vorstellbar, dass sie so naiv sein könnte, aber sie sah ehrlich schockiert aus. Vielleicht hat sie einfach geglaubt, Swinburn würde die Informationen, die sie ihm gegeben hat, nutzen, um Lincoln zu erpressen, nicht ihn verhaften zu lassen. Ich glaube nicht, dass sie Lincoln schaden will."

„Nein, nur bestrafen." Ich stürmte zur Kutsche und reichte Gus den Eisbecher. „Tut mir leid, es ist schon etwas geschmolzen."

„War das Lady H, mit der du geredet hast?", fragte er.

„Ja. Sie hat einen ansonsten wunderbaren Vormittag ruiniert."

„Das kann sie gut."

* * *

NACHMITTAGS HATTE ich nichts zu tun, konnte mich aber auch zu nichts aufraffen. Ich wollte Lincoln von meinem Frust über Lady Harcourt berichten, doch er und Seth waren noch immer unterwegs. Sie wechselten sich ab, Swinburn und sein Rudel zu beobachten, etwas, was für sie zu zweit schwierig zu handhaben war. Lincoln hatte Gus' Hilfe abgelehnt, da wir einen Kutscher für den Tag brauchten und außerdem Hilfe beim Kochen und Putzen benötigten. Allmählich fühlten wir uns überfordert.

Ich wollte dem Koch in der Küche helfen, doch er behauptete, es gäbe wenig zu tun, da er bei der Hitze nur eine leichte Mahlzeit geplant hatte. Also patrouillierte ich die Zimmer und behielt den Rasen im Auge, falls irgendwelche Armeen plötzlich auftauchen sollten. Alice und Lady Vickers machten beide einen Mittagsschlaf. Das Haus wirkte zu still und leer.

Das Knirschen von Rädern auf dem Kies ließ mich vom Sofa aufspringen und zum Fenster rennen, doch es war kein Belagerungsgerät einer Armee. Der tiefschwarze Lack der sich nähernden Kutsche verschluckte den Sonnenschein und meine rastlose Stimmung. Dann sah ich das Schlangenwappen auf der Seite und stöhnte. Im Moment wollte ich weder einen Besuch von Lord noch von Lady Gillingham. Er war niemals willkommen und bei ihr war ich gerade nicht sicher, was ich zu ihr sagen sollte.

Ihr Lakai ließ die Stufen herunter und öffnete die Tür. Seine Herrin nahm seine Hand und gestattete ihm, ihr herauszuhelfen. Harriet stützte ihren runden Bauch mit der anderen Hand und lächelte, als sie mich durch das Fenster sah.

Jetzt konnte ich noch nicht einmal so tun, als wäre ich ausgegangen. Ich öffnete die Eingangstür und bat sie herein. „Noch immer kein Doyle?", fragte sie. „Oder Whistler?"

„Ich habe ihnen noch mehr Zeit freigegeben—"

„Aber die Hochzeit ist übermorgen! Haben Sie den Verstand verloren?"

„Wir kommen schon zurecht."

Sie schnalzte mit der Zunge und schien noch etwas sagen zu wollen, hielt dann aber inne und hielt sich den schwangeren Bauch.

„Geht es Ihnen gut?", fragte ich und nahm ihren Arm.

„Ich würde mich gern setzen."

„Kommen Sie ins Empfangszimmer. Die Treppe ist zu anstrengend in Ihrem Zustand." Ich brachte sie ins Empfangszimmer und setzte sie vorsichtig aufs Sofa. „Kann ich Ihnen etwas bringen?"

„Nein, danke. Kommen Sie. Setzen Sie sich zu mir." Sie klopfte neben sich auf das Sofa. „Jetzt fühle ich mich schon wieder gut. Ich habe hin und wieder diese Schmerzen."

„Haben Sie mit der Hebamme darüber gesprochen?"

„Ich habe mich entschieden, keine Hebamme zu engagieren. Jedenfalls keine menschliche." Sie biss sich auf die Lippe und eine kleine Falte bildete sich zwischen ihren Augenbrauen. „Ich mache mir Sorgen darüber, wie das Baby aussehen wird, wenn es herauskommt, müssen Sie wissen. Nicht weil es mir etwas ausmacht, aber Gilly hat recht—wir wollen niemanden alarmieren, falls es in Tiergestalt kommen sollte. Also habe ich eine Rudelfreundin engagiert. Sie ist nur nicht immer verfügbar, wenn ich sie brauche. Sie ist ein wenig—"

„Unzuverlässig?"

„Betrunken."

„Oh. Was ist mit jemandem aus Swinburns Rudel? Sicherlich haben doch die Frauen aus beiden Rudeln bereits Geburten gehabt. Wer hilft ihnen?"

„Hebammen helfen denen in Swinburns Rudel und Familienmitglieder helfen denen in Gawlers—ich meine meinem. Sie können sich keine Hebammen leisten. Anscheinend sehen die Babys immer menschlich aus, wenn sie geboren werden, aber ich will nichts riskieren und Gilly ganz gewiss nicht." Sie rieb sich den Bauch. „Sie sehen also, dass ich bei der Geburt möglicherweise ganz allein bin."

„Sie werden nicht allein sein. Ich bin mir sicher, dass Ihre Rudelfreundin lange genug nüchtern bleiben wird, um zu helfen. Und Ihr Mann wird da sein."

„Gilly! Herr im Himmel, nein. Ich will ihn gar nicht im Haus haben, wenn es so weit ist. Er wird mich nur langweilen und im Weg stehen, dies und das verlangen und vermutlich auch noch meine Rudelfreundin beleidigen. Sie hat ein ziemliches Temperament und es würde mich nicht überraschen, wenn sie ihn schlagen würde, um ihn zum Schweigen zu bringen. Er wirkt manchen Menschen gegenüber ziemlich kränkend, wissen Sie?"

„Ja", sagte ich trocken. „Ich weiß."

Sie seufzte und schenkte mir ein kleines Lächeln. „Ich fühle mich direkt schon besser, weil ich Sie sehe, Charlie. Sie schaffen es immer, mich aufzumuntern. Zu Hause fühlte ich mich immer einsamer. Nicht mit meinem Rudel umherstreifen zu können ist schrecklich frustrierend."

„Sie werden bald wieder mit ihnen laufen. Haben Sie ihnen Bescheid sagen können, dass sie sich eine Weile bedeckt halten sollen?"

Sie nickte, während sie sich die Handschuhe auszog. „Danke für die Warnung. Sagen Sie mir, haben Sie noch weiter über Sir Ignatius' Motiv nachgedacht, Gawler zu erschießen?"

War das der eigentliche Grund, warum sie hier war? Um Informationen zu sammeln, die sie an Swinburn weitergeben konnte? Sollte das der Fall sein, hatte sie wirklich Nerven. „Nein."

„Sie haben im Moment sicher wichtigere Dinge im Kopf." Sie

legte die Handschuhe auf den Tisch und stand auf. „Ich muss einmal durchs Zimmer gehen."

„Ich gehe mit Ihnen."

„Nein, bleiben Sie nur. Ich tapse in meinem eigenen Tempo." Sie schlenderte zum Fenster, langsam und umständlich. „Ich fühle mich wie eine watschelnde Ente."

„Sie werden jetzt ganz schön rund."

„Ich glaube, es ist sehr bald so weit. Vielleicht schaffe ich es nicht zur Hochzeit." Sie lächelte und kam zu mir zurück. Anstatt sich zu setzen, stellte sie sich hinter das Sofa. Ihre kühlen Hände legten sich auf meine Schultern und massierten mich sanft. „Falls nicht, erzählen Sie mir von Ihren Plänen. Wie sieht Ihr Kleid aus?"

Ich lehnte mich in ihre Hände und genoss das Gefühl an meinem Nacken. Mir war bis jetzt gar nicht bewusst gewesen, wie verspannt ich war. Das Gespräch mit Lady Harcourt heute Morgen hatte mich verkrampft.

Ich beschrieb Harriet das Kleid, während sie mich weiter massierte. Sie wollte alle Einzelheiten bis auf die letzte Perle, dann bat sie mich, die Tischordnung und die Speisekarte zu beschreiben. Mir machte es nichts aus. Es war kein Geheimnis und es schien, als würde sie nicht an der Hochzeit teilnehmen können.

Plötzlich zog sie die Hände weg und schnappte nach Luft. „Ooh, das war ein heftiger Tritt."

„Ist alles in Ordnung?", fragte ich und drehte mich zu ihr um. „Kommen Sie und setzen Sie sich. Ich sollte Ihre Schultern massieren, nicht umgekehrt."

„Ich glaube, ich sollte heimfahren." Sie atmete tief ein und langsam wieder aus. „Helfen Sie mir zurück zu meiner Kutsche?"

Ich stützte sie bis draußen und der Lakai musste sie beinahe in die Kabine heben. Sie winkte mir durch das Fenster zu und ich winkte zurück, während die Kutsche davonfuhr. Eine Gestalt am Ende der Einfahrt musste zur Seite treten, um sie passieren zu lassen, aber dann kam sie weiter auf das Haus zu. Noch bevor ich sein Gesicht erkennen konnte, wusste ich, dass es Seth war.

„Verdammt heiß heute", sagte er, als er bei mir ankam. Er nahm den Hut ab und zog die Jacke aus, noch ehe er durch die Tür war. Beides hängte er auf und zog dann noch seine Weste und die Krawatte aus. „Was wollte Harriet hier?"

„Gesellschaft." Ich runzelte die Stirn. „Es war etwas merkwürdig. Sie schien sich nicht wohlzufühlen, war sogar etwas rastlos. Sie hätte zu Hause sein sollen, nicht irgendwo zu Besuch. Noch seltsamer war, dass sie im Zimmer umhergegangen ist, obwohl sie ganz klar sitzen wollte."

„Das ist seltsam." Er knöpfte seinen Kragen auf.

Ich starrte auf seine behänden Finger. Etwas irritierte mich. Etwas an Harriets Besuch und ihrem Benehmen, aber ich konnte es nicht greifen.

„Charlie? Lenkt meine Männlichkeit dich ab?"

„Hmmm?"

Seth öffnete sein Hemd weiter. Er hatte die drei obersten Knöpfe geöffnet. „Meine Brust? Lenkt sie dich ab?"

Ich lachte. „Grundgütiger, nein."

Er verdrehte die Augen. „Vielen Dank, dass du mich mit einem Knall auf den Boden der Tatsachen zurückholst."

„Tut mir leid, Seth, aber ich habe gar nicht auf deine Brust geachtet. Geh und zeig sie jemandem, der nicht in seinen Verlobten verliebt ist."

Er warf einen sehnsüchtigen Blick die Treppe hinauf.

„Tatsächlich war ich von Harriet abgelenkt", sagte ich. „Oder vielmehr ihrem Handeln."

„Irgendeine Handlung im Besonderen?"

„Sie hat mir die Schultern massiert."

Er runzelte die Stirn. „Warum sollte sie das tun? Hast du dich über Schmerzen beklagt?"

„Nein. Sie hat es einfach so von sich aus getan. Dann haben wir über Hochzeitspläne geredet und nach ein paar Minuten ist sie hastig aufgebrochen."

„Vielleicht mag sie deinen Nacken." Er verzog das Gesicht. „Das klingt albern." Er zuckte mit den Schultern. „Die Schwangerschaft macht sie ein bisschen irre. Oder Gillingham. Also *das* kann ich glauben."

Ich starrte auf das Dreieck nackter Haut auf Seths Brust. Er trug eine Silberkette um den Hals mit einem kleinen Anhänger. Ich schnappte nach Luft. Meine Hände flogen an meinen Hals und den Nacken. Ich schob zwei Finger so weit in mein Mieder, wie ich konnte und klopfte auf meinen Brustkorb.

„Charlie?", fragte Seth vorsichtig. „Geht es dir gut?"

„Meine Bernsteinkette! Sie ist weg. Harriet hat meinen Kobold gestohlen!"

KAPITEL 12

„*B*ist du dir sicher, dass du sie getragen hast?", fragte
Seth.

„Ja!" Ich hob meine Röcke an und marschierte in Richtung
des Dienstbotenbereichs im hinteren Teil des Hauses. „Gus!
Gus!"

Er tauchte im Türrahmen auf. Die Hände trocknete er sich an
seiner Schürze ab. „Was soll das Geschrei?"

„Ich brauche einen Kutscher. Ich statte Harriet einen
Besuch ab."

„Ich fahre dich", sagte Seth und knöpfte sich sein Hemd
wieder zu.

„War die nich gerade erst hier?", fragte Gus.

Der Koch erschien mit einem Pfannenwender in der Hand
neben ihm. „Warum bist du halb nackt?", fragte er und zeigte
mit dem Pfannenwender auf Seth.

„Es ist verdammt heiß da draußen und ich bin den ganzen
Weg vom westlichen Ende des Heath zurückgelaufen", sagte
Seth. „Und um deine Frage zu beantworten, Gus, wir besuchen
Harriet, weil sie Charlies Bernsteinanhänger gestohlen hat."

Sowohl Gus als auch der Koch fluchten. Keiner von beiden
entschuldigte sich für seine Ausdrucksweise und mir war es
egal. Ich war stinkwütend. Harriet würde sich was anhören
dürfen. Ich würde ihr klipp und klar sagen, was ich von ihrem

Betrug hielt, und ihr verbieten, ihr Gesicht bei unserer Hochzeit zu zeigen. Sie hatte jegliches Recht verwirkt, meine Freundin zu sein, wenn sie sich entschloss, sich an Swinburns Seite zu stellen.

* * *

„SIE IST NICHT ZU HAUSE!" Lord Gillinghams Gebrüll musste man noch drei Häuser weiter gehört haben, denn der Lakai eines Nachbarn steckte den Kopf aus der Haustür. „Wie oft soll ich es dir noch sagen?"

„Ich glaube Ihnen nicht", schnappte ich. „Sie ist hier. Sie hat sich unwohl gefühlt, als sie Lichfield verlassen hat."

„Unwohl?", murmelte er. Jegliches Aufplustern war verschwunden. „Und du hast sie einfach gehen lassen?"

„Ich hatte keine Wahl! Sie ist einfach auf und davon. Sind Sie sicher, dass sie nicht nach Hause gekommen ist?"

„Verdammt sicher."

„Sie hat meine Kette gestohlen."

Er schnaubte. „Warum sollte sie das tun? Sie hat Dutzende Ketten. Diamanten, Rubine—"

„Meine Koboldhalskette! Sie hat sie mir abgenommen!"

„Sei doch nicht albern. Warum sollte sie die stehlen?"

„Um sie Swinburn zu geben." Mir wurde plötzlich klar, dass ich zum falschen Haus gekommen war.

Ich wandte mich ab, aber Gillingham packte meinen Arm. Aus dem Augenwinkel sah ich, wie Seth vom Kutschbock aufstand.

„Lassen Sie mich los", knurrte ich.

„Du blöder Satansbraten", höhnte Gillingham. „Meine Frau würde so etwas niemals tun. Nimm deine Anschuldigung zurück."

„Lassen Sie mich los oder ich schlage Sie noch einmal."

Seine Finger lockerten sich genug, sodass ich mich losreißen konnte. Ich marschierte die Treppen hinunter und würdigte ihn keines zweiten Blickes. „Seth, bring mich zu Swinburns Haus."

„Wir sollten nach Hause fahren und Lincoln sagen—"

„Lincoln ist nicht zu Hause. Er ist unterwegs und macht Besuche bei Gott weiß wem."

Seths Lippen schnappten zu und er wich meinem Blick aus. Ich schätzte, er wusste genau, wen Lincoln besuchte. Ich fragte mich, ob er sich dafür entschied, es mir nicht zu sagen, oder ob Lincoln sein Schweigen befohlen hatte.

„Fahr schnell", sagte ich. „Sonst klettere ich da rauf und nehme selbst die Leinen."

Er fuhr so schnell, wie der Verkehr es zuließ. Für meine Wut war es nicht schnell genug und bis wir Queen's Gate erreicht hatten, dampfte ich förmlich. Ich hämmerte gegen Swinburns Tür, bis der Lakai öffnete, den ich überrumpelte und mich an ihm vorbeischob.

„Miss!", rief er.

Ich ging auf ihn los. „Versuchen Sie *nicht*, mir zu erzählen, Sir Ignatius wäre ausgegangen. Wenn er nicht zu Hause ist, werde ich Lady Gillingham allein sprechen. Ich *weiß*, dass sie hier ist."

Der Butler trat aus einem angrenzenden Zimmer und schickte den Lakaien nach oben. „Möchten Sie im Salon warten, Miss?"

Ich ließ mich von ihm in den Salon führen, bereute es aber, sobald ich auf einem Stuhl saß. Es gab nur einen Ausgang und meine Kanalratten-Instinkte schlugen Alarm. In ein paar Augenblicken würde ich hier drinnen mit zwei unmenschlichen Kreaturen gefangen sein, die über außergewöhnliche Kraft verfügten. Die alte Charlie hätte einen solchen Fehler nicht gemacht. Diese Charlie hier war in letzter Zeit viel zu weich und vertrauensselig geworden.

„Ich gehe zurück in die Eingangshalle", sagte ich dem Butler.

Er machte mir Platz, aber der Ausgang wurde dennoch blockiert, als Harriet vor Swinburn eintrat. Sie streckte mir beide Hände entgegen und hob die Augenbrauen.

„Charlie, was für eine Überraschung", sagte sie. „Was tun Sie hier?"

„Sie wissen, warum ich hier bin. Sie haben meine Kette gestohlen!"

„Wovon reden Sie?" Sie zwinkerte mir zu. Da sie mit dem Rücken zu Swinburn stand, konnte er es nicht sehen.

„Was zum Teufel werfen Sie ihr da vor?", verlangte Swinburn zu wissen.

„Sie weiß es", presste ich durch die Zähne hervor. „Geben Sie mir meine Kette zurück, Harriet."

„Seien Sie nicht albern, Charlie. Ich habe Ihnen nichts gestohlen. Warum sollte ich? Gilly gibt mir alles, was mein Herz begehrt. Insbesondere jetzt." Sie rieb sich den Bauch und lächelte verträumt. „Er ist in letzter Zeit ein sehr zugewandter Ehemann."

„Hören Sie auf, Harriet! Hören Sie auf, das Dummchen zu spielen. Ich weiß, dass Sie sie mir vom Hals genommen haben, als Sie mich massiert haben." Ich trat näher, wobei mein Kleid sich an ihres drückte. „Geben. Sie. Sie. Zurück."

Swinburn schob seinen Arm zwischen uns. „Beruhigen Sie sich, Miss Holloway. Ihr Verhalten ist unangebracht."

Ich deutete mit dem Finger auf ihn, kurz davor, ihm in die Brust zu stechen. „Sie wissen, was meine Kette bewirkt, was sie enthält. Lady Ballantine hat Sie informiert, nachdem sie es auf der Isle of Wight gesehen hat."

Swinburn schlug meinen Finger weg. „Zeigen Sie nicht auf mich, junge Dame."

Harriet berührte meine Schulter. „Warum sollte ich Ihre Kette stehlen, wenn wir Freunde sind?"

„Um sich hier einzuschmeicheln", sagte ich. „Erst haben Sie Gawler absichtlich provoziert, damit er Swinburn konfrontiert, dann sind Sie vor ihm hierher geeilt, um Swinburn zu warnen. Sie beide haben eine Abmachung getroffen, damit Sie das Rudel übernehmen können. Das war die ganze Zeit schon Ihr Ziel, nicht wahr? Und jetzt, um Ihre Loyalität zu beweisen, Harriet, haben Sie meinen Bernstein genommen und ihn ihm gegeben!"

„Charlie, regen Sie sich doch nicht so auf. Das ist nicht gut für Sie. Und für mich auch nicht, oder das Baby."

„Haben Sie sie gebeten, ihn für Sie zu stehlen?", fuhr ich Swinburn an. „Oder hat sie es aus eigenem Antrieb getan?"

„Sie sind wahnsinnig", sagte er.

„Charlie, hör auf." Harriet nahm meine Hand und versuchte, mich wegzuführen.

Ich riss mich los. „Geben Sie ihn *jetzt* wieder her, oder ich rufe die Constables."

„Charlie!"

„Genug!", brüllte Swinburn. „Sie haben meinen Gast beleidigt und damit auch mich."

„Das sehe ich auch so." Harriet trat zur Seite. „Sie sollten gehen, Charlie."

„Nein", knurrte Swinburn. „Erst wenn sie sich beruhigt hat. Ich werde nicht riskieren, dass sie zur Polizei geht. Diesen Fullbright muss ich hier nicht noch mehr rumschnüffeln haben, als er es sowieso schon tut."

„Er schnüffelt, weil Sie Gawler ermordet haben!", rief ich.

Er hob einen Finger. „Still."

Ich erreichte nichts. Ich würde Harriet allein konfrontieren müssen. Was meinen Bernsteinanhänger anging, würde ich mir eine andere Lösung überlegen müssen, wie ich ihn von Swinburn zurückbekam. Er würde ihn nicht einfach zurückgeben.

Bis dahin musste ich vorsichtig sein. Der Kobold in der Bernsteinkugel hatte mich schon mehr als einmal gerettet. Ohne ihn fühlte ich mich verletzlich, insbesondere in Swinburns Haus.

Ich schaute zur Tür und hob meine Röcke. An Harriet schob ich mich vorbei, doch Swinburn stellte sich mir in den Weg. „Ich sagte", knurrte er, „Sie gehen erst, wenn Sie sich beruhigt haben."

Meine Hände verkrampften sich im Stoff meines Kleides. „Sie können mich nicht hier festhalten!"

„Sir Ignatius hat durchaus recht, Charlie. Sie sind ziemlich impulsiv und wir können nicht riskieren, dass Sie zur Polizei gehen. Warum bleiben Sie nicht und trinken etwas Tee."

„Das ist Entführung!"

„Sie sind freiwillig hergekommen." Swinburn marschierte zur Tür. „Komm, Harriet. Wir lassen sie ein bisschen in ihrer eigenen Wut schmoren. Jenkin wird auf sie aufpassen."

„Jenkin ist der Lakai", sagte Harriet steif. „Und ein Gestaltwandler. Versuchen Sie nicht, an ihm vorbeizukommen, sonst ist er gezwungen, Ihnen wehzutun."

„Harriet! Spielen Sie da wirklich mit? Lincoln wird außer sich sein."

„Hören Sie endlich auf, sich darauf zu verlassen, dass er Sie retten kommt, Charlie. Sie haben die Fähigkeit, sich selbst zu retten."

Alles in mir sträubte sich. Ich hatte mich nie darauf verlassen, dass Lincoln mich retten kam. Oder?

„Ich muss jetzt nach Hause", fuhr sie fort, „aber Sir Ignatius wird dafür sorgen, dass Sie freigelassen werden, *nachdem* Sie sich beruhigt haben. Es ist also in Ihrem besten Interesse, sich hinzusetzen und Tee zu trinken."

Swinburn öffnete die Tür und schlüpfte mit Harriet hinaus. Der Lakai nahm ihren Platz ein, schloss die Tür und bewachte sie. Er stand aufrecht, die Hände an den Seiten, und schien mich nicht anzusehen. Doch seine Augen folgten mir, während ich auf und ab ging.

Ich konnte es nicht glauben! Swinburn hatte Nerven, mich hier gegen meinen Willen festzuhalten. Zum einen würde Seth misstrauisch werden, insbesondere wenn er Harriet wegfahren sah. Es war ein absichtlich provozierender Akt, den ich mir nicht erklären konnte. Wollte er uns zeigen, dass er sich nicht manipulieren ließ? Oder beweisen, dass Harriet ihm gegenüber loyal war und nicht uns gegenüber?

Oder um mich von etwas abzulenken, was er vorhatte?

Ich studierte den Lakaien. Es war mir egal, ob er es bemerkte. Er war jung, groß und kräftig. In einem Kampf wäre er schwer zu besiegen. In seiner Wolfsgestalt wäre es unmöglich.

„Sie gehören zu Swinburns Rudel, nicht wahr?", fragte ich.

Er nickte.

„Dann werden Sie wissen, dass Ihr Rudelkollege Nigel Franklin vor zwei Monaten fürchterliche Verletzungen davongetragen hat. Verletzungen, die sein verstorbenes Opfer ihm zugefügt hat, das ich aus seinem Grab gerufen habe."

Jenkins Blick begegnete meinem.

„Ja, ich bin diese Nekromantin", fuhr ich fort.

„Bedrohen Sie mich, Miss?", fragte er. Er war ein recht nett aussehender Kerl und es tat mir leid, dass er die Wucht meines Ärgers abbekommen würde und nicht Swinburn.

„Ja."

Er schluckte, rührte sich aber nicht.

„Ich möchte Ihnen nicht wehtun, Jenkin, aber Sie werden verletzt, wenn Sie mich nicht gehen lassen. Sehen Sie, ich kann die Toten überall beschwören. Ich muss dafür nicht auf einen

Friedhof oder in eine Leichenhalle gehen, sondern nur ihren Namen kennen. Und ich kenne viele Namen. Also bitte treten Sie beiseite."

Er verlagerte das Gewicht, blieb aber an der Tür stehen.

„Kommen Sie, Jenkin. Ich möchte keine Armee von Toten durch die Straßen Londons marschieren lassen, aber das wird passieren. Sie werden aus den Friedhöfen kommen und dieses Haus belagern. Auf ihrem Weg werden sie nicht nur unschuldige Menschen verängstigen, sondern sie werden die Aufmerksamkeit auf Ihren Herrn lenken. Ich bin mir ziemlich sicher, dass er das nicht möchte."

Sein Blick geriet ins Wanken. Er leckte sich über die Lippen. „Ich werde Sir Ignatius fragen."

„Nein. Sie werden zur Seite treten und mich gehen lassen. Sie können ihm sagen, dass ich mich beruhigt und versprochen habe, der Polizei nichts zu sagen. So, genügt das?"

„*Werden* Sie der Polizei etwas sagen, Miss?"

Ich lächelte nur, doch es war hart und kalt.

Er wich zur Tür zurück, bis er mit dem Rücken daran stieß. „Ich weiß nicht …" Er leckte sich wieder über die Lippen. „Meine Anweisung lautet, Sie hierzubehalten."

„Brompton ist der nächste Friedhof. Ich kenne fünf Tote, die dort begraben sind. Außerdem meine ich, Mr Gawlers Leiche wäre zum Bow Friedhof gebracht worden. Er würde nur eine Stunde brauchen, um hierher zu laufen."

Jenkin wirkte plötzlich, als wäre ihm sehr warm.

„Sein vollständiger Name ist übrigens Jonathon Michael Gawler", sagte ich, wobei ich den Zweitnamen frei erfand. „Haben Sie ihn kennengelernt, als er herkam? Haben Sie gesehen, wie wütend er war? Ich bin mir sicher, dass er jetzt, da er tot ist, noch viel wütender ist. Mordopfer sind es in der Regel."

Er zuckte bei jedem Wort, als würden ihn Nadeln stechen. „Ich weiß nicht … Lassen Sie mich gerade nachfragen …"

„Jonathon Michael Gawler" tönte ich mit bester Grabesstimme.

„Nicht, Miss!"

„Jonathon Michael Gawler, ich rufe Ihren Geist her zu mir."

„Miss Holloway, bitte, hören Sie sofort auf!"

„Kommen Sie, Jonathon Michael Gawler. Ich brauche Sie." Kein Geist erschien, da ich einen falschen Namen verwendet hatte, doch das wusste Jenkin nicht.

Er fummelte am Türknauf und schob die Tür auf. „Gehen Sie", flüsterte er mit einem Blick in die Umgebung. „Ich sage Sir Ignatius, dass Sie mich ausgetrickst haben und entkommen sind. Aber in Gottes Namen, lassen Sie Gawler in Frieden ruhen, ehe er jemanden verletzt!"

Ich bedankte mich bei ihm, eilte hinaus und schloss die Haustür leise hinter mir. Dann rannte ich die Eingangstreppe hinunter, direkt auf die Kutsche zu. „Los, Seth!"

„Was zum Teufel?", fragte er und richtete sich auf. „Warum rennst du?"

„Fahr einfach! Schnell!"

Ich kletterte in die Kutsche, ohne die Stufe herabzulassen, und wurde auf den Sitz geworfen, als wir losfuhren. Seth schien sich meine Bitte um Eile sehr zu Herzen zu nehmen. Wir rasten den ganzen Weg nach Hause und fädelten uns mit solcher Hemmungslosigkeit durch den Verkehr, dass ich auf dem Leder-sitz von einer Seite auf die andere rutschte, ehe ich mich fest-halten konnte.

Seth fuhr direkt zum Kutschenhaus hinter Lichfield, wo Gus und der Koch zu uns kamen. Gemeinsam hatten wir die Pferde schnell ausgespannt und in den Stall gebracht.

„Da ist Tee für dich", sagte der Koch, während wir über das Kopfsteinpflaster des Hofes zum Haus gingen. „Und Mandelkuchen."

„Wundervoll", sagte ich. „Ich brauche Tee nach der Fahrt."

„Du hast drum gebeten, dass ich schnell fahre", protestierte Seth. „Warum, wenn ich fragen darf? Was ist in Swinburns Haus passiert?"

„Du hast Swinburn besucht?", fragte Gus. „Ohne Fitzroy?"

„Ich kann auf mich selbst aufpassen", sagte ich hitzig.

Niemand kommentierte das.

„Sagt es ihm nicht", fügte ich hinzu. „Er wird sich nur Sorgen machen und es gibt keinen Grund zur Sorge." Vermutlich war es besser, ihnen nicht zu sagen, dass Swinburn mich gefangen gehalten hatte. Daraus war sowieso nichts geworden und sie würden nur wütend werden. Zurzeit erwies es sich als aussichtsloses Unterfangen, auf Swinburn wütend zu werden.

„Also warum sind wir so hastig aufgebrochen?", fragte Seth.

„Ich kann den Mann einfach nicht leiden und es gab keinen Grund zu bleiben, nachdem Harriet gefahren ist."

Er schob die Dienstbotentür auf und ließ mich vorgehen. „Ich habe mit ihr gesprochen, als sie gegangen ist. Sie hat mir gesagt, ich solle mir keine Sorgen machen und dass du ein zivilisiertes Gespräch mit Swinburn führen würdest."

„Sie hat dich angelächelt, oder?", fragte Gus schmunzelnd.

„Ich falle nicht auf Lächeln rein", gab Seth zurück. „Sie wirkte ehrlich nicht besorgt um deine Sicherheit, Charlie."

„Du solltest ihr nicht trauen", sagte ich und setzte mich an den Küchentisch. „Sie hat uns hintergangen. Glaube ich."

Der Koch schenkte Tee ein und schnitt den Kuchen auf. Wir saßen am großen Tisch in der Mitte, umgeben von Wärme und den köstlichen Düften der Küche. Es erinnerte mich an meine ersten Tage in Lichfield, als ich meinen Dienst als Magd angetreten hatte und wir noch keine richtigen Angestellten gehabt hatten. Damals waren wir eine kleine, vertraute Familie gewesen. Das waren wir noch immer, aber wenn das Haus mit Angestellten gefüllt war, war es nicht das Gleiche. Ich musste daran denken, allen ein oder zweimal die Woche frei zu geben, damit wir diese gemütlichen Nachmittage regelmäßig haben konnten.

„Also hast du den Kobold zurück?", fragte Seth. „Du hast ihn zurückgestohlen, nicht wahr? Mussten wir deswegen so schnell los?"

„Der Kobold ist noch immer verloren."

Seth senkte seine Tasse. Gus fluchte leise.

„Das ist dein Kobold, Charlie", sagte der Koch. „Sie können ihn nicht gegen dich verwenden. Der hört nur auf dich."

„Das stimmt, aber er nützt mir nichts, wenn ich ihn nicht habe."

„Wie kriegst du ihn zurück?", fragte Gus.

„Ich weiß es noch nicht. Aber ich schätze, Swinburn hat ihn, nicht Harriet. Sie hat ihn ihm gegeben, um ihre Loyalität zu beweisen."

„Sie hat uns betrogen", grummelte Seth fassungslos. „Die süße kleine Harriet."

„Die ist nicht mehr so süß", sagte ich. „Seit sie herausgefunden hat, dass sie eine Gestaltwandlerin ist, hat sie ihr Leben in die Hand genommen. Bezüglich ihres Mannes kann ich nur applaudieren, aber diese … diese Wendung beunruhigt mich."

Seth rieb sich nachdenklich das Kinn. „Wir müssen in Swinburns Haus einbrechen und ihn zurückholen."

„Nein", sagte Gus. „Das wird Fitzroy nich gefallen."

„Stimmt", sagte der Koch. „Das heißt er nicht gut."

Gus lehnte sich im Stuhl zurück. „Wenn du die Koboldkette nich zurückgeklaut hast, warum biste in Swinburns Haus geblieben, nachdem Lady Gilly gegangen ist?"

„Ich habe mit dem Lakaien geredet", sagte ich.

„Warum?", fragte Seth.

„Um mehr über unseren Feind herauszufinden. Er ist Gestaltwandler in Swinburns Rudel."

„Ich dachte, in dem Rudel sind nur Adelige", sagte Gus.

„Das dachte ich auch, aber anscheinend gibt es zumindest einen, der nicht adelig ist. Vielleicht sind in dem Rudel jegliche Wandler, die nicht in den Slums wohnen."

„Was hast du von ihm erfahren?", fragte Seth und griff nach einem zweiten Stück Kuchen.

„Dass es wenigstens ein Mitglied in Swinburns Rudel gibt, das ein guter Mensch ist. Er hat seine Sorge darüber geäußert, dass die breite Öffentlichkeit in die jüngsten Morde verwickelt wird." Das stimmte nicht ganz, aber die Grundaussage war echt. Jenkin war ernsthaft besorgt gewesen, dass Gawlers auferweckter Körper auf seinem Weg zu meiner Rettung Menschen gefährden könnte. „Es gibt mir Hoffnung, dass andere im Rudel ähnlich denken."

Gus nahm sich ebenfalls ein weiteres Kuchenstück. „Scheint, als hättest du nich viel davon gehabt, länger zu bleiben, Charlie. Du hättest mit Lady Gillingham gehen sollen.

Ich lächelte süß. „Ja, hätte ich. Also, wenn Lincoln zurückkommt—"

„Ich bin zurück." Er kam durch die Tür, die Jacke in der

Hand, die Krawatte gelockert. Er hatte seine Haare zusammengebunden, doch am Haaransatz war es feucht.

„Du siehst aus, als wäre dir warm", sagte ich. „Setz dich und ich hole dir Wasser zum Trinken."

Er zögerte und einen Moment lang dachte ich, er würde widersprechen, doch dann setzte er sich brav. Ich holte eine Tasse und füllte sich aus dem Krug, den wir bei warmem Wetter in der Speisekammer aufbewahrten. Ich nahm mir Zeit in der Hoffnung, dass er vergaß, mich zu fragen, was ich sagen wollte, als er hereingekommen war. Ich hatte die anderen daran erinnern wollen, ihm nicht zu erzählen, wohin ich heute gegangen war, oder dass die Kette gestohlen worden war.

Es war eine alberne Idee. Lincoln vergaß nichts.

„Bitte", sagte ich fröhlich und reichte ihm die Tasse.

Er nahm sie, starrte sie jedoch nur an, ohne zu trinken. Ich berührte seine Wange und er sah mich an.

„Lincoln?", fragte ich. „Was ist los? Du wirkst aufgewühlt."

„Woran merkst du das?", murmelte Seth.

„Lincoln?", hakte ich nach.

„Ich komme gerade von Julias Haus", sagte er und warf Seth einen Blick zu.

„Und?", fragte Seth, als Lincoln nicht weitersprach.

„Und sie ist tot. Sie hat sich umgebracht."

KAPITEL 13

Ich plumpste auf den Stuhl und starrte Lincoln mit offenem Mund an. Er behielt seinen Blick auf Seth gerichtet.

„Wie?", fragte der Koch im gleichen Moment, als Gus sagte: „Was ist passiert?"

„Laut Zeugen hat sie sich auf der Oxford Street vor einen schnell fahrenden Omnibus geworfen."

Ich nahm meine Teetasse, stellte sie jedoch wieder ab. Lady Harcourt, tot. Ich konnte es nicht fassen. „Wir haben sie heute Morgen noch gesehen", murmelte ich. „Wir haben gestritten, aber sie wirkte nicht anders als sonst. Ganz gewiss nicht wie jemand, der sich das Leben nehmen würde."

„Sie war eine Kämpferin", stimmte Seth zu. „Sie hat sich aus dem Nichts nach oben gearbeitet und sich zu der Person gemacht, von der sie immer geträumt hat. Ich kann nicht glauben, dass sie so etwas tun würde. Sie würde nicht einfach aufgeben."

„Es muss ein Unfall gewesen sein", sagte ich. „Vielleicht hat sie jemand in dem Gewühl angerempelt. Es ist sowohl für Fußgänger als auch für Kutschen eine verkehrsreiche Straße."

„Sie hat sich geworfen", sagte Gus. „Das is kein Unfall."

„Oder sie wurde gestoßen." Meiner Aussage folgte ein ohrenbetäubendes Schweigen. „Ich könnte ihren Geist rufen, um sicher zu gehen."

„Nein", sagte Lincoln. „Ich für meinen Teil glaube, dass Selbstmord die wahrscheinlichste Erklärung ist."

Alice und Lady Vickers kamen herein und fragten, warum wir so betrübt schauten. Wir erzählten es ihnen und beide setzten abrupt hin.

„Wir haben mit ihr ein paar hitzige Worte gewechselt", murmelte Alice. „Du glaubst doch nicht …"

„Nein", sagte ich und nahm ihre Hand. „Ich habe mich schon oft mit ihr gestritten, wie andere auch, und sie hat sich immer gewehrt."

„Sie hat uns auch wirklich mit scharfer Zunge begrüßt. Du hast recht. Wir können uns nicht die Schuld für ihren Geisteszustand geben."

„Es hat sich vielmehr im Laufe der Zeit gesteigert", sagte Lady Vickers, die vom Koch eine Tasse Tee entgegennahm. „Seit die Zeitungen ihre Vergangenheit im Alhambra offenbart haben, ist sie ins soziale Nirgendwo abgerutscht. Die Tratschtanten waren unerbittlich und die Einladungen versiegten. Sie wurde überall zur Ausgestoßenen. Viele haben sich an ihrem Fall ergötzt. Ich dachte, mir gegenüber wären sie boshaft gewesen, aber ich habe es geschafft, zumindest etwas von dem zurückzugewinnen, was ich verloren hatte. Sie schaffte es nicht und würde es auch nie."

„Weil sie nicht privilegiert geboren wurde", sagte Seth mit einem Kopfschütteln. „Gott, wie ich sie alle hasse. Und du willst, dass ich da einheirate, Mutter. Das werde ich nicht tun."

Klugerweise sagte sie nichts.

„Swinburn war ihre einzige Hoffnung auf eine sichere Zukunft", sagte Alice mit einem gequälten Blick zu mir. „Sie glaubte, die Ehe mit ihm würde ihr etwas von der Anerkennung zurückgewinnen, die sie verloren hatte."

„Und wir haben ihr gesagt, dass Swinburn sie ausnutzt." Ich stöhnte und vergrub mein Gesicht in den Händen. „Dass er sie benutzen und verstoßen wird, wenn er hat, was er will. Vielleicht ist es *doch* meine Schuld."

Ein Chor von Verneinungen folgte, doch es war Lincolns leise eindringliche Stimme, die zu mir durchdrang. „Du hast dir nichts vorzuwerfen, Charlie." Seine warmen Lippen strichen über meine Stirn. „Alles, was ihr widerfahren ist, hat sie sich selbst eingebrockt. Sie hat sich entschieden, zu dir und zu anderen grausam zu sein und jetzt hat sie beschlossen, ihr Leben zu beenden. Sie hätte viele Male einen anderen Weg einschlagen können, doch das hat sie nicht getan. Ich werde sie nicht betrauern. Das solltest du auch nicht."

„Ich auch nicht", sagte Seth.

„Gut, dass wir sie los sind, sage ich." Lady Vickers zuckte mit den Schultern und nahm ihre Teetasse. „Mir ist es egal, ob ich grausam klinge. Ich werde nicht gut von ihr sprechen, nur weil sie tot ist."

„Glaubt ihr, Swinburn hat bekommen, was er wollte, und sie verworfen?", fragte Alice in die Runde. „Meint ihr, das hat sie in den Selbstmord getrieben?"

Es war durchaus möglich, sogar wahrscheinlich, und ich setzte meine Hoffnung darauf, dass es der Fall war. So sehr ich sie verabscheute, es drehte mir den Magen um, dass meine Worte sie so zur Verzweiflung getrieben haben könnten, dass sie ihr Leben beenden wollte.

Ein Hämmern an der Eingangstür dröhnte durch das Haus. Mein Herzschlag setzte aus.

Alice schnappte nach Luft. „Die Armee!"

„Bleibt hier", sagte Seth, während er, Lincoln und Gus aus der Küche stürmten.

Alice und ich folgten. Wir waren beide nicht bereit, Befehle entgegenzunehmen, ehe wir nicht wussten, womit wir es zu tun hatten. Wir rannten durch den Flur und kamen in die Eingangshalle, als Lincoln die Tür öffnete.

Andrew Buchanan stolperte herein, die Faust erhoben, um wieder gegen die Tür zu hämmern. Alle drei Männer hätten ihn auffangen können, doch keiner tat es. Er ging zu Boden und lag dort stöhnend, Alle Viere von sich gestreckt.

Seth stieß Buchanan mit dem Stiefel in die Rippen. „Stehen Sie auf."

Buchanan rollte sich auf den Rücken und zuckte zusammen.

Seine Augen waren geschwollen, die Nase rot. Die Haare klebten an seiner verschwitzten Stirn und er stank nach Gin.

„Fick dich, Vickers, du schwanzlutschender—Aua!"

Gus hob seinen Stiefel über Buchanans Gesicht. „Hier sind Ladys anwesend. Noch mehr solche Ausdrücke und ich zermatsche dir deine hübsche Nase."

„Scheiß Geschmeiß." Buchanan kicherte. „Das reimt sich."

„Was wollen Sie?", schnappte Lincoln.

Buchanan streckte die Hand nach oben, doch niemand half ihm, also schaukelte er sich irgendwie in eine sitzende Position, wo er wankte und rülpste. „Ich will einen Drink."

„Sie hatten genug." Lincoln reichte ihm die Hand und nachdem er sie einige Zeit angestarrt hatte, nahm Buchanan sie. Lincoln zerrte ihn auf die Füße und ließ ihn erst los, als Buchanan sicher zu stehen schien.

„Julia ist tot." Buchanans Stimme klang rau und kratzig. Sein Gesicht verzerrte sich, doch ein tiefer Atemzug half ihm, sich in den Griff zu bekommen.

„Das wissen wir", sagte Seth. „Wir wissen auch, wie es passiert ist."

„Wirklich? Tust du das wirklich?", höhnte Buchanan. „Dann kannst du mich vielleicht aufklären, Vickers, weil ich nichts *weiß*."

„Sie … ist gefallen und ein Omnibus hat sie erfasst."

„Sie ist nicht gefallen, sie ist ihm absichtlich in den Weg getreten." Buchanan schniefte und wischte sich mit der Hand über die Nase. Einen Handschuh trug er nicht und Schnodder klebte an seinem Handrücken. „Sie hat sich umgebracht und ich will wissen, warum."

„Darauf haben wir keine Antwort", sagte ich. „Wir tappen genauso im Dunkeln wie Sie."

„Oh, das bezweifle ich, süße kleine Miss."

„Nicht", warnte Lincoln.

„Und du! Du bist der Schlimmste." Er schubste Lincolns Schultern mit beiden Händen. Lincoln rührte sich nicht, hob aber auch keine Hand, um ihn abzuwehren. „Was hat sie in dir gesehen? Charlotte, sagst du mir das? Hilf mir, es zu verstehen. Was sehen die Frauen in ihm?"

„Bestrafen Sie sich nicht so", sagte Alice sanfter, als er es verdient hatte. „Sie ist fort. Es ist sinnlos, die altbekannten Pfade alle noch einmal durchzugehen."

Buchanan wedelte mit dem Finger in Seths Richtung. „Wenn sie sich nach *dir* gesehnt hätte, das hätte ich verstanden. Du bist so gottverdammt schön, dass *ich* halb in dich verliebt bin." Er tätschelte Seths Wange und schenkte ihm ein schleimiges Lächeln.

Seth schlug seine Hand weg. „Falls mich jemand braucht, ich bin in der Nähe."

„Renn nicht weg, lieber Vickers. Ich komme doch erst zum guten Teil. Dem Teil, wo ich euch alle die Schuld an Julias Tod gebe."

Seth blieb stehen und schaute über die Schulter, nicht zu Buchanan, sondern zu mir.

„Dir nicht." Buchanan berührte Alices Gesicht auf die gleiche Art, wie er Seths berührt hatte. „Dir gebe ich keine Schuld, du göttliches Wesen."

Seth packte ihn am Kragen und schlug ihm ins Gesicht. Dann hielt er Alice die Hand hin. Sie nahm sie und die beiden gingen zusammen weg, ohne sich noch einmal umzusehen.

Lincoln hielt die Tür auf. „Raus."

Buchanan sah nicht so aus, als würde er so schnell irgendwo hingehen. Er wand sich auf dem Boden, hielt sich die Nase und zog die Knie an. „Ich blute!"

Gus schüttelte den Kopf. „Wenn ich Blut von dem Boden wischen muss, prügele ich dich auch durch." Er verschwand im Dienstbotenbereich.

Buchanan zog das Spitzentaschentuch einer Frau aus seiner Jackentasche, was eine weitere Runde Schluchzen zur Folge hatte. „Sie haben es mir gelassen."

„Wer?", fragte Lincoln.

„Die Leute im Leichenschauhaus. Ich musste ihre Leiche identifizieren. Es war grässlich." Er heulte und weitere Tränen und blutiger Schnodder rannen aus seinen Körperöffnungen. „Meine wunderschöne Julia ... zerstört. Ich weigere mich, sie als diesen blutigen Haufen auf einem kalten Tisch in Erinnerung zu behalten. Für mich wird sie immer bildhübsch sein." Er rollte sich zusammen und weinte.

Ich seufzte. „Was sollen wir mit ihm machen?"

„Die Droschke ist noch da", sagte Lincoln und winkte dem Fahrer, dass er warten sollte. „Stehen Sie auf, Buchanan."

„Nicht, ehe du zugegeben hast, dass du Julia umgebracht hast." Buchanan wischte sich mit dem Taschentuch über die Nase und schmierte sich dabei Blut auf die Wange. „Sie hätte sich nicht das Leben genommen, wenn du sie nicht aus dem Komitee geworfen hättest."

„Sie hat das Komitee hintergangen", sagte Lincoln emotionslos. „Sie hatte den Ausschluss verdient."

Buchanan torkelte auf Alle Viere und zog sich dann auf die Füße. „Du hättest sie freundlich behandeln können angesichts eurer gemeinsamen Geschichte! Aber Freundlichkeit ist nicht in deinem Repertoire, nicht wahr? Nur Kälte und Grausamkeit."

Ich baute mich vor ihm auf, die Fäuste auf die Hüften gestemmt. „Wie können Sie es wagen, Lincoln der Grausamkeit ihr gegenüber zu bezichtigen? *Sie* haben die Zeitungen über ihre Vergangenheit informiert. *Sie* haben damit gedroht, ihre heimliche Liebschaft zu offenbaren. *Sie* haben sie provoziert und manipuliert—"

„Ich habe sie *geliebt*!" Weitere Tränen rannen über seine Wangen und Blut und Rotz blubberten aus seiner Nase. „Niemand sonst hat sie geliebt außer mir. Ich wollte immer nur das Beste für sie."

„Sie wollten nur das Beste für *sich*. Sie konnten ihre Ablehnung nicht ertragen, also haben Sie versucht, sie wieder in Ihre Arme zu zwingen, indem Sie sie unglücklich und verzweifelt gemacht haben. Wie *liebevoll* von Ihnen."

Er sackte in sich zusammen und schluchzte. Ich hatte einen erwachsenen Mann noch nie so heftig weinen sehen und einen Moment lang war ich davon fasziniert und ein bisschen betroffen. Dann blinzelte ich und schüttelte es ab.

„Gehen Sie nach Hause, Andrew", sagte ich etwas sanfter. „Helfen Sie Ihrem Bruder bei der Ausrichtung der Beerdigung. Das hätte sie gewollt."

Lincoln versuchte, ihn zur Tür hinauszubegleiten, aber

Buchanans Beine wollten nicht kooperieren, also warf er ihn stattdessen über die Schulter.

Buchanan verdrehte sich, um mich anzusehen, während Lincoln ihn die Stufen hinunterschleppte. „Beschwören Sie sie für mich, Charlotte!", heulte er. „Rufen Sie ihren Geist, damit ich ein letztes Mal mit ihr reden kann."

„Nein."

Sein Schluchzen war sogar noch zu hören, als die Droschke davonfuhr.

Lincoln legte mir die Hand in den Nacken, als ich die Haustür schloss. „Ein bisschen tut er mir leid", sagte ich. „Er hat sie auf seine merkwürdige Art geliebt."

„Er verdient dein Mitgefühl nicht." Seine Finger strichen an meinem Haaransatz entlang. „Wo ist deine Kette?"

„In meinem Zimmer", sagte ich, ohne zu zögern. „Sie passt nicht zu diesem Kleid, also habe ich sie abgelegt." Ich musste aufhören zu reden, sonst merkte er, dass ich log. Vielleicht tat er das bereits.

„Du solltest sie ständig tragen, bis die Gefahr durch die Armee gebannt ist."

Ich lief die Treppe hinauf zu meinem Zimmer und zwang die Schuldgefühle aus meinem Herzen. Ihn angelogen zu haben, bereute ich nicht. Er hatte genug Sorgen, und mich mit auf die Liste zu setzen würde nur dazu führen, dass er mir verbot, das Haus zu verlassen. Ich wollte so kurz vor der Hochzeit nicht mit ihm streiten.

* * *

AM FOLGENDEN MORGEN, vierundzwanzig Stunden bevor ich zum Altar gehen würde, setzte schließlich die Nervosität ein. Es fing mit der Lieferung meines Kleides an. Die Schneiderin überbrachte es selbst und bestand darauf, dass ich es ein letztes Mal anprobierte, nachdem die abschließenden Änderungen gemacht worden waren. Es war zu eng.

Lady Vickers regte sich so sehr auf, dass der Rest des Haushalts in Panik an meiner Tür erschien. Seth platzte herein, ohne zu klopfen, und erwischte mich halb ausgezogen.

„Charlie—! Äh, Entschuldigung." Er ging rückwärts wieder heraus und rempelte Lincoln an.

„Raus! Raus!", kreischte Lady Vickers. „Der Bräutigam kann die Braut nicht vor der Hochzeit in ihrem Kleid sehen!" Sie knallte ihnen die Tür vor der Nase zu und lehnte sich dagegen. „Das war knapp."

„Kommen Sie und setzen Sie sich", rügte ich sie. „Sie machen alle nervös."

„Das liegt daran, dass ich nervös bin." Sie setzte sich nicht, sondern tigerte durch das Zimmer, wobei sie sich energisch Luft zufächelte. „Es gibt noch so viel zu tun. Und ohne Angestellte …" Sie blieb stehen und legte die Hand auf ihre Brust. „Ich kann nicht atmen."

Alice half ihr, sich an meinen Schminktisch zu setzen und rieb ihr den Rücken. „Zählen Sie bis drei und atmen dann tief ein."

Lady Vickers befolgte den Rat. Sie hustete beim Luftholen. „Ich brauche ein Glas Sherry."

„Es ist viel zu früh für Sherry", sagte Alice lachend.

„Dann eben Wein."

Alice lächelte mich an und ich zuckte leicht mit den Schultern.

Die Schneiderin saß mit dem Kleid auf dem Bett, also kümmerte ich mich um Lady Vickers. Ich nahm ihre Hand in meine beiden und sah ihr in die Augen. „Alles wird gut. Wir decken bald den Esstisch und stauben dann schnell den Salon ab. Der Koch hat das Menü abgeändert. Es enthält jetzt einfachere Gerichte, die gut vorbereitet werden können. Heute Nachmittag dekoriert er den Kuchen. Mehr ist nicht zu tun. So. Ist es jetzt besser?"

„Nein. Ja." Sie seufzte. „Wir hatten noch keine Gelegenheit für dieses Gespräch, Charlie."

Ich bemühte mich intensiv darum, mein Grinsen im Zaum zu halten. „Das Gespräch kann warten."

„Warten! Auf wann warten? Auf den Moment, in dem er Sie in sein Bett trägt?" Sie kniff sich in den Nasenrücken und stöhnte. „Ich habe bei meinen Pflichten versagt als Ihre …" Ein

Wedeln ihrer Hand umriss die unkonventionelle Natur unserer Beziehung.

Ich erwischte Alice aus dem Augenwinkel dabei, wie sie heftig die Lippen zusammenpresste. Ich beugte mich zu Lady Vickers und flüsterte in ihr Ohr, damit die Schneiderin nichts hören konnte. „Ich weiß, was zwischen einem Mann und seiner Frau im Bett passiert."

Sie wich nicht schockiert zurück, wie ich erwartet hatte. „Die Huren dabei zu sehen ist nicht das Gleiche wie ein liebendes Paar", flüsterte sie zurück.

Da hatte sie recht. „Lincoln kann es mir beibringen."

Sie fuchtelte wieder mit ihrem Fächer vor ihrem erröteten Gesicht herum. „Ja. Nun. Da ist das. Aber trotzdem, wenn Sie heute einen Moment Zeit finden, würde ich gern ein ruhiges Gespräch führen."

„Ich werde mir die Zeit nehmen."

Die Schneiderin arbeitete schnell und als ich das Kleid erneut anprobierte, passte es perfekt.

Da das geklärt war, machten wir uns auf ins Esszimmer. Seth brachte eine Lieferung von Rosen und half seiner Mutter, sie in Vasen in der Mitte des Tisches zu arrangieren. Gus kam dazu und bat um Lady Vickers' Hilfe in der Küche.

„Natürlich", sagte sie und reichte Seth den Rest der Blumen.

„Warte", sagte er. „Warum wird sie in der Küche gebraucht?"

„Weiß nich." Gus wischte seine mehligen Hände an seiner Schürze ab.

„Verteil nichts von dem Mehl hier drinnen", schimpfte Alice.

Er hob ergeben die Hände. „Der Koch will sie", sagte er zu Seth.

Seth brummte. „Tut er das?"

„Mach keine Szene", sagte seine Mutter fröhlich.

„Warum nicht?" Er zeigte mit einer blassrosa Rose auf sie. „Früher einmal hättest du nicht im Traum daran gedacht, auch nur einen Fuß in die Küche zu setzen, und jetzt kannst du nicht draußen bleiben."

„Ich helfe dem Koch lediglich in dieser geschäftigen Zeit."

„Ich kann ihm helfen. Was will er gemacht haben?", fragte er Gus.

„Sei nicht engstirnig", sagte seine Mutter. „Er hat nach mir gefragt, also werde ich gehen. Kommen Sie, Gus."

Seth hastete an ihr vorbei und stellte sich ihr in den Weg. Ich legte das Besteck zur Seite, das ich gerade auslegen wollte, und warf Alice einen besorgten Blick zu.

„Genug, Mutter", knurrte Seth. „Hör sofort damit auf."

„Womit?"

„Mit was auch immer du mit dem Koch tust. Es kann nicht weitergehen."

„Seth, mein Lieber, der Koch und ich sind Freunde, das ist alles."

Er schnaubte. „Freunde. Das hast du damals auch über den Lakaien gesagt. Und dann bist du abgehauen und hast ihn geheiratet."

Ich dachte, sie würde wütend auf ihn werden, aber ihre Gesichtszüge wurden weicher. „Es stimmt, dass George dem Koch nicht unähnlich war. Umgänglich, kompetent, ehrlich und ausgesprochen amüsant. Erinnerst du dich an die alten Gerüchte über die Königin und ihren Diener, Mr Brown? So ist es zwischen dem Koch und mir."

„Du bist nicht die Königin!"

„Die waren kein Liebespaar?", fragte Gus.

Seth warf ihm einen mörderischen Blick zu. „Wag es ja nicht, den Koch zu heiraten, Mutter, oder ich werde keinem von euch beiden je wieder in die Augen sehen können." Er verschränkte die Arme, eine unbeugsame Wand, die den Ausgang blockierte.

Sie tätschelte seine Wange. „Das wäre unerträglich."

Er zog eine Augenbraue hoch. „Also stimmst du zu?"

„Wenn ich ihn aufgebe, ist es nur fair, dass du versprichst, etwas für mich zu tun."

Er senkte die Arme. „Ich schätze, das wird mir nicht gefallen."

„Such dir eine passende Frau, eine mit Wohlstand aus gutem Hause, dann werde ich jegliche Liaison beenden, die ich mit dem Koch hatte."

„Ah, ja, weil die Erbinnen mit nobler Abstammung auf Bäumen wachsen."

„Es gibt eine Reihe von ihnen in meinen Kreisen, aber du hast dich bisher geweigert, sie in Erwägung zu ziehen."

„Weil ich sie kennengelernt habe. Geistlose kleine Frauchen, allesamt."

„Und?" Sie hob eine Schulter. „Das ist meine Bedingung. Jetzt geh bitte zur Seite, der Koch braucht mich."

Er zögerte, seufzte dann und trat aus dem Weg. Sie hob ihr Kinn und marschierte an ihm vorbei. Gus folgte ihr grinsend. Seth schaute in Alices Richtung, doch sie war zu sehr mit den Servietten beschäftigt, um es zu bemerken, also ging er ebenfalls.

„Das war ein merkwürdiges Gespräch", sagte ich und versuchte mich an einem Lachen.

Sie setzte sich auf einen der Stühle und gähnte. „Hmmm."

„Geh und ruh dich ein wenig aus, Alice. Ich komme allein zurecht."

„Ich glaube, das mache ich. Behalte den Rasen draußen im Auge."

„Es wird schon nichts passieren. Geh."

Auf dem Weg nach draußen kam sie an Lincoln vorbei, der zielstrebig auf mich zusteuerte, mich umarmte und an sich zog. Er küsste mich heftig, leidenschaftlich und hörte nicht eher auf, bis ich zurückwich.

„Lincoln?", fragte ich halb lachend, halb vorsichtig beobachtend.

Mein Lachen erstarb, als ich die Dunkelheit in seinen Augen wirbeln sah. „Lass uns jetzt heiraten."

„Jetzt! Lincoln, es ist alles für morgen vorbereitet." Ich deutete auf den Tisch. „Alle haben sich so viel Mühe gegeben."

„Die Gäste können trotzdem zum Frühstück kommen. Ich will die Zeremonie jetzt, heute."

„Sie wollen die ganze Angelegenheit mit uns teilen, nicht nur das Essen." Ich legte beide Hände an seine Wangen und streichelte sie mit meinen Daumen. Die Dunkelheit in seinen Augen verschwand nicht, bis er die Lider senkte und meine Hände nahm. „Warum die Eile?", fragte ich. Unruhe zog meine Brust zusammen.

„Warum warten?", murmelte er gegen mein Handgelenk. „Ich möchte dich nur heiraten, Charlie. Mir geht es nur darum, die Papiere zu unterzeichnen und dich zu meiner Frau zu machen. Warum nicht heute?"

„Lincoln, etwas macht dir zu schaffen."

Er öffnete die Augen und begegnete meinem Blick. Darin lag Ernsthaftigkeit und Sehnsucht, aber auch Sorge.

Ein Schauer jagte über meine Haut. „Lincoln, sag mir, was passiert ist. Ist es die Armee?" Ich schaute an ihm vorbei. „Ist jemand aus Wunderland angekommen?"

Er schüttelte den Kopf und nahm meine Hand. „Komm mit."

Wir gingen nur bis zum Tisch in der Eingangshalle, wo die Post ungeöffnet auf zwei Zeitungen lag. Er reichte mir eine der Zeitungen. Es war nicht der *Star*, sondern eine respektablere Tageszeitung. Den leidigen Artikel brauchte er mir nicht zu zeigen.

Es ging um Gawlers Angriff auf eine „aufrechtes, respektables Mitglied der Gesellschaft" und seinen anschließenden Tod durch den „mutigen Gentleman". Weiter wurde gesagt, dass Gawler ein Werwolf war und allein agiert hatte. Das war wenigstens etwas. Die Öffentlichkeit würde die Bedrohung als beendet betrachten, wenn sie glaubte, er wäre der Einzige seiner Art.

Ich las weiter, stockte jedoch, als ich Lincolns Namen in dem gleichen Satz mit „den Mörder schützen und ihm Unterschlupf gewähren" sah.

Mir wurde flau. Alles drehte sich und ich griff nach ihm. Ich brauchte seinen Halt, seine Balance. Ich wollte, dass dies alles wegging, vorbei war.

Er zog mich an seine Brust und legte beide Arme um mich. „Alles wird gut. Dir wird nichts geschehen."

„Ich bin es nicht, um den ich mir Sorgen mache!", rief ich.

„Mir wird auch nichts geschehen. Ich werde die besten Anwälte engagieren und eine Rücknahme fordern."

„Die Artikel machen mir keine Bauchschmerzen, sondern die Reaktionen von Mr Yallop und seinen Parlamentskollegen, wenn sie das hier lesen."

„Sie können nichts machen ohne Beweise."

„Sie werden Beweise finden, wenn die Öffentlichkeit danach verlangt. Das weißt du, Lincoln. Ich weiß, dass du es tust. Du versuchst nur dafür zu sorgen, dass ich mich besser fühle."

Er strich mir die Haare aus der Stirn und streichelte mein Kinn. Dann zwang er mich, ihn anzusehen. „Was auch immer passiert, bleib hier. Lass den Anwalt eine rechtliche Lösung für das Problem finden. Zieh Swinburn nicht mit hinein, verstanden? Bleib in Lichfield. Hier bist du geschützt. Sie werden nichts gegen mich finden und diese Anschuldigungen werden im Sande verlaufen. Versprich es mir, Charlie."

„Ich verspreche es." Ich log. Wenn er glaubte, ich würde nichts tun, hatte er sich geschnitten. „Du hast Recht und ich bin sicher, dass Fullbright nicht ohne Beweise tätig wird. Du bist schließlich der Sohn des Prinzen von Wales."

Doch diese Information konnte nicht zu seiner Sicherheit verwendet werden. Wir wussten es beide, doch keiner von uns erwähnte es. Es war einfacher, den anderen glauben zu lassen, dass wir zuversichtlich blieben. Aber mir war klar, dass er ebenfalls besorgt war. Er hätte mich nicht gedrängt, ihn heute zu heiraten, wenn er glauben würde, alles würde gut ausgehen.

Er küsste mich sacht auf die Lippen, machte sich jedoch von mir los, als das Geräusch von Wagenrädern draußen ertönte. Er wollte die Haustür öffnen, doch ich hielt ihn am Arm zurück.

„Nein! Flüchte durch den Hinterausgang."

Er schüttelte den Kopf. „Wenn es die Polizei ist, werde ich mich ihnen stellen. Falls nicht, bin ich vor der Justiz auf der Flucht."

„Ich gehe mit dir", sagte ich hastig.

Er schenkte mir ein trauriges Lächeln, schob mich dann sanft zur Seite und öffnete die Tür. Ich linste an ihm vorbei und mir wurde das Herz schwer. Zwei Constables saßen hinten auf dem Klappsitz der Kutsche, ein weiterer saß neben dem Fahrer. Ein vierter kletterte aus der Kabine, gefolgt von Detective Inspector Fullbright und Mr Yallop.

Mr Yallop nickte in Lincolns Richtung. „Nehmt ihn fest."

Ich stellte mich vor Lincoln und stemmte die Hände auf die Hüften. Die Constables kamen nicht näher, unsicher, was sie von mir halten sollten. „Sie haben keine Beweise gegen ihn", sagte ich. „Das ist unerhört."

Mr Yallop lächelte. „Wir werden Beweise haben, wenn wir die Akten finden. Ich weiß, dass Sie sie uns vorenthalten."

„Sie haben das gesamte Haus durchsucht und nichts gefunden!"

„Wir haben das Haus durchsucht, aber nicht den Garten. Männer, ergreift ihn."

„Ich komme freiwillig mit", sagte Lincoln.

Ich fuhr zu ihm herum. „Nein, Lincoln! Geh nicht mit ihnen. Sie werden lügen und Beweise gegen dich erfinden. Wenn du gehst, kommst du nicht mehr nach Hause!"

„Charlie", schnurrte er. „Ich liebe dich."

Mein Gesicht verzog sich und Tränen stiegen mir in die Augen. „Geh nicht mit ihnen", bettelte ich. „Bitte, Lincoln. Du kannst noch entkommen. Ich weiß, dass du es kannst."

Er küsste meine Stirn, die warmen Lippen zögernd.

„Es ist nicht klug zu fliehen", sagte Inspector Fullbright. „Wenn Sie nicht mitkommen, Sir, wirken Sie schuldig."

„Ja", sagte Mr Yallop in gedehntem Ton. „Und ein Mann, der eines Mordkomplotts schuldig gesprochen wird, zahlt mit zehn Jahren Schwerstarbeit für seine Tat."

KAPITEL 14

Sie fuhren Lincoln weg und ließen drei Constables da, die die Außengebäude und den Garten durchsuchten. Ich folgte ihnen. Als sie in dem eingefriedeten Bereich ankamen, hielt ich nicht nur die Luft an, weil wir dort die Akten vergraben hatten, sondern auch wegen des Mists, den wir überall verteilt hatten, um die frisch umgegrabene Erde zu verstecken.

Am Nachmittag fuhren sie mit leeren Händen weg.

„Setz dich, Charlie", sagte der Koch, als ich mich in der Küche zu ihm und den anderen gesellte. „Iss etwas." Er stellte einen Teller mit Käse und Schinken vor mich.

Ich schon ihn weg. „Ich bin nicht hungrig."

„Haben sie etwas gefunden?", fragte Alice. Sie sah erschöpft aus, das Gesicht eingefallen und blass.

„Nein."

„Gott sei Dank", sagte Lady Vickers und setzte sich neben mich. „Also, was machen wir?"

„Wir warten", sagte Gus. „Wie Fitzroy es von uns will."

„Ich werde seinen Anwalt aufsuchen", verkündete Seth. „Wenn er Bedenken hat, die Sache in die Hand zu nehmen, kann er uns jemanden empfehlen, der es macht."

„Ich schätze, Lincoln hat das bereits in die Wege geleitet", sagte ich. „Aber geh trotzdem. Danke, Seth."

„Ich bin froh, etwas zu tun. Ich *muss* etwas tun." Er trat gegen das Tischbein. „Diese Situation ist unhaltbar."

„Das is nich richtig", sagte Gus mit einem Kopfschütteln. „Wie können die behaupten, er hätte 'nen Mord ausgeheckt? Er hat die Leute in dieser Stadt verdammt noch mal öfter beschützt, als ich zählen kann. Wir sollten denen von all dem erzählen, mit Frankenstein und dem General."

„Sie werden uns nicht glauben", sagte ich. „Und sie können ihn beschuldigen, weil er die Akten nicht herausrückt, von denen sie glauben—wissen—dass wir sie haben."

Seth lief über den Küchenboden, immer um den Tisch herum. „Gottverdammter Swinburn. Ich werde ihn umbringen."

„Tu nichts Unüberlegtes", sagte seine Mutter. „Fang mit dem Anwalt an und hebe dir das Umbringen für später auf, sollte alles andere versagen."

„Was ist, wenn wir die Akten übergeben?", fragte Alice. „Werden sie ihn dann freilassen?"

„Möglich", sagte Seth und sah mich an.

Ich schüttelte den Kopf. „Lincoln will nicht, dass sie die Akten bekommen. Er hat vielen Leuten versprochen, dass er ihre Aufzeichnungen sicher verwahrt, und er würde es hassen, wenn sein Wort gebrochen würde."

„Nicht einmal, um sein Leben zu retten?" Seth warf die Hände in die Luft. „Wer schert sich jetzt noch um sein Wort?"

Ich rieb mir die Stirn. „Wir behalten das im Hinterkopf, falls der Anwalt nichts erreicht. Für den Moment bleiben die Akten versteckt und wir graben sie nur aus, wenn es nötig ist."

„Wir kennen ein paar Leute in diesen Akten", sagte Gus. „Ich könnte sie warnen."

„Gute Idee. Schicke auch ein Telegramm nach Frakingham House."

Der Koch nahm seine Spritztüte zur Hand und spritzte eine Rosette auf den Rand der Torte. Sie war fast fertig und was für ein prächtiges Kunstwerk sie war. Er hatte einen winzigen Schmetterling aus Zucker geformt, der vorn auf einer Rose saß. Heute Morgen erst hatte er mir gesagt, dass der Schmetterling mich symbolisierte, frei und glücklich. Ich hatte ihn gefragt, ob das bedeutete, dass die Rose für Lincoln stand und er hatte es gewagt, mir zu sagen, Lincoln sei die Rose. Mitten auf der Torte stand ein Paar unter einem Bogen, das sich gegenseitig in die Augen starrte.

Ich wischte mir die Tränen ab. „Lass die Torte", sagte ich zu ihm. „Es wird morgen keine Hochzeit geben, wenn Lincoln im Gefängnis sitzt."

Seth legte mir eine Hand auf die Schulter. „Wir holen ihn da raus."

„Vielleicht", flüsterte ich durch meine enge Kehle. „Aber nicht rechtzeitig."

* * *

ICH WAR NICHT BEREIT, in Lichfield zu bleiben und auf ein Wunder zu warten. Ich *konnte* nicht. Nachdem Gus Nachrichten an diejenigen losgejagt hatte, an deren Adressen wir uns aus den Akten erinnern konnten, fuhr er mich zum Buckingham Palace. Ich hätte gebettelt, bestochen oder den ganzen Tag auf eine Audienz mit einem Mitglied der Königsfamilie gewartet, doch mir wurde sofort Zutritt zur Königin gewährt. Vermutlich war dieses Privileg dem Umstand geschuldet, dass sie mich bitten wollte, ihren verstorbenen Gatten zu beschwören. Ich irrte mich.

„Sie haben mich angelogen, Miss Holloway." Die Königin saß an ihrem Schreibtisch in einem Arbeitszimmer, in dem ich noch nicht gewesen war. Es war riesig und ziemlich leer. Die Stühle waren an der Wand aufgereiht. Ein Lakai nahm einen und wollte ihn vor den Schreibtisch stellen, doch die Königin winkte ab. „Sie wird nicht bleiben."

Ich richtete mich von meinem Knicks auf und verschränkte meine zitternden Hände vor mir. „Gelogen, Eure Majestät? Inwiefern?"

Sie hob einen Finger und der Lakai ging. Ich war mit der Königin allein. Was hatte sie zu sagen, dass sie keine Zeugen haben wollte?

Doch die Antwort darauf kannte ich.

„Sie sind kein Medium", sagte sie. „Sie sind etwas … Pervertiertes."

Also das war ein neuer Name für mich. „Ich glaube, Nekromantin ist das Wort, das Sie suchen, Ma'am."

Ihre kleinen, harten Augen glitzerten unter dem aufgedunsenen Fleisch ihrer Lider. „Sie sind eine *Abscheulichkeit*."

So war ich früher schon betitelt worden, von keinem geringerem als dem Mann, den ich Vater genannt hatte. Das Wort war damals wie ein Pfahl in meinem Herzen gewesen. Jetzt nicht mehr. „Nein, bin ich nicht. So hat Gott mich geschaffen. Ich habe mir nicht ausgesucht, eine Nekromantin zu sein, nicht wie manche Leute, die beschließen, grausam zu sein oder das Gesetz zu brechen. Ich wurde so geboren. Glauben Sie, Gottes Schöpfung ist eine Abscheulichkeit?"

Ihre Kehllappen bebten, während sie an einer Erwiderung arbeitete. Schließlich spuckte sie sie aus. „Sie haben mich hintergangen!"

„Nein, Ma'am, das habe ich nie getan. Ja, ich habe mich fälschlicherweise als Medium bezeichnet, aber nur, weil ich herausgefunden habe, dass die Menschen entweder Angst haben oder angewidert sind, wenn ich mich Nekromantin nenne. Keine der beiden Reaktionen erfreut mich. Aber ich habe Sie nicht hintergangen."

„Sie haben mir gesagt, dass Sie den Geist meines lieben Albert beschworen hätten."

„Das habe ich auch."

„Sie sind eine Nekromantin, kein Medium! Wenn Sie ihn beschworen haben, warum konnte ich ihn nicht sehen? Nun?"

Ich holte tief Luft und wünschte, ich hätte einen Stuhl zum Sitzen. Ich wollte niedriger sein, auf ihrer Höhe. Es fühlte sich seltsam an, sie zu überragen. „Ein Medium kann nur mit Geistern sprechen, die noch nicht ins Jenseits übergetreten sind. Sie können einen Geist nicht von dort zurückrufen. Eine Nekromantin kann es, sofern der vollständige Name des Verstorbenen bekannt ist."

„Eine Lüge. Nekromanten *erwecken* die Toten, Miss Holloway. Sie müssen mich für naiv halten, wenn Sie etwas anderes behaupten."

„Ma'am, Sie haben teilweise Recht. Nekromanten sind in der Lage, einen Geist anzuweisen, in einen toten Körper einzutreten und diesen Körper zu kontrollieren, aber es ist auch möglich, lediglich den Geist zu beschwören und den zusätzlichen Schritt nicht zu vollziehen. Das habe ich im Falle Ihres verstorbenen Mannes getan."

Sie fummelte an den Ringen ihrer linken Hand und wich meinem Blick aus. Ihre fehlende Reaktion stärkte meine Selbstsicherheit.

„Hat seine Königliche Hoheit, der Prinzgemahl, Ihnen nicht bewiesen, dass er mit uns im Raum war?", fragte ich sanft. „Ich meine mich zu erinnern, dass er als Beweis etwas sagte, was nur Ihnen und ihm bekannt war."

Sie drehte weiter an einem ihrer Ringe, einem großen Saphir mit dickem Goldband.

„Ma'am, wer hat Ihnen gesagt, dass ich eine Nekromantin bin?"

„Das ist eine vertrauliche Information."

„Falls es Sir Ignatius Swinburn war, muss ich Sie warnen, dass er weder mich noch Lincoln mag. Er wird alles tun oder sagen, um das Ministerium der Kuriositäten zu schließen."

„Warum?"

„Weil das Ministerium übernatürliche Personen und ihre Aktivitäten überwacht. Wir behalten sie im Blick und stellen sicher, dass sie niemandem schaden. Und er ist ein Werwolf."

„Das haben Sie bereits behauptet, aber es hat sich als falsch erwiesen. Er hat erst kürzlich einen Werwolf erschossen und es ist eher unwahrscheinlich, dass er einen der Seinen erschießt, oder?"

Es war schwierig, diesem Argument zu begegnen, also machte ich mit dem Grund meines Besuches weiter. „Ma'am, Lincoln wurde wegen eines angeblichen Mordkomplotts verhaftet. Er ist unschuldig. Sie wissen, dass er unschuldig ist."

„Wie können Sie es wagen, meine Gedanken kennen zu wollen?" Ihre Augen blitzten, ihre Kehle wurde fest. „Gehen Sie, Miss Holloway, oder ich lasse Sie rauswerfen."

„Ma'am, bitte. Wir sollen morgen heiraten."

„Na und?"

„Er ist unschuldig!"

„Dann wird es vor Gericht bewiesen werden und er kommt frei."

„Kommt er?", knurrte ich und ging auf sie zu. „Kommt er wirklich frei? Oder wird Swinburn Sie so benutzen, wie er jeden anderen benutzt hat, um sicherzustellen, dass Lincoln exekutiert wird?"

Sie klingelte mit einer kleinen Glocke auf ihrem Schreibtisch und die Türen gingen auf. „Miss Holloways Audienz ist beendet", sagte sie den beiden Lakaien, die eintraten. „Bitte sorgen Sie dafür, dass sie das Gelände sicher verlässt."

Ich schlug beide Handflächen auf den Schreibtisch. „Tun Sie das nicht, Ma'am!" Einer der Lakaien packte meinen rechten Arm, der andere den linken. Sie zogen mich vom Schreibtisch weg. Meine Absätze rutschten über den Boden und zerknautschten den Teppich. „Ich tue, was auch immer Sie wollen!", rief ich. „Ich beschwöre den Geist Ihres Mannes! Wollen Sie nicht noch einmal mit ihm reden? Er will Sie sicher wiedersehen. Ma'am, bitte, helfen Sie uns!"

Ein weiterer Lakai schloss die Tür und ich wurde ohne viel Aufhebens in die entgegengesetzte Richtung geschoben. Ich versuchte zu laufen, aber die Lakaien waren grob und groß und meine Füße berührten kaum den Boden. Andere begleiteten uns durch den Palast. Es sah so aus, als würde ich doch rausgeworfen werden.

„Was soll das?", fragte eine vertraute Stimme. Wir hatten gerade einen langen Raum betreten, der scheinbar nur dazu diente, Statuen und Gemälde zu beherbergen. Der Prinz von Wales kam uns durch die Tür am anderen Ende entgegen. „Ich habe gehört, dass es ein Sicherheitsproblem gab."

„Eure Königliche Hoheit", sagte ich und versuchte, dabei rational und nicht verrückt oder verzweifelt zu klingen. „Bitte sagen Sie ihnen, dass sie mich loslassen sollen."

„Miss Holloway? Männer, bleiben Sie augenblicklich stehen."

Die Lakaien stoppten, offenbar unsicher, ob sie nun die Befehle der Königin oder die des Prinzen befolgen sollten.

„Ich werde nichts Unüberlegtes tun", versicherte ich. „Niemand ist durch mich gefährdet."

„Natürlich nicht", sagte der Prinz. „Es ist absurd, das auch nur anzudeuten." Er winkte die Lakaien beiseite. Sie verbeugten sich und bewegten sich außer Hörweite, gingen aber nicht ganz weg. „Was hat das alles zu bedeuten?" Der Prinz schaute dorthin, wo ich hergekommen war. „Haben Sie mit Ihrer Majestät gesprochen?"

„Ich habe mich in Lincolns Namen an Sie gewendet. Er wurde verhaftet."

„Wofür zum Teufel?"

Ich erzählte ihm von Fullbright und Yallop, von den Akten und Lincolns Weigerung, sie herauszugeben. „Selbst wenn er sie herausgeben würde, bin ich mir nicht sicher, dass Mr Yallop nicht einen Weg finden würde, ihn im Gefängnis zu behalten. Er scheint darauf aus zu sein, Lincoln zu ruinieren und das Ministerium zu schließen."

„Das ist eine Folge dieser Zeitungsartikel." Es war eine Aussage, keine Frage, aber ich nickte trotzdem. „Es überrascht mich nicht, dass das Parlament in dieser Sache schnell gehandelt hat. Die Öffentlichkeit hatte nach den Ripper-Morden Angst und nicht jeder glaubt, dass Gawler diesmal das einzige verantwortliche Monster war. Es gab Gerede über Unruhen, sollte die Polizei nicht ihre gesamte Aufmerksamkeit darauf richten, das East End zu sichern. Etwas musste getan werden, oder es musste zumindest so aussehen, um den Frieden zu wahren."

„Ja, aber es ist doch nicht fair, Lincoln die Schuld in die Schuhe zu schieben! *Er* ist derjenige, der die Stadt vor Monstern bewahrt."

„Sie haben ganz offensichtlich ihre Gründe. Miss Holloway, es gibt keinen Grund zur Sorge. Ein Untersuchungsausschuss des Parlaments hat viel Macht, aber dieser Mr Yallop wird kein unvernünftiger Kerl sein. Wenn er sieht, was das Ministerium Gutes tut, wird er Fitzroy freilassen."

„Nein, wird er nicht. Er steht unter Swinburns Einfluss und Swinburn will das Ministerium aus dem Weg haben und Lincoln gleich mit."

Er schnalzte mit der Zunge. „Hören Sie auf, ständig Swinburn zu beschuldigen! Ich habe Ihnen bereits gesagt, dass er ein guter Mann und ein guter Freund ist. Ihm liegen die besten Interessen des Reiches am Herzen."

„Ihm liegen seine eigenen Interessen am Herzen und Sie schauen absichtlich weg, um es nicht zu sehen."

Er funkelte mich an. „Ich muss doch sehr bitten."

„Warum dachte ich, dass es eine gute Idee wäre, herzukommen?", fragte ich den Kronleuchter, der über mir hing. „Warum habe ich geglaubt, irgendeiner würde zuhören? Dass Ihre Mutter sich darum schert, habe ich nicht wirklich erwartet, Sir, weil sie es nicht weiß. Aber Sie ... Sie sollte es kümmern. Er ist immerhin Ihr Sohn."

Er warf dem nächsten Lakaien einen Blick zu, der so still wie eine der vielen Statuen dastand. „Nicht", sagte er, ohne seine Lippen zu bewegen. „Das *darf* nicht bekannt werden. Stellen Sie sich den Skandal vor! Seine Mutter war eine Zigeunerin, um Gottes Willen. Mein Ruf wäre unwiederbringlich ruiniert und dann wäre noch der Tadel der Königin zu ertragen. Sollten Sie es wagen, es jemandem zu erzählen, Miss Holloway, werde ich es äußerst vehement abstreiten."

Bei jedem Wort sackte mein Herz etwas tiefer. Welche Chance hatte Lincoln denn noch ohne den Einfluss des Prinzen? Yallop und die Parlamentsmitglieder wollten jemanden dafür verantwortlich machen, dass ein mordender Werwolf durch unsere Straßen streifte, und sie hatten Lincoln als Sündenbock auserkoren, dank Swinburn. Wenn einer der einflussreichsten Männer des Reiches nicht helfen wollte, welche Hoffnung blieb? Meine Brust schmerzte und Tränen brannten in meinen Augen. Ich wollte dem Mann vor mir die Augen auskratzen und der Welt zeigen, dass er nur ein Mensch war, dass auch er blutete und für seine Fehler geradestehen sollte wie jeder andere auch. Die königliche Familie verdiente es nicht, dass ihre Skandale vertuscht wurden. Nicht, wenn die Offenbarung ihrer Skandale das Leben eines Mannes retten konnte.

„Sie sind eine Enttäuschung, Sir. Ich kann nicht glauben, dass Lincoln Ihr Sohn ist. Er ist mutig, ehrlich und drückt bei Ungerechtigkeiten *kein* Auge zu. Er stellt sich seinen Fehlern und macht sie wieder gut. Um es kurz zu machen, er ist ein besserer Mann als Sie. Guten Tag, Sir."

Ich marschierte so schnell von ihm weg, wie ich konnte, ohne zu rennen. Ich erwartete, dass er mich aufhalten oder einem seiner Männer den Befehl dazu erteilen würde, doch das tat er nicht. Ob er mir nachsah, konnte ich nicht sagen. Ich wagte es nicht, mich noch einmal umzusehen. Mein Herz pochte heftig in meiner Brust und ich hatte Angst, es würde meinen zerbrechlichen Körper kurz und klein schlagen, bis nichts mehr von mir übrig war als ein Haufen Scherben auf dem Palastteppich. Die Lakaien an meiner Seite mussten sich beeilen, um mit mir Schritt zu halten. Als ich den Ausgang sah, fing ich beinahe an zu laufen. Ich hob meine Röcke und hastete die Stufen hinab in die Sicherheit der Lichfielder Kutsche.

„Nach Hause, Charlie?", fragte Gus.

Ich war wütend und frustriert und musste meine Gefühle bei jemandem loswerden, der es verdient hatte, nicht bei meinen Freunden. „Bring mich zu Gillinghams Haus. Ich werde mit Harriet reden."

* * *

Unglücklicherweise war Lord Gillingham zu Hause. Ich hätte es vorgezogen, allein mit Harriet zu sprechen. Da er da war, bekam ich sie möglicherweise überhaupt nicht zu Gesicht.

„Du wirst nicht mit ihr reden", sagte er mir. Der Lakai hatte Gillingham anstatt seiner Frau geholt, obwohl ich nach ihr gefragt hatte. „Sie will mit dir nichts zu tun haben."

„Warum?", fragte ich. Meine Nerven hingen an einem seidenen Faden, aber ich durfte sie diesem Mann gegenüber in seinem Haus nicht verlieren. Seine Angestellten würden ihm gehorchen und meine Bemühungen wären umsonst. Nach dem Palast ertrug ich keine weitere Pleite.

„Weil du viel zu eng mit Fitzroy und dem Ministerium verbunden bist und meine Familie muss so weit wie möglich von dem Skandal ferngehalten werden. Die Sicherheit meiner Frau hat in dieser kritischen Zeit absoluten Vorrang."

„Sie sind ebenfalls eng mit Lincoln und dem Ministerium verbunden", gab ich zurück.

„Ich werde mich von Lichfield Towers distanzieren, solange es nötig ist."

„So sehr mich Ihre Abwesenheit erfreut, ich muss jetzt mit ihr sprechen. Harriet!" Mein Ruf wurde von den tapezierten Wänden zurückgeworfen und stieg zur hohen Decke auf.

Gillingham gab seinem Lakaien ein Zeichen. „Sorgen Sie dafür, dass Miss Holloway sofort geht."

Der Lakai öffnete mir die Tür, doch ein Wort von Harriet, die am oberen Treppenabsatz stand, ließ sie ihn wieder schließen. Für weitere Anweisungen schaute er zu ihr, nicht zu seinem Herrn.

„Gilly, so behandelt man unseren Gast und meine Freundin nicht", rügte Harriet. „Komm und setz dich zu mir, Charlie", sagte sie freundlich und streckte die Hand zu mir aus.

Gillingham saugte Luft durch seine Zähne, widersprach seiner Frau jedoch nicht. Ich hob meine Röcke an und ging mit einem misstrauischen Blick in seine Richtung zu ihr die Treppe hinauf. Mit einer Hand ihren Bauch stützend führte sie mich in ein gemütliches Wohnzimmer, wo wir uns zusammen auf das Sofa setzten. Ihr Mann folgte und schloss auf ihre Bitte hin die Tür. Keine Diener gesellten sich zu uns.

Plötzlich bereute ich meine Hast, in der ich allein hergekommen war. Ich hätte Gus bitten sollen, mich zu begleiten, oder darauf warten sollen, dass Seth nach Hause kam. Die Frau neben mir war vielleicht hochschwanger, aber sie war noch immer eine Werwölfin, die Swinburn ihre Treue geschworen hatte. Ich konnte ihr nicht trauen.

„Ist Ihnen bewusst, dass Lincoln verhaftet wurde?", fing ich an.

Sie schnappte nach Luft. „Verhaftet!"

Gillingham hatte nahe der Tür gestanden, doch jetzt setzte er sich auf einen Sessel. „Das ist eine Folge der Verbindung zwischen seinem Namen und dem Ministerium, die die Zeitungen aufgestellt haben", sagte er.

„Und der Ermittlungen des parlamentarischen Untersuchungsausschusses", sagte ich. „Mr Yallop will uns dichtmachen und er weiß, dass er dafür Lincoln aus dem Verkehr ziehen muss."

„Es wird im Sande verlaufen." Er schob seine Unterlippe vor, als ob das das Ende der Diskussion wäre.

Ich ignorierte ihn. Trotz seiner Stellung in der Gesellschaft konnte er nichts bewirken. Es hatte bis jetzt gedauert, um es zu begreifen, aber er war nutzlos, sein Einfluss nicht existent. Ich wandte mich an Harriet.

„Sie müssen Swinburn überzeugen, seine Kampagne gegen Lincoln einzustellen", drängte ich sie.

„Swinburn!", sagte sie und blinzelte mich mit ihren großen blauen Augen an. „Sie glauben, er steckt dahinter?"

„Ich weiß, dass er dahintersteckt. Und Sie wissen es auch."

„Sie weiß nichts dergleichen!", brüllte Gillingham.

Sie hob die Hand, um ihn zum Schweigen zu bringen, hielt es aber nicht für nötig, ihn anzusehen. „Sie haben wahrscheinlich recht, Charlie. Aber ich habe keinen Einfluss auf Swinburn." Sie legte eine Hand über meine.

Ich zog mich zurück. „Verkaufen Sie mich nicht für dumm. Sie haben sich ihm angeschlossen."

Sie legte den Kopf zur Seite. „Ich habe die Rolle wirklich superb gespielt, aber ich dachte, Sie wüssten, dass es nur vorgetäuscht ist. Das müssen Sie! Ich bin Ihre Freundin, eine Freundin des Ministeriums. Oh, bitte sagen Sie, dass Sie mir glauben, Charlie. Ich werde untröstlich sein, wenn ich Ihre Freundschaft verliere, insbesondere jetzt."

„Sie haben meine Koboldkette gestohlen! Wenn das alles nur vorgetäuscht war, warum haben Sie mich nicht gebeten, sie Ihnen zu geben? Warum so weit gehen?"

„Hätten Sie sie mir gegeben? Natürlich nicht. Sie hätten sie niemals herausgerückt. Charlie, hören Sie mir zu. Sir Ignatius wollte nur glauben, dass ich auf seiner Seite bin, wenn ich ihm einen Beweis für meine Treue liefere. Er bat mich, ihm den Anhänger mit dem Kobold darin zu bringen, also tat ich es. Jetzt vertraut er mir genauso wie Lord Ballantine, vielleicht sogar noch mehr, weil Ballantine und er sich überworfen haben wegen dieser Geschichte mit Leonora und Prinz Eddy. Wirklich, Charlie, ich dachte, Sie hätten erkannt, dass es alles nur gespielt war, nachdem ich Ihnen zugezwinkert habe, als Sie mich in seinem Haus konfrontiert haben. Haben Sie mich nicht zwinkern sehen?"

„Haben Sie die Wut in meiner Stimme nicht gehört?"

„Ich dachte, es wäre alles Schauspiel." Sie lachte nervös. „Sie sind schließlich eine wundervolle Schauspielerin, wo Sie doch all die Jahre so getan haben, als wären Sie ein Junge. Ich dachte, Sie täten nur so, und dass es funktionierte. Er hat Ihrer Vorstellung geglaubt, und meiner." Sie schmollte. „Ich dachte, wir gäben ein exzellentes Team ab, und jetzt sagen Sie mir, dass Sie an meiner Loyalität Ihnen gegenüber zweifeln. Oh Charlie, der Verlust Ihrer Freundschaft schmerzt. Mein Herz ist gebrochen und wird nicht eher wieder heil, bis Sie mir sagen, dass Sie mir wieder vertrauen."

Sie war überzeugend, und doch blieb ein Körnchen Zweifel, das zu tief saß, als dass ich es hätte entfernen können. „Dank Swinburns Taten sind Sie jetzt die Anführerin des East End Rudels."

„Das war nie meine Absicht."

„Er hat geahnt, dass Sie gewählt würden. Sie und er haben gemeinsam den Plan ausgeheckt, Gawler zu beseitigen."

„Nein!"

„Wie kannst du es wagen, meiner Frau Beihilfe zum Mord vorzuwerfen!"

„Sie sind mächtig geworden seit Gawlers Tod", fuhr ich unbeirrt fort. „Dank Swinburn und ihrer neuen Loyalität ihm gegenüber."

„Loyalität, die ich ihm nur bewiesen habe, weil Sie darauf bestanden haben."

„Es war *Ihre* Idee, ihn auszuspionieren, indem Sie ihm nahekommen."

Sie blinzelte mit tränenfeuchten Augen. „Charlie, sagen Sie nicht solche Dinge. Es war nie meine Absicht, Anführerin des East End Rudels zu werden. Ich wollte doch nur dem Ministerium helfen, ihn zur Rechenschaft zu ziehen." Sie packte meine Hand mit ihren beiden und drückte sie an ihre Brust. „Bitte sagen Sie, dass Sie mir glauben."

Ich schluckte. Ich wusste, dass ich ihr sagen sollte, dass ich ihr glaubte … aber ich konnte nicht.

„Ich denke, Sie sollten gehen, Miss Holloway", sagte Gillingham und erhob sich. „Sie beunruhigen meine Frau."

„Setz dich, Gilly", schnappte Harriet.

Er setzte sich.

„Hören Sie zu, Charlie." Harriet rückte näher an mich heran. „Lassen Sie mich meine Loyalität Ihnen gegenüber beweisen, indem ich Ihnen einige Informationen biete."

War sie so auf Swinburn zugegangen? „Weiter."

„Ich weiß, dass Sie mich nur für ein albernes Mädchen halten, nur ein hübsches Gesicht ohne jegliche eigene Gedanken."

„Nein", sagte ich äußerst mitfühlend. „Das denke ich nicht."

„Einige tun es." Ihr Blick glitt zu ihrem Mann, dann zurück zu mir. „Aber ich habe Augen und Ohren und ich nutze sie, um zu lernen. Swinburns Rudelmitglieder sind unglücklich über Gawlers Tod. Sie betrachten es als Verrat an unserer Art, als Gefahr für unsere gesamte Spezies, dass die Leiche der Wissenschaft überlassen wurde. Sie meinen, der Streit hätte auf die traditionelle Weise zwischen den beiden ausgeräumt werden sollen, durch einen Kampf in Tiergestalt."

„Benutz das Wort nicht", murmelte ihr Mann.

„Da sehen Sie es Charlie. Ist das keine nützliche Information?", fragte sie.

„Nicht wirklich", sagte ich. „Es wird Lincoln nicht aus dem Gefängnis holen." Ich presste meine Finger an meine Stirn und rieb die Stelle, wo Schmerz aufblühte. „Wir sollen morgen heiraten."

„Ich weiß." Ihre Stirn legte sich in Falten. „Sie armes Ding."

„Wenn Sie uns gegenüber wirklich loyal sind", sagte ich, „werden Sie Ihren Einfluss bei Swinburn nutzen und ihn bitten, dafür zu sorgen, dass Lincoln freikommt. Es ist sein verdammter Fehler, dass das Parlamentskomitee überhaupt eingerichtet wurde."

„Ich bin nicht überzeugt, dass er dafür verantwortlich ist", sagte sie vorsichtig.

„Ist er! Er muss es sein."

„Es wurde wegen des öffentlichen Aufschreis eingerichtet und wegen der Offenlegung, dass das Ministerium existiert, um so etwas zu verhindern."

„Und wer hat Mr Salter vom *Star* überhaupt von Werwölfen und dem Ministerium erzählt?"

„Swinburn", sagte Gillingham und schlug mit der Hand auf die Sessellehne. „Ganz sicher war es Swinburn."

„Nein, er war es nicht." Harriet drehte sich zu ihm, die Augen zu Schlitzen verengt. „Hör mit dieser Scharade auf, Gilly. Es ist erbärmlich. Ich weiß, dass du es warst."

Ihm klappte die Kinnlade herunter und er stotterte negierende Worte, die aber keinen vollständigen Satz ergaben. Sie ließ ihn palavern, ihr wütender Blick eisern, bis er schließlich verstummte. Er schloss den Mund und sein hörbares Schlucken füllte die Stille.

„Sprechen Sie weiter, Harriet", sagte ich finster.

„Ich habe neulich die Korrespondenz auf dem Schreibtisch meines Mannes durchgesehen", sagte sie.

„Du hast was?", explodierte er. „Warum?"

„Weil es an der Zeit ist, dass du mich in allen Dingen, die uns als Familie betreffen, ebenbürtig behandelst. Deine Geschäfte sind meine Geschäfte, Gilly. Aber das nur nebenbei. Ich schaute deine Korrespondenz durch und entdeckte einen Brief von Mr Salter, in dem er sich für die Informationen bedankte und um weitere Details bat."

„Sie waren seine Quelle?", sagte ich zu Gillingham.

Er schoss auf die Füße. „Ich muss mir das nicht anhören!"

„Das musst du, wenn du meinen Zustand geheim halten möchtest", sagte seine Frau. „Glaub mir, ich habe kein Problem damit, der Welt zu sagen, was ich bin. Es könnte sogar helfen zu beweisen, dass nicht alle Werwölfe gefährlich sind. Ich habe es in Erwägung gezogen, Gilly, und ich werde es tun, wenn du nicht tust, was ich sage. Jetzt setz dich und hör zu. Du hast Mr Salter die Idee in den Kopf gepflanzt, dass ein Werwolf für die Morde im Old Nichol verantwortlich ist und dann hast du ihm Gawlers Namen genannt."

„Mein Gott", flüsterte ich. „Das ist schrecklich. Warum würden Sie so etwas tun?"

Seine Kehle arbeitete, aber er starrte nur seine Frau an. Die Sommersprossen auf seinen Wangen hoben sich dunkel von seiner blassen Haut ab.

„Weil er verhindern wollte, dass ich mit Gawler und seinem Rudel umherstreife", sagte Harriet. „Er nahm an, dass sich das

Rudel auflösen würde, wenn Gawler wegen Mordes verhaftet wurde. Oder dass es nicht mehr umherstreifen würde, bis der Staub sich gelegt hat."

„Ich habe es für dich getan, meine Liebe", flüsterte er. „Für dich und unser Kind, um euch beide zu beschützen."

„Wovor?", rief sie. „Nur dank dir sind wir jetzt in Gefahr durch die Behörden!"

„Beim Herumstreifen hätte sonst was passieren können. Es ist das East End, in Gottes Namen! Diese Leute hätten sich gegen dich wenden können. Sie sind Abschaum, Harriet. Sie haben keine Moral, kein Gewissen. Ich will gar nicht daran denken, was sie dir hätten antun können."

„Du alberner Dummkopf. Sie sind gute Menschen. Wesentlich besser als du."

Er sprang von seinem Stuhl auf und stürzte sich auf sie. Er packte ihre Schultern. „Harriet, bitte, was ich getan habe, habe ich für dich getan."

Sie stieß ihn weg und er fiel auf den Teppich, wo er rückwärts kroch, bis er gegen einen Tisch stieß.

„Haben Sie ihm auch von Lincoln erzählt?", fragte ich. „Vom Ministerium?"

„Nein!", rief er. „Ich habe das Ministerium, Fitzroy oder Lichfield nicht erwähnt. Mein Ziel war es immer nur, Harriet und das Baby zu schützen, nicht das Ministerium zu schließen. Sag Fitzroy das auf jeden Fall, Charlotte."

Ich wandte mich an Harriet. Sie hob eine Schulter. „In der Korrespondenz fand sich kein Hinweis darauf, dass er Mr Salter über das Ministerium in Kenntnis gesetzt hat. Ich habe ihm eine Nachricht geschickt, um nachzufragen, aber er schrieb zurück, dass er seine Quellen nicht preisgibt."

„Ich war es nicht", sagte Gillingham schwach.

Seine Frau hob einen Finger, als würde sie einen Diener entlassen. „Sie sehen also, Charlie, wenigstens ein Teil dieser Situation ist nicht Swinburns Schuld. Die ersten Zeitungsberichte sind es ganz sicher nicht."

„Die Morde selbst sind es aber möglicherweise", sagte ich. „Und er hat höchstwahrscheinlich Salter und Yallop vom Ministerium erzählt. Das ist jetzt meine Sorge. Harriet, bitte, reden Sie mit ihm. Versuchen Sie, ihn davon zu überzeugen, dass Lincoln und das Ministerium nicht seine Feinde sind."

„Ich werde es versuchen, aber das Problem ist, dass er Macht will, und das Ministerium wird ihm an jeder Ecke im Weg stehen."

„Weil wir nicht wollen, dass Macht in die Hände eines korrupten, unmoralischen Mörders gerät. Swinburn ist kein guter Mann und Sie wissen es. Ist das die Art von Kerl, in dessen Nähe Sie Ihr Kind haben möchten?"

Ihre Schultern sackten herab und sie verschränkte die Hände über ihrem gerundeten Bauch.

„Warum flehst du nicht Julia anstatt meiner Frau an", sagte Gillingham, der sich wieder in seinen Sessel setzte. „Sie ist Swinburns Verlobte, in Gottes Namen. Sicher hat sie einen gewissen Einfluss."

„Sie wird Lincoln nicht helfen", sagte Harriet. „Er hat sie schließlich aus dem Komitee geworfen. Außerdem glaube ich nicht, dass sie auf Sir Ignatius viel Einfluss hat. In meinen Gesprächen mit ihm schien er sie nicht sonderlich zu mögen. Ihre Vereinbarung kam ihm zugute, aber jetzt, da sie ihm alle Informationen über Lincoln und das Ministerium geliefert hat, würde es mich nicht wundern, wenn er es beenden würde. Gott hilf uns allen, wenn er das tut. Sie wird noch mehr verzweifeln."

„Sie ist tot", sagte ich.

Sie starrten mich beide an. „Nein, ist sie nicht." Harriet lachte nervös. „Ich habe sie vor zwei Tagen gesehen. Sie sah so gesund und bezaubernd aus wie immer."

„Sie hat sich selbst umgebracht."

Gillingham sprudelte ein Lachen heraus, doch es erstarb, als ich nicht mit einstimmte. Ich erzählte ihnen das Wenige, das ich über die Situation wusste, was in Anbetracht der guten Bekanntschaft zwischen Lady Harcourt und mir erschreckend inadäquat erschien.

„Die arme Julia", murmelte Gillingham. „Wir sind zwar nicht miteinander ausgekommen, aber … sich selbst das Leben zu nehmen …"

„Sie muss sehr unglücklich gewesen sein", sagte Harriet. „Um ehrlich zu sein, dachte ich nicht, dass sie und Sir Ignatius gut zusammenpassten. Ich frage mich, ob da etwas passiert ist." Sie runzelte die Stirn und strich gedankenverloren über ihren Bauch.

„Die Dinge liefen in letzter Zeit nicht gut für sie", sagte ich.

„Schon, aber …" Harriet schüttelte den Kopf. „Sind Sie sicher, dass sie nicht gestoßen wurde?"

Was für eine merkwürdige Schlussfolgerung. Es für einen Unfall zu halten, ja, aber sie deutete an, dass Lady Harcourt ermordet wurde. „Von wem?", fragte ich.

„Von jemandem, der sie loswerden wollte, natürlich."

„Wie Swinburn", schlug Lord Gillingham vor. Als wir ihn beide entgeistert ansahen, fügte er hinzu: „Ihr habt doch gerade gesagt, dass er sie loswerden wollte."

„Das weiß ich nicht sicher. Es war lediglich ein Gedanke, belangloser Tratsch." Seine Frau seufzte. „Armer Andrew. Er wird am Boden zerstört sein."

„Ist er."

Harriet sah ihren Mann an. „Du solltest ihn besuchen und unser Beileid ausrichten."

„Ich?" Er schniefte. „Nein, danke. Er ist eine widerwärtige Person. Jedenfalls halte ich es nicht aus, in der Nähe trauernder Menschen zu sein. Schick ihm eine Nachricht, meine Liebe."

„Schreib du eine, Gilly." Sie zuckte zusammen und hielt sich den Bauch. „Ich kann im Moment nicht an einem Schreibtisch sitzen."

„Ist alles in Ordnung, meine Liebe?" Er hockte sich vor sie, die Hände auf ihren Knien, der Inbegriff eines liebenden, fürsorglichen Ehemannes.

„Danke, ja. Es ist lieb, dass du fragst." Sie berührte seine Wange. „Ich vergebe dir, dass du zu Mr Salter gegangen bist, Gilly. Ich verstehe natürlich, dass du nur mich und Wolfie beschützen wolltest." Sie kniff die Lippen zusammen. „Aber versuche nicht noch einmal, mich zu manipulieren. Verstanden?"

Er nickte schnell. „Du bist meine ganze Welt, Harriet. Du und unser Kind." Er zog ihre Hand an seine Lippen und küsste sie. Ihr Gesicht wurde sanft und sie lächelte ihn an.

Mehr konnte ich nicht ertragen und stand auf.

„Lincoln wird bestimmt rechtzeitig zur Hochzeit zu Hause sein", sagte Harriet, nachdem ich ihr auf Wiedersehen gesagt hatte. „Die Polizei kann ihn gewiss nicht lange festhalten."

„Setz seinen Anwalt darauf an", sagte Gillingham.

„Das haben wir", erwiderte ich. „Aber ich bin mir nicht sicher, ob er viel ausrichten kann. So wie es aussieht, ist es unwahrscheinlich, dass Lincoln und ich morgen heiraten."

„Oh, Charlie, das tut mir leid", sagte Harriet. „All die Vorbereitungen waren umsonst. Wenigstens können Sie das Kleid aufbewahren, bis er freikommt."

„*Falls* er freikommt", fügte ihr Mann hinzu.

„Gilly!"

Ich wünschte den beiden einen guten Tag, nachdem ich Harriet das Versprechen abgerungen hatte, mir meine Kette zurückzubringen. Als ich ging, fragte ich mich, ob ihre Versprechen überhaupt noch etwas wert waren.

Ich bat Gus, mich nach Hause zu fahren, aber anstatt in die Kutsche zu steigen, setzte ich mich neben ihn auf den Kutschbock. Drinnen war ich allein und ich wollte nicht allein sein. Ich wollte mich unterhalten, damit meine Gedanken nicht in Hoffnungslosigkeit abrutschten.

Aber selbst das Gespräch mit Gus drehte sich um die Hochzeit. Keiner von uns beiden konnte mit einer Lösung aufwarten, wie Lincoln rechtzeitig befreit werden konnte, um mich zu heiraten. Jede Methode würde zu lange dauern. Jede *legale* Methode.

* * *

Gus ließ die Pferde langsamer gehen, als er zwei Kutschen ausmachte, die vor Lichfields Treppe geparkt waren. „Wer ist das?", fragte er, während er die Augen gegen das blendende Sonnenlicht zusammenkniff.

Die Haustür sprang auf und Alice und Lady Vickers kamen uns in der Einfahrt entgegen. Lady Vickers wedelte schwer atmend mit ihrem Fächer vor ihrem Hals. „Sie sind zurück!", sagte sie atemlos.

„Wer?" Ich folgte Alices Blick zum eingefriedeten Garten.

Oh Gott nein.

Ich sammelte meine Röcke und sprang vom Kutschbock. Am Eingang zum Garten sah ich Seth stehen, die Arme verschränkt.

„Sie haben Schaufeln mitgebracht", sagte Alice, die neben mir herlief. „Und mehr Männer."

„Ich dachte, sie hätten aufgegeben", sagte ich.

„Anscheinend nicht."

Seth schaute über die Schulter, als er uns näherkommen hörte. Er schüttelte warnend den Kopf. „Nichts sagen", flüsterte er.

„Ist das Miss Holloway?", fragte Detective Inspector Fullbright aus dem Garten heraus.

Ein grinsender Mr Yallop stellte sich neben ihn. „Exzellentes Timing", sagte Mr Yallop. „Wir wollten gerade gehen."

„Was machen Sie da?", fragte ich.

„Nach denen hier suchen." Mr Yallop deutete auf einen Constable, der eine Schubkarre zwischen den Beeten hindurchschob. Sie war gefüllt mit den Leinensäcken, in denen wir die Akten vergraben hatten.

Ich erstarrte. Selbst mein Herz blieb stehen. „Was …?", war alles, was ich herausbrachte.

„Das sind die Beweise, die Ihren Verlobten überführen und das Ministerium schließen werden."

KAPITEL 15

Seth versperrte den Ausgang und betrachtete die Säcke in der Schubkarre. Er hätte einen geöffnet, wenn Mr Yallop nicht seine Hand weggeschlagen hätte. „Die haben wir noch nie zuvor gesehen", erklärte Seth ihm.

Mr Yallop lächelte lediglich sein widerliches Lächeln.

Der Detective befahl seinen Männern, die Beweise auf die Kutsche zu laden.

„Beweise?", fragte Seth voller Unschuld. „Beweise wofür?"

„Ich tippe darauf, dass dies die Akten sind, deren Herausgabe Mr Fitzroy verweigert hat", sagte Fullbright. „Sie werden beweisen, dass er uns Informationen über potenzielle Mörder vorenthalten hat."

„Sie haben uns die hier untergeschoben!"

„Netter Versuch." Mr Yallop schmunzelte.

„Niemand hat hier etwas untergeschoben", sagte der Detective zu Seth. „Ich wurde misstrauisch, als meine Constables mir berichtet haben, dass der gesamte eingefriedete Bereich mit Mist bedeckt war, der Rest des Gartens jedoch nicht. Es ist zu heiß, um Mist zu streuen. Ich bin in meiner Freizeit Gärtner und streue nur im Frühling Mist. Frühsommer ist dafür nicht die beste Zeit."

„Was beweisen die Akten denn?", fragte ich. „Wie können sie Lincoln der Beihilfe zum Mord überführen?"

„Die Sache ist die, Miss Holloway", sagte Mr Yallop, „Mr Fitzroys Weigerung, sie auszuhändigen, sah nicht gut aus. Aber Sie haben recht, das reicht nicht, um ihn zu verurteilen. Der Beweis, dass er mit Mr Gawler und den Morden verstrickt war, allerdings schon."

„Lincoln hatte damit nichts zu tun! Er hat versucht herauszufinden, wer die Tode verursacht hat, ebenso wie Sie."

„Mr Yallop, Sir", warnte der Detective. „Geben Sie nicht zu viel preis."

„Es schadet nicht, ihnen zu sagen, dass Sie mit Mr Gawlers Freunden und Nachbarn gesprochen haben, Fullbright. Sie haben alle erwähnt, wie Mr Fitzroy Gawler mehrmals aufgesucht hat, sowohl vor als auch nach den Morden. Teile ihrer Gespräche wurden mit angehört."

„Sir", zischte Inspector Fullbright.

„Sie sprachen über die Morde, um herauszufinden, wer sie begangen hat", rief ich, „nicht weil sie gemeinsame Sache gemacht haben."

„Fitzroy hat Gawler verteidigt", sagte Mr Yallop.

Der Inspector schüttelte den Kopf und stürmte in Richtung der Kutschen davon.

„Das macht ihn nicht schuldig", knurrte Seth.

„Tut es das nicht?" Mr Yallop ging ebenfalls weg, die beiden anderen Constables auf den Fersen.

„Mr Yallop, bitte!", rief Alice ihm nach. „Sie können das nicht tun. Lincoln und Charlie heiraten morgen."

„Das wird bis nach der Gerichtsverhandlung verschoben werden müssen." Mr Yallop blieb stehen und schaute mich an. Jegliches hochmütige Lächeln war aus seinem Gesicht verschwunden und er wirkte ernsthaft besorgt. „Wenn ich Sie wäre, Miss Holloway, würde ich die Hochzeit ganz absagen. Sie sollten sich von ihm distanzieren. Eng mit Fitzroy in Verbindung zu stehen, wird Ihnen nicht zum Vorteil gereichen."

Ich fühlte mich krank, sackte gegen die Ziegelmauer und schloss die Augen. Mein Traum einer Heirat war geplatzt. Viel schlimmer noch, Lincolns Freiheit und sein Leben standen auf dem Spiel.

Ich hätte nie gedacht, dass es so weit kommen würde. Er war

so kompetent, so selbstsicher, dass er beinahe über dem Gesetz zu stehen schien, oder vielleicht irgendwie außerhalb. Er war nicht immer einem geraden und engen Pfad gefolgt, um Ergebnisse zu erzielen, doch noch nie zuvor war er in Schwierigkeiten geraten. Nicht in diesem Ausmaß.

Es war seine Rolle als Leiter des Ministeriums der Kuriositäten, die ihn zu Fall gebracht hatte, der Kern seiner Identität—ja, sogar der Grund für seine Existenz. Wie grausam ironisch.

Alice und Seth flankierten mich auf dem Weg zurück zum Haus. Mr Yallop war in einer Kutsche weggefahren, während Inspector Fullbright das Verladen der Akten in die andere überwachte.

„Übrigens", sagte er. „Mir wurde gesagt, dass Sie Bekannte der verstorbenen Lady Harcourt waren."

„Ja", sagte Seth. „Und?"

„Ich fühle mich verpflichtet, Ihnen mitzuteilen, dass sie sich möglicherweise nicht das Leben genommen hat, wie zunächst gedacht. Ein Zeuge ist auf uns zu gekommen und behauptete, er hätte gesehen, wie jemand sie gestoßen hat."

„Sie gestoßen!", sagte ich. „Wer?"

„Ein Mann, laut des Zeugen, aber er konnte keine Beschreibung liefern. Der Verdächtige trug einen Kapuzenmantel."

„Mitten im Sommer?"

„Ermittelt Scotland Yard?", fragte Seth.

„Natürlich", sagte der Detective, „aber ich fürchte, wenn kein weiterer Zeuge mit einer Beschreibung des verhüllten Mannes auftaucht, werden wir wahrscheinlich nichts erreichen. Ich wollte Sie lediglich wissen lassen, dass Sie sich nicht das Leben genommen hat. Ich hoffe, es tröstet Sie ein wenig in Ihrer Trauer."

Weder Seth noch ich sagten etwas. Ich fühlte mich ziemlich schuldig, dass wir sie nicht betrauerten, und vielleicht empfand er ebenso. „Das ist sehr freundlich von Ihnen, Inspector", sagte Alice. „Wir wissen es zu schätzen, dass Sie es uns sägen. Haben Sie ihre Familie informiert?"

„Lord Harcourt und Mr Buchanan wissen Bescheid." Er kletterte neben den Fahrer auf den Kutschbock und berührte die Krempe seines Hutes zum Abschied.

„Wer würde so etwas tun?", fragte Alice, während wir die Eingangstreppe hinaufstiegen, wo Lady Vickers wartete.

„Swinburn", sagten Seth und ich gleichzeitig.

Harriets Worte hallten durch meinen Kopf—Swinburn war mit Lady Harcourt durch und wollte sie loswerden. Ich hatte den Verdacht, dass sie wütend auf ihn war, weil er die Verlobung gelöst hatte. Vielleicht war sie ihn angegangen und hatte ihn bedroht. Das würde ihm nicht gefallen. Nein, ganz und gar nicht.

„Kommen Sie herein, meine arme Kleine", gurrte Lady Vickers. „Kommen Sie und setzen Sie sich. Der Koch wird Ihnen etwas zu essen bringen."

Der Koch war ihr einen Schritt voraus. Er brachte einen Teller voller Cremetörtchen, von denen er wusste, dass ich sie liebte. Ihm zuliebe nahm ich eins. Er schaute so besorgt wie der Rest, aber mich essen zu sehen schien ihm etwas Auftrieb zu geben.

Niemand sprach, bis Gus zu uns stieß und Seth ihn darüber informierte, was geschehen war. Er fluchte leise. „Das is nich richtig", sagte er. „Was machen wir jetzt?"

„Der Anwalt nimmt sich der Sache an", sagte Seth.

„Glaubt er, es besteht die Chance, dass Lincoln freikommt?", fragte ich.

„Nicht rechtzeitig zur Hochzeit."

„Vergiss die Hochzeit. Ich meine, überhaupt?"

„Es ist noch zu früh, um es zu sagen." Er riss ein Stück von seinem Cremetörtchen ab, aß es aber nicht.

„Komm schon", sagte ich. „Was erzählst du mir nicht?"

„Nichts."

„Seth", fuhr seine Mutter ihn an. „Sie ist kein Kind. Hör auf, sie beschützen zu wollen und erzähl ihr, was du uns erzählt hast."

Er warf mir einen verlegenen Blick zu. „Der Anwalt hat gesagt, ihm gefällt die Beteiligung von Mr Yallop nicht. Er hat den Ruf, sich wie eine Bulldogge an etwas festzubeißen und die Resultate zu erzwingen, die er haben will. Nicht unbedingt die richtigen Resultate."

„Du meinst, er ist ein verdammter Lügner", grummelte Gus.

„Er manipuliert die Wahrheit."

„Kommt aufs Gleiche raus."

„Scheinbar ist Yallop der Mann, den das Parlament als Leiter bei den Komitees einsetzt, bei denen sie ein bestimmtes Ergebnis wollen."

„Also manipuliert jemand den Untersuchungsausschuss", sagte ich seufzend.

„Vielleicht ist es nicht jemand. Vielleicht ist es eine ganze Reihe Parlamentarier. Die Regierung möchte schnell gegen das Ministerium handeln—und gegen Lincoln, da sie glauben, er stünde mit Gawler in Verbindung. Ihnen liegt daran, die Ängste der Öffentlichkeit zu zerschlagen und den Anschein zu erwecken, dass sie entschieden gegen unerwünschte Elemente vorgehen."

„Übernatürliche."

Seth nickte.

Ich erzählte ihnen, dass Gillingham Mr Salters ursprüngliche Quelle über Werwölfe im Allgemeinen war, und Mr Gawler im Besonderen, aber nicht die Quelle für Informationen über das Ministerium oder Lincoln. „Wenigstens das war Gillingham nicht."

„Sind Sie sicher, dass er nicht gelogen hat?", fragte Lady Vickers.

Ich nickte. „Gillingham ist schon lange Komiteemitglied. Er hätte schon früher Probleme machen können, hat er aber nicht. Er unterstützt das Hauptanliegen des Ministeriums—als Hüter der Informationen über die Übernatürlichen zu fungieren, um sie unter Kontrolle zu halten."

„Und genau das ist der Grund, warum Swinburn uns loswerden will", sagte Seth. „Er will nicht, dass wir ihn unter Kontrolle halten. Ich wette immer noch auf ihn als denjenigen, der dem Ministerium den Mist eingebrockt hat."

Ich schaute aus dem Fenster auf die Einfahrt, die ruhig und leer dalag. „Die Polizei hat jetzt die Akten und diese Akten enthalten seinen Namen ebenso wie die Namen seines Rudels." Meinen enthielten die Akten nicht. Lincoln hatte meine Informationen nie hinzugefügt, aus Angst, dass jemand Zugriff darauf bekam und mich für ihre ruchlosen Zwecke missbrauchen würde. Wenigstens das war eine Erleichterung.

„Wo wir gerade von Swinburn reden, ihr glaubt nicht, was der Inspector uns gerade über Lady Harcourts Tod gesagt hat." Seth informierte seine Mutter, den Koch und Gus über Lady Harcourts möglichen Mord. Nach ihren schockierten Ausrufen drehte sich das Gespräch natürlich um Verdächtige. An erster Stelle stand Swinburn.

Ich achtete nicht sonderlich auf die Theorien. Meine Gedanken kehrten immer wieder zu Lincoln und meiner wachsenden Hoffnungslosigkeit zurück. Warum hatten wir die Akten nicht vom Grundstück entfernt? Oder den Mist auch an anderen Stellen im Garten verstreut? Jetzt schien es so offensichtlich, doch damals dachten wir, wir wären schlau gewesen, die Akten zu vergraben. Selbst der beste Anwalt der Stadt konnte ihn jetzt nicht befreien, da die Akten ans Licht gekommen waren. Sie belegten Lincolns Einbindung in das Ministerium und Mr Yallop bestand darauf, das Ministerium mit den Werwolf-Morden gleichzusetzen. Es war schrecklich unfair.

Ich musste ihn befreien, ehe er angeklagt wurde und der einzige Weg, wie ich das bewerkstelligen konnte, war mithilfe meiner Nekromantie. Morgen würde ich ihn besuchen und ihm meinen Plan unterbreiten. Er würde ihm nicht gefallen, aber das würde mich nicht aufhalten.

„Du siehst erschöpft aus, Charlie." Alice stand neben mir. Ich war so in Gedanken versunken gewesen, dass ich sie nicht bemerkt hatte.

„Du auch", sagte ich. „Vielleicht müssen wir beide früh ins Bett."

Nach dem Abendessen zog ich mich in meine Zimmer zurück, legte mich aber nicht hin. Ich nahm mein Hochzeitskleid und presste es an mich. Es war wunderschön, seidenweich unter meinen Fingern. Es zurückzulassen war eine Schande, aber ich konnte nur das Notwendigste mitnehmen.

Ich packte eine kleine Tasche und zog das schlichteste Kleid an, das ich besaß. Dann schaute ich in den Flur, ehe ich zu Lincolns Zimmer ging. Ich schloss leise seine Tür und stellte die Lampe auf den Tisch. Würde er irgendwelche persönlichen Papiere benötigen? Ich beäugte das Gemälde, hinter dem sich der Safe befand. Allein konnte ich nicht viel tragen, also ließ ich alles zurück, was nicht absolut essenziell war. Dank Lincolns hervorragendem Gedächtnis würden wir keine Papiere brauchen, also entschied ich mich lediglich für einige kleine persönliche Dinge. Das Einzige, was ich aus dem Safe holte, war Geld.

Ich schrieb einen Brief an den Koch, Seth und Gus, in dem ich ihnen den Code des Safes nannte und sie anwies, den Brief zu zerstören, sobald sie ihn gelesen hatten. Die letzten Zeilen waren beinahe unmöglich zu schreiben. Tränen strömten über meine Wangen, tropften auf das Papier und verschmierten die Tinte. Meine Hand zitterte.

Ich schrieb: „Ich liebe euch alle. Ihr seid meine Welt, aber Lincoln ist mein Universum und ich muss bei ihm sein, egal was kommt. Wir werden uns eines Tages wiedersehen, meine liebsten Freunde. Ich verspreche es."

Ich legte den Brief beiseite, um ihn morgens auf meinen Schminktisch zu legen, wo sie ihn finden würden, wenn sie mich suchen kamen. Mein Herz brannte mit einem feurigen Schmerz, als ich mir ausmalte, wie er gelesen wurde. Ein Schmerz, von dem ich bezweifelte, dass er jemals vergehen würde.

Mit noch immer fließenden Tränen sammelte ich einige notwendige Kleidungsstücke aus Lincolns Schlafzimmer. Später, wenn ich sicher sein konnte, dass alle im Haushalt schliefen, würde ich alles aus der Vorratskammer holen, was ich tragen konnte. Wir brauchten möglicherweise Essen für einige Tage.

Gott, es war so hart. Mein Körper fühlte sich schwer an, als ob ein großes Gewicht von oben auf mir lasten würde. Ich setzte mich auf Lincolns Bett und starrte mit wässrigen Augen auf das Kissen. Sein Kopf sollte jetzt dort ruhen und morgen Nacht sollte meiner daneben liegen.

Ich legte mich hin, denn ich wollte ihm so nahe wie möglich sein. Sein Geruch war auf dem Kissen. Ich rollte mich zusammen und schloss die Augen, stellte mir seinen Körper hinter mir vor, wie er mich hielt, mich beschützte. Ich konnte ihn beinahe dort spüren.

Beinahe.

Morgen Nacht würde ich so mit ihm zusammen daliegen. Aber nicht hier in Lichfield. Niemals in Lichfield.

* * *

SCHWACHES LICHT UMRAHMTE DIE VORHÄNGE, als ich erwachte. Doch davon wurde ich nicht geweckt.

„Charlie!" Gus' Ruf dröhnte außerhalb von Lincolns Gemächern.

Ich war auf seinem Bett eingeschlafen, das Kissen in meinen Armen. Ich stand auf, richtete mein Kleid und wollte nach meiner Tasche greifen. Nein, noch nicht. Ich hatte geplant, aus dem Haus zu schleichen, bevor alle wach wurden, doch das war jetzt nicht mehr möglich. Ich würde bis nach dem Frühstück warten müssen. Bis dahin würde ich mich ganz normal verhalten. Das Letzte, was ich brauchte, war jemand, der mir auf die Schliche kam und mich davon abhielt, Lincoln zu retten.

„Charlie! Wo zum verflixten Teufel bist du?"

Ich öffnete die Tür und schlüpfte hinaus in den Flur. „Ich bin hier. Gus, was ist passiert?"

Sein raues Gesicht hellte sich auf. „Gott sei Dank! Als ich gesehen hab, dass niemand in deinem Bett geschlafen hat, dachte ich, du wärst da raus gegangen."

„Wo raus? Gus, was ist los?"

„Muss ich dir zeigen." Er nahm meine Hand und führte mich zurück zu Lincolns Wohnzimmer. Zum Glück hatte ich meine Tasche im Schlafzimmer gelassen.

„Warum bist du so früh auf?", fragte ich, während ich hinter ihm her trottete.

„Wache halten. Seth und der Koch sind wach, Alice auch. Sie bewaffnen sich."

„Bewaffnen sich!" Oh Gott, nein. Nicht jetzt. Bitte nicht jetzt.

Er blieb am Fenster stehen und zog vorsichtig den Vorhang zur Seite. Ich schnappte nach Luft. Eine Reihe von etwa hundert Soldaten stand quer auf unserem Rasen verteilt. Sie trugen rotweiße Uniformen und jeder hatte ein Schwert an der Seite. Hinter ihnen stand eine Reihe von Bogenschützen, die Bogen in der Hand. Und noch ein weiteres Dutzend schob ein riesiges Katapult in der Nähe des Obstgartens in Position. Außerdem war da noch der Rammbock in der Einfahrt, der bereit war, gegen unsere Eingangstür zu donnern. Ein Mann zu Pferd bellte

Befehle, während er vor den Truppen auf und ab ritt. Als er sich zum Haus umdrehte, erkannte ich ihn als den Kommandanten der Armee, die die Schule in der Burg Inglemere angegriffen hatte.

Sein Blick hob sich plötzlich zu unserem Fenster. Ich ließ den Vorhang fallen und trat zurück.

„Sie haben das Haus umzingelt", sagte Gus.

„Du sagst, Alice ist wach?"

Er nickte.

Dann mussten sie ein Portal und einen Zauberspruch benutzt haben, um hierher zu gelangen, genau wie das Kaninchen. *Verdammt.*

Ich linste wieder hinaus und wünschte, ich hätte es nicht getan. Das Katapult wurde mit einem Felsbrocken beladen, der so groß war wie ich. Lichfield war keine bewehrte Burg wie Inglemere. Eine Waffe dieser Größe würde erheblichen Schaden anrichten. Der Rammbock konnte ebenfalls mit Leichtigkeit durch die Haustür brechen.

„Was sollen wir tun?" Gus klang ängstlich. Er hatte noch nie ängstlich geklungen, egal was ihm blühte.

Ich taumelte rückwärts gegen den Schreibtisch, packte die Kante mit beiden Händen und versuchte, auf eine Lösung zu kommen. Gus wartete auf Anweisungen. Ohne Lincolns Führung setzte er mich an die Position des Anführers. Er und die anderen verließen sich auf mich.

Aber ich war nicht Lincoln. Ich hatte weder seine schnelle Auffassungsgabe noch seinen scharfen Fokus. Und ich hatte keinen blassen Schimmer, wie man eine gesamte Armee bekämpfte.

„Ich weiß es nicht, Gus. Ich weiß es ehrlich nicht."

KAPITEL 16

Schritte hämmerte den Flur entlang. Gus zog eine Pistole aus dem Bund seiner Hose und stellte sich vor mich. Ich war noch nicht einmal mit einem Messer bewaffnet.

„Ich bin es nur", kam Seths Stimme.

Gus trat zur Seite, steckte seine Waffe jedoch nicht weg. Seth hielt ebenfalls eine in der Hand. Sein Gesicht war aschfahl, aber hart wie Stein und seine Augen glänzten wie Edelsteine in dem schlechten Licht. „Alle sind bewaffnet", sagte er. „Sogar meine Mutter. Wir sind bereit."

„Nein", murmelte ich. „Wir sind nicht bereit. Wir sind weit davon entfernt, bereit zu sein. Wir können nicht gegen eine Armee kämpfen."

„Wir haben Pistolen, sie haben Schwerter und Pfeile."

„Und Belagerungsmaschinen, und sie sind massiv in der Überzahl."

Er warf eine Hand in die Luft. „Gibst du auf, Charlie? Einfach so?"

Ich verschränkte die Arme vor der Brust und kämpfte gegen Tränen an. Ein Teil von mir wollte aufgeben. Ohne Lincoln erschien es ohnehin sinnlos zu kämpfen. Ohne ihn war Lichfield leer. Mein Leben war leer.

Aber Lincoln war nicht weg. Er war im Gefängnis und ich war seine einzige Hoffnung auf Entkommen.

„Wenn wir den Kobold hätten, könnte der angreifen", sagte Gus und schaute wieder aus dem Fenster. Er fluchte und ließ den Vorhang los. „Wir müssen die anderen warnen, von der Vorderseite des Hauses wegzubleiben."

Seth folgte ihm, blieb aber stehen. „Komm, Charlie. Hier ist es nicht sicher. Die Küche ist auf der Rückseite des Hauses. Da richten wir unser Hauptquartier ein."

„Der Kobold", wiederholte ich und beäugte den Safe.

„Charlie?"

„Ich komme gleich. Ich habe eine Idee."

* * *

„LASS MICH LOS!" Alices panische Stimme drang aus dem Dienstbotenbereich.

Ich rannte los und platzte in die Küche. „Alice!"

Sie wehrte sich gegen Seth und Gus, die sie festhielten. „Sie will sich ergeben", sagte Seth.

„Das muss ich!", rief sie und versuchte vergeblich, sich aus seinem Griff zu befreien. „Wir können keine Armee besiegen! Sei vernünftig. Es ist die einzige Möglichkeit, sie wegzuschicken. Lass mich gehen, bevor sie diese Felsbrocken los jagen."

„Nein", knurrte Seth.

„Lady V." Alice flehte Seths Mutter an, die beobachtete, wie der Koch eine Pistole lud. „Sie verstehen es. Ich muss mich ergeben, sonst werden wir alle sterben!"

Lady Vickers richtete ihr leichenblasses Gesicht mit wilden Augen auf Alice. Sie trug einen Schal über ihrem Nachthemd und die Haare hingen ihr wirr auf dem Rücken. Sie sah aus wie eine Irre, die aus dem Dachboden entkommen war. „Ich verstehe", sagte sie. Beim Protest ihres Sohnes hob sie die Hand. „Aber Sie gehen nicht da raus. Sie werden unter allen Umständen hierbleiben. Ist das klar?"

„Nein!"

Der Koch hatte die Waffe fertig geladen und reichte sie Lady Vickers. Sie zielte damit auf Alices Fuß. „Falls nötig, werde ich Sie anschießen."

Alice hörte auf, sich zu wehren. Seth und Gus ließen sie langsam los.

„So", sagte Lady Vickers knapp. „Wo sollte ich stehen, um bestmöglich auf einen dieser Soldaten zielen zu können?"

„Du schießt nicht auf sie, sondern bleibst hier als letzte Verteidigungslinie", sagte Seth. „Bei Alice."

Alice plumpste auf einen Stuhl und vergrub ihr Gesicht in den Händen. „Das ist alles meine Schuld", stöhnte sie.

„Nein", sagte ich und strich ihr über die Haare. „Du warst ein Kind, als du herkamst. Was auch immer in Wunderland passiert ist, damit du hierher geschickt wurdest, ist nicht deine Schuld. Und jetzt bewaffne dich. Ich habe einen Plan, wie wir aus der Sache rauskommen, ehe ein Schuss fällt."

Lady Vickers atmete hörbar aus. Sie hielt die Pistole hoch. „Gott sei Dank! Ich habe keine Ahnung, wie man dieses Ding benutzt."

Seth schob die Pistole zur Seite. „Erste Stunde: Ziel auf den Feind, nicht auf dein einziges Kind."

„Was ist dein Plan, Charlie?", fragte der Koch.

Ich öffnete den Mund, um zu antworten, als ein lautes Krachen über uns durch das Haus dröhnte. Glas zerbrach. Steine und Holz splitterten. Töpfe klapperten und das Geschirr fiel aus dem Regal und zerbrach auf dem Boden.

Lady Vickers schrie. Ein Schuss löste sich und sie schrie noch einmal.

Alle warfen sich auf den Boden, die Hände über die Köpfe gelegt, während Putz von der Decke rieselte und kleine weiße Häufchen von Pulver auf den Fliesen bildete. Es wurde still im Haus, bis auf das Klirren des Kronleuchters in der Eingangshalle.

„Nachladen!", ertönte ein ferner Ruf.

Seth kroch zu seiner Mutter und nahm ihr die Pistole ab. „Du kannst stattdessen ein Messer haben." Er kam auf die Füße, in jeder Hand eine Pistole. „Sie werden einige Minuten brauchen, um das Katapult nachzuladen", sagte er. „Charlie, erzähl uns deinen Plan, bevor sie Lichfield zerstören."

Ich sprang auf und lehnte die Waffe ab, die er mir anbot.

„Keine Zeit, es zu erklären. Folgt mir und spielt mit. Du auch, Alice."

„Nein", sagte er. „Sie bleibt hier."

„Der Plan wird ohne sie nicht funktionieren."

Er sah aus, als wollte er mit mir streiten, aber Alice marschierte zwischen uns hindurch zur Küchentür hinaus. Ich rannte ihr nach, Seth und Gus auf den Fersen. Ich war dankbar, dass der Koch mit Lady Vickers zurückblieb. Sie schien Trost zu brauchen und es war klug, jemanden zu haben, der einen kühlen Kopf bewahrte und sich um sie und das Haus kümmerte, sollte mein Plan fehlschlagen. Versagen war äußerst wahrscheinlich.

Ich erhaschte einen Blick auf die Uhr auf dem Tisch, als wir uns in der Eingangshalle versammelten. In drei Stunden sollte ich eigentlich heiraten. Es erschien mir jetzt wie eine Fantasie.

„Alice, du bleibst hier, bis ich dich rufe", sagte ich. „Seth, Gus, legt eure Waffen weg." Ich öffnete die Tür, bevor einer der Männer widersprechen konnte.

Als Zeichen des Ergebens hob ich beide Hände. Neben mir taten Seth und Gus das Gleiche. Wir schauten hinaus zu den Soldaten, die rechts und links über unseren Rasen schwärmten, so weit das Auge reichte. Das Katapult war bereits geladen, ein Team von Männern zog den Hebel zurück, um es abzuschießen.

„Stop!", rief ich. „Ich gebe euch Alice!"

„Charlie", zischte Seth. „Was tust du?"

„Vertrau mir, Seth. Bitte."

Der Anführer auf dem Pferd hob die Hand, um seine Männer zu stoppen. Das Team hielt inne, entschärfte das Katapult jedoch nicht.

„Wo ist sie?", verlangte der Kommandant zu wissen. Er war nicht sehr alt, besaß aber die verwitterten Gesichtszüge eines erfahrenen Soldaten und die Haltung eines Mannes, der es gewohnt war, Befehle zu erteilen. Seine Statur, wie er aufrecht auf dem größten Pferd saß, war beeindruckend. Wo seine Männer rote Jacken und weiße Hosen trugen, war seine Uniform vollkommen schwarz. Die goldenen Knöpfe und die Taschenuhr sorgten für eine ansehnliche Eleganz.

„Sie ist drinnen", rief ich zurück. „Sie wird nur mit euch gehen, wenn ihr die Belagerung des Hauses beendet."

„Natürlich", sagte der Kommandant.

„Und noch eine Bedingung."

Ich spürte Seths und Gus' Blicke auf mir.

„Und die wäre?", rief der Kommandant.

„Dass ihr uns zuerst helft, ihre Feinde in dieser Welt zu fangen."

Neben mir brummte Seth. „Ich mag die Art, wie du denkst, aber sie werden dem niemals zustimmen."

Der Kommandant lehnte sich auf die Pausche seines Sattels und verlagerte sein Gewicht. „Warum sollte ich das tun? Wir sind in der Überzahl." Er deutete auf die Armee hinter ihm. „Wir können sie einfach mitnehmen."

„Ihr könntet es versuchen", sagte ich. „Aber sie wird sich umbringen, bevor sie es zulässt. Sie steht jetzt drinnen und hält sich eine Pistole an die Schläfe. Wenn ihr meine Bitte ablehnt und das Haus stürmt, wird sie abdrücken."

Er legte den Kopf schräg. „Pistole?"

Einer der anderen Reiter kam zu ihm und sagte etwas. Er war deutlich jünger als der Kommandant. Er sprach so leise, dass seine Stimme nicht bis zu uns drang, aber was auch immer er sagte, fesselte die Aufmerksamkeit des Kommandanten. Als er fertig war, sahen beide zu uns herüber.

„Nun?", fragte ich. „Werden Sie uns im Austausch für Alice helfen?"

Der Kommandant verlagerte wieder sein Gewicht nach vorn und mir wurde klar, dass er das tat, wenn er nachdachte. Der Ratgeber neben ihm sagte etwas. Er wirkte sehr ernst.

Der Kommandant nickte. „Miss Alice wird im Wunderland vor Gericht gestellt", rief er uns zu. „Wenn sie schuldig gesprochen wird, stirbt sie sowieso. Hier oder dort, es spielt keine Rolle."

„Jesus", murmelte Gus.

„Ich glaube Ihnen nicht", sagte ich. „Sie würden nicht mit mir verhandeln, wenn es keine Rolle spielen würde. Sie hätten sie schon längst gewaltsam geholt, tot oder lebendig. Aber ich schätze, Sie wollen Ihrer Königin das Gerichtsverfahren nicht vorenthalten."

Der Abstand zwischen uns war groß, aber ich konnte das

Stöhnen des Kommandanten gerade so hören. Der Ratgeber nickte vehement. Meine Ahnung war also korrekt—Alice war ihnen lebend mehr wert als tot. Sie war immerhin die Nichte der Königin, und die Herzkönigin wollte, dass sie in Wunderland vor Gericht gestellt wurde.

Nach Aufforderung seines Ratgebers nickte der Kommandant. „Wir stimmen zu! Aber erst will ich Miss Alice sehen."

„Nein!", rief Seth zurück.

„Ich bin hier", ertönte Alices Stimme hinter uns. Sie hielt sich eine Pistole an den Kopf.

Der Kommandant richtete sich auf. Der Ratgeber schloss erleichtert die Augen. Dann öffnete er sie wieder und drehte sein Pferd zu der Reihe von Soldaten um, denen er befahl, zurückzutreten und die Waffen zu senken. Sie gehorchten ihm und der Kommandant schien sich nicht dafür zu interessieren, dass sein Untergebener seinen Männern Befehle entgegenbellte.

„Was jetzt?", fragte Seth mich.

„Jetzt nähern wir uns ihnen", sagte ich. „Vorsichtig. Alice, nimm meine Hand. Wir gehen zusammen."

„Mir gefällt das nicht", sagte Seth.

„Wir ham keine Wahl", sagte Gus zu ihm.

„Charlie", flüsterte der Koch von der Tür her. „Soll ich zu Marchbank reiten?"

„Erst zu den Gillinghams", sagte ich. „Sag Harriet, wir treffen uns bei Swinburns Haus. Dann informiere Lord Marchbank."

Alices Hand berührte meine. Ich hielt sie fest und schenkte ihr ein grimmiges Lächeln. Ich wollte ihr versichern, dass alles gut werden würde, dass ich wusste, was ich tat.

Doch falsche Hoffnungen konnte ich ihr nicht machen. Ich wusste nicht, ob mein Plan funktionieren würde. Je mehr ich darüber nachdachte, desto mehr bezweifelte ich, dass wir es durchziehen konnten. So vieles konnte schiefgehen.

Gemeinsam stellten wir uns vor den Kommandanten. Seth und Gus standen hinter uns. Der stählerne Blick des Kommandanten sprang von ihnen zu mir und ruhte dann auf Alice.

Er beugte den Kopf. „Miss Alice."

Sie hielt meine Hand fester. „Wer sind Sie?"

„Loren Ironside, General der Wunderlandarmee. Wir sind

uns bereits begegnet, aber Sie waren zu jung, um sich zu erinnern."

„Offensichtlich."

Er brummte, als ob ihr beiläufiger Kommentar ihn amüsieren würde. Dabei hatte sie nicht komisch sein wollen.

Der Ratgeber kehrte zurück und neigte ebenfalls den Kopf. „Prinzessin—" Angesichts des scharfen Blicks von General Ironside räusperte sich der Ratgeber. „Miss Alice. Es ist mir ein Vergnügen, Sie wiederzusehen."

„Ich schätze, wir sind uns auch schon begegnet", sagte sie. „Als ich jung war und in Wunderland lebte."

„Ich war zehn, als Sie … weggegangen sind, und erinnere mich gut an Sie. Markell Ironside, zu Ihren Diensten."

Ich schaute von einem Mann zum anderen und sah die Ähnlichkeit. Beide hatten klare, intelligente grüne Augen und dunkle Haare, wobei die des Generals mit Grau durchzogen waren. Wo der General im Alter des Ratgebers vermutlich ähnlich gut ausgesehen hatte, hatten sich jetzt die Lasten der Schlacht in die müden Falten seiner Stirn gegraben und sich in die harten Züge um seinen Mund gesetzt.

„Vater und Sohn?", fragte Alice.

„Schuldig", sagte Markell Ironside mit einem Zucken seiner Lippen.

Der General brummte wieder und ich konnte noch immer nicht entschlüsseln, was es bedeutete. Er war schwerer zu lesen als Lincoln.

„Sagen Sie mir, Sirs, worum geht es hier eigentlich?", fragte Alice. „Warum werde ich wegen Hochverrats verhaftet?"

„Später ist genug Zeit, um darüber zu sprechen." Der General wendete sein Pferd. „Steigt auf den Karren. Ihr alle. Bringt uns zu euren Feinden, damit wir sie vernichten und nach Hause gehen können."

„Nicht vernichten", sagte ich. „Wir brauchen sie lebend."

„Vergebt ihm seine knurrige Art", flüsterte der Ratgeber. „Sein Alter macht ihm zu schaffen."

Unter anderen Umständen hätte ich ihn gemocht.

„Das hier ist kein Witz", schnappte Seth. Er murmelte etwas sehr Rüdes.

Gus stieß ihm seinen Ellenbogen in die Rippen.

„Mr Ironside?", fragte ich, während er uns zu einem nahestehenden Karren führte. „Sie haben Alice gerade als Prinzessin bezeichnet."

„Es heißt Sir Markell", sagte der Fahrer des Karrens. Er schaute Alice an und senkte den Kopf, auch wenn er sie dabei nicht aus den Augen ließ. Sie nickte ihm zu und er wurde rot.

„Sir Markell?", hakte ich nach.

„Sie ist die Nichte der Königin", sagte der Ratgeber. „Also ist sie eine Prinzessin. Ihr wurde dieser Titel jedoch auf Befehl Ihrer Majestät aberkannt."

„Warum meint die Königin, dass sie Hochverrat begangen hat? Alice kam als kleines Mädchen hierher. Sie hat in Ihrer Welt nichts Falsches getan."

Er lehnte sich auf den Knauf seines Sattels genau wie sein Vater. „Es wird alles beim Verfahren deutlich werden."

„Aber wie soll sie eine Verteidigung vorbereiten, wenn sie gar nicht weiß, was ihr vorgeworfen wird?"

„Genug Fragen!", brüllte der General, der wieder zu uns kam. „Sir Markell, bleib am Ende der Reihe."

Der jüngere Mann ritt davon, aber nicht ohne einen letzten langen Blick auf Alice.

Seth schnaufte. „Schnösel."

„Seth", zischte ich. „Verärgere sie nicht."

„Sie!" Der General zeigte auf mich. „Wie ist Ihr Name?"

„Charlie Holloway."

„Sie sind Kommandantin, Charlie Holloway. Ihre Leute folgen Ihnen. Sind Sie in dieser Welt die Königin?"

Trotz allem musste ich lächeln. „Nein."

Er brummte und bedeutete dann dem Führer des Karrens loszufahren. Wir ruckten vorwärts und verfielen dann in einen gleichmäßigen Rhythmus. Es dauerte nicht lange, bis Lichfield weit hinter uns lag und die Bäume am Rande von Hampstead Heath von Häusern abgelöst wurden. Der graue Dunst vom Zentrum Londons verhüllte die Stadt vor uns. Über kurz oder lang würde er uns verschlucken.

„Es ist ziemlich weit", sagte ich dem General, der mit geradem Rücken und hoch erhobenem Kopf vor uns her ritt.

„Meine Männer sind es gewohnt, zu marschieren", sagte er, ohne sich umzudrehen.

„Wir müssen uns beeilen." Die Sonne hatte die Dämmerung bezwungen, hing aber noch tief am Horizont. Dank der frühen Stunde an einem Samstag waren nur wenige Menschen unterwegs. Trotzdem sorgten wir für eine Sensation auf den Straßen und verursachten einiges an Verkehrschaos. Fahrer drohten uns mit Fäusten und brüllten, dass wir verschwinden sollten, sobald sie sich von ihrem ersten Schrecken erholt hatten.

„Sie werden glauben, dass wir eine Zirkustruppe sind", sagte Alice. „Hoffe ich."

„Is nich wie Barnum and Bailey's", sagte Gus. „Erinnerst du dich, Seth?"

Seth entgegnete nichts. Er kauerte sich zusammen, die Knie angezogen und schaute finster auf General Ironsides Rücken. Seth war kein Grübler, aber diese Umstände waren alles andere als normal. In Lincolns Abwesenheit musste er sich für unsere Sicherheit verantwortlich fühlen.

„Alles wird gut", sagte ich zu ihm. „Alice wird nicht ins Wunderland zurückkehren."

„Ist das so?", erwiderte er finster. „Dann kannst du mich vielleicht aufklären. Was passiert, nachdem die Armee Swinburn zerstört hat? Wie wirst du sie davon abhalten, Alice mitzunehmen? Oder uns zu töten?"

„Der Kobold."

„Der Kobold, den du nicht hast."

Der General rettete mich vor einer Antwort, indem er zurückritt und um Anweisung bat. Den Rest der Fahrt verbrachten wir damit, ihm den Weg zu zeigen. Dazwischen lag Schweigen so tief und dunkel wie ein Abgrund.

Die Armee war allerdings nicht still. Ich konnte hören, wie sie über einige unserer Ingenieurskünste staunten, von der Wasserpumpe bis hin zum Great Western Royal Hotel neben der Paddington Station. Ich konnte nur ahnen, was sie zu einer Eisenbahn sagen würden, sollten sie eine sehen. Sie schienen im Vergleich zu uns recht primitiv zu sein.

„Wie groß ist dieses Dorf?", fragte der Fahrer des Karrens. Er legte den Kopf schräg, um zu den Dächern der Stadthäuser nahe des Regents Parks aufzuschauen, und pfiff.

„Es ist eine Stadt", sagte ich. „Und ihr habt erst einen kleinen Teil gesehen."

Der Anblick des Kensington Palace ließ ihn beinahe von der Straße abkommen, aber dank eines scharfen Wortes seines Generals passte er wieder auf.

Nach einer Stunde strammen Marsches kamen wir vor Swinburns Haus an. Es war noch früh für die Oberschicht, aber ihre Diener waren bereits unterwegs.

„Nur eine Zirkustruppe auf der Durchreise", erklärte Gus ihnen fröhlich. Er winkte. Ein oder zwei winkten zurück, doch die meisten starrten einfach nur.

„Klopfen Sie dort an die Tür", sagte ich dem General, als wir bei Swinburns Haus ankamen. „Fragen Sie nach Sir Ignatius."

Der General befahl einem seiner Männer, dies zu tun. Der Lakai Jenkin öffnete beim dritten Klopfen und schnappte nach Luft. Er wich einen Schritt zurück und versuchte, die Tür zu schließen, doch der Soldat zwängte sich in den Spalt.

„Jenkin!", rief ich. „Holen Sie sofort Sir Ignatius."

Jenkin verschwand. Einen Moment später stand Swinburn im Türrahmen, bekleidet mit einem gut geschnittenen taubengrauen Anzug.

„Was hat das zu bedeuten?", verlangte er zu wissen. „Wer sind Sie?"

„General Ironside der Wunderlandarmee", sagte der General. „Ist er es, Miss Alice?"

Swinburn schielte zu uns herüber. „Miss Holloway? Sind Sie das? Was zum Teufel ist hier los?"

Ich sprang vom Karren. Einer der Soldaten hielt mir ein Schwert an die Kehle. Der kalte Stahl ließ mich erstarren. Seth und Gus erhoben sich, doch ich warnte sie, nichts Unüberlegtes zu tun.

„Dies ist eine Armee aus einer anderen Welt und sie wird Sie vernichten", sagte ich zu Swinburn. „Es sei denn, Sie sorgen dafür, dass Lincoln aus dem Gefängnis entlassen wird."

„Mit seiner Verhaftung habe ich nichts zu tun! Ich kann ihn nicht freibekommen."

„Es hat alles mit Ihnen zu tun. Sie ziehen Mr Yallops Strippen, genau wie Sie die von Mr Salter und Lady Harcourt gezogen haben."

„Sie sind irre."

„Sie haben diese Morde im Old Nichol begangen, oder?"

Er verschränkte die Arme vor der Brust. „Und wenn es so wäre?"

Jemand zu meiner Linken schnappte nach Luft. Es war Lord Ballantine, der auf seiner Türschwelle stand. Drei seiner Rudelmitglieder standen bei ihm.

„Hast du sie getötet?", fragte Ballantine Swinburn.

Swinburn ignorierte ihn und studierte den General. „Sagen Sie Ihren Freunden, sie sollen sich verziehen, Miss Holloway. Ich will keinen Ärger."

„Dann kommen Sie hier herunter", befahl der General. „Unschuldigen soll kein Leid geschehen."

„Danke", sagte ich. „Sie sind ein guter Mann. Nur Swinburn hier muss vernichtet werden und *nur*, nachdem er meinen Verlobten freigelassen hat."

Er brummte. „Ich habe nicht den ganzen Tag Zeit."

„Schicken Sie Jenkin zu Mr Yallops Haus", befahl ich Swinburn. „Sagen Sie ihm, er soll Lincoln jetzt freilassen. Die Armee wird hierbleiben, bis ich ihn wohlbehalten sehe."

„Seien Sie nicht albern." Swinburn machte Anstalten, die Tür zu schließen. „Ich habe keinen Einfluss auf Yallop oder die Polizei."

„Yallop schuldet Ihnen Geld."

Er verharrte. „Das ist irrelevant. Ich habe mit ihm nicht über das Ministerium gesprochen."

„Vielleicht nicht direkt. Vielleicht hat das der Herzog von Edinburgh für Sie übernommen."

„Seien Sie vorsichtig, Miss Holloway. Ich an Ihrer Stelle würde einem Mitglied der Königsfamilie so etwas nicht unterstellen."

„Wie wäre es dann mit einer anderen Unterstellung. Haben Sie Lady Harcourt umgebracht?"

„Wie bitte?"

„Haben Sie sie umgebracht? Sie hatte keinen Nutzen mehr

für Sie, nicht wahr? Und Sie ziehen es vor, nicht mit einer Ehefrau belastet zu sein."

Swinburn schob das Kinn vor. „Ich habe sie nicht umgebracht. Was für eine absurde Idee."

„Sie sehen nicht gerade unglücklich über ihren Tod aus."

„Nein, tust du nicht", sagte Ballantine und näherte sich langsam und vorsichtig. „Du hast letzte Nacht eine Party gefeiert, nachdem du über ihren Tod informiert wurdest. Ich fand das geschmacklos." Zwei seiner Rudelmitglieder nickten.

Die Muskeln in Swinburns Kiefer spannten sich an und er kniff die Lippen zusammen. „Hör auf, Ballantine. Sie versucht, einen Keil zwischen uns zu treiben, dabei müssen wir gerade jetzt zusammenhalten."

Ballantine kam nicht näher und senkte den Kopf. „Du hast recht. Ich bitte um Entschuldigung, Sir."

Verdammt. Ich hatte Swinburn beinahe isoliert. Es wäre einfacher gewesen, ihn so anzugreifen, falls nötig. Mit seinem Rudel auf seiner Seite würden sie verletzt werden, wenn sie versuchten, ihn zu verteidigen.

„Ich bin bereit, das alles hier bis zum Ende durchzufechten, Swinburn", sagte ich. „Diese Armee wird nicht mit leeren Händen gehen und ich gebe ihnen Sie."

„Warum?" Swinburn wandte sich an den General. „Was haben Sie von diesem Arrangement?"

„Jemanden, nach dem wir schon seit Jahren suchen." Der General schaute zurück zum Karren.

Alice schob sich die Pistole unter das Kinn, als wollte sie ihn herausfordern, sie zu ergreifen.

Der General grummelte etwas vor sich hin und drehte sich wieder zu Swinburn um.

„Sie haben General Ironside ausgetrickst", ertönte Sir Markells leise Stimme, als er neben mich ritt. „Ich muss Sie loben. Es ist nicht leicht, ihn zu übertrumpfen, aber Sie haben es geschafft."

„Noch nicht", sagte ich. „Wir scheinen uns in einer Pattsituation zu befinden."

„Was wird sie auflösen?"

Tod. Ich sagte es nicht. Konnte es nicht. Swinburns Blut war das einzige, das ich an meinen Händen wollte, aber ich fürchtete, es würde viel mehr sein.

„Tun Sie, was sie sagt, oder ich werde angreifen", verlangte der General von Swinburn. „Schreiben Sie Ihren Brief. Befreien Sie den Mann namens Lincoln."

Swinburn verschränkte die Arme und rührte sich nicht vom Fleck.

„Tun Sie es!", rief Seth. Er sprang ebenfalls vom Karren, um sich neben mich zu stellen.

Sir Markell zog sein Schwert und setzte die Spitze auf Seths Kehle. „Keinen Schritt weiter."

Seth sah ihn grimmig an.

„Wenn ihr auch nur einem meiner Freunde ein Haar krümmt, werde ich diesen Abzug drücken", rief Alice. „Ich habe sowieso nichts, wofür es sich zu leben lohnt. Meine Familie hat mich verlassen, kein Mann will eine so seltsame Kreatur wie mich und meine Zukunft ist unklar. Ihr seht also, ich stehe am Abgrund und werde mich hineinwerfen, wenn ich muss."

Der General brummte nur, ohne sich umzudrehen. Sein Sohn näherte sich allerdings dem Karren. „Bitte nicht, Prinzessin." Er sprach leise, sodass sein Vater ihn nicht hören konnte. „Ihre Eltern würden nicht wollen, dass ihre harte Arbeit auf diese Art zerstört wird."

Alice senkte die Waffe auf ihren Schoß und starrte den Ratgeber mit großen Augen an. Er lenkte sein Pferd wieder an meine Seite.

„Werden Sie den Brief schreiben?", fragte ich Swinburn.

„Das werde ich nicht", sagte er.

„Was jetzt?", murmelte Seth.

„Wir lassen uns etwas einfallen und zwar schnell", flüsterte ich.

„Sie haben es versucht und sind gescheitert, Miss Holloway", sagte Lord Ballantine. „Sie wollen doch nicht wirklich jemandem schaden. Es ist Zeit für Sie zu gehen. Die Leute gucken schon."

„Ich kann nicht gehen! Lincoln wird im Gefängnis landen, wenn ich scheitere. Falls Sie glauben, dass ich einfach so aufgeben werden, haben Sie sich gründlich geirrt. Sir Ignatius!", rief ich Swinburn zu. „Entweder tun Sie, was ich sage, oder die Armee wird Ihr Rudel töten."

Swinburn bewegte sich nicht. Aus dem Augenwinkel sah ich, wie das Rudel sich dichter zusammendrängte.

„Ignatius!", brüllte Ballantine. „Tu, was sie sagt. Was spielt es für eine Rolle, ob er freikommt oder nicht?"

Swinburns Mundwinkel zogen sich nach oben. „Sie wird den Befehl nicht geben."

„Sie vielleicht nicht", sagte der General, „aber ich schon."

„Verwandelt euch in eure Wolfsform", befahl Swinburn seinem Rudel. „Dann greift sie an."

„Wir können sie nicht alle besiegen!", rief Ballantine. „Es sind zu viele!"

Swinburn richtete seinen eisigen Blick auf ihn. „Du bist genau wie dein Vater und Großvater. Kein Wunder, dass die Führung an mich gegangen ist. Du hast so wenig Rückgrat wie sie. Ich sagte", brüllte er, „Verwandeln und angreifen!"

„Wartet!" Der Schrei kam von hinten. Dutzende Füße bewegten sich, als die Armee eine Gasse bildete, um den Neuankömmling durchzulassen. „Wartet! Niemand greift an!"

„Harriet!" Erleichterung durchflutete mich bei ihrem Anblick.

Sie hielt sich mit beiden Händen den Bauch und schnaufte heftig. Sie wirkte erhitzt und erschöpft, ihr watschelnder Gang unbeholfen, während sie sich näherte.

„Ergreift sie!", befahl General Ironside.

„Nein!", platzte sein Sohn heraus. „Sie ist schwanger."

„Ergreift sie *sanft*."

Zwei Soldaten packten ihre Arme. Sie wehrte sich Gott sei Dank nicht.

„Harriet, geht es dir gut?", fragte ich.

„Nein", schnappte sie. „Mir geht es alles andere als gut. Ich bin so groß wie ein Haus, meine Knie schmerzen und ich fühle mich hässlich. Ich habe tief und fest geschlafen, als Lady Vickers verlangte, ich solle hierherkommen. Was hat das alles zu bedeuten?"

„Meine Mutter?", fragte Seth.

„Ich habe sie mit dem Koch zurück nach Lichfield geschickt."

Er nickte dankbar. „Es tut uns leid, dass wir dich hier mit reinziehen, aber wir brauchen deine Hilfe. Kannst du Swinburn überzeugen, mit Yallop zu reden und alle seine Vorwürfe gegen Fitzroy und das Ministerium fallen zu lassen? Auf dich hört er vielleicht."

„Ich bezweifle es", murmelte sie.

„Versuchen Sie es einfach!", schnappte ich. „Oder sind Sie auf seiner Seite?"

Sie schmollte. „Charlie, das haben wir doch alles schon durch. Ich bin Ihre Freundin. Das wissen Sie. Bitte sagen Sie, dass Sie es wissen."

Ich drehte ihr den Rücken zu.

„Sir Ignatius", rief sie. „Kommen Sie, seien Sie vernünftig. Charlie hat die Oberhand. Sie sind massiv in der Überzahl. Sorgen Sie dafür, dass Lincoln freikommt und alles kann wieder so sein wie vorher."

„Warum würde ich das tun?", sagte er. „Warum sollte ich?"

„Weil Ihr Rudel in Gefahr ist!", rief ich. „Was für ein Anführer lässt sie denn sterben, nur weil er zu stolz ist, um zuzugeben, dass er besiegt ist?"

„Die Sorte Anführer, die ein neues Rudel bekommt."

Ballantine atmete aus. Seine Rudelmitglieder tuschelten miteinander. Sie waren zu weit weg, als dass ich ihre Worte hätte hören können.

„Sie verdienen sie nicht", sagte Harriet. „Sie würden für Sie sterben—einige taten es sogar bereits. Und trotzdem wollen Sie sie wegwerfen. Ich wusste, dass Sie ein schwacher Mann sind, als ich Ihnen begegnete. Ein Emporkömmling, das ist alles, was Sie sind. Ein alberner kleiner Seemann, der sich um nichts schert als um sich selbst."

„Genug!", brüllte Swinburn. „Tötet sie alle. Mir ist es gleich."

Er wollte die Türe schließen, doch Jenkin packte ihn und zerrte ihn wieder nach draußen. Er warf Swinburn die Stufen hinunter auf den Gehsteig. Swinburn stöhnte, taumelte aber auf die Füße.

„Du verdammter Idiot", knurrte er den Lakaien an.

Harriet klatschte in die Hände. „Gut gemacht, Jenkin. Und jetzt habe ich eine Aufgabe für Sie."

Der Lakai ging in Habachtstellung. „Ja, Ma'am?"

„Sir Ignatius hat eine Kette in seinem Besitz, die Miss Holloway gehört. Es ist ein kugelförmiger Bernsteinanhänger. Holen Sie ihn bitte."

Jenkins Blick sprang zu seinem Herrn.

Swinburn fletschte die Zähne und stieß ein leises, animalisches Knurren aus. „Du bist in meinem Rudel nicht mehr willkommen, wenn du das tust."

„Sie werden in meinem willkommen sein", sagte Harriet. „Ich werde Sie auch einstellen. Einen gut aussehenden, gestaltwandelnden Lakaien kann ich immer brauchen."

Jenkin verschwand im Haus.

Ich schaute Harriet über die Schulter an. Sie lächelte mir zu und ich nickte. Es war alles, wozu ich fähig war.

„Sie werden nicht mehr sicher sein, Harriet", knurrte Swinburn. „Ich werde Sie kriegen, Sie und Ihren Nachwuchs."

Harriets Lippen zitterten, ihr Kinn bebte. „Oh, Sir Ignatius, wie können Sie so etwas sagen? Haben Sie das gehört, My Lord?" Sie wandte sich an Ballantine. „Er schert sich nicht um seine Art. Überhaupt nicht. Seinen Mord an Gawler kann ich noch damit entschuldigen, dass es Selbstverteidigung war, aber diese Drohung ist grausig. Einfach grausig."

„Er hat auch zugegeben, diese Leute im East End ermordet zu haben", sagte ich. Anscheinend wurde dieser Kampf nicht mit Waffen oder Klauen gewonnen, sondern mit Worten. „Alles nur, weil er Gawler die Schuld in die Schuhe schieben wollte, um ihn zu beseitigen und Anführer beider Rudel zu werden."

Harriet schnappte nach Luft. „Ignatius, wie *konnten* Sie nur."

„Nicht nur das", sagte ich. „Er hat Sie alle in Gefahr gebracht, indem er den Zeitungen und Mr Yallop vom Ministerium erzählt hat. Sie alle sind in unseren Akten gelistet und diese Akten befinden sich jetzt im Besitz der Polizei."

Ballantine fuhr sich mit der Hand über Mund und Kinn. „Warum?", knurrte er Swinburn an. „Warum hast du das getan?"

„Ich habe die Zeitungen nicht informiert!", rief Swinburn. „Himmel, sie lügt, Mann. Sie versucht, dich gegen mich zu wenden!"

„Wer sonst hätte es getan?", schnappte Seth. „Wir wissen, wie Sie Julia benutzt haben, um so viele Informationen wie möglich über uns zu sammeln, und dann haben Sie sie auch noch umgebracht."

„Sie hat sich selbst umgebracht!", sagte Swinburn.

„Laut der Polizei nicht."

„Mr Salter gibt zu, dass Sie ihm Gawlers Namen gegeben haben", sagte Harriet zu Swinburn. Ich runzelte die Stirn. Lord Gillingham hatte Salter Gawlers Namen gegeben. Anscheinend wollte sie Swinburn die Schuld dafür in die Schuhe schieben, um den Namen ihres Mannes aus der Sache herauszuhalten.

„Du Hund", knurrte Ballantine.

Die anderen Rudelmitglieder pirschten auf Swinburn zu, die Schultern hochgezogen. Ihre ganze Aufmerksamkeit lag auf ihrem Opfer. Ich hatte Rudel von hungrigen Straßenhunden auf diese Art auf Ratten losgehen sehen, ihr Fokus so konzentriert, dass sie mich nicht bemerkten.

Swinburn stolperte rückwärts gegen das Eisengeländer hinter ihm. „Kommt schon", sagte er mit zitternder Stimme. „Hört auf. Ich bin euer Anführer."

„Gawler war einer von uns", schnappte Ballantine.

„Und ein guter Mann", stimmte Harriet zu. „Sie haben unsere Art verraten, Ignatius. Sie sollten sich schämen."

„Sie lügt", warnte Swinburn das sich nähernde Rudel.

„Das tue ich nicht", sagte sie knapp. „Grundgütiger, Sir Ignatius. Hören Sie auf, sich zu verstellen. Sie scheren sich nicht um Ihre Art oder um Ihr Rudel. Sie scheren sich nur um sich selbst."

„Wie können Sie es wagen!" Swinburn trat vor und stach mit dem Finger in ihre Richtung.

„Ergreift ihn." Der Befehl des Generals war lakonisch im Vergleich zu Swinburns Tirade. Trotzdem gehorchten seine Männer ohne Frage.

Zwei von ihnen packten Swinburn, doch der schüttelte sie leicht ab. Zwei weitere kamen ihren Kameraden zu Hilfe, doch er fegte sie mit zwei heftigen Schwüngen seines Armes beiseite. Dann ging er auf Alle Viere und heulte.

Die vier Soldaten krochen rückwärts aus dem Weg, doch sie waren nicht schnell genug. Swinburn sprang, packte einen der

Soldaten und legte ihm seine großen Hände um den Hals. Die Augen des Soldaten traten hervor und sein Gesicht wurde purpurrot. Die anderen drei Soldaten wollten ihn retten, doch wieder schlug Swinburn sie weg.

Der General zog sein Schwert.

„Verwandelt euch!", schrie Swinburn sein Rudel an. „Jetzt!"

„Nein!", rief Harriet. „Bleibt alle ruhig! Bitte!"

Doch es war zu spät für Ruhe. Einer der anderen Gestaltwandler fing an, seine Kleidung abzulegen. Die anderen folgten Swinburns Aufruf und gingen in Stellung, bereit zum Sprung. Anscheinend würden sie trotz allem auf seiner Seite stehen. Es war Rudelgesetz.

Die Soldaten drängten näher, die Schwerter gezogen. Ihr General bellte Befehle für eine Formation, die den Feind umzingelte. Der arme Soldat in Swinburns Griff verlor das Bewusstsein und wurde schlaff, was seine Kameraden wütend machte.

Ich schaute zu Alice, die zitternd auf dem Karren saß. Gus versuchte, sie zu trösten, doch er konnte nichts tun, sollte der General seine Aufmerksamkeit auf sie lenken. Und das würde er tun, sobald Swinburn erledigt war.

„Seth, kümmere dich um Alice", sagte ich. „Lass nicht zu, dass sie sich ergibt."

„Was ist mit dir?" Seine Stimme brach. Er sah nicht mich an, sondern die sich nähernde Armee. Jeder Soldat hatte sein Schwert gezogen. „Ich kann dich nicht allein lassen."

„Ich kann auf mich aufpassen. Alice nicht."

„Jesus, Charlie ..."

Ich schubste gegen seine Schulter, doch er bewegte sich trotzdem nicht. Er wirkte zerrissen.

Der General hob sein Schwert, bereit es nach unten zu schwingen und den Angriff zu befehlen.

Seth fluchte. Dann riss er dem nächststehenden Soldaten das Schwert aus der Hand und stürmte damit so schnell vorwärts, dass die Soldaten keine Zeit hatten, zu reagieren. Das Rudel sah ihn erst kommen, als es zu spät war.

„Nein!", kreischte ich. „Wir brauchen ihn lebend!"

Seth schwang das Schwert horizontal durch die Luft und schnitt Swinburns Kopf glatt ab. Er rollte davon.

Der General senkte seine Waffe. Die Armee stoppte. Das Wolfsrudel starrte auf die Leiche ihres ehemaligen Anführers, die jetzt blutüberströmt auf dem Gehweg lag.

Und ich beobachtete, wie der Geist von Sir Ignatius Swinburn aufstieg. Er schwebte einen Moment über seinem Körper, ein Ausdruck widerlichen Hasses auf Seth gerichtet.

„Herr im Himmel", sagte Harriet. „Seth, ich wusste nicht, dass du dazu fähig bist."

Er stand da, die Hände an den Seiten, während Blut von der Klinge tropfte. Er sah schrecklicher aus, als ich ihn je gesehen hatte. Hätte ich seine Vergangenheit oder seine gegenwärtige Situation nicht gekannt, hätte ich ihn für einen mächtigen Lord gehalten, einen selbstsicheren Anführer, dem die Welt zu Füßen lag. Ein Teil von mir war stolz, doch ich war auch entmutigt. Seths Seele war nicht so sanft und leutselig, wie ich immer gedacht hatte.

„Das hätte ich schon vor Monaten tun sollen", sagte er.

Ballantine stürmte auf ihn zu, blieb aber stehen, als Harriet einen Befehl bellte. „Sir Ignatius' Zeit ist vorbei. Er hat schreckliche Verbrechen begangen. Er wird auf unsere Art betrauert werden und dann wird er vergessen. Verstanden?"

Ballantine nickte. Die anderen Rudelmitglieder folgten seinem Beispiel.

Jenkin kam aus dem Haus und schenkte mir ein Kopfschütteln. Seine Hände waren leer. Ich schloss meine Augen. Verdammt. Verdammt zur Hölle.

„Charlie?", sagte Seth. „Charlie, bitte sag nicht, dass das dein einziger Plan war."

Ein Kloß bildete sich in meinem Hals. Lincoln war noch immer im Gefängnis ohne Hoffnung auf Freilassung, jetzt da Swinburn weg war, und meine Abmachung mit dem General war beendet. Ich wollte zusammensacken und eine Flut von Tränen vergießen.

Sir Markell Ironside hielt Alice die Hand hin, als würde er sie zum Tanz auffordern. „Kommen Sie, Miss Alice. Es ist Zeit, nach Hause zu gehen."

„Nein!", schrie Seth. „Sie gehört euch nicht! Sie gehört nicht zu euch, sie gehört hierher!"

„Zu Ihnen?" Sir Markell schüttelte den Kopf. „Das hier ist nicht ihre Heimat. Sie sind nicht ihr Volk." Er streckte die Hand etwas weiter aus. „Sie wissen es, Miss Alice. Kommen Sie mit nach Hause und stellen Sie sich der Anklage mit hoch erhobenem Haupt."

„Sie führen sie in den sicheren Tod", würgte Seth hervor.

Sir Markell ignorierte ihn. Er hatte nur Augen für Alice.

Seths Lippen zogen sich zurück und er stürmte vorwärts.

Der General deutete mit der Spitze seines Schwertes in meine Richtung. Vier seiner Männer richteten schnell ihre Waffen auf mich und Seth blieb stehen. Die Farbe wich aus seinem Gesicht mitsamt all seiner Entschlossenheit und Wut. Er warf seine eigene Waffe weg.

„Charlie!", rief Gus. „Beweg dich nicht."

Ich hob beide Hände in die Luft. „Es tut mir leid", sagte ich zu Alice.

Sie biss auf ihre zitternde Unterlippe und nickte. „Ich weiß", flüsterte sie.

Sie nahm Sir Markells Hand.

„Ha! Gut!", sagte Swinburns Geist. Er grinste mich an. „Sie verlieren, Miss Holloway. Sie verlieren alles."

Heiße Tränen rannen mir über die Wangen. Er hatte recht. Ich hatte meine Freundin an ihre Feinde verhökert und Lincolns Not nicht gelindert. Ich war dumm gewesen zu glauben, dass ich etwas ändern könnte, naiv und erbärmlich dumm.

Der General zog an seiner goldenen Uhrenkette. Das Hilfsmittel! Es war die gleiche Uhr, die das Kaninchen benutzt hatte, um in unsere Welt und wieder zurück zu kommen, selbst wenn Alice wach war. Alles, was nötig war, war ein Drücken des Knopfes, während er die Worte des Zauberspruchs aufsagte, und sie würden alle weg sein, inklusive Alice.

Der General begann die seltsamen Worte zu sprechen, die ich von dem Kaninchen gehört hatte.

KAPITEL 17

„Nein!" Seth drängte zum General und schaffte sogar einige Schritte, ehe einer der Soldaten seine Faust in Seths Gesicht krachen ließ.

„Seth!", rief Alice, als er nach hinten fiel.

Er gewann sein Gleichgewicht zurück und versuchte es noch einmal. Diesmal schlug er den Soldaten zuerst. Zwei weitere fingen ihn ab. Er konnte den General nicht rechtzeitig erreichen, um ihn davon abzuhalten, den Zauberspruch aufzusagen. Nicht bei so vielen Gegnern.

Doch sein Handeln hatte eines erreicht. Es hatte mir Zeit verschafft. Und in diesen wenigen Sekunden hatte ich etwas erkannt.

„Sir Ignatius Swinburn, ich befehle Ihnen, mir zu sagen, wo Sie meine Kette versteckt haben."

Mein Befehl unterbrach den General. Er sah sich um. Vielleicht suchte er nach dem Geist. Wie lange würde es dauern, bis er mit der Zauberformel weitermachte?

„Sagen Sie es mir!", schrie ich.

Der Geist wirbelte. Es war weder eine menschliche noch eine tierische Gestalt, sondern nur graue und weiße Streifen, die um mich herum fegten. „In meiner Tasche", flüsterte die Brise.

Ich stürzte mich auf den Körper und durchwühlte seine

Jackentaschen. Sein Blut verschmierte meine Hände, mein Kleid. Es war mir egal.

„Was tut sie da?", fragte Sir Markell.

Endlich fand ich die Kette in der Brusttasche. Mit zitternden Fingern umklammerte ich den Anhänger. „Ich lasse dich frei, Kobold!", rief ich. „Komm heraus, Kobold!"

Er kam nicht heraus. Das hatte er auf der Isle of Wight schon getan. Ich hatte den Verdacht, dass er zwischen den Einsätzen in einen tiefen Schlaf fiel, oder vielleicht wurde er krank.

„Markell!", brüllte der General. „Die Gefangene!"

Alice hatte den Moment der Ablenkung genutzt, um aus Sir Markells Reichweite zu kommen und auf die andere Seite des Karrens zu huschen. Er hatte sein Schwert nicht gezogen.

„Ihr da! Männer!", rief der General. „Haltet Miss Holloway davon ab, ihre Magie zu beschwören, was auch immer es sein mag."

Die drei Soldaten zeigten keinerlei Furcht, als sie auf mich losgingen. Zwei von ihnen steckten die Schwerter weg, der dritte jedoch nicht.

Ich drehte mich um und rannte die Stufen zu Jenkin hinauf. Sein Gesichtsausdruck zeigte mir genau den Moment, in dem mein Leben in Gefahr war.

„Kobold! Jetzt!"

Licht sprang aus der Kugel und zwang mich, das Gesicht abzuwenden. Meine Angreifer mussten das Gleiche tun. Bis sie sich mir wieder zuwandten, war der Kobold zu seiner bisher größten Erscheinung gewachsen, höher als die Fenster des Hauses. Er war keine hübsche Kreatur mit seiner faltigen Haut, den übergroßen Ohren und mangelndem Fell, aber es war der beste Anblick, den ich je gesehen hatte.

Nicht jedoch für die, die ihn noch nie gesehen hatten. Die Soldaten fielen zurück und stolperten die Treppe hinunter, blanker Horror in den Gesichtern. Die Gestaltwandler zogen sich inklusive Harriet zu Ballantines Haus zurück, die Armee geriet durcheinander. Einige in den hinteren Rängen machten sich davon. Andere starrten lediglich das katzenähnliche Vieh an, das über ihnen aufragte wie der personifizierte Teufel.

Der General bellte Befehle, die von seinen Männern weitestgehend ignoriert wurden. Diejenigen, die ihre Waffen zogen, wurden schnellstens von der massiven Pranke des Kobolds weggefegt. Sie zerstreuten sich wie Kegel auf der Straße.

„Miss Alice!", rief Sir Markell. „In Gottes Namen, rennen Sie! Verschwinden Sie von hier!"

Alice rannte nicht. Sie hatte den Kobold noch nie gesehen, aber sie musste gewusst haben, dass er sie nicht angreifen würde. Vielleicht, weil weder Seth noch Gus besorgt aussahen. Sie hielt sich jedoch eisern an Gus fest und starrte den Kobold mit einer Mischung aus Horror und Staunen an.

Der Kobold machte einen gigantischen Schritt nach vorn. Nachbarn, die herausgekommen waren, als die Armee ankam, kreischten und schlossen ihre Türen. Weitere Teile der Armee flohen die Straße hinauf. Sir Markell gab Alice auf und kehrte zu seinem Pferd zurück.

„General, wir müssen weg!", rief er seinem Vater zu.

„Nicht ohne Miss Alice." Der General stürmte vorwärts, die Uhr noch fest in seiner Hand.

Die Bewegung erregte die Aufmerksamkeit des Kobolds und er nahm die Verfolgung auf.

„Sag die Worte!", schrie Sir Markell.

„Nein!"

Er sollte verdammt sein. Warum war er so wild darauf, Alice für seine Königin zu holen? Musste er sie so dringend vor Gericht bringen, dass er bereit war, sein eigenes Leben zusammen mit dem seines Sohnes aufs Spiel zu setzen?

„Seth", zischte ich. „Die Uhr. Du musst sie holen."

„Willst du sie hierbehalten?" Er schüttelte den Kopf. „Charlie—"

Ich schnalzte frustriert mit der Zunge und hastete die Stufen hinunter. Der Kobold sprang vor den General und sein Pferd stieg. Er packte die Zügel mit beiden Händen, verlor dabei aber die Uhr.

„Vater!", schrie Sir Markell. Sein verängstigtes Pferd tänzelte, die Ohren flach angelegt, doch er behielt es unter Kontrolle. Er zog sein Schwert und richtete es auf den Kobold. „Sag die gottverdammten Worte, bevor es uns alle umbringt!"

„Ich kann nicht", sagte der General. „Ich habe die Uhr verloren."

Sein Pferd stieg erneut. Die Hufe kamen herunter, genau über der Taschenuhr, die auf der Straße lag. Wenn sie zerbrach, würden sie hier feststecken.

Ich tauchte nach der Uhr. Schmerz brannte an meinen Händen und Knien, als ich auf dem Boden aufkam. Mehrere Stimmen schrien meinen Namen. Ich schaute gerade rechtzeitig auf, um die Hufe auf mich zu schnellen zu sehen. Mit geschlossenen Augen warf ich die Arme über meinen Kopf.

Es gab einen dumpfen Schlag, dann noch einen und das Wiehern eines verängstigten Pferdes.

Ich senkte die Arme. Der Kobold stand auf allen vieren neben mir und hechelte heftig. Er wurde schwächer. Zwei reiterlose Pferde rasten die Straße hinunter, die Zügel auf dem Boden schleifend.

„Vater? Vater? Bei den Göttern, geht es dir gut?" Sir Markell half seinem Vater, sich aufzusetzen.

Der General blinzelte seinen Sohn benommen an. Dann starrte der den Kobold an. „Was für ein Biest ist das?", murmelte er.

„Es ist ihr Haustier", knurrte Seth. „Und es wird Sie zerfetzen, wenn Sie nicht verschwinden."

„Nicht ohne Miss Alice", sagte der General.

Ich zog das Stück Papier aus der Tasche, das ich vorhin aus Lincolns Safe geholt und eingesteckt hatte. Ich sagte die geschriebenen Worte auf, die gleichen, die der General vor einigen Augenblicken begonnen hatte, und drückte auf den Knopf der Uhr.

Bis Sir Markell und General Ironside begriffen, was geschah, waren die letzten Worte über meine Lippen gegangen. Sie verschwanden. Ihre Pferde verschwanden und auch die Armee, die Uhr und sogar der Karren. Gus und Alice fielen kurzerhand auf den Boden und die Straße wurde merkwürdig still, wie der Morgen nach einem heftigen Sturm.

Seth eilte zu Alice und hockte sich vor sie. Sie schenkte ihm ein wackeliges Lächeln. Er lächelte zurück und zog sie dann in eine feste Umarmung.

„Komm her, Kobold", sagte ich und nahm den Anhänger. „Schlaf jetzt."

Licht blitzte und als ich die Augen wieder öffnete, war der Kobold verschwunden. Die Kugel pulsierte einmal und ich konnte die winzige Kreatur in seinem Inneren gerade so ausmachen. Die Kette hängte ich mir um den Hals.

Harriet kam zu mir gewatschelt und umarmte mich. Ich zögerte erst, erwiderte die Umarmung aber dann. „Oh, Charlie, Sie sind so mutig! Dieses Ding ..." Sie berührte den Bernstein an meiner Brust. „Sir Ignatius hat es mir beschrieben, wie Lady Ballantine es ihm beschrieben hat, aber ich habe ihm nicht geglaubt. Es erschien mir zu fantastisch, um echt zu sein."

„Ich habe schon viele Dinge gesehen, die zu fantastisch erscheinen, um echt zu sein, und trotzdem sind sie es. Ist alles in Ordnung, Harriet?"

Sie presste eine Handfläche auf ihren Bauch. Ihre Gesichtszüge waren verhärmt und ihre Augen riesig in ihrem hübschen Gesicht. „Ich glaube, ich sollte nach Hause gehen. Ich fühle mich ... anders. Das Baby scheint tiefer zu sitzen und vor einigen Augenblicken durchfuhr mich der schrecklichste Schmerz. Abgesehen davon wird Gilly außer sich sein. Ich habe ihm verboten, mit mir zu kommen. Es gibt manche Dinge, die Ehemänner nicht über ihre Frauen wissen sollten, und mich mit meinem Rudel zu sehen ist eines davon."

„Dann gehen Sie. Wir reden später."

Erst als Lord Ballantine ihr in die Kutsche geholfen hatte, wurde mir klar, dass sie „mein Rudel" gesagt hatte. Ihr Rudel war nicht hier; Swinburns war es. Aber er war tot und Lord Ballantine verbeugte sich vor ihr, als sie davonfuhr. Es sah so aus, als würden die beiden Rudel doch unter einem Anführer vereint werden.

Während ich der Kutsche nachsah, die um die Straßenecke bog, nahm ein merkwürdiger Gedanke in meinem Kopf Gestalt an.

„Wird irgendjemand mich umarmen?", fragte Gus.

Ich lächelte und warf meine Arme um ihn. „Du kannst von mir jederzeit eine Umarmung bekommen."

Er küsste meinen Scheitel. „Alles klar, Charlie?"

„Mir geht's gut. Du?"

„Scheint, als hätte ich diesen Kampf ohne Kratzer über-
standen."

„Es geschehen noch Wunder."

Er schmunzelte. „Wie lange, bis die Armee wiederkommt?"

Das war eine sehr gute Frage. Es gab allerdings noch eine
gute Frage—wie sollten wir die Anwesenheit einer Armee erklären, einer gigantischen haarlosen Kreatur und ihr anschließendes
Verschwinden?

Überall auf der Straße traten die Nachbarn aus ihren
Häusern, kratzten sich an den Köpfen und sahen sich schulter-
zuckend an. Einige zeigten auf uns oder auf Lord Ballantine. Er
scheuchte sein Rudel in sein Haus und schloss die Tür. Nur
Jenkin, Swinburns Lakai, blieb. Er stand neben der Leiche seines
Arbeitgebers und Rudelführers.

„Die Polizei muss verständigt werden", sagte ich, während
ich mich zu ihm stellte. „Sie sind vermutlich bereits auf dem
Weg."

„Ich sollte den Kopf zum Körper legen", sagte er.

Ich schaute dorthin, wo er einige Meter entfernt lag, und
erschauerte. Diese blicklosen Augen würden mich tagelang
verfolgen.

Apropos verfolgen … Ich konnte Swinburns Geist nicht
sehen. „Sir Ignatius Swinburn, sind Sie hier?" Ich versuchte mich
an seinen Zweitnamen zu erinnern, konnte es aber nicht. Wenn
er übergetreten war, würde ich ihn brauchen, um ihn zurück-
zurufen.

Doch er war nicht übergetreten. Sein Geist erhob sich von
den Stufen, die zum Dienstbotenbereich führten. Sogar in Grau-
stufen war der Schlitz an seinem Hals deutlich erkennbar, so wie
das Blut, aber ich war ziemlich froh, dass der Geisterkopf noch
auf seinem Hals saß. Ich hatte fast erwartet, er würde ihn unter
dem Arm tragen wie einen Hut. Ein weiterer Schauer durchfuhr
mich.

„Was ist?", schnappte Swinburn.

„Sie sind nicht übergetreten", sagte ich.

Gus, Seth und Alice versammelten sich um mich und folgten

meinem Blick zu dem Geist. Jenkin ging rückwärts die Treppe hinauf, verschwand im Haus und knallte die Tür zu.

Der Geist zeigte auf Seth. „Wenn mein Mörder gefasst ist, werde ich übertreten."

Ich schaute Seth nicht an. Er sollte nicht wissen, dass Swinburn wegen ihm hierblieb. „Ich habe einige Fragen an Sie, Sir Ignatius, und Sie werden sie mir beantworten. Das ist ein Befehl."

Der Geist waberte. „Na los. Ich habe jetzt nichts mehr zu verbergen."

„Haben Sie diese Leute im Old Nichol umgebracht?"

„Ja", sagte er.

„Damit Sie Gawler beschuldigen und verhaften lassen konnten?"

„Verhaften, des Mordes anklagen und hängen." Er sprach kühl, leidenschaftslos. Es war undenkbar, dass ihm nichts an seinem Gestaltwandler-Kollegen lag. Ich bezweifelte, dass ihm an irgendjemandem etwas lag. „Um Ihre nächste Frage zu beantworten, Miss Holloway, ich habe es getan, damit ich sein Rudel übernehmen kann."

„Harriet hat das Rudel übernommen, nicht Sie."

„Sie hätte mich als Anführer unserer Art anerkannt und sich in wichtigen Angelegenheiten an mich gewandt. Wie ein Lord an seinen König oder ein Minister an den Premierminister."

Also lief es letztendlich doch auf Macht hinaus. Die Nachkommen des Seemannes hatten sich hohe Ziele gesetzt und er hatte fast den Zenit erreicht.

„Ich habe diesem Reporter nichts von Gawler erzählt, wissen Sie", sagte er. „Da lag Harriet falsch."

„Ich weiß." Ich sagte ihm nicht, dass ihr eigener Ehemann Salters Quelle gewesen war. „Aber Sie haben ihm von Lincoln und dem Ministerium erzählt."

„Nein." Der Geist schwebte auf mich zu und wirbelte um meinen Kopf. Ich schaffte es, ruhig stehen zu bleiben, obwohl ich mich wegducken wollte. „Ich habe nie mit dem Reporter des *Star* oder sonst einem Zeitungsmann gesprochen. Die Information über Fitzroy kam nicht von mir."

Ich blinzelte. Blinzelte noch einmal. „Sagen Sie mir die Wahrheit, Sir Ignatius", befahl ich. „Haben Sie irgendwem vom Ministerium der Kuriositäten und Lincoln Fitzroy erzählt? Überhaupt irgendjemandem?"

„Nein! Mein Name ist in euren Akten, um Gottes Willen! Fitzroy hat das oft genug betont. Ich mochte ihn oder euer verdammtes Ministerium nicht, aber ich bin kein Dummkopf, Miss Holloway. Ich weiß, wann ich den Mund zu halten habe."

Meine Brust wurde eng. Mein Hals fühlte sich trocken an. Wenn er weder Mr Yallop noch Mr Salter etwas gesagt hatte, wer dann?

„Was ist, Charlie?", fragte Seth, die Hand auf meinem unteren Rücken. „Du siehst flau aus."

„Es ist schon sehr warm", sagte Alice.

Ich schüttelte den Kopf. „Das ist es nicht. Sir Ignatius", sagte ich zu dem Geist. „Die Polizei hat uns darüber informiert, dass Lady Harcourt vor einen Omnibus gestoßen wurde. Sie hat sich nicht selbst umgebracht. Waren Sie es?"

„Nein! Sind Sie irre?", platzte er heraus. „Was, wenn ich gesehen worden wäre? Das würde ich nicht riskieren, nur um sie loszuwerden. Außerdem mochte ich sie ganz gern. Ich wollte sie nicht heiraten, aber ich hätte mich mit ihr finanziell arrangiert, wenn ich die Verlobung gelöst hätte. Ich bin mir sicher, dass sie den Sinn darin gesehen hätte."

Das bezweifelte ich, sagte es aber nicht. Ich war viel zu schockiert von seinen Offenbarungen. Wenn er sie nicht getötet hatte, wer dann? Höchstwahrscheinlich war es die gleiche Person, die den Zeitungen vom Ministerium erzählt und Yallop auf den Plan gerufen hatte.

„Sie dürfen gehen", murmelte ich. „Ich habe keine Fragen mehr an Sie."

Der Geist hockte sich vor seinen Körper auf dem Pflaster. Das Blut hatte zu trocknen begonnen und ein Insekt summte um den Kopf herum. „Ich denke, ich werde noch etwas bleiben. Ich will Gerechtigkeit."

„Sie da!", rief jemand die Straße entlang. „Halt! Sie alle." Zwei Constables eilten auf uns zu, die Schlagstöcke zur Hand.

Seth begrüßte sie. Die Erwähnung seines vollen Titels

verscheuchte ihre Überlegenheit und sorgte dafür, dass sie ihn mit Ehrerbietung behandelten.

„Wir wurden über einen Aufruhr hier informiert, Sir", sagte einer der Männer und schaute auf die Leiche. „Haben Sie gesehen, was passiert ist?"

„In gewisser Weise", sagte Seth. „Wir gingen hier spazieren und sahen eine große Menschenansammlung. Es schien eine Art Protest gegen diesen Mann hier zu sein." Er zeigte auf Swinburns Leiche. „Dann war er plötzlich gefallen und die Menge zerstreute sich."

Swinburns Geist wirbelte immer im Kreis herum. „Sie werden diese alberne Geschichte nicht glauben. Außerdem gibt es auf der gesamten Straße Zeugen."

Von denen keiner nahe genug gewesen war, um Seth als denjenigen zu identifizieren, der die Klinge geschwungen hatte. Eine ganze Armee hatte um uns herum gestanden und die Sicht blockiert.

Einer der Constables untersuchte die Leiche. Da der Kopf fehlte, sah er sich um und verzog das Gesicht, als er ihn entdeckte. „Was für eine Waffe war das?"

„Gute Frage", sagte Seth. „Sie sollten nach einem Schwert suchen, das wäre mein Tipp."

„Verdammte Idioten!", schrie Swinburn dem Constable ins Gesicht.

Wir gaben den Polizisten unsere Namen und überließen ihnen dann das Aufräumen. Swinburns Geist folgte mir einige Meter, bis er merkte, dass er nicht weiterkam. Er war an diesen Ort gebunden.

Wir nahmen eine Droschke zurück nach Lichfield. Bis wir das Tor erreicht hatten, hatten wir beschlossen, dass wir wahrscheinlich direkt zu Scotland Yard hätten fahren sollen. Zum einen sollten wir Detective Inspector Fullbright über Swinburns Tod informieren. Er würde es bald genug herausfinden, aber irgendwie mussten wir es so klingen lassen, als wären wir unschuldig. Ich konnte nicht klar genug denken, um mir eine bessere Geschichte einfallen zu lassen als die, die Seth den Constables erzählt hatte. Vielleicht später.

Außerdem wollte ich Fullbright fragen, wo Lincoln zu finden

war. Hoffentlich war er noch in einer Arrestzelle bei Scotland Yard und noch nicht in ein Gefängnis überführt worden.

Der Anblick des beschädigten Hauses zerrte an meinem Herzen. Der vom Katapult abgeschossene Felsbrocken hatte eine Ecke des Obergeschosses weggerissen. Zerbrochene, schartige Balken ragten in die Höhe, Ziegel und anderer Schutt lag am Fuße des Gebäudes verstreut, inklusive der verbogenen Reste des Schreibtisches und Stuhls aus dem Dachboden.

Wir bahnten uns einen Weg durch das Chaos und fanden uns in herzlichen Umarmungen vom Koch und Lady Vickers wieder. Sie führten uns in die Küche, wo der Koch Kekse, Sandwiches, Käse und was er noch finden konnte auf den Tisch stellte.

„Die sollten für meine Hochzeit sein", sagte ich und plumpste auf einen Stuhl.

„Jou", sagte er sanft. „Deswegen müssen sie aber nicht schlecht werden."

Ich schaute auf die Uhr. In weniger als dreißig Minuten sollte ich heiraten. Tränen stiegen auf, doch ich wollte nicht, dass die anderen es sahen, also machte ich mich daran, Tee auszuschenken. Alle aßen, außer Alice. Sie starrte lediglich mit gerunzelter Stirn in ihre Teetasse.

„Was machen wir jetzt?", fragte sie. „Wir können so nicht weitermachen und ständig darauf warten, dass die Armee jederzeit zurückkommt. Das geht einfach nicht."

Seth berührte ihr Kinn und zwang sie so, ihn anzusehen. „Wir nehmen jeden Tag, wie er kommt." Sie schüttelte den Kopf und öffnete den Mund, doch er hob den Finger, um sie zu stoppen. „Keine Rede mehr davon, dass du nach Wunderland gehst. Ist das klar?"

Sie nahm einen sehr großen Schluck von ihrem Tee.

„Wo wir gerade von Leuten reden, die nicht weggehen", sagte Lady Vickers in strengem Ton. „Ich habe den Brief gefunden, den Sie geschrieben haben, Charlie."

Ich stöhnte.

„Was für 'n Brief?", fragte Gus.

„Einen Abschiedsbrief", sagte der Koch. „Sie hatte vor, Fitzroy mithilfe ihrer Nekromantie aus dem Gefängnis zu befreien und mit ihm zu flüchten."

Eine vollständige, bedeutungsschwangere Stille erfüllte die Küche. Ich spürte harte Blicke auf mir, wagte es aber nicht, ihnen zu begegnen.

„Und dann?", schnappte Seth.

„Und dann wären wir immer weiter geflohen", sagte ich. „So lange, wie nötig."

Gus wedelte mit einem Keks in meine Richtung. „Und was is mit uns, he? Was soll'n wir machen? Einfach hier warten?"

„Ihr würdet eurem Alltag nachgehen und jegliche Missetaten abstreiten. Die Polizei würde uns die Schuld zuschieben, weil wir geflohen sind. Es war eine feine Lösung für unsere Klemme."

Seth stand plötzlich auf und trat seinen Stuhl um. Er stolzierte zum Herd und starrte in den Topf mit siedendem Wasser.

Ich stellte mich neben ihn, hakte meine Hände in seine Ellenbeuge und lehnte mich an ihn, den Kopf auf seine Schulter gelegt. „Was könnte ich denn sonst tun, Seth? Ich liebe ihn. Ich werde alles tun, um mit ihm zusammen zu sein, überall hingehen."

Seine Muskeln entspannten sich und sein Brustkorb hob und senkte sich mit einem tiefen Seufzen. Er drehte sich um und zog mich in seine Arme. „Wir sind auch deine Familie", murmelte er in meine Haare.

„Ja. Seid ihr. Und es tut mir leid. Ich versuche, mir etwas anderes auszudenken."

„Verdammte Hölle", murmelte Gus verwundert.

„Sollte ich mir Sorgen machen?", kam eine vertraute Stimme. Eine Stimme, die einem Mann gehörte, der nicht hier sein sollte.

Ich machte mich von Seth los und starrte Lincoln dümmlich an, der im Türrahmen stand. Seine Haare hingen lose auf seine Schultern, sein Kinn zeigte den Schatten von Bartstoppeln. Aber er war der wunderbarste Anblick der Welt.

„Ich bin kein Experte, was Vorbereitungen von Frauen angeht", sagte er lässig, „aber solltest du nicht inzwischen dein Hochzeitskleid anhaben?"

Er breitete die Arme aus und ich rannte hinein, sehr bemüht, nicht zu schluchzen.

Wir hielten einander so fest, dass ich sein Herz hämmern und seine Wärme und harten Muskeln durch unsere Kleidung spürte. Dann waren seine Lippen auf meiner Stirn, meinen Wangen, meinen Augenlidern, meinem Mund. Seine Hände vergruben sich in meinen offenen Haaren und er umfasste meinen Kopf, um unsere Münder verbunden zu halten. Er hätte keine Angst zu haben brauchen, dass ich mich zurückziehen könnte, das hatte ich nicht vor. Ich war genau da, wo ich immer hatte sein wollen.

Nach einem langen Augenblick, der ewig zu währen schien und doch nicht lange genug, legte sich ein weiteres Paar Arme um uns. Es war Seth.

Lincoln lächelte an meinem Mund und wir trennten uns. Er strich mir die Haare aus der Stirn. „Also hast du mich vermisst", murmelte er. Ein Lächeln umspielte seine Lippen.

„Gott, ja", sagte Seth. „Du hast keine Ahnung, wie sehr."

Ich lachte und küsste Lincoln erneut. Wir trennten uns erst, als sich jemand räusperte. Lincoln ließ mich los und umarmte Gus' breite Gestalt. Sie schlugen einander auf Männerart auf den Rücken, ehe der Koch behauptete, er wäre an der Reihe. Lincoln bereitete dem ein Ende, nachdem er alle umarmt hatte.

„Wir haben keine Zeit dafür", verkündete er mit einem Blick auf die Uhr.

Mir zog sich das Herz zusammen. „Bist du geflohen? Ist die Polizei hinter dir her?"

„Nein." Sein Mund verzog sich auf diese köstlich fiese Art, die er an sich hatte. „Aber wir heiraten in fünfzehn Minuten und wir brauchen zehn, um zur Kirche zu fahren."

Ich starrte ihn mit offenem Mund an. Dann versuchte ich, ihn zur Hintertür zu ziehen, die zum Innenhof und den Außengebäuden führte. „Dann hör auf, mich zu küssen, und beweg dich!"

„Vorn wartet eine Kutsche. Wenn einige außen mitfahren, sollten wir alle hineinpassen, sogar mit einem Extrapassagier."

„Wer?", fragte ich.

„Wir können doch nicht einfach so rausrennen!", rief Lady Vickers, hob ihre Röcke und hastete hinaus. „Wir sind nicht vorbereitet!"

„Korrekt, Madam", sagte Lincoln. „Gus, hol die Ringe."

Gus schob sich an ihr vorbei. Seth folgte. „Ich hole dir ein sauberes Hemd", sagte er über die Schulter. „Du heiratest nicht in dem, das du im Gefängnis anhattest."

„Wenigstens habe ich kein Blut auf meinem", rief Lincoln ihm nach. „Möchte mir jemand erklären, warum Seth blutverschmiert ist? Und warum ein Teil des Hauses kaputt ist?"

„Später", sagte ich.

Lady Vickers marschierte ihrem Sohn hinterher, nur um wieder zu uns zurückzukommen, die Röcke hoch über ihre Knöchel erhoben. „Aber das Kleid!", rief sie. „Und Ihre Haare, Charlie! Sie können doch nicht wie ein wildes Ding heiraten. Und Sie, Lincoln, sind nicht besser."

„Wir haben keine Zeit, uns umzuziehen", sagte er und zog mich zur Tür. „Der Vikar wird nicht warten wollen und ich auch nicht."

Zum Glück waren die Blumen eingetroffen, sodass ich wenigstens ein Sträußchen mit blass-rosa Rosen tragen konnte. Ich nahm das blaue Band, das den Strauß zusammenhielt und reichte es Lincoln. Er band sich noch die Haare zurück, als der Koch die Haustür öffnete und ich einen Blick auf die Kutsche erhaschte, die draußen wartete. Zwei Pferdeknechte und ein Fahrer in scharlachroter Uniform warteten mit ihr. Einer der Knechte öffnete die Tür und der Prinz von Wales schaute uns aus dem Inneren entgegen.

„Guten Morgen zusammen", sagte er fröhlich. „Sind Sie bereit zu heiraten, Miss Holloway?"

„Ich ... das bin ich, ja." Ich gestattete dem Lakaien, mir in die Kabine zu helfen und setzte mich neben den Prinzen. „Haben Sie Lincoln befreit?"

Anstatt zu antworten, gab er seinen Männern Befehle. „Ihr zwei wartet hier, bis ich zurückkomme. Fitzroy, Sie und Ihre Männer können hinten mitfahren oder sich neben den Fahrer setzen. Die Damen können bei mir sitzen." Der Prinz lehnte sich mit einem zufriedenen Seufzen zurück. „Ihre Worte haben mich berührt, Miss Holloway, mehr, als ich in dem Moment zugeben wollte. Ich habe mit der Königin gesprochen und wir entschieden uns, für Sie bei Mr Yallop vorzusprechen. Das war spät gestern Nachmittag. Es dauerte bis heute Morgen, bis die langsamen Räder der Politik sich bewegten. Und hier sind wir, rechtzeitig zu Ihrer Hochzeit auf dem Weg zur Kirche."

„Aber die Königin war so wütend auf mich", sagte ich. „Ich hatte den klaren Eindruck, dass sie mich nie wiedersehen wollte."

„Sie war aufgebracht, aber sobald sie sich beruhigt hatte, konnte sie die Dinge aus Ihrer Sicht betrachten. So ist sie. Man benötigt einige Jahre, ehe man ihre Launen kennt und sie navigieren lernt." Sein Mund verzog sich nach unten und seine schweren Lider senkten sich. „Inspector Fullbright informierte mich heute Morgen, als ich Fitzroy abholte, dass er auf dem Weg zum Haus von Sir Ignatius war. Berichte über einen Aufruhr waren eingetroffen. Wissen Sie etwas darüber?"

Ich warf Alice einen Blick zu. „Er ist tot", sagte ich. „Sein Geist gestand, dass er diese Männer im Old Nichol ermordet hatte. Es tut mir leid, Sir, ich weiß, Sie wollen es nicht hören, aber er hat Sie betrogen."

Er brummte. „Ein Mann gibt nicht gern zu, dass er dem falschen Kerl vertraut hat. Laut Fullbright stand Swinburns Name in Ihren Akten."

„Als Werwolf, ja."

Noch ein Brummen. „Das Merkwürdige ist, Miss Holloway, dass er die einzige lebende Person war, die in Ihren Ministeriumsakten aufgelistet war. Alle anderen waren verstorbene Personen."

„Das kann nicht sein—"

Alice trat mich und ich schluckte den Rest meiner Antwort herunter. Ich grübelte, wie die Namen aller lebenden Übernatürlichen außer Swinburn aus den Akten entfernt worden sein konnten, doch mir fiel nichts ein. Ich erinnerte mich, dass wir sie vollständig vergraben hatten.

Alice gähnte und entschuldigte sich bei dem Prinzen. „Ich habe in letzter Zeit nicht gut geschlafen."

„Schlaflosigkeit?", fragte er.

„Mr Fitzroy leidet auch daran." Sie sah mich an.

Ah ja, die Nacht, in der sie nicht schlafen konnte und Lincoln über den Rasen zum Haus hatte gehen sehen. Er musste aus dem eingefriedeten Garten gekommen sein, nachdem er einige der

Akten wieder ausgegraben und woanders wieder eingegraben hatte. Es war typisch für ihn, allen einen Schritt voraus zu sein.

Zum Glück würden die Übernatürlichen der Überwachung durch die Polizei entgehen. Ich hätte mich Mr Langleys Wut nicht stellen wollen und auch nicht Lincolns Enttäuschung über sich selbst, wären die Namen offenbart worden.

„Sir", sagte ich, „Ihr Einfluss wird möglicherweise noch einmal benötigt."

„Das klingt ominös", sagte er.

„Einige sehr seltsame Dinge sind heute Morgen vor Sir Ignatius' Haus geschehen. Es wird einige Überzeugungsarbeit nötig sein, bevor Inspector Fullbright sie versteht."

„Vielleicht kann alles damit erklärt werden, dass von halluzinogenen Dämpfen in der Gegen berichtet wurde."

Ich lächelte und er lächelte zurück.

Die Kutsche hielt vor der Kirche und Seth wollte mich erst herauslassen, als Gus und Lincoln drinnen waren. Er öffnete die Tür und half seiner Mutter und Alice heraus, ehe er höflich fragte, ob seine Hoheit bleiben würde.

Der Prinz zögerte.

„Bitte", sagte ich. „Sie sind sehr willkommen."

„Vielleicht ganz hinten", sagte er und stieg aus.

Als alle in der Kirche waren, nahm ich Seths Arm. Er strahlte mich an. „Du siehst glücklich und schön aus, Charlie, obwohl du dein grässlichstes Kleid trägst, wie meine Mutter es formulieren würde."

„Es ist das allergrässlichste", sagte ich vergnügt. „Aber das ist mir egal."

* * *

DIE ZEREMONIE GING BLITZSCHNELL VORÜBER. In einem Augenblick war ich Miss Holloway, im nächsten war ich Mrs Fitzroy. Lady Vickers war die erste, die mir gratulierte und mich mit meinem neuen Namen ansprach. Beinahe hätte ich lauthals gelacht. Da würde ich mich dran gewöhnen müssen.

Eine Flut von Glückwünschen folgte, erst von unseren engsten Freunden aus Lichfield. Leisl, Eva und David Cornell waren ebenfalls anwesend, da sie nichts von Lincolns Verhaftung gewusst hatten. Lord und Lady Marchbank nahmen nicht teil, ebenso wenig wie Lord und Lady Gillingham. Sie wussten nicht, dass Lincoln frei war. Lincoln fragte den Vikar, ob er sofort eine Nachricht an sie senden könnte.

Ich schaute mich nach dem Prinzen um, doch der war bereits gegangen. Vielleicht war es besser so. Seine Vergangenheit mit Leisl war geheimnisumwoben und er wurde nicht gern an seine Nacht der Leidenschaft mit einer hübschen Zigeunerin erinnert. Wenigstens schien er sich mit dem Gedanken arrangiert zu haben, dass er Lincoln gezeugt hatte. Vielmehr noch, als sich damit zu arrangieren, wenn seine Bemühungen, Lincoln auf freien Fuß zu setzen, irgendeine Bedeutung hatten. Ich hätte gesagt, er war von Herzen stolz auf seinen Sohn.

So wie ich. Ich klammerte mich an den Arm meines neuen Ehemannes und würde ihn den ganzen Tag nicht aus den Augen lassen. Als er anfing, über Swinburn zu reden, sobald wir aus der Kirche kamen, baute ich mich vor ihm auf.

„Du wirst heute *nicht* mit den Ermittlungen weitermachen", sagte ich, eine Hand auf die Hüfte gestemmt.

„Seth hat mir berichtet, was Swinburns Geist dir erzählt hat", sagte Lincoln unbeeindruckt. „Wir müssen herausfinden, wer dafür verantwortlich ist, den Zeitungen und Yallop vom Ministerium zu erzählen. Und dann ist da noch die Sache mit Julias Tod."

„Dem stimme ich zu, aber nicht heute. Heute gehörst du mir. Und es ist nicht mehr so dringend, da der Prinz jetzt mit Mr Yallop gesprochen und die Ermittlungen gestoppt hat."

„Da ist immer noch Salter und der *Star*. Wir müssen das hier im Keim ersticken, bevor es wieder den Kopf hebt." Als ich zögerte, fügte er hinzu: „Komm mit mir. Ich will dich sowieso bei mir haben. Sehr sogar."

Ich verengte meine Augen. Er war zu charmant. Lincoln war niemals charmant. Außerdem hatte er ein gutes Argument. Je länger wir den echten Bösewicht durch die Straßen streunen ließen, desto länger hatte er Gelegenheit, uns noch mehr Probleme zu bereiten.

„Abgesehen davon hat Gus etwas für mich zu erledigen",

sagte er. „Das Fest kann also gar nicht beginnen, ehe er zurück ist."

Ich warf Gus einen finsteren Blick zu. „Was zu erledigen?"

„Es ist gut!", rief Gus. „Versprochen, Charlie."

„Lincoln, ich mag keine Überraschungen."

Er nahm meine Hände in seine und zog mich näher, bis unsere Körper aneinandergepresst waren. Ich legte den Kopf zurück, um ihn anzusehen. Er lächelte auf mich herab und ich fiel in die tiefen, fesselnden Brunnen seiner Augen. „Du wirst abwarten müssen, Ehefrau." Er küsste mich sacht, aber mit einer Sehnsucht, die an meinem Inneren zerrte, ganz tief in meinem Bauch.

Ich seufzte. „Du spielst nicht fair."

Sein Lächeln wurde entspannt und er beugte sich zu mir, um mir ins Ohr zu flüstern. „Du hast nicht fair gespielt, seit ich dich kennengelernt habe. Alles an dir ist perfekt. Ich hatte nie eine Chance."

Für jemanden, der so stumpf sein konnte wie ein Ziegelstein, schaffte er es irgendwie, genau das Richtige zu sagen.

„Gus wird mindestens eine gute halbe Stunde weg sein, also haben wir Zeit, ehe wir essen", sagte er und nahm meine Hand. „Wir treffen die anderen in Lichfield wieder." Er gab Anweisung, dass alle sich zerstreuen und auf unsere Rückkehr vorbereiten sollten. David war der Einzige, der darüber grummelte, herumkommandiert zu werden, doch die anderen fügten sich fröhlich.

Gus machte sich auf die Suche nach Droschken und versprach, eine in unsere Richtung zu schicken. Während ich mit Lincoln wartete und dem Geschnatter der anderen um uns herum lauschte, wurde mir klar, dass er bereits einen Plan hatte.

„Seth hat dir alles berichtet, was heute Morgen passiert ist?", fragte ich ihn.

„Ja." Er legte den Arm um mich. „Offenbar hast du dich hervorragend geschlagen. Es scheint, als wäre ich gar nicht benötigt gewesen."

„Ich werde dich immer benötigen, Lincoln. Glaube nie etwas anderes."

Er blinzelte schnell und drückte mich an seine Seite. Sein Kuss verweilte auf meinem Scheitel.

„Wohin gehen wir zuerst?", fragte ich.

„Um die Kirche herum."

„Da sind nur Grabsteine und Bäume und keine Droschken."

„Und auch keine Zeugen. Du wirst Julias Geist beschwören."

Sie war niemand, den ich an meinem Hochzeitstag zu sehen erwartete, aber wenn diese Sache aufgeklärt werden sollte, war es nötig. Sie war unsere einzige Hoffnung, herauszufinden, wer sie gestoßen hatte. Sobald wir das erfahren hatten, würde uns die Spur hoffentlich zu der Person führen, die uns verraten hatte.

Und trotzdem wollte ich nicht wissen, was ihre Antwort sein würde. So wenig ich mir sicher war, dass Harriet ganz unschuldig war, so sehr setzte mir der Gedanke zu, sie könnte eine Mörderin und Verräterin sein.

„Wie ist ihr Zweitname?", fragte ich, als wir auf dem Friedhof standen und so taten, als würden wir den Verstorbenen unsere Ehre erweisen. Niemand war in der Nähe, aber es war klug, vorsichtig zu sein. Einen Geist zu beschwören war ohnehin nervenaufreibend, aber auf heiligem Boden ganz besonders.

„Iris", sagte Lincoln. „Denk dran, Buchanan zu benutzen, nicht den Harcourt Titel."

„Julia Iris Buchanan", hob ich an. „Komm zu mir, Geist von Julia Iris Buchanan."

Eine Brise verwirbelte meine Haare und strich über meine Haut. Sie war warm, nicht kalt, und kein Geist erschien. „Julia Iris Buchanan", sagte ich wieder und fügte dann hinzu: „Auch bekannt als Lady Harcourt. Ich rufe dich her, um mit mir zu sprechen."

Nichts geschah. Ich versuchte es wieder und wollte es ein weiteres Mal probieren, als Lincoln mich bat, es zu lassen. „Ich habe erwartet, dass du versagst", sagte er.

„Warum? Hat sie noch einen Namen? Vielleicht sollte ich ihren Mädchennamen verwenden." Was für ein Skandal wäre es, wenn herauskäme, dass sie Lord Harcourt doch nie geheiratet hatte.

„Es wird keinen Unterschied machen. Ihr Geist kann nicht beschworen werden, weil sie nicht tot ist."

KAPITEL 18

Zum Glück hielt Lincoln meine Hand, während ich durch den Friedhof zurück zur Vorderseite der Kirche stolperte, sonst wäre ich gefallen. Ich achtete kaum darauf, wohin ich trat. Meine Gedanken kreisten voller Fragen und Theorien, von denen keine irgendeinen Sinn ergab.

Die anderen waren fort und eine zweirädrige Droschke wartete auf uns. Lincoln half mir auf meinen Sitz und schloss die Tür vor unseren Knien. Er gab dem Fahrer durch die Dachluke Anweisung, nach Harcourt House zu fahren, ehe er seine Meinung änderte und eine andere Adresse nannte. Ich erkannte sie nicht.

„Woher wusstest du, dass sie nicht tot ist?", fragte ich, als wir losfuhren.

„Ich hatte in meiner Zelle viel Zeit zum Überlegen", sagte er. „Und es gab zu viele Dinge, die keinen Sinn ergaben, also schloss ich daraus, dass wir falsch lagen. Swinburn würde sein Leben und seinen Ruf nicht riskieren, um mich zu Fall zu bringen, und Julia würde sich nicht selbst das Leben nehmen. Dafür ist sie nicht der Typ."

Er war nicht der Erste, der das sagte. Ich hätte mehr auf die hören sollen, die sie gut kannten. „Aber ... ich verstehe das nicht. Hat sie ihren eigenen Tod vorgetäuscht? Wie, wenn ihre Leiche geborgen und identifiziert wurde?"

„Von Buchanan identifiziert. Um fair zu sein: Ich glaube nicht, dass er es wusste, als er nach dem Besuch im Leichenschauhaus zu uns kam. Er dachte, sie wäre tot. Ich habe Fullbright erst gestern Abend nach den Verletzungen gefragt und er sagte, das Gesicht wäre sehr entstellt gewesen. Buchanan hat ihre Leiche anhand der Kleidung, Ringe und anderer persönlicher Dinge identifiziert."

„Dinge, die leicht jemand anderem gegeben werden können." Ich schüttelte langsam den Kopf, kaum in der Lage zu begreifen, welche Mühen sie auf sich genommen hatte. „Sie hat jemanden gefunden, deren Größe und Gewicht ihrem entsprach, nicht wahr?"

„Höchstwahrscheinlich eine Hure. Sie hat ihr ihre eigenen Kleider angezogen und sie auf den Weg geschickt. Dann hat sie sich Männersachen angezogen und ihre Doppelgängerin im richtigen Moment vor den Omnibus gestoßen."

Ich schluckte die Galle herunter, die mir in den Hals stieg. Ich kannte die Antwort auf meine nächste Frage, stellte sie aber trotzdem. „Warum?"

Er drückte meine Hand, bot aber keine Antwort an.

„Wo fahren wir hin?", fragte ich.

„Buchanans Wohnung. Sie wird jetzt Hilfe brauchen. Nach Hause gehen kann sie nicht, darf von niemandem gesehen werden, der sie kennt, und er ist der Einzige, der ihr helfen würde."

Das stimmte. Er würde alles für sie tun; er war ihr vollständig ergeben, auf seine ganz eigene, perverse Art.

Andrew Buchanan hatte in einem wenig inspirierenden Bloomsbury Haus Zimmer gemietet. Die Vermieterin führte uns zwei Treppen hinauf. Buchanan öffnete, als wir anklopften, und war eindeutig schockiert, uns zu sehen.

„Fitzroy! Was zum Teufel tun Sie hier?"

Lincoln dankte der Vermieterin und schickte sie weg. Er wartete, bis ihre Schritte verklungen waren, dann verschaffte er sich Eintritt. Buchanan bot wenig Widerstand, obwohl er es versuchte.

„Also wirklich! Was tun Sie?"

Lincoln steuerte auf das angrenzende Wohnzimmer zu, nur

um einen Augenblick später wieder zu erscheinen. Er durchsuchte den Rest der Wohnung, wobei er Buchanans Protest ignorierte, der ihm hinterherlief.

Ich machte es mir im Wohnzimmer bequem. Es war recht spartanisch, nur mit den nötigsten Möbeln eingerichtet und ohne Bilder an den Wänden. Kein Schnickschnack, der es zu einem Zuhause machte. Eine Kiste ausgepackter Bücher stand an einer Seite, vielleicht, weil es kein Regal gab, auf die man sie hätte stellen können. Das Fenster war offen und der Vorhang wehte in einer leichten Brise vor und zurück. Trotzdem war der Raum stickig.

Lincoln und Buchanan kamen zurück. Lincolns Gesichtsausdruck war nicht zu lesen, Buchanans war nervös. Wenigstens war er nüchtern und es gab keine Anzeichen von Trauer. Als er in Lichfield aufgekreuzt war, nachdem er von Lady Harcourts Tod erfahren hatte, war er untröstlich gewesen. Ich war davon ausgegangen, dass sich das über Wochen nicht ändern würde. Der glattrasierte Mann vor uns mit seinem klaren Blick war uncharakteristisch. Ich brauchte keine weiteren Beweise, dass Lady Harcourt am Leben war, und er wusste es nicht nur, er half ihr auch.

„Was hat das alles zu bedeuten?", wollte er wissen.

„Nur ein Besuch", sagte Lincoln, sein Blick verschleiert.

„Wir dachten, wir schauen mal nach Ihnen", sagte ich. „Bei unserer letzten Begegnung waren Sie in schlechter Verfassung."

„Ja. Nun. Danke, mir geht es jetzt gut. Ich bin allerdings sehr beschäftigt."

„Ziehen Sie zurück nach Harcourt House?", fragte ich und deutete auf die Bücherkiste.

„Nein."

„Warum nicht? Jetzt, da sie weg ist, muss es doch ganz Ihnen und Ihrem Bruder gehören."

Seine Lippen streckten sich, bis sie ganz flach waren. „Dem kann ich mich noch nicht stellen. Dies hier wird mir für den Moment gute Dienste leisten."

„Natürlich. Wussten Sie, dass Lincoln und ich heute Morgen geheiratet haben?" Ich streckte meine Hand aus, um ihm den

Ehering zu zeigen. Ich hatte noch nicht einmal Handschuhe angezogen, ehe ich aus dem Haus gerannt war.

Langsam, ganz langsam lächelte er. Es war weder grausam noch verächtlich, wie ich es von ihm erwartet hatte. Es war siegesgewiss. „Das freut mich. Das freut mich sogar sehr." Er schüttelte Lincoln die Hand und küsste dann meine Wange. „Herzlichen Glückwunsch. Und ich dachte, Sie würden nicht rechtzeitig aus dem Gefängnis kommen, Fitzroy."

„Woher wussten Sie, dass ich im Gefängnis war?"

„Nun." Buchanan heuchelte ein Lachen. „Ich glaube, es war Lord Gillingham, der es mir gesagt hat."

„Sie lügen."

Buchanans Mund klappte zu, sodass die Backenzähne hörbar aufeinanderschlugen.

Die Wohnungstür ging auf und ich schoss auf die Füße, denn ich erwartete, dass Buchanan Lady Harcourt warnen würde. Doch das tat er nicht. Vielleicht war sie es nicht. Vielleicht lagen wir falsch und sie versteckte sich hier gar nicht.

Die kehlige Stimme aus dem Flur begrub meine Zweifel. „Ich glaube es nicht!", rief Lady Harcourt. „Sie haben ihn gehen lassen!" Sie erschien im Türrahmen und blieb stehen, als sie Lincoln sah.

Es war einer dieser Momente, in denen die Zeit einfriert. Niemand und nichts rührte sich, kein Finger und keine Augenbraue. Sogar die Brise erstarb.

Lady Harcourt versuchte nicht zu fliehen, vielleicht weil sie wusste, dass sie Lincoln niemals entkommen konnte.

„Mir scheint, Gratulationen sind angebracht", sagte ich, als niemand sonst das schwere Schweigen zu durchbrechen versuchte. „Sie sind nicht tot, Lincoln ist frei und wir sind verheiratet. Was für ein wunderbarer Tag es doch geworden ist."

Ihre Kehle bewegte sich mit ihrem Schlucken und sie griff nach der Tür. Es schien, als hätten unsere Neuigkeiten sie mehr aus der Bahn geworfen als unser Anblick.

Deswegen hatte Buchanan sie nicht gewarnt—sie hatte sehen sollen, dass sie versagt hatte und Lincoln und ich doch geheiratet hatten, trotz ihrer Anstrengungen, es zu verhindern. Er versuchte immer, sie zurückzugewinnen, versuchte immer, sie dazu zu zwingen, ihn vor allen anderen zu lieben, selbst jetzt.

„Warum gratulierst du ihnen nicht, liebe Julia?", sagte Buchanan lässig. „Zeig ihnen, dass du dich für sie freust. Komm schon, Schnee von gestern und all das."

„Hör auf", knurrte sie. „Hör mit diesem Spiel auf, Andrew. Du bist in genauso großen Schwierigkeiten wie ich."

„Weswegen?", platzte er heraus.

„Dafür, dass du mir Unterschlupf bietest. Dafür, dass du die Polizei nicht darüber informiert hast, dass ich noch lebe, nachdem ich hier aufgekreuzt bin."

„Stimmt", sagte Lincoln. „Aber das wird nicht mit Hängen bestraft. Mord schon."

Sie schluckte wieder, ließ die Tür aber los. Buchanan setzte sich prompt. „Sagen Sie es niemandem", flehte er Lincoln an. „Lassen Sie sie gehen. Wenn sie hängt, haben Sie sie auf dem Gewissen."

Lincoln wandte den Blick nicht von Lady Harcourt ab. Falls er Buchanans Flehen gehört hatte, zeigte er es nicht. Sie starrte trotzig zurück, als würde sie ihn herausfordern, sie festzusetzen.

„Sie hat einen Mord begangen, nur um ihren eigenen Tod inszenieren zu können", sagte ich zu Buchanan. „Eine unschuldige Frau—"

„Huren sind nicht unschuldig", sagte Buchanan. „Nicht einmal die mit respektabler Abstammung und guter Erziehung." Er wedelte mit der Hand in Lady Harcourts Richtung.

Sie ging auf ihn los. „Wirst du nicht aufhören? Siehst du nicht, dass es vorbei ist? Existierst du eigentlich nur, um mich zu quälen?"

„Ein Mann muss sehen, wo er sein Vergnügen herbekommt."

Sie machte ein harsches Geräusch tief in ihrer Kehle. „Du warst erbärmlich, als ich auf deiner Fußmatte aufgetaucht bin. Erbärmlich und albern. Er ist über mich hergefallen", sagte sie zu uns. „Er war so glücklich, mich lebend zu sehen, dass er nicht aufhören konnte, mich zu betatschen." Sie durchquerte den Raum bis zum Fenster und schlug mit der flachen Hand auf das Fensterbrett. „Er nahm mich direkt hier bei offenen Vorhängen. Jeder hätte es sehen können. Die Nachbarn ..." Sie schloss die

Augen. „Es war abartig und erniedrigend. Ich wünschte wirklich, ich wäre tot."

Buchanans Brustkorb bebte. Seine Hände öffneten und schlossen sich an seinen Seiten und sein Gesicht verzerrte sich, als würde er sich sehr intensiv bemühen, nicht zu weinen oder zu schreien oder beides. Sie schob ihr Kinn herausfordernd vor.

Mit ihren widerlichen Worten im Ohr stand ich auf. „Ich werde die Vermieterin bitten, die Polizei zu holen."

Aus dem Augenwinkel sah ich Buchanan auf mich zu stürmen. Ich hatte nur einen Augenblick, um mich in Kampfposition zu bringen, die Fäuste erhoben, um mich zu verteidigen. Lincoln war zu weit weg, um ihn aufzuhalten.

Doch Buchanan polterte an mir vorbei, direkt auf Lady Harcourt zu. Ich erkannte einen Wimpernschlag, bevor er es tat, was er vorhatte. Meine Reaktion war zu langsam.

Entsetzt beobachtete ich, wie er sie aus dem Fenster stieß und mit ihr hinausstürzte. Es gab weder einen Schrei noch Hilferuf, nur einen entfernten Aufschlag.

Ich dämpfte meinen Aufschrei mit beiden Händen. Meine Knie zitterten und ich musste mich wieder hinsetzen. Lincoln ging zum Fenster und sah hinaus.

„Sind sie …?", murmelte ich.

Er nickte. „Leute versammeln sich bereits. Ich muss dafür sorgen, dass die Polizei informiert wird."

„Geh. Ich komme gleich nach."

Im Vorbeigehen berührte er meine Schulter. Weiter entfernt schrie jemand entsetzt auf, jemand anderes brüllte. Dann wurde alles ruhig und ich nahm an, dass Lincoln die Sache in die Hand genommen hatte.

Ich wollte zu ihm, wartete aber auf den Nebel, der sich im Wohnzimmer einfand. Dass sich daraus zwei Gestalten bildeten, überraschte mich nicht. Eine hatte Lady Harcourts Gestalt, die andere Andrew Buchanans. Sie waren selbst im Tod untrennbar. Wie passend.

„Nun", sagte sie und sah ihn an. „Das ist das." Sie berührte die blutige, verletzte Seite ihres Gesichts und starrte auf ihre Hand.

Buchanans Hinterkopf war eingedellt. Sein gut aussehendes

Gesicht war unversehrt. Er lächelte sie an. „Für immer zusammen, so wie es sein sollte. Wir sind füreinander bestimmt, Julia. Das weißt du. Hier ist der Beweis."

Sie hob lediglich eine Schulter, eine Bewegung so elegant im Tod wie im Leben. Wenn mich jemand aus dem Fenster geschubst hätte, würde ich mehr tun, als mit der Schulter zucken, wenn er mir gegenüberstand.

„Sie haben Mr Buchanan gereizt", sagte ich zu ihr. „Sie wollten es beenden und Sie wollten, dass er es für Sie beendet, nicht wahr?"

Sie schwebte zum Fenster und spähte zu den Leichen hinunter. Oder vielleicht suchte sie nach Lincoln.

„Was für ein Mann", sagte sie und bestätigte damit, dass er ihre Aufmerksamkeit erregt hatte.

Buchanans Geist flimmerte heftig und er ließ eine Reihe von Schimpfworten los. „Kannst du ihn jetzt nicht vergessen? Es ist vorbei!"

„Selbst wenn er mich nie kennengelernt hätte", erklärte ich ihr, „wäre er nicht mit Ihnen zusammen."

„Ich dachte, ihn ins Gefängnis zu schicken, würde ihn von dir fernhalten." Ihr Geist schrumpfte zusammen, obwohl sie keinen Atem hatte, den sie ausstoßen konnte. „Es war eine alberne Idee, aus Verzweiflung geboren. Das gebe ich jetzt zu."

„Sie haben Mr Salter vom Ministerium erzählt", sagte ich. „Sie haben ihm und anderen Zeitungsleuten erzählt, dass Lincoln der Leiter ist, und Sie haben Ihre Parlamentsfreunde gedrängt, einen Untersuchungsausschuss einzurichten, um gegen ihn zu ermitteln."

„Die Zeitungen ja, aber ich habe keinen politischen Einfluss. Ich habe gehört, wie der Herzog von Edinburgh damit geprahlt hat, also schlage ich vor, dass du da suchst."

Also hatte er doch eine Rolle gespielt. Wir konnten ihn nicht zur Rechenschaft ziehen, aber wenigstens war sein Einfluss durch den seines Bruders übertrumpft worden.

Ihre vollen Lippen verzogen sich verführerisch. „Die Aussicht, Lincoln zu verlieren, hat dich aus der Fassung gebracht, nicht wahr, Charlotte?"

Ich antwortete nicht. Ich saß nur da mit einem so gelassenen

Gesichtsausdruck, wie ich in meiner Wut aufbringen konnte. Das letzte, was ich wollte, war genau so zu reagieren, wie sie es sich erhofft hatte. Sie würde ihre Existenz hier ohne diese Genugtuung beenden.

„Ich bin durch den Bericht über den Angriff im *Star* auf die Idee gekommen, Lincoln in Schwierigkeiten zu bringen", fuhr sie fort. „Es lief etwas zu gut. Ich hatte nicht mit seiner Verhaftung gerechnet. Wer die Reporter über die Werwölfe informiert hat, weiß ich nicht, aber ich wusste, dass du Ignatius wegen der Angriffe verdächtigen würdest. Grässlicher Mann."

Buchanans Geist flimmerte wieder. „Wenn du ihn so wenig leiden konntest, dass du ihn damit in Verbindung bringst, wieso wolltest du ihn dann heiraten?"

„Tu doch nicht so dumm, Andrew. Du weißt warum. Ich brauchte die Sicherheit, die mir eine Heirat mit ihm geliefert hätte. Er hätte die Verlobung gelöst, bevor wir vor den Altar treten. Ich gebe zu, dass ich da ein Trottel war. Ich habe ihm alles über Lincoln und das Ministerium erzählt, was ich wusste. Ich hätte etwas zurückhalten sollen." Ihre Stimme driftete davon und ihr Geist wurde durchsichtiger. Sie stand kurz davor, überzutreten.

„Wir hätten zusammen glücklich sein können", jammerte Buchanan.

Sie sah ihn an und ihre Geistergestalt verstärkte sich wieder.

„Wir hätten zusammen durchbrennen können, irgendwohin, wo uns niemand kennt", sagte er. „Wir hätten neu anfangen können." Er glitt einmal um sie herum, ehe er sich wieder setzte. „Aber du wolltest bleiben, damit du in *seiner* Nähe sein kannst."

Sie schaute wieder auf die Szene unten. „Es hat mich glücklich gemacht zu wissen, dass seine Hochzeitspläne mit Charlotte durchkreuzt wurden. So unglaublich glücklich. Er hat mir das Herz gebrochen, also war es nur fair, dass ich die Hand im Spiel hatte, um seins zu brechen."

„Nur, dass Sie das nicht getan haben." Ich ließ meinen Ring in ihre Richtung blitzen und stand auf. „So, wenn es Ihnen nichts ausmacht, unsere Gäste warten."

Ihr Geist sauste los und stoppte vor mir. Sie bleckte die Zähne. Es war ein recht beängstigender Anblick, da die auf der linken Seite zerbrochen waren oder ganz fehlten. „Ich werde um dich spuken, Charlotte! Ich werde dir das Leben zur Hölle machen!"

„Nein, werden Sie nicht. Sie können nur dort spuken, wo Sie gestorben sind." Ich deutete auf das Wohnzimmer. „Ich kann mir nicht vorstellen, dass Lincoln oder ich jemals wieder hierherkommen."

Der Geist löste sich plötzlich auf und stieß einen erschütternden Schrei aus, der in meinen Ohren klingelte und noch in der Luft hing, lange nachdem sie fort war. Ich schaute aus dem Fenster, konnte sie dort aber nicht sehen. Ich gestattete mir einen tiefen, erleichterten Atemzug.

Buchanan wirbelte auf der Suche nach ihr herum. Er wollte das Zimmer verlassen, stellte aber fest, dass er nur aus dem Fenster und hinab zu seinem Tod gehen konnte und wieder hinauf. Alles andere war für ihn unzugänglich. Als ihm klar wurde, dass sie weg war, flehte er mich an, noch nicht zu gehen.

„Was passiert jetzt?" Er wirkte ängstlich und verwirrt, fast wie ein Kind.

„Entweder Sie treten ins Jenseits über oder spuken hier", sagte ich. „Es ist Ihre Entscheidung."

„Es ist sinnlos, ohne sie zu bleiben."

„Auf Wiedersehen, Mr Buchanan."

„Nennen Sie mich Andrew. Wir sind doch schließlich Freunde, nicht wahr, Charlie?"

Ich sagte nichts, sondern sah nur zu, wie sein Geist sich auflöste. Dann ging ich nach unten zu Lincoln.

* * *

WIR FANDEN unsere Gäste in bester Stimmung im Schatten einer Eiche vor, die auf dem Rasen stand. Leisl, Lady Vickers und die Marchbanks saßen auf Esszimmerstühlen, während der Rest es sich auf Decken gemütlich gemacht hatte. Selbst David lächelte. Der Koch hatte die Aufsicht über den Picknickkorb und Seth füllte Evas Glas auf. Sie beobachtete ihn unter gesenkten Lidern heraus, ein heimliches Lächeln auf den Lippen. Alice sah die beiden mit gerunzelter Stirn an. Anscheinend war meine Freundin eifersüchtig wegen der Aufmerksamkeit, die Seth Eva schenkte. Gut. Eifersucht hieß, dass er ihr etwas bedeutete. Es würde ihn freuen und ich hatte beinahe den Verdacht, dass er aus genau diesem Grund mit Eva flirtete. Ich hoffte nur, dass sie es nicht in den falschen Hals bekam.

Unsere Ankunft wurde mit herzlichen Umarmungen und Jubel gefeiert. Seth reichte mir ein Glas und der Koch zog ein Gericht nach dem anderen aus dem Korb. Irgendwie hatte er es geschafft, ohne die Hilfe von Angestellten Pasteten, Törtchen und Scones zu backen, Roastbeef und Ente zu kochen und die leckersten Nachspeisen zuzubereiten.

„Das ist hervorragend", lobte ich ihn. „Du bist erstaunlich."

Er strahlte und sein gesamter Kopf lief rot an. „Das Beste ist, dass ich von allem genug habe, um nachher noch was zu Mrs Sullivan und den Waisenkindern zu bringen."

„Du denkst einfach an alle." Ich küsste ihn auf die Wange und wurde für meine Mühen mit einem weiteren Erröten belohnt. „Ist das Esszimmer beschädigt?", fragte ich und schaute zum Haus.

„Es wurde nicht getroffen, aber die meisten Gläser und Kronleuchter sind zerbrochen", sagte Seth, den Blick auf einen Teller Scones gerichtet. „Es ist ein ziemliches Durcheinander. Wir haben einige Stühle und anderen Kleinkram gerettet." Er zeigte auf die Vasen mit den Rosen und das Silberbesteck.

„Armes Lichfield", sagte ich seufzend. „Da hatten wir gerade die Küche nach General Eastbrookes Explosion repariert und jetzt das."

Lincoln legte eine Hand auf meine. „Wir werden es schnell wieder herrichten. Der Schaden sieht nicht allzu schlimm aus."

„Wenigstens ist der Turm noch intakt", sagte Gus.

„Jetzt", sagte Lord Marchbank, „wüsste ich gern, was ihr zwei getrieben habt."

„Ewan, dies ist eine Feier", rügte seine Frau.

„Es ist schon in Ordnung", sagte ich. „Ich bringe es lieber jetzt hinter mich, damit wir uns den schöneren Dingen widmen können." Ich sah Lincoln an und er ermutigte mich mit einem Nicken fortzufahren. „Lady Harcourt und Andrew Buchanan sind tot. Er hat sie aus dem Fenster gestoßen und ist ihr dann gefolgt."

Ich hatte einen Ansturm von Fragen erwartet, aber kein schockiertes Schweigen. Ich berichtete kurz, was geschehen war, inklusive meines Gespräches mit den Geistern hinterher.

„Ich weiß, ich sollte Mitgefühl für die beiden empfinden", sagte Lady Marchbank, „doch ich stelle fest, dass ich es nicht tue."

Ich schätzte, damit war sie nicht allein.

„Ich bin froh, dass sie ins Jenseits gegangen sind", sagte Lady Vickers. „Stellt euch vor, was der Nachmieter empfunden hätte, wenn die Geister von Lady Harcourt und Andrew Buchanan im Haus gespukt hätten."

„Also ist das damit beendet", sagte Seth und stützte sich rücklings auf seine Hände. Er schaute Alice an, doch sie bemerkte es nicht. Ihr müder Blick huschte durch den Garten. Die Anwesenheit der Armee vor nur wenigen Stunden war an den Grassoden zu sehen, die überall auf dem Rasen von Stiefeln und Pferdehufen hinterlassen worden waren. Sie brauchte etwas Ablenkung von diesem Albtraum.

„Alice, ich brauche dich im Haus", sagte ich. „Dich auch, Eva, wenn es dir nichts ausmacht."

Mein Zimmer lag zum Glück auf der unbeschädigten Seite des Hauses. Mit Evas und Alices Hilfe legte ich mein altes Kleid ab und zog mein Hochzeitskleid an. „Ich war wild entschlossen, dieses Ding an irgendeinem Punkt zu tragen", sagte ich lachend.

Alice schloss hinten die Haken und Ösen, während Eva mir die Haare bürstete. Nach all den Aktivitäten am Morgen waren sie ziemlich verfilzt. Die beiden brauchten eine Weile, bis sie sie mit der Perlenkette hochgesteckt hatten, die Lady Vickers auf meinem Nachttisch hinterlassen hatte. Dabei war auch ein mit Parfüm besprühter Zettel, auf dem stand, sie hoffe, ich würde die Leihgabe nutzen. Das tat ich auf jeden Fall. Es sah sehr hübsch aus.

„Ich fühle mich wie eine Prinzessin", sagte ich, während ich mich im Spiegel betrachtete.

„Du siehst bezaubernd aus", sagte Eva und trat zurück. „Was

für eine schöne Braut. Lincoln wird erfreut sein, dich in diesem Kleid zu sehen.

„Ich schätze, Lincoln würde sie lieber ohne Kleid sehen", sagte Alice mit einem frechen Grinsen.

Ein heißer Schauer raste durch meinen gesamten Körper und ich wusste plötzlich nicht mehr, wo ich hinschauen sollte.

„Wo wir gerade davon sprechen", fuhr Alice fort, „wir haben arrangiert, dass wir alle die Nacht bei Mrs Sullivan verbringen, damit ihr Lichfield für euch allein habt. Sie hat genug Platz in diesem riesigen alten Haus, wenn ein paar von uns sich ein Zimmer teilen."

Ich schlüpfte in meine Schuhe mit den hohen Absätzen und wir machten uns auf den Weg nach draußen. Lincoln stand auf, als er mich sah, ein merkwürdiges Lächeln auf den Lippen. Ich brauchte einen Moment, um zu begreifen, dass es irgendein Zwischending zwischen Schock und Glück war. Auf Lady Vickers' Geheiß drehte ich mich einmal um mich selbst und fand mich dann in Lincolns Armen wieder. Er küsste mich leidenschaftlicher, als es vor unseren Gästen schicklich war, doch niemanden störte es.

„Gefällt dir das Kleid?", fragte ich.

„Ja", murmelte er. „Aber was in dem Kleid steckt, gefällt mir besser."

Ich legte ihm die Arme um den Hals und küsste ihn, bis Lady Vickers bemerkte, dass es jetzt reichte. „Dafür ist später noch Zeit."

„Lässt sich das Kleid leicht ausziehen?", flüsterte Lincoln in mein Ohr, als er mich wieder auf die Füße stellte.

„Es könnte eine Herausforderung für dich darstellen", sagte ich.

„Gut." Er steckte seine Nase in meine Halsbeuge. „Ich mag Herausforderungen."

„Ich wünschte, wir hätten Musik zum Tanzen", sagte Lady Vickers. „Warum haben wir kein Quartett organisiert?"

„Wir könnten singen", sagte Gus. „Ich kann gut singen."

Seth schnaubte. „Du klingst wie eine strangulierte Katze."

Gus warf ihn mit einer Erdbeere ab.

Lincoln drehte sich plötzlich zum Eingangstor. Seine

Schwester und seine Mutter taten das Gleiche. Einen Moment später erschien ein Reiter. Ich erkannte ihn als einen von Lord Gillinghams Angestellten. Er reichte Lincoln eine Nachricht und ritt wieder davon.

„Was steht drin?", fragte Lord Marchbank.

„Sie ist von Harriet", sagte Lincoln und senkte die Nachricht, damit ich sie auch lesen konnte.

„Sie hat das Kind bekommen!", verkündete ich.

„Ist sie nicht erst ein paar Monate schwanger?", fragte Lady Marchbank.

„Ah, ich vergaß, dir diese kleine Information zu geben, meine Liebe", sagte ihr Mann.

„Sie war schon weit fortgeschritten, als sie es herausgefunden hat?"

„Nein, die Tragzeit eines Wolfes ist anscheinend kürzer."

David verzog das Gesicht. „Sie hat einen Wolf geboren?"

„Laut dem hier", sagte ich, „sieht das Baby normal aus. Sie und das Kind sind wohlauf, aber Lord Gillingham ist in Ohnmacht gefallen."

Das verursachte eine Runde Gelächter.

„In dem Brief steht auch, dass sie Gillingham ermutigt hat, Mr Salter zu sagen, er hätte sich die Geschichte über Werwölfe und Gawlers Beteiligung an den Morden ausgedacht", sagte Lincoln. „Ein Widerruf wird in der morgigen Ausgabe erscheinen." Er faltete den Brief zusammen. „Das sollte die Befürchtungen der Öffentlichkeit lindern."

„Und der letzte Nagel am Sarg von Mr Yallops Untersuchungsausschuss sein", fügte Seth hinzu.

„Sobald der Palast in ähnlicher Weise Druck ausübt, glaube ich, Mr Yallop wird keine andere Wahl haben, als seine Ermittlungen einzustellen."

Das war eine unglaubliche Erleichterung und bedeutete, dass ich den Rest des Nachmittags genießen konnte. Das einzige Problem, das wir jetzt noch angehen mussten, war die Armee. Ich wusste nicht, wie wir damit umgehen sollten, und wollte auch nicht wirklich darüber nachdenken. Nicht heute. Heute war Lachen und Feiern dran und Lincolns Gesellschaft zu genießen, sowie die aufregende Aussicht darauf, heute Nacht mit ihm allein zu sein.

Er entschuldigte sich und ging zum Haus. Ich sah ihm nach und bewunderte die Form seines Körpers, wie die breiten Schultern in schmale Hüften übergingen und wie gut seine Hose saß.

Gus streckte sich neben mir aus, wobei er sich auf einem Ellenbogen abstützte. Er nickte in Richtung Eva und Leisl, die leise und ernsthaft miteinander redeten. Ich hätte nicht viel darum gegeben, wenn sie nicht immer wieder zu Seth geschaut hätten, der flach auf dem Rücken in Alices Nähe lag, die Augen geschlossen.

„Sie streiten wegen ihm", flüsterte Gus.

„Warum?", fragte ich.

Er zuckte mit den Schultern. „Siehst du, wie Alice ihn auch anguckt?"

Ich beobachtete Alice, die ihre Beine untergeschlagen hatte und sich auf einer Hand abstützte. Sie schaute Seth an und nutzte es vermutlich aus, dass er die Augen geschlossen hatte, um ihn eingehend zu studieren, aber ihr Gesichtsausdruck war unlesbar. Sie schaute weg, als Lady Vickers ihren Namen rief, und setzte sich dann lächelnd zu ihr. Wenigstens die beiden kamen jetzt gut miteinander aus.

Leisl stieß ihre Tochter an, doch Eva schüttelte den Kopf und reagierte ärgerlich. Ich war extrem neugierig und überlegte, wie ich näher heranrücken konnte, ohne dass mein Lauschen zu offensichtlich war, als Lady Marchbank mich ablenkte.

„Wohin geht die Hochzeitsreise, Charlie?", fragte sie.

„Ich weiß es nicht. Ich glaube, Lincoln hat etwas geplant, aber wir können noch nicht weg." Ich wagte es nicht, in Alices Richtung zu schauen. „Wenn die Wogen sich geglättet haben."

„Ihr müsst gehen", sagte Leisl entschieden. „Alice hat ihr Schicksal und es berührt weder dich noch Lincoln."

„Schicksal?", wiederholte Alice. „Was meinst du?"

Seth setzte sich abrupt auf. „Wen berührt es noch? Mich?"

„Nich alles dreht sich um dich." Gus warf ihn mit noch einer Erdbeere ab. Seth fing sie und steckte sie in den Mund.

Leisl wischte die Fragen mit einer Geste weg und behauptete, sie könne sehr wenig sehen, obwohl ich Evas Gesicht ansah, dass sie ihrer Mutter nicht glaubte. Zum Glück wurde eine weitere Befragung von Lady Marchbank zunichtegemacht.

„Was trägt Lincoln da?", fragte sie.

Er kam über den Rasen auf uns zu. Der Korb in seinen Händen war deutlich kleiner als der Picknickkorb.

„Ist da der Kuchen drin?", fragte ich den Koch.

„Nein, aber danke für die Erinnerung." Er stand auf und machte sich auf den Weg zum Haus.

Neben mir kicherte Gus. „Ist das die Sache, die du nach der Zeremonie holen solltest?", fragte ich ihn.

Er grinste selbstgefällig und weigerte sich, zu antworten.

Lincoln kniete sich vor mich und stellte den Korb auf die Wolldecke. „Mein Hochzeitsgeschenk für dich, Charlie." Er beugte sich über den Korb und platzierte einen flüchtigen Kuss auf meine Lippen, der später mehr versprach.

„Aber du hast mir schon so viel gegeben", sagte ich. „Das Hochzeitskleid, Schmuck, all das heute und alles, was noch kommt."

„Das waren keine Hochzeitsgeschenke. Dieses hier schon. Mach es auf."

Was könnte er mir nur geben, das in einem Korb ankam? Und warum bewegte sich der Korb? Er winselte.

Ich hob den Deckel und ein kleiner brauner Fellball mit langen Schlappohren und einem weißen Fleck auf der Brust sprang auf. „Ein Welpe! Lincoln, du hast mir einen Welpen gekauft!" Ich sammelte den zappeligen Hund in meine Arme und kuschelte ihn kichernd an mich, während er meine Hand leckte. „Er ist süß."

„Du hast erwähnt, dass du einen Hund möchtest."

„Oh, Lincoln, er ist herzallerliebst. Wie heißt er?"

„Er hat noch keinen Namen."

Ich setzte den Welpen auf meinen Schoß, doch er wollte sich umsehen, also ließ ich ihn los. Wir mussten die Essensreste wegräumen, aber sonst schien er zufrieden damit zu sein, herumzuwandern und alles und jeden zu beschnuppern.

„Wo hast du ihn her?", fragte ich.

„Eine Zeitungsannonce. Ich hatte mir den Wurf letzte Woche angeschaut und ihn ausgesucht. Das war der Tag, an dem ich nach Lavendel gerochen habe, als ich nach Hause kam.“

„Warum Lavendel?“

„Damit ich nicht nach Hund rieche, sonst hättest du es erraten. Die Besitzerin hat mir etwas Lavendelwasser gegeben, um mir die Hände zu waschen, nachdem ich die Welpen angefasst hatte. Mir ist erst später aufgegangen, wie es auf dich wirken musste. Dann habe ich mir Sorgen gemacht, du könntest denken, ich hätte etwas anderes getan.“

Ich lächelte. „Nein, Lincoln. Der Gedanke kam mir nie.“

Er setzte sich hinter mich. Ich lehnte mich an ihn und schaute dem Welpen zu. Lincoln legte seinen Arm um mich und murmelte: „Glücklich, Mrs Fitzroy?“

Ich neigte den Kopf zurück, um ihn anzusehen. „Sehr. Du?“

„Ja.“ Er strich gemächlich mit dem Daumen über mein Kinn und sah mir in die Augen. „Ich hätte nie gedacht, dass ich je so glücklich sein würde. Habe mir nie gestattet, es auch nur in Erwägung zu ziehen. Habe nie geglaubt, dass ich es verdiene“, fügte er leiser hinzu.

Ich drehte mich in seinen Armen um und sah ihn direkt an. „Du verdienst es mehr als jeder andere, den ich kenne, Lincoln. Und wenn jemand etwas anderes behauptet, müssen sie mir Rede und Antwort stehen.“

Er lächelte und berührte mein Haar neben meinem Ohr. „Wenn du glaubst, dass ich ein guter Mensch bin, Charlie, dann glaube ich es auch.“

Er küsste mich spielerisch. Es war nicht genug. Ich lehnte mich an ihn und vertiefte den Kuss, nur um ihn zu unterbrechen, als der Hund uns ankläffte.

Etwas später, als die Sonne nicht mehr ganz so heiß brannte, packten wir unser Picknick zusammen und gingen hinein. Die Marchbanks fuhren nach Hause, ebenso wie die Cornells und der Koch, Gus und Alice packten die Essensreste inklusive Stücke vom Hochzeitskuchen für Mrs Sullivan und ihre Waisenkinder ein. Seth und Lincoln wechselten einige leise, ernste Worte in der Bibliothek. Die Fetzen, die ich aufschnappte, drehten sich um die Armee und Wunderland. Darüber wollte ich jetzt nicht nachdenken.

Ich ging in mein Zimmer, um mich auszuruhen, nur um Lady Vickers dort vorzufinden. Sie klopfte neben sich auf das Bett.

„Wir müssen reden", sagte sie energisch.

Ich stöhnte. „Nein, Lady V, bitte, verschonen Sie mich. Ich weiß, Sie wollen über eheliche Pflichten reden, aber ich weiß bereits, wie alles funktioniert."

Ihr Rücken versteifte sich. „Darüber wollte ich nicht mit Ihnen reden."

„Oh." Ich setzte mich neben sie und sie nahm meine Hand. „Geht es um Seth und Alice?"

„Es geht um Sie, meine Liebe." Ihre Augen füllten sich mit Tränen. „Sie sind wie eine Tochter für mich und ich möchte Ihnen sagen, dass ich nicht stolzer auf Sie wäre, wenn Sie es tatsächlich wären."

Ich spürte, wie mir selbst die Augen feucht wurden. „Danke, Lady V, Sie sind eine wunderbare Mutterfigur. Ich habe großes Glück, Sie in meinem Leben zu haben." Ich umarmte sie und küsste ihre Wange.

Sie erwiderte die Umarmung und ließ mich dann los. „So", sagte sie. „Ich habe etwas Wasser heraufgebracht und einige Rosenblätter hineingeworfen." Sie deutete auf die Waschschüssel. „Sie müssen sich für Ihren Ehemann bereit machen."

Also würden wir dieses Gespräch wohl doch führen. Wäre es rüde, sie hinauszuwerfen?

„Ich hoffe, Sie sind nicht zu müde", sagte sie. „So, wie Ihr Mann Sie ansieht, wird es vermutlich eine lange Nacht."

Ich war fast zu schockiert, um zu fragen, doch ich musste es wissen. „Wie sieht er mich denn an?"

„Wie ein Mann, den es seit einem Jahr nach Ihnen verlangt, der aber nicht danach gehandelt hat."

Ich blinzelte sie an. Sie lächelte und bedeutete mir, mich umzudrehen, damit sie mein Kleid öffnen konnte. „Mein Hochzeitsgeschenk an Sie beide liegt auf ihrem Schminktisch."

„Oh. Danke. Das ist sehr lieb."

Das Gespräch, das ich erwartet hatte, passierte nie. Tatsächlich ging sie, nachdem sie mir aus dem Kleid geholfen hatte und überließ mich mir selbst. Ich lachte, als ich ihr Geschenk auspackte. Für uns beide, in der Tat.

Bis ich nach unten kam, war Lincoln allein in der Bibliothek und las. Der kleine Hund schlief auf dem Teppich vor dem Kamin. Lincoln hatte seine Krawatte und Weste ausgezogen und saß im Hemd da, die obersten Knöpfe offen, sodass ein paar dunkle Haare auf seiner Brust zu sehen waren. Ich fand es schwierig, irgendwo anders hinzusehen.

„Sind alle weg?", fragte ich.

„Ja", sagte er, die Stimme kratzig.

„Ich dachte doch, dass ich die Kutsche habe wegfahren hören. Was liest du?"

Er schaute das Buch an, als wäre er überrascht, es in seiner Hand vorzufinden. Er klappte es zu und legte es auf den Tisch. „Ich habe keine Ahnung. Ich habe nicht wirklich gelesen."

Barfuß tapste ich zu ihm, die Hände hinter dem Rücken verschränkt. Sein Adamsapfel hüpfte beim Schlucken. „Was hast du getan, wenn du nicht gelesen hast?", fragte ich.

Er packte die Sessellehnen. „Nachgedacht?"

„Worüber?"

„Über dich."

Ich kam bis auf einen halben Meter an seine ausgestreckten Beine heran und blieb stehen. „Und was hast du über mich gedacht?"

„Dass ich es kaum erwarten kann, dich aus deinem Hochzeitskleid zu bekommen." Seine Augen wurden sehnsuchtsvoll, während sein Blick auf meine nackten Schenkel fiel. „Aber ich sehe, ich bin zu spät."

Ich schaute auf mein neues Kleidungsstück hinab, ein kurzes Hemdchen, das zwar über meinen Po reichte, aber nicht viel weiter. „Es ist ein Geschenk von Lady V. Gefällt es dir?"

Ein leises Knurren rumpelte aus seiner Brust. „Erinnere mich daran, ihr zu danken."

Ich bewegte eine Schulter, wodurch einer der dünnen Träger des Hemdes auf meinen Arm rutschte und die Wölbung meiner Brust offenbarte. „Anscheinend ist es für uns beide, aber ich glaube nicht, dass es dir passt."

Er stand langsam auf, kam geschmeidig auf mich zu und blieb so dicht vor mir stehen, dass ich ihn fast schmecken konnte. „Ich glaube, dir steht es sowieso besser."

Er legte eine Hand auf meine Brust und strich durch den Stoff mit dem Daumen über meine Brustwarze. Wir stöhnten beide. Dann hob er mich hoch und trug mich nach oben in unser Schlafzimmer.

Charlies und Lincolns Geschichte können Sie hier weiterverfolgen:

Die Weisheit des Wahnsinns
Der 10. Band der *Ministerium der Kuriositäten* Reihe von C.J. Archer.
Abonnieren Sie den Newsletter von C.J., um über neue ins Deutsche übersetzte Bücher informiert zu werden. Abonnieren: WWW.CJARCHER.COM

EINE NACHRICHT DER AUTORIN

Ich hoffe, Sie hatten beim Lesen von **Schwur der Täuschung** ebenso viel Spaß wie ich beim Schreiben. Als unabhängige Autorin ist Mundpropaganda entscheidend für den Erfolg. Wenn Ihnen dieses Buch also gefallen hat, überlegen Sie doch bitte, ob Sie Ihren Freunden davon erzählen möchten und in dem Shop, in dem Sie das Buch gekauft haben, eine Rezension hinterlassen. Wenn Sie über Neuerscheinungen informiert werden möchten, abonnieren Sie meinen Newsletter unter http://cjarcher.com/contact-cj/newsletter/. Sie werden nur dann kontaktiert, wenn ein neues Buch erscheint.

AUSSERDEM VON C. J. ARCHER

REIHEN MIT 2 ODER MEHR BÄNDEN

Glass and Steele

Ministerium der Kuriositäten

The Glass Library

Cleopatra Fox Mysteries

After The Rift

The Emily Chambers Spirit Medium Trilogy

The 1st Freak House Trilogy

The 2nd Freak House Trilogy

The 3rd Freak House Trilogy

The Assassins Guild Series

Lord Hawkesbury's Players Series

Witch Born

EINZELTITEL

Courting His Countess

Surrender

Redemption

The Mercenary's Price

ÜBER DIE AUTORIN

C.J. Archer begeistert sich für Geschichte und Bücher, seit sie denken kann, und wähnt sich glücklich, dass sie beides vereinen konnte. Sie verbrachte ihre frühe Kindheit in der dramatischen Schönheit des Outbacks von Queensland, Australien, lebt inzwischen aber mit ihrem Mann, zwei Kindern und einer frechen schwarzweißen Katze namens Coco in Melbourne.

Abonnieren Sie C.J.s Newsletter auf ihrer Webseite, um informiert zu werden, wenn sie ein neues Buch herausbringt: http://cjarcher.com/deutsch/

facebook.com/CJArcherAuthorPage
x.com/cj_archer
instagram.com/authorcjarcher